HEYNE
BÜCHER

KAREN ROBARDS

GELIEBTER SCHUFT

Roman

Deutsche Erstausgabe

WILHELM HEYNE VERLAG
MÜNCHEN

HEYNE ROMANE FÜR >SIE<
Nr. 04/236

Titel der Originalausgabe:
HEARTBREAKER

Aus dem Amerikanischen von
Sonja Funke

Umwelthinweis:
Dieses Buch wurde auf
chlor- und säurefreiem Papier gedruckt.

Published by arrangement with Delacorte Press,
an imprint of Dell Publishing, a division of Bantam Doubleday
Dell Publishing Group Inc., New York, U.S.A.

Printed in Germany 1998
Umschlagillustration: Pino Daeni/Agentur Schlück
Umschlaggestaltung: Atelier Ingrid Schütz, München
Satz: Buch-Werkstatt GmbH, Bad Aibling
Druck und Bindung: Elsnerdruck, Berlin

ISBN 3-453-13734-5

Dieses Buch ist meinem jüngsten Sohn gewidmet,
John Hamilton Robards,
der am 16. November 1995 geboren wurde.
Ebenso widme ich es von Herzen Doug,
Peter und Christopher.

Prolog

19. Juni 1996
15 Uhr

»Seid ihr bereit zu sterben?«

Jess Feldman wechselte einen Blick mit seinem Bruder Owen und versuchte an dem wild dreinschauenden Mann vorbeizukommen, der sich ihnen plötzlich in den Weg gestellt hatte.

»Ich habe gefragt, seid ihr bereit zu sterben?« Der Mann blieb an ihnen dran, und seine Stimmlage stieg um eine Oktave. Er gehörte zu einer Gruppe schildertragender Demonstranten vor dem Flughafen von Salt Lake City, war in den Vierzigern, sein Haar begann sich zu lichten, und er trug einen billigen grauen Polyesteranzug, ein vergilbtes weißes Hemd sowie einen gestrig wirkenden schwarzen Schlips.

»Verzieh dich«, sagte Jess grob, während Owen ihn am Ärmel seines karierten Flanellhemdes erwischte und hinter sich herzog.

»Bereut!« kreischte der Mann hinter ihnen her. »Das Ende der Welt naht!«

»Ach ja?« stieß Jess hervor. Über seine Schulter sah er zu dem Demonstranten zurück, während Owen ihn unerbittlich weiterzog. »Und wann?«

»Am 23. Juni 1996! Um neun Uhr morgens!«

Ein Polizeiwagen mit Blaulicht hielt mit kreischenden Bremsen an. Der düstere Prophet wandte sich ab.

»Das nennt man genaue Angaben«, sagte Jess zu seinem Bruder. »Ich möchte mal wissen, was mit den Burschen passiert, wenn sie eine solche Vorhersage machen und die Welt dann nicht planmäßig untergeht.«

Owen zuckte mit den Schultern. »Wahrscheinlich machen sie noch mal 'ne Vorhersage. Komm jetzt, wir wollen nicht zu spät zu unseren Gästen kommen. Vergiß nicht, die Gruppe ist von einer protzigen Mädchenschule in Chicago.«

»Genau das richtige für mich«, sagte Jess grinsend.

Während Owen ihn durch die Doppeltüren zog, warf Jess einen Blick zurück. Zwei uniformierte Polizisten sprachen mit den Demonstranten. Eines ihrer Schilder war ihm zugewandt. Jess las die Aufschrift:

Bereut!
Das Ende
der Welt
ist nah!

Unter dieser Warnung war ein blutrotes, entzwei gebrochenes Herz zu sehen, dessen eine Hälfte zur Seite gekippt war. Unter dem Herz standen die Worte DIE LIEBE HEILT.

»Ein Haufen Schwachsinniger«, murmelte Jess kopfschüttelnd. Dann schlossen sich hinter ihm die großen gläsernen Flügeltüren, und er vergaß sie.

1

19. Juni 1996
23 Uhr 45

»Draußen ist jemand.«

Die 16-jährige Theresa Stewart ließ den Saum des verschlissenen gelben Gingam-Vorhangs fallen und wich vom Fenster zurück. Ihre Stimme klang gepreßt, ängstlich. Die riesige wilde Bergwelt, welche die drei verfallenen Hütten umgab, schien von der Nacht verschluckt. Tief in den Bergen des Uinta National Forest von Utah verborgen, hatten sie in dem verlassenen Gräberlager eine Zuflucht gefunden. Mehr als einmal hatte Theresa mitbekommen, wie ihr Vater der Mutter versichert hatte, daß sie hier unauffindbar seien.

Zum ersten Mal, seitdem die Stewarts vor acht Monaten hierher gezogen waren, waren nun draußen Fremde aufgetaucht. Im Mondlicht waren ihre Umrisse kurz zu sehen gewesen, als sie aus dem Wald in die Lichtung getreten waren, die das Lager umgab. Theresa hatte drei Schemen unterschieden, möglicherweise mehr.

»Wahrscheinlich ein Bär.« Theresas Mutter Sally sah von dem Schaukelstuhl auf, wo sie Elijah, das jüngste der sieben Stewart-Kinder, stillte. Elijah war sechs Monate alt, ein rundes, glückliches Baby, und Sally war dabei, ihn abzustillen. Aber sie gab ihm immer noch gern die Brust, bevor sie ihn zur Nacht schlafen legte. So schlief er besser, sagte sie.

»Mutter, das ist kein Bär. Ich habe Männer aus dem Wald kommen sehen.«

»Dann wahrscheinlich ein paar Camper. Es ist ja Sommer. Wir haben den Wald jetzt nicht ganz so für uns wie in der kalten Jahreszeit.«

Sally setzte sich vor das Feuer, die einzige Wärme- und Lichtquelle in der Hütte. Trotz ihrer beruhigenden Worte klang ihre Stimme unterschwellig gespannt. Sie, Theresa, und die vier jüngsten Kinder waren in der Hütte allein. Ihr Mann Michael hatte die beiden älteren Jungen mitgenommen nach Provo, wo er Geschäfte zu erledigen hatte und Nahrungsmittel besorgen wollte. Er würde nicht vor morgen zurück sein.

»Ich glaube, das sind keine Camper.« Theresa sprach mit unterdrückter Stimme, während sie zu ihrer Mutter ging. Die Hütte war klein, unten zwei Zimmer und darüber ein Schlafraum. Theresa stand fast in der Mitte des großen vorderen Zimmers, das plötzlich voll lebendiger Schatten schien, und ballte ihre Hände an den Seiten zu Fäusten. Nackte, primitive Angst stieg in ihrem Hals auf wie Galle.

Theresa wußte nicht, wieso sie wußte, wer draußen war. Sie *wußte* es einfach.

»Dann eben Kyle. Oder vielleicht Alice, oder Marybeth. Oder eins der Kinder, die vielleicht den Schuppen benutzen müssen.« Marybeth und Alice waren Michaels Schwestern. Kyle war Alices Mann. Sie und ihre elf Kinder, die zwischen acht und 18 Jahre alt waren, bewohnten die anderen beiden Hütten. Seit das Lager in den späten 1800er Jahren erbaut und verlassen worden war, hatte es niemals über Inneninstallationen verfügt. Wer ein Bedürfnis hatte, benutzte einen Schuppen in der Nähe des Eingangs zur alten Silbermine, der extra zu diesem Zweck umgewandelt worden war. Oder verzog sich in den Wald.

»Es sah aus wie ein Mann. Wie Männer. Mehr als einer. Sie kamen aus dem Wald.« Theresas Stimme brach.

»Bist du sicher?«

Theresa nickte.

Sally löste das schlafende Baby von ihrer Brust und stand auf, wobei sie ihre Bluse zuknöpfte. »Theresa, Schatz, sie können es nicht sein. Das ist unmöglich.«

»Mutter ...«

Ein Klopfen an der Tür unterbrach sie. Theresa und ihre Mutter rückten instinktiv näher zusammen und starrten beide auf die grob behauene Holztür. Das Baby wimmerte, als ob es ihre Angst spürte. Sally drückte es fester an ihre Brust.

Sally wußte ebenso gut wie Theresa, daß keiner ihrer Verwandten je so klopfen würde. Es war ein leises Klopfen, so leise, daß es schon unheimlich war.

»Psst jetzt«, flüsterte Sally zum Baby hin. Dann reichte sie es Theresa und fügte hinzu: »Bring ihn in das Hinterzimmer.«

Die Anweisung machte Theresa angst. Sie merkte, daß auch ihre Mutter das Böse hinter der Tür spürte. Sie nahm das Baby und drückte es fest an ihren Busen. Vage fühlte sie sich durch seinen milchigen Duft, seine Wärme, die Bewegung seines kleinen Kopfes unter ihrem Kinn getröstet, als der Kleine sich auf der Suche nach einer bequemen Lage in ihre Kleider wühlte.

»Mach schon«, sagte Sally und gab Theresa einen Stoß. »Es sind wahrscheinlich irgendwelche verirrten Camper, aber trotzdem ...«

Mit ein paar Schritten war Theresa in dem kleinen dunklen Raum, der als Küche und Vorratskammer diente. Dann drehte sie sich um und vergaß, was sie eben hatte sagen wollen, als sie sah, wie Sally die doppelseitige Axt ergriff, die in einer Ecke des vorderen Zimmers stand.

Elijah fest an sich gedrückt, wich Theresa tief in den Schatten zurück, während ihre Mutter vor der Tür stand und die Axt hob.

Es gab einen Stoß, einen Knall, das Kreischen von splitterndem Holz und zerbrochenen Angeln, als die Tür eingetreten wurde.

Während Theresa in Deckung kroch, Elijah fest im Arm, hörte sie einen Kampf und den Schrei ihrer Mutter.

Dann vernahm sie eine Stimme – eine Stimme, die sie erkannte, eine Stimme direkt aus dem Alptraum, den sie immer wieder zu vergessen versucht hatte, aber vergeblich.

Es war die Stimme des Todes, die flüsterte: »Es ist Zeit.«

2

20. Juni 1996
17 Uhr

Ihr Hinterteil tat weh.

Lynn Nelson unterdrückte ein Stöhnen und rieb sich die schmerzende Stelle mit beiden Händen. Nicht, daß die improvisierte Massage ihr sehr geholfen hätte. Der Schmerz ließ nicht nach.

Als Lynn merkte, wie komisch ihre Tätigkeit wirken mußte, ließ sie die Hände sinken, wobei sie verlegen um sich blickte, um festzustellen, ob irgend jemand sie beobachtete.

Ihre Mitreisenden – eine Gruppe von zwanzig 14- und 15-jährigen Mädchen, zwei Lehrern und zwei weiteren aufsichtführenden Müttern wie sie selbst – schienen allesamt fröhlich mit dem Aufbau des Nachtlagers beschäftigt zu sein. Keine Beobachter in Sicht. Und auch kein weiterer Hinternreiber.

Hatten sie alle Hinterteile aus Stahl?

Offensichtlich. Niemand sonst schien herumzulaufen, als ob ihm ein Maiskolben an der Stelle säße, wo die Sonne nie hinscheint. Keiner außer ihr, der auch nur hinkte.

»Haben Sie schon herausgefunden, was ihn gestört

hat?« Der Sprecher war ein drahtiger Pony-Cowboy Mitte Zwanzig, dessen Name, so glaubte Lynn, Tim war. In Jeans und Stiefeln, den Cowboyhut tief über seine kurzen blonden Locken gezogen, sah Tim hundertprozentig so aus, als sei er im Freien auf der Weide zu Hause. Was – darauf war Lynn schon gekommen – wohl auch beabsichtigt war.

»Noch nicht.« Lynn blickte voller Abscheu den Grund ihres Elends an, ein zottiges Gebirgspony namens Hero. Dann nahm sie den Metallstab wieder vom Boden auf, wohin sie ihn vor kurzem gelegt hatte, als sie sich für ein dringenderes Bedürfnis zurückgezogen hatte. Sie packte das Tier am Vorderbein, wie Tim es ihr gezeigt hatte, und versuchte einen schlammigen Huf vom Boden hochzuzerren.

Ihr sicherlich tausend Kilo schweres, schweißtriefendes, stinkendes Pferd lehnte sich freundschaftlich gegen sie. Sein Atem, der nach verfaultem Gras roch, strich heftig an ihrer Wange entlang.

Igitt. Lynn wußte, warum sie Pferde haßte.

»Laß mich, du«, murmelte sie, drückte das Tier mit der Schulter fort und wurde mit einem sanften Stüber belohnt.

Obwohl sie mit aller Kraft zog, bewegte sich der Huf keinen Zentimeter.

»Hier.« Grinsend kam Tim ihr zu Hilfe, nahm ohne die geringste Mühe den Huf auf und reichte ihn ihr.

»Danke.« Lynn konnte es nicht ändern, daß sie sauer klang. Sie fühlte sich sauer – und wund.

Fast bis zum Boden gebeugt, hielt sie ein haariges, schmutziges Tierbein hoch und stieß wieder ihren Stab in den schlammverkrusteten Huf, der zwischen ihren Knien steckte.

Hero lehnte sich gegen sie. Lynn erwog Pferdemord.

»Stoßen Sie noch etwas tiefer hinein, ich wette, Sie finden einen Stein«, sagte Tim.

Sie werden lernen, sich um Ihr eigenes Pferd zu kümmern, hatte der Werbeprospekt für diesen Ausflug versprochen.

Als Lynn sich daran erinnerte, dachte sie: Juchhe!

Sie bohrte noch mal, und der Klumpen brach aus dem Huf heraus. Ein Stein, wie angekündigt, der in einer dunklen Substanz steckte, die zu schrecklich roch, um nur Erdschlamm zu sein. Lecker.

»Gut gemacht.« Tim tätschelte ihr anerkennend die Schulter (oder vielleicht war »schlagen« das treffendere Wort). Lynn verlor das Gleichgewicht, taumelte zurück und ließ Huf und Stock fallen. Das Pony stampfte mit dem Fuß auf, schnaubte laut und wandte den Kopf zu ihr um. Wäre das Tier ein Mensch gewesen, Lynn hätte geschworen, es habe gekichert.

»Oh, Entschuldigung«, sagte Tim. Sein Spaß war allzu offensichtlich, als er den Stock aufhob. »Wir werden noch eine Pferdefrau aus Ihnen machen. Warten Sie nur ab.«

»Ich kann's gar nicht erwarten.«

»Hier, geben Sie ihm das, und er wird Sie ewig lieben.«

»Hab' ich ein Glück.« Unter Tims Aufsicht befestigte Lynn unbeholfen einen Futtersack um Heros Hals. Das Pony zuckte mit den Ohren zu ihr hin und fing an zu fressen.

»Nun streicheln Sie ihn«, wies Tim sie an. Streicheln war nicht unbedingt das, was Lynn mit dem zottigen Vieh am liebsten gemacht hätte, aber sie schluckte ihre weniger zivilisierten Impulse herunter und tat wie geheißen. Heros ungepflegtes Fell fühlte sich rauh an, als sie ihm einen pflichtgemäßen Klaps gab. Sie drehte ihre Hand um und blickte mit Abscheu auf die schmutzigen, rotbraunen Haare, die an ihren Fingern klebten.

»Gut gemacht.« Tim nickte und ging dann weiter, an der Reihe der angebundenen Ponys entlang.

Endlich in Ruhe gelassen, stieß Lynn ihre Faust heftig gegen die schmerzende Stelle an ihrem Rücken und versuchte nicht daran zu denken, daß dies erst der zweite

Tag ihres zehntägigen Wildnis-»Urlaubs« war. Und sie versuchte auch, nicht mehr ihr Hinterteil zu massieren.

Welcher Dämon hatte sie nur getrieben, hierher zu kommen?

Rory, gestand sich Lynn ein, während sie auf eines der kleinen Lagerfeuer zuhumpelte, die Schutz – ha! – vor den Stechmücken bieten sollten. Ihre 14-jährige Tochter hatte sie nicht gebeten, an diesem Klassenausflug teilzunehmen. Ganz im Gegenteil hatte Rory aufgestöhnt, als Lynn ihr sagte, sie habe sich gemeldet. Aber Lynn war der Meinung, daß Rory sie brauchte. Und sie ihrerseits brauchte Zeit, um die Beziehung zu ihrer Tochter zu festigen, die in letzter Zeit zu bröckeln schien.

Wie auch immer, der Werbeprospekt hatte diesen Ausflug als erzieherisch, vergnüglich und als Erfahrung fürs Leben dargestellt – alles inklusive.

Daher hatte sie sich zwei Wochen von der täglichen Schinderei der Fernsehsendungen freigenommen, ihr erster richtiger Urlaub seit drei Jahren, und hier war sie also gelandet, an einem gottverlassenen Gebirgshang in der abgeschiedenen Wildnis des Utah Uinta Range, und schleppte sich auf einer Teenager-Traumreise zu Pferde voran.

Die Frage war: Vergnügte sie sich schon?

Die Antwort lautete entschieden: *Nein!*

Lynn ließ sich auf einen Heuballen nahe beim Lagerfeuer fallen, der zu genau diesem Zweck dort abgelegt worden war, und versuchte das Leben von seiner positiven Seite zu sehen. Rorys Begeisterung für den Aufenthalt im Freien nachzugeben war zumindest besser, als mit ihrer eskalierenden Verrücktheit nach Jungs fertig zu werden. Dieser Ausflug – Rorys Belohnung dafür, daß sie es ein ganzes Jahr im Kollegiat ausgehalten hatte, einer exklusiven Akademie ausschließlich für Mädchen – hatte ein Vermögen gekostet, aber der Urlaub war zum Glück männerfrei.

Abgesehen von den Führern: sechs, allesamt männlich und – natürlich – alle attraktiv. So lief das nun mal im Leben. Sie hätte daran denken sollen.

Genauso wie sie es sich hätte denken können, daß ihre neuen Reitstiefel drücken, ihr Hinterteil schmerzen und die Sonne ihre Nase verbrennen würde, trotz der dicken Schicht Sonnenschutzcreme und des breitrandigen Hutes, den sie den ganzen Tag getragen hatte. Und sie hätte sich denken können, daß ihre Haut – sogar dort, wo sie gar nicht zu sehen war – sich anfühlen würde, als müßte sie ordentlich durchgeklopft werden, damit der Dreck abfiel.

Sie haßte Reiten.

Lynn veränderte ihre Lage, stöhnte auf und rieb die Knöchel ihrer Fäuste kräftig gegen die Schenkel. Es kam ihr so vor, als würde jeder Muskel unterhalb ihrer Hüfte steif.

»Das könnte helfen.« Der Mann, der sich neben sie kniete – ja, knien war das richtige Wort; Männer in Utah fielen wirklich auf die Knie –, hielt ihr eine flache goldene Dose hin.

Doc Grandview's Pferdebalsam, war auf dem Deckel in schwarzen Buchstaben zu lesen. Ganz genau, dachte Lynn. Da sogar die Salbe, die man ihr anbot, aussah, als könnte sie Wyatt Earp gehört haben, war ihre Skepsis endgültig geweckt. Alles an diesem Ausflug, von den Veranstaltern selbst bis hin zu den Fliegen, die um die Pferdeohren summten, hätte vollkommen in den guten alten Wilden Westen gepaßt. Lynns Urteil war: Viel zu touristisch.

»War ich so deutlich?« Lynn bekam trotzdem ein Lächeln hin, als sie die Dose nahm und in ihrer Hand drehte. Owen Feldman und sein jüngerer Bruder waren die Inhaber von Adventure Inc., dem Unternehmen, das die Reise geplant hatte und nun durchführte. Owen war groß, breitschultrig und schmalhüftig, mit dichtem tabakbraunem Haar, einem kantigen Gesicht mit kräftigen Kieferknochen und strahlend blauen Augen, für die man sterben konnte. Vielleicht ein paar Jahre älter, als sie selbst mit ihren 35 Jahren war. Angeblich stammte er durch und durch aus Utah, war hier geboren und aufgewachsen und kannte die Uinta-Wildnis so gut wie kaum jemand sonst. Laut Prospekt war er ehrlich, kompetent und vollkommen zuverlässig – ein wirklicher Cowboy.

Bereits zwei Tage nach Reisebeginn hatte Lynn herausgefunden, daß sie Cowboys haßte. Besonders die Angeber. Jedesmal, wenn sich die Feldmans und ihre Mannschaft in den Sattel schwangen, war sie halb darauf gefaßt, ein verstecktes Orchester die Titelmelodie von *Bonanza* spielen zu hören.

Rory war allerdings vollkommen hingerissen. Sie hatte schon darauf hingewiesen, daß Owen ein möglicher Gefährte für ihre Mom war. Sie selbst, sagte Rory, zog den jüngeren Bruder Jess vor.

Bei diesem Gedanken runzelte Lynn die Stirn. Wo war Rory eigentlich? Und wo war Jess?

»Viele Leute werden am ersten Tag vom Sattel wund«, sagte Owen, der ihren grimmigen Gesichtsausdruck offenbar dem Kummer darüber zuschrieb, daß sie ein solcher Waschlappen war. »Reiben Sie das einfach auf Ihren … äh, die betroffene Stelle, dann geht es Ihnen morgen früh viel besser.«

»Ja, danke.« Lynn schob die schuhputzcremegroße Dose in die Tasche ihrer knallig orangefarbenen Windjacke – neu für die Reise, mit einer Farbe, die herumziehende Jäger davon abhalten sollte, sie für einen Elch zu halten – und stand auf. Die Innenseiten ihrer Knie schrien protestierend auf. Die Hinterseiten ihrer Schenkel weinten. Ihr Po tat immer noch weh. Lynn versuchte, kein noch so kleines Schmerzgeräusch von sich zu geben, und blickte sich im Lager um. »Haben Sie Rory gesehen? Oder Ihren Bruder?«

Owen lächelte. Die braune Haut um seine Augen wies

gerade so viele Fältchen auf, wie man das von der braunen Haut um die Augen eines Cowboys erwartete. Er stand ebenfalls auf und überragte ihre ein Meter sechzig um fast dreißig Zentimeter. Selbst mit einem großen Casting hätte man die Rolle nicht besser besetzen können, dachte Lynn trocken.

»Rory ist Ihre Tochter, stimmt's? Die kleine Blonde? Sie und ein paar andere Mädchen wollten lernen, wie man die Angel auswirft. Jess war bereit, es ihnen vor dem Essen zu zeigen.«

»Oh, toll.« Lynn konnte ihren sarkastischen Tonfall nicht unterdrücken. Owen hatte offenbar kein Problem damit, daß sein Bruder allein mit einem Schwarm leicht zu beeindruckender Mädchen loszog; Lynn schon. Jess Feldman war nicht aus demselben Holz geschnitzt wie sein älterer Bruder. Das Prädikat »vollkommen zuverlässig« traf auf ihn nicht mal ansatzweise zu. »Wo entlang sind sie gegangen?«

Sie versuchte einen humorvollen Ton anzuschlagen, was ihr aber nicht ganz gelang. Owens Blick wurde schärfer.

»Kommen Sie. Ich zeig's Ihnen«, sagte er.

»Ich möchte Sie nicht von irgendwas abhalten, das Sie gerade tun wollen.« Auch wenn ihre Antwort ein Körnchen Wahrheit enthielt, war es doch hauptsächlich so, daß Lynn sich einfach nicht wohl fühlte, wenn sie auch nur einen kleinen Gefallen von irgend jemandem annahm. Sie war schon so lange allein in ihrem Kampf um ein besseres Leben für sie und Rory, daß sie sich längst daran gewöhnt hatte. *Verlaß dich niemals auf andere,* war ihr Motto.

Vor allem nicht auf falsche Cowboys.

»Bob und Ernst bereiten das Essen vor. Tim kümmert sich um die Pferde. Es gibt für mich im Moment nichts zu tun.« Owen lächelte sie an. »Kommen Sie.«

Lynn erwiderte widerstrebend sein Lächeln und paßte

sich seinem Schritt an. Nebeneinander liefen sie durch das Lager auf den dichten Nadelwald zu, der den steilen Abhang am anderen Ende der Lichtung bedeckte. Hohe Kiefern hatte jahrzehntelang so viele Nadeln verloren, daß der Boden unter den Füßen ganz weich war. Lynn kam es vor, als liefe sie auf einem knöcheltiefen Teppich.

Die meisten Mädchen saßen auf sackleinernen Stapeln in einem Halbkreis zusammen und sangen. Pat Greer und Debbie Stapleton, die anderen begleitenden Mütter, blickten von ihrer selbstgewählten Aufgabe, einen improvisierten Gesang zu leiten, auf, als Lynn mit Owen vorbeiging.

»Zehn grüne Milchflaschen hängen an der Wand.
Aber wenn eine von ihnen runterfällt,
hängen nur noch neun Milchflaschen an der Wand.«
Milch.

Lynn riß sich zusammen, um nicht loszulachen. Das entschlossen fröhliche und noch entschlossener drittklassige Geträller fand sie grauenhaft. Pat und Debbie waren die reinsten Tipper-Gore-Klone: Nie hätten sie ihre kleinen Schützlinge von etwas singen lassen, das so wenig altersgemäß war wie Bier.

Lynn mochte Bier. Hätte sie ein Glas zur Hand gehabt, hätte sie es auf der Stelle heruntergestürzt, nur um die anderen Mütter zu ärgern.

Weil die sie ärgerten mit ihrer Fröhlichkeit, ihrer Neugier und ihrer perfekten Mütterlichkeit.

Lynn spürte förmlich den Druck ihrer gebündelten Blicke, die ihren Rücken durchbohrten, als sie vorbeiging. Aufgedonnerte Vorstadtmatronen, die ein angenehmes Leben an der Seite erfolgreicher Ehemänner führten: Pat und Debbie schienen ihr instinktiv zu mißtrauen. Als alleinerziehende berufstätige Mutter, die von Kaffee und Zigaretten lebte und einen anspruchsvollen, qualifizierten Beruf hatte, erschien sie ihnen – Lynns Meinung nach – wahrscheinlich als ein Wesen von einem anderen Stern.

Und wahrscheinlich, so vermutete sie etwas widerstrebend, hatten sie sogar recht.

»Haben Sie noch andere Kinder?« fragte Owen, als er anhielt, um für sie einen Ast zur Seite zu schieben, damit sie vor ihm in den Wald gehen konnte.

»Nur Rory.« Lynn strengte sich an, ihre Laune ebenso wie ihre Stimme zu heben, als sie an ihm vorbei auf den zertrampelten Pfad trat. Unter den Bäumen war es düster und drei Grad kälter. Moos überzog alles, Steine, Baumstämme und den Pfad. Es roch feucht, wie in einem Keller. »Mein einziges Kind.«

»Sie sieht genauso aus wie Sie. Ich hätte sie überall als Ihre Tochter erkannt.«

Lynn lief direkt in ein kaum sichtbares Spinnennetz, das sich über den Weg spannte. Schaudernd wischte sie die klebrigen Fäden aus dem Gesicht und ging weiter.

»Ja, nicht wahr?« Sie konzentrierte sich darauf, Owen eine intelligente Antwort zu geben, und versuchte, nicht an die Spinne zu denken, die sie zusammen mit dem Netz weggewischt hatte. Sie haßte Spinnen. Es stimmte, sie und Rory sahen gleich aus. Sie beide hatten blonde Haare – auch wenn Lynn zugegebenermaßen etwas nachhalf, um den hellen Ton ihrer kinnlangen Mähne zu erhalten –, eine helle Gesichtsfarbe und große, unschuldig blickende blaue Augen. Beide waren nicht gerade groß (sie haßte das Wort kurz), doch ihre schlanke Figur machte die kleine Statur wett. Der Unterschied war nur, daß sich Lynn in den letzten Jahren mehr anstrengen mußte, um ihr Gewicht zu halten, während Rory immer noch mühelos schlank blieb. »Armes Kind«, sagte sie zu Owen.

»Das würde ich nicht sagen.« Er war hinter ihr. Lynn konnte sein Gesicht nicht sehen, aber sein Ton verriet, daß er ihr Aussehen bewunderte. Lynn verzog das Gesicht. Sie hoffte, er würde sich nicht an sie heranmachen. Gutaussehend oder nicht, er würde enttäuscht werden, wenn er es versuchte. Sie hatte kein Interesse an einer Urlaubsliebschaft und träumte auch nicht davon, mit einem Möchtegern-Cowboy ins Bett zu gehen.

»Haben Sie Kinder?« fragte Lynn, nur um etwas zu sagen. Der Pfad schlängelte sich nach oben und führte sie von dem Felsplateau weg, wo sie die Nacht verbringen würden. Wurzeln und die aufragenden Kanten halb verborgener Steine zwangen sie darauf zu achten, wohin sie trat. Vor sich konnte Lynn das Plätschern von Wasser hören. Rascheln, Knacken, Zirpen von allem möglichen Lebendigem, worüber sie lieber nicht so genau nachdenken wollte, waren noch näher.

»Nee.« In Owens Ton schwang ein Lächeln mit. »Auch keine Frau. Mein Bruder sagt, bei mir hält's keine aus. Wenn Frauen mich erst einmal kennengelernt haben, werfen sie mich schließlich doch wieder weg.«

Lynn war so überrascht, daß sie über die Schulter zurücksah. »So schlimm sind Sie sicher nicht.«

Owen zwinkerte ihr zu. »Finde ich auch. Aber Jess ist da ziemlich entschieden.«

Lynn lief weiter. In diesem reuigen Blick lag etwas, das sie vorsichtig machte. Er war zu bezaubernd, fast wie eingeübt. Ein Teil der Tour. Genausogut mochte er sie auch anlügen: Sie konnte sich vorstellen, daß der Bursche vielleicht verheiratet war und ein Dutzend Kinder hatte.

Nicht, daß ihr etwas daran läge, ob Owen Feldman verheiratet war oder nicht. Aber es irritierte sie, daß er möglicherweise dachte, sie wäre dumm genug, einem Lächeln, blauen Augen und einem Cowboyhut zu erliegen. Sie hatte ihre Fehler, aber Dummheit gehörte nicht dazu.

Ein plötzlicher heller Lichtstreifen vor ihr zog Lynns Aufmerksamkeit auf sich. Durch einen Rahmen aus schwingenden Ästen wurde Sonnenlicht von der Oberfläche silbrigen Wassers reflektiert. Während sie auf das Licht zuging, verbreiterte sich die Sicht auf einen weiten Strom, einen Streifen sonnigen Himmels und die braungrüne Wand des Waldes, der sich direkt hinter dem gegenüberliegenden Ufer den Berg hinaufzog. Eine wohlgenährte Bisamratte saß mit zitternden Barthaaren auf einem glatten grauen Felsen, der sich aus dem Strom erhob, und starrte auf etwas, das die Menschen nicht sehen konnten. Lynn beobachtete, wie sie unter die Oberfläche tauchte, und ihr geschmeidiger brauner Körper entschwand ihrer Sicht, ohne mehr als ein leichtes Kräuseln zu hinterlassen.

Verzaubert von dieser Vorstellung, trat Lynn unter dem überhängenden Dach aus Ästen hervor in eine Szene von atemberaubender Schönheit. Ein breiter Fluß mit dunkelgrünem Wasser floß über glatte Steine auf eine Felstreppe in gut dreißig Meter Entfernung zu. Dort stürzte er fast vier Meter in die Tiefe, in eine laute, neblige weiße Gischt, bevor er seine ruhige Reise den Berg hinab fortsetzte.

Auf großen Felsbrocken, von denen aus man den Wasserfall überblicken konnte, saßen zwei schlanke Teenagermädchen in Jeans. Mit gespreizten Beinen stand eine dritte – blond, zierlich und lachend – bis zu den Schenkeln mitten im Fluß oberhalb des Wasserfalls. Ihr mit einem blauen T-Shirt bekleideter Rücken ruhte sicher an der weißen T-Shirt-Brust eines hübschen, bronzehäutigen jungen Mannes mit goldbrauner Mähne.

Rory und Jess Feldman. Lynns Augen wurden schmal. Entgegen allem Anschein – Rory war nun eine Spur größer als Lynn, und ihre kindliche Drahtigkeit begann weiblicheren Kurven zu weichen – war sie immer noch ein erst 14-jähriges Kind. Ein nach Jungen verrücktes Kind.

Jess Feldman war jedoch kein Junge mehr. Er mußte mindestens dreißig sein. Und dieser Taugenichts hatte unglaublicherweise seine Arme um ihre Tochter gelegt.

3

Einen Augenblick lang tat Lynn nichts, sie sah nur schweigend zu, während sie die Hände an ihren Seiten zu Fäusten ballte.

Jess Feldmans große braune bedeckten Rorys kleinere Hände. Er führte sie, während sie langsam einen Bogen über ihrem Kopf beschrieb und dann einen dünnen Angelstock aus Bambus sausen ließ. Die neongrüne Leine sprang und summte, als sie sich von der Spule abwickelte. Mit einem Platsch traf der Senker auf das Wasser, ungefähr sieben Meter von dem Paar entfernt, und versank sofort.

Die Mädchen auf dem Fels applaudierten. Lachend wandte sich Rory in Jess' Armen um, um ihm etwas zu sagen, erblickte ihre Mutter am Ufer und erstarrte. Jess folgte ihrem starren Blick, entdeckte Lynn und seinen Bruder und winkte.

Nonchalant. Freundlich und beiläufig. Als ob es nichts gäbe, was die Mutter des unschuldigen Kindes in seinen Armen aufregen müßte.

»Jess kann gut mit Kindern umgehen«, sagte Owen gelassen zu ihr.

Lynn nahm diese Bemerkung ungläubig zur Kenntnis, außerstande, die Augen von dem Paar im Wasser abzuwenden. »Gut mit Kindern umgehen« war nicht der Ausdruck, mit dem sie Jess Feldmans Verhalten beschrieben hätte.

»Rory – und die anderen Mädchen – sind keine Kinder. Es sind Teenager. Junge Frauen«, sagte Lynn scharf und machte ihrer Tochter ein Zeichen.

Rorys Gesicht verfinsterte sich. Lynn wappnete sich für eine unangenehme Szene, die kaum zu vermeiden war, wenn sie darauf bestand, daß Rory aus dem Wasser kam. Wie schon so oft in letzter Zeit fragte sie sich, wann genau dieses so fürchterlich zur Selbstzerstörung neigende Nymphchen ihre süße, liebe Tochter ersetzt hatte.

Die Veränderung war über Nacht gekommen, wie es schien. Wenn Lynn darüber nachdachte, stiegen in ihr manchmal Bilder aus dem Film *Die Körperfresser kommen* auf. Vielleicht hatte sich ein Alien in Rorys Körper eingenistet, während das Kind schlief.

Die Vorstellung hatte fast etwas Tröstliches. Zumindest befreite sie Lynn von jeglicher Schuld.

Der Lärm von Metall, das auf Metall aufschlug, drang aus der Ferne zu ihnen: die Triangel, die zum Essen rief. Lynn hatte gesehen, wie einer der Männer sie zuvor ausgepackt hatte.

»Essen fassen!« Owen legte die Hände an den Mund, um seinen Bruder zu rufen, der grinste, ihm den Daumen senkrecht entgegenreckte, etwas zu Rory sagte und geschickt seine Leine einzog. Er legte die Angelrute auf seine Schulter und hielt Rory über dem Ellbogen am Arm fest, während das Paar aus dem Wasser stapfte. Lynn ging zu ihnen, gefolgt von Owen.

»Danke, Jess«, sagte Rory mit einem bewundernden Blick nach oben, als sie das Ufer erreichten. Die anderen Mädchen – Rorys beste Freundin Jenny Patoski und ihre zweitbeste Freundin Melody James – rutschten von ihrem Sitz herunter und umringten die beiden. Jenny war größer als Rory, mit lockigem schwarzem, schulterlangem Haar, großen Schokoladenaugen und feinen Gesichtszügen. Sie war ein hübsches Mädchen, hübscher als Melody, deren hellbraunes Haar so lang und glatt war wie Rorys, die aber leider mit einer großen Nase und eher kleinen Augen gesegnet war. Doch nicht einmal Jenny war, wie Lynn gerechterweise dachte, so hübsch wie Rory – besonders dann nicht, wenn Rory strahlte wie in diesem Moment.

»Gern geschehen.« Jess schenkte Rory das Lächeln eines geübten Herzensbrechers, dann wandte er seine Aufmerksamkeit den anderen Mädchen zu, die darum wetteiferten, von ihm wahrgenommen zu werden. Er hielt eine Hand empor, um Ruhe zu erbitten. »Euch Damen werde ich später noch fangen. Jetzt laßt uns essen gehen.«

Der gleiche geblendete Ausdruck zeigte sich auf allen drei jungen Gesichtern, als die Mädchen ihm zusahen, wie er seine Angel zur Seite legte und nach einem Flanellhemd griff, das über einem Fels in der Nähe ausgebreitet lag.

Als er es mit absichtlicher Langsamkeit und tänzelnden Muskeln anzog, lief ihnen praktisch der Sabber aus den Mündern.

Lynn mußte sich zusammenreißen, um nicht einen sarkastischen Pfiff hinter ihm herzuschicken.

Nicht, daß sie keine Ahnung hätte, was in den Mädchen vor sich ging. Im Gegenteil verstand sie nur allzu gut. Mit 14 Jahren wäre auch sie von Jess Feldman geblendet gewesen. Er war sexy, das mußte sie zugeben, aber er war es zu absichtsvoll. Allerdings waren die Mädchen noch etwas jung, um eine so subtile Feststellung zu treffen. Er trug sein braunes Haar mit goldenem Schimmer als schulterlange Mähne (es hätte sie nicht überrascht, falls sich herausstellen sollte, daß die blonden Strähnchen genauso künstlich waren wie die ihren), hatte breite Schultern, einen geschmeidigen, muskulösen Körper und genug braune Haut, um eine Couch damit aufzupolstern. Wenn man noch den Appeal der schmalen Hüften und langen Beine in engen, bis zu den Oberschenkeln nassen Jeans hinzunahm, außerdem die gleichen strahlend blauen Augen wie sein Bruder und ein schiefes, verschmitztes Lächeln, dann war er durchaus die Verkörperung des Traummannes vieler junger Mädchen. Nur eine erwachsene Frau konnte die Verlogenheit dieser Verpackung erkennen. Alles von seinen schulterlangen Locken bis zu den engen Jeans schien dafür berechnet, Frauen in Aufregung zu versetzen.

Lynn fragte sich, ob die Letzte-Cowboys-Tour der beiden Brüder mehr Touristen anzog. Wahrscheinlich, nahm sie an.

Zumindest Touristinnen.

Auch wenn Jess die verzückte Aufmerksamkeit der Teenager scheinbar nicht mitbekam, während er sein Hemd zuknöpfte, konnte er unmöglich den Aufruhr übersehen, den er in ihrer verletzlichen Libido heraufbeschwor: Ihre Herzen (oder was auch immer) zeigten sich in ihren Augen. Lynn zweifelte nicht daran, daß er sie absichtlich reizte.

Wahrscheinlich versetzte es ihm einen Kick, sie so zu erregen. Lynn war überzeugt, daß er zu dieser Sorte Größenwahnsinniger gehörte. Sie war diesem Typus schon zu oft begegnet. Wahrscheinlich hielt er sich für einen Zuchthengst und bewies so oft wie möglich, daß er diesen Ruf zu Recht genoß. Bei dem Gedanken verengten sich ihre Augen.

Nicht mit ihrem Mädchen, o nein!

»Wo ist deine Jacke?« fragte sie Rory, fast ohne beim Sprechen die Lippen zu öffnen. Das blaue T-Shirt mit seinem zähnefletschenden Bulldoggen-Emblem klebte zu eng an Rorys knospenden Brüsten. Die kühle Luft sowie ihre nassen Jeans machten Rory so sehr frösteln, daß ihre Brustspitzen hart geworden waren und sich deutlich sichtbar durch den dünnen Stoff drückten.

Zumindest hoffte Lynn, daß die Reaktion durch die Kälte hervorgerufen war.

Das Kind trug keinen BH.

»Ich habe meine Jacke im Camp gelassen. Es ist warm. Ich jedenfalls brauche keine.« Lynn sah ihre Tochter genau an. Rory erwiderte den Blick voller Interesse.

»Und deinen BH auch?« Lynn stellte ihre Frage zuckersüß, mit so leiser Stimme, daß die anderen sie nicht hören konnten.

Rorys Stimme und auch ihre Haltung spiegelten deutlich ihre Abneigung wider. »Laß mich in Ruhe, Mutter.«

»Jetzt hör mir mal zu, junge Dame …« Lynn registrierte, wie ihre Stimme lauter wurde, und unterbrach sich selbst, indem sie sich auf die Lippe biß. Wenn sie sich auf einen Schreiwettbewerb mit Rory einließ, würde es ihr am Ende nur peinlich sein, das wußte sie aus Erfahrung. Das Debakel würde damit enden, daß Rory in lautes Heulen ausbrechen und Lynn sich fühlen würde, als hätte ihr jemand in den Magen geboxt.

Sie mußte eine andere Möglichkeit finden, mit ihrer Tochter fertig zu werden. Aber sie wußte einfach nicht, welche.

Wieder war der metallene Schlag zu hören. Rorys Blick wanderte von ihrer Mutter zu Jess hinüber und wurde sofort wieder anhimmelnd. Lynn knirschte mit den Zähnen.

»Wenn wir nicht zurückgehen, kriegen wir nichts mehr«, sagte Owen zu seinem Bruder. Jess grinste.

»Bob wird uns genug übrig lassen. Immerhin sind wir die Bosse. Diese Damen allerdings … Traurig, es zu sagen, aber für sie gilt das leider nicht.«

Sie machten sich jetzt auf den Weg zum Camp, wobei Owen sie antrieb. Die Mädchen protestierten im Chor angesichts der Aussicht, eine Mahlzeit zu verpassen, während Owen galant die Wogen glättete, die sein Bruder mit seinen Neckereien aufgewühlt hatte.

Lynn hörte der sich anschließenden Unterhaltung nicht zu. Nachdem sie sich direkt vor Owen, der das Schlußlicht bildete, in die Prozession eingegliedert hatte, erwog sie still das Für und Wider eines Vortrags über die Gefahren, die von gefräßigen älteren Männern ausgingen. Sollte sie Rory einen solchen Vortrag halten, sobald sie eine Chance bekam, mit ihrer Tochter allein zu sein? Sinnlos, lautete ihr Urteil, als sie die hochgezogenen Schultern und den tänzelnden Rücken ihrer Tochter erblickte. Die Ansichten ihrer Mutter waren Rory ohnehin bekannt. Lynn merkte das an der Art, wie das Kind lief.

Und Rory war auf herausfordernde Weise entschlossen zu tun, was ihr paßte. Auch das konnte Lynn bemerken.

Sie seufzte. Als Rory ein Baby war, hatte Lynn geglaubt, daß es für Mütter einfacher würde, wenn das Kind älter wurde. Hatte sie eine Ahnung gehabt!

Als sie im Lager ankamen, war der Lobgesang auf die Milch zum Glück vorbei. Die Zurückgebliebenen wuschen sich gerade die Hände und stellten sich dann mit ihren Zinntellern zum Essenfassen auf. Mit einem fröhlichen Ruf zu ihren Freundinnen hinüber hüpfte Rory davon, um ihre nassen Jeans zu wechseln.

Lynn und die anderen beiden Mädchen gingen hinüber, um sich die Hände in dem dafür vorgesehenen Eimer zu waschen. Die Feldman-Brüder gingen gemeinsam irgendwo hin.

Gut, daß sie die los war, dachte Lynn.

»Ist Jess nicht süß?« sagte Jenny zu Melody, die hinter ihr in der Schlange stand. Lynn mußte sich beherrschen, um nicht die Augen zu verdrehen.

»Unglaublich männlich«, stimmte Melody zu. Sie wandte sich um zu Lynn und fragte: »Finden Sie nicht auch, Mrs. Nelson?«

»O ja, unbedingt«, sagte Lynn trocken. Erleichtert sah sie, daß Rory, nun in trockenen Jeans und mit einem grauen Reißverschluß-Sweatshirt über die Lichtung zu ihnen kam. Die sechs oder sieben hellgelben Zelte standen eng beieinander, und es schien nur zu naheliegend, daß Jess Feldman in eines hineingegangen war, um auch seine nasse Jeans auszuziehen. Die Vorstellung, daß sich ihre von Hormonen getriebene Tochter in nächster Nähe zum Gegenstand ihrer neuesten Verliebtheit befand, während beide sich umzogen, hatte gelinde gesagt nicht gerade zur mütterlichen Ruhe beigetragen.

»Worüber sprecht ihr gerade?« erkundigte sich Rory bei ihren Freundinnen, als sie sich ihnen anschloß.

»Jess Feldman«, sagte Melody. »Deine Mutter findet ihn absolut süß.«

»Ah ja?« Rory richtete ihren Blick auf Lynn, während Jenny den Eimer ergriff, um ihre Hände zu waschen.

Lynn konnte nicht mehr. Dieses Mal verdrehte sie die Augen. »Oh, ein prächtiges Mannsbild.«

»Ich finde das auch«, sagte Rory und hob das Kinn. Lynn wußte, daß Rory ihre Mutter für hoffnungslos alt, hoffnungslos doof und überhaupt für hoffnungslos hielt. Die anderen Mädchen bedachten Rory mit mitleidigen Blicken.

»Glaubt ihr nicht, daß er ein bißchen zu reif für uns ist?« fragte Melody ihre Freundinnen, als sie dran war mit Händewaschen. Dieser Beweis von Vernunft und Einsicht hätte Lynn beeindruckt, wenn die drei Mädchen nicht Blicke getauscht, im selben Atemzug »Nein!« ausgerufen und laut losgekichert hätten.

»Ihr Mädchen beeilt euch besser mal, wenn ihr noch was zu essen haben wollt!« rief Pat Greer ihnen vom Kopf der Essensschlange aus zu. Das Essen und andere notwendigen Dinge war ihnen in einem Jeep mit Vierradantrieb gebracht worden, einem roten Grand Cherokee, um genau zu sein. Das Fahrzeug, das auf einer anderen, vermutlich leichteren Strecke zum Lager gekommen war, hatte bereits gewartet, als sie eingetroffen waren. Nun verströmten über dem größten Feuer aufgehängte Kessel verführerische Gerüche von Gegrilltem und gebackenen Bohnen.

»Wir kommen!«

Melody reichte Lynn die Seife, dann jagten sie und Jenny davon. Lynn gab die Seife an Rory weiter, da sie sich die Hände erst waschen wollte, nachdem Rory fertig war.

Allein mit ihrer Mutter, seifte sich Rory die Finger ein und warf Lynn einen verstohlenen Blick zu. Lynn erwiderte ihn, ohne zu sprechen.

»Ja, Mutter?« sagte Rory mit einer vor Sarkasmus triefenden Stimme.

Bis zu diesem Jahr noch hatte Rory sie Mom oder Mommy genannt, in warmem, liebevollem Tonfall, von dem Lynn sich nie hätte vorstellen können, daß er sich einmal ändern würde. Die Art, wie Rory nun »Mutter« sagte, war kalt und absichtlich verletzend. Lynn haßte es zuzugeben, daß dieser Ton weh tat, aber es war so.

»Weißt du, es könnte wirklich leicht passieren, daß ihr Mädchen Jess Feldman einen falschen Eindruck vermittelt«, sagte Lynn sanft. Indem sie »ihr Mädchen« statt »du« sagte, hoffte sie die Feindseligkeit zu zerstreuen, die darauf folgen mußte.

»Das bezweifle ich.« Rory legte die Seife hin und tauchte ihre Hände in den Eimer, um sie abzuspülen. »Ich habe ihm nämlich schon gesagt, daß ich ein Baby von ihm will.«

»Du hast was zu ihm gesagt?« Wie Lynn wußte, war es genauso fatal, Rory ihre mütterliche Verblüffung zu zeigen, als wenn sie gegenüber einem knurrenden Hund Angst gezeigt hätte, aber sie konnte nicht anders: Es brach einfach aus ihr heraus.

»Ich habe ihm gesagt, ich will ein Baby von ihm«, wiederholte Rory mit bösartigem Vergnügen.

»Rory Elizabeth«, sagte Lynn und konnte kaum ein Keuchen unterdrücken, während sie sich von diesem körperlichen Schlag zu erholen suchte. »Das hast du nicht gesagt.«

»Du bist so *lahm*, Mutter.« Rory trocknete sich die Hände ab. Die blauen Augen, die Lynns eigenen so ähnlich waren, blitzten vor Feindseligkeit. »Du hältst doch Owen für süß, oder nicht? Du solltest wirklich was mit ihm anfangen, solange wir hier sind. Schließlich lebst du nur einmal, Mutter, und du hast es schon lange nicht mehr getrieben.«

»Rory!« Vor Schock verschlug es Lynn den Atem. Rory grinste, unverkennbar zufrieden mit dem Ergebnis ihres Attentats. Sie warf das Papierhandtuch weg, schnappte sich einen Teller von dem Stapel nahe beim Eimer und sprang davon, um sich zu ihren Freundinnen in die Essensschlange zu stellen. Geschockt beobachtete Lynn, wie Rory in einer Geste, die für sie seit ihrer frühesten Kindheit typisch war, ihr langes blondes Haar zu einem Seil über einer Schulter verdrehte, während sie Jenny etwas ins Ohr sagte. Melody gesellte sich dazu, und die drei Mädchen flüsterten hin und her. Lynn fragte sich, worüber sie wohl so angeregt sprachen.

Sie kam zu dem Schluß, daß sie es gar nicht wissen wollte.

Als sie sich genügend erholt hatte, um ihre Hände in den Eimer zu tauchen, betete Lynn, daß Rory sie angelogen hatte. Bestimmt hatte sie nicht etwas so Ungeheuerliches zu Jess Feldman gesagt. Bestimmt war sie vernünftiger.

»Und, wie lange ist es also her?« überraschte sie eine männliche Stimme hinter ihr, als sie sich die Hände an einem Papierhandtuch trocknete.

Aus ihren Gedanken aufgeschreckt, blickte Lynn über die Schulter und sah Jess Feldman, ausgerechnet! Die Flanellhemdsärmel bis zu den Ellbogen aufgerollt, tauchte er seine Hände in das seifige Wasser. Er trug jetzt trockene Jeans und ein anderes, überwiegend blaues Hemd, aber er sah immer noch wie Brad Pitt aus, der für die Darstellung des Marlboro-Mannes vorsprach.

Grauenhafte Bilder von Rory, wie sie ihm erzählte, sie wolle ein Baby von ihm, spulten sich in Lynns Kopf ab.

»Wie lange ist was her?« fragte sie gleichmütig und bemühte sich, die Fassung zu bewahren, solange sich das Durcheinander in ihrem Kopf noch nicht geklärt hatte.

»Daß Sie es zuletzt getrieben haben«, sagte er und grinste.

4

»Das geht Sie doch wohl wirklich nichts an, oder?«

Wenn Lynn feindselig klang, so einzig deswegen, weil es genau ihre Stimmung wiedergab. Er hatte sich die falsche Zeit für einen Annäherungsversuch ausgewählt. Sie hatte Lust, ihm den nächstbesten stumpfen Gegenstand auf den Kopf zu schlagen. Sie zerknüllte das Papierhandtuch, zielte damit auf einen nahestehenden Eimer, der für den Abfall aufgestellt war, und wünschte sich, das zerknüllte Tuch wäre ein Stein und der Eimer sein Kopf.

Die Papierkugel traf mit vorbildlicher Genauigkeit ihr Ziel. Die drei Jahre, in denen Lynn in ihrer High-School die Starwerferin des Softballteams gewesen war, hatten ein dauerhaftes Kennzeichen hinterlassen: Sie traf fast immer, worauf sie gerade zielte.

»He, ich möchte nur Bescheid sagen, daß Sie mich wahrscheinlich herumkriegen könnten, falls Sie sich nach Freiwilligen umsehen.« Jess grinste sie immer noch an, während er seine Hände einseifte. Offensichtlich hatte ihre Feindseligkeit keinen Eindruck auf ihn gemacht. Lynn fragte sich, ob er zu dumm war, Ablehnung als solche zu erkennen, selbst wenn sie ihn mitten ins Gesicht traf.

Wahrscheinlich. Hübsche Jungs waren gewöhnlich dumm.

»Das kann ich mir gut vorstellen.« Kalt blickte sie ihn von oben bis unten an. »Lassen Sie Ihre Hose zu, Romeo, Sie sind nicht mein Typ.«

Ihre Stimme wurde leise, ihr Gesichtsausdruck tödlich, als er sich die Hände abspülte und nach einem Papierhandtuch griff. »Und wenn wir schon beim Thema sind: Sie sind auch nicht der Typ meiner Tochter. Sie ist erst 14, nur für den Fall, daß Sie das nicht wußten. Verführung Minderjähriger. An Ihrer Stelle würde ich das nicht vergessen.«

»Sie ist ein süßes kleines Mädchen.« Amüsiert leuchteten seine Augen auf.

Lynn spürte, wie Zorn in ihr aufstieg. Nur mit Mühe wahrte sie ihre ohnehin schwankende äußere Coolness. »Lassen Sie die Hände von ihr. Ich warne Sie.«

»Wenn Sie schon so besorgt sind, könnten Sie mich von ihr ablenken.« Er knüllte sein Papierhandtuch zusammen und warf es zum Abfalleimer hinüber. Der Wurf ging daneben, und Lynn lächelte gehässig. *Er* war nie ein Starwerfer gewesen, soviel stand fest. Er lächelte sie wieder an, sowohl von ihrer Feindseligkeit als auch von seinem danebengegangenen Wurf anscheinend ungerührt. »Ihre Kleine ist süß. Sie aber sind scharf.«

»Und Sie sind widerlich.«

»Finden Sie?« Jess ging hinüber, hob das Papierknäuel auf und warf es in den Eimer, dann wandte er sich wieder zu ihr um, wobei er die Hände in seine Jeanstaschen steckte. »Sie sollten wissen, daß Owen gerade eine ziemlich schlimme Ehe hinter sich hat. Er ist zur Zeit sehr verletzlich, und das letzte, was er gebrauchen kann, ist eine sexhungrige Touristin, die ihn für eine Urlaubsliebschaft benutzt. Ich hingegen habe kein gebrochenes Herz, bin frei von falschen Vorstellungen und verfügbar, um jeden Ihrer Wünsche zu erfüllen. Widerlich oder nicht, an Ihrer Stelle würde ich mich für mich entscheiden.«

»Sexhungrig ...« Lynn traute ihren Ohren nicht. »Meinen Sie das ernst?«

»Todernst. Rory sagt, sie glaubt, Sie hätten keinen Sex mehr gehabt, seit Sie sich von ihrem Dad getrennt haben, als sie noch ein Baby war. Sie glaubt, daß Sie nur deshalb ständig schlechtgelaunt seien.«

»Das hat sie nie und nimmer gesagt!«

»Nein?« Er grinste aufreizend.

»Nein!« Lynn fürchtete, daß Rory es tatsächlich gesagt hatte, genauso wie das mit dem Baby von ihm. In letzter Zeit war Sex eines von Rorys Hauptgesprächsthemen.

»Lynn! Wenn Sie noch was essen wollen, sollten Sie jetzt besser kommen. Du auch, Jess!« rief Pat Greer. Sie war ein mütterlicher, naturverbundener Typ, mit lockigem dunklen Haar und einem runden Apfelbäckchengesicht, und hatte bereits die Rolle der Leitmutter dieser Expedition übernommen. In ihren Jeans, die an ihrem Hinterteil eine Spur zu stramm saßen, und dem in der Taille zusammengeknoteten Baumwollhemd sah Pat genauso aus wie die Sorte Mutter, die Vorsitzende des Eltern-Lehrer-Verbandes war, jeden Abend liebevoll gekochte Mahlzeiten auf den Tisch stellte und ihren Kindern gegenüber nie ein böses Wort fallen ließ. Die Art Mutter also, wie Rory sie sich wünschte.

Die Art Mutter, das spürte Lynn, wie sie eine sein sollte und doch nicht war.

»Halten Sie sich von meiner Tochter fern«, sagte sie warnend zu Jess Feldman. Dann drehte sie ihm den Rükken zu und ging zum großen Lagerfeuer und zu ihrem Abendessen.

Trotz all der frischen Luft, der harten körperlichen Betätigung und dem reichlichen Essen hatte Lynn keinen großen Appetit. Sie pickte an einem zu scharf gegrillten Fleischstück und zähen gebackenen Bohnen herum, kratzte sich an den Stichen im Nacken, wo tückischerweise fast unsichtbare Stechmücken die dicken Schichten von Insektenschutzmitteln auf ihrer Haut durchbohrt hatten, blinzelte im Rauch des Lagerfeuers und hatte insgesamt genau die Art von Urlaubseindrücken, die in der glänzenden Werbebroschüre von Adventure Inc. versprochen worden waren.

Wenn Sie an einem knisternden Lagerfeuer sitzen, werden Sie zum Abendessen die echte Westernküche genießen und dabei eins sein mit der Natur.

Sie konnte nicht behaupten, daß man sie belogen hatte, das mußte Lynn zugeben. Sie tat genau all das, was der Prospekt versprochen hatte – aber es hatte entschieden nach mehr Spaß geklungen, als sie in ihrem bequemen Wohnzimmer davon gelesen hatte.

Caveat emptor. Möge der Käufer auf der Hut sein. Sie wußte das ja. Was hatte sie erwartet? Ein mobiles Ritz-Carlton mit Pferdefimmel in der Wildnis?

Schließlich gab Lynn die »echte Westernküche« auf und warf ihren Teller mitsamt Essensresten in eine Spülschüssel. Sie blickte sich nach ihrer Tochter um. Wenn sie doch nur ein paar richtig gute Stunden mit Rory verbringen könnte, hätte sich der Ausflug – trotz allen dazugehörigen Elends – gelohnt. Wenn sie nur genug miteinander sprechen würden, könnten sie den riesigen Abgrund, der sich zwischen ihnen immer weiter zu verbreitern schien, vielleicht überbrücken.

Lynn hoffte das. Sie wollte ihre kleine Tochter wiederhaben.

Rory saß mit einem halb geleerten Teller auf dem Schoß inmitten einer Gruppe Freundinnen. Lynn ging auf sie zu.

»Hast du Lust auf einen Spaziergang, wenn du fertig bist?« Lynn legte von hinten versöhnlich eine Hand auf Rorys Schulter. Rory blickte zu ihr auf.

»Klar doch«, sagte Rory, dann verdarb sie es mit einer Geste, die den Mädchenkreis einschloß. »Mit ihnen. Wir werden den Wald erforschen. Jess sagt, es ist ganz ungefährlich, solange wir viel Krach machen, damit die Bären oder was auch immer uns kommen hören. Und solange wir nicht zu weit gehen.«

»Bären?« fragte Lynn und zwang sich zu einem Lächeln. *Ich meinte einen Spaziergang mit mir,* dachte sie, *nur wir zwei allein, und das weißt du auch.* Aber Rorys Augen waren hell und herausfordernd, und es war klar, daß sie nicht die Absicht hatte, ihre Pläne zu ändern, um ihrer Mutter einen Gefallen zu tun.

Lynn würde nicht darauf bestehen. Das wäre, wie sie spürte, kontraproduktiv. Aber es tat weh, daß Rory die Gesellschaft ihrer Freundinnen der ihrer Mutter vorzog.

»Sie sind da draußen, Mrs. Nelson. Wahrscheinlich beobachten sie uns gerade jetzt. Deshalb müssen wir abends sorgfältig alle Lebensmittel wegräumen«, sagte Melody ernst.

»Na, dann viel Spaß. Seid vorsichtig«, sagte Lynn und strich noch einmal über Rorys Haar. Es war eine automatische Geste, so wie sie sie schon seit Jahren machte. Rory drehte heftig ihren Kopf weg und warf ihrer Mutter einen ungeduldigen Blick zu.

»Sorry«, formte Lynn mit dem Mund, da sie wußte, wie sehr Rory es haßte, vor ihren Freundinnen als kleines Kind zu erscheinen. Lynn hatte schmerzhaft erfahren, daß jede liebevolle mütterliche Geste diese Wirkung hervorrief.

»Hau ab«, zischte Rory mit einem kurzen Aufschimmern ihrer weißen Zähne zurück (deren Begradigung ein Vermögen gekostet hatte), das offenbar für ein Lächeln gehalten werden sollte. Bevor Lynn etwas erwidern konnte, hatte Rory sich wieder ihren Freundinnen zugewandt.

Lynn hatte einen Tadel wegen dieser Unverschämtheit schon auf den Lippen, aber sie schluckte ihn herunter. Was auch immer mit Rory los war – ob es »die Sache mit der Pubertät« war, wie Lynns Mutter sich ausdrückte, oder etwas Ernsteres –, ein Streit vor ihren Freundinnen wäre nicht hilfreich.

Ironisch verzog Lynn die Lippen, nachdem sie so entlassen worden war. In gewisser Weise war es komisch: In jeder anderen Hinsicht hatte sie Erfolg in ihrem Leben, sowohl nach ihrem eigenen Maßstab wie nach dem anderer Leute. Wie konnte sie als Mutter nur so versagen?

Da Rory es bestimmt nicht mochte, wenn sie sich in der Nähe herumtrieb, entfernte sich Lynn. Sie sah, daß sich Debbie Stapleton mit der pausbäckigen, stämmigen Irene Holtman, einer der Lehrerinnen, unterhielt. Lucy Johnson, die andere Lehrerin, eine Frau in den Sechzigern mit modisch kurzem silbrigen Haar, ging gerade mit einem braunhaarigen Mädchen mit Pferdeschwanz auf die Zelte zu. Das Mädchen war offensichtlich am Rande der Tränen, und Lynn vermutete, daß sie Heimweh hatte. In der letzten Nacht, der ersten dieser Reise, hatte es zwei andere Mädchen ähnlich erwischt. Da sie die Nacht in dem schuppenähnlichen Schlafsaal auf der Feldman-Ranch verbracht hatten, bekam die ganze Gruppe diesen Jammer mit.

Rory wäre nicht krank vor Heimweh, wenn ihre Mutter nicht mitgekommen wäre, da war Lynn sich ganz sicher. In letzter Zeit schien sich Rory überall dort, wo nicht ihr Zuhause war, besonders wohl zu fühlen.

Vier Mädchen, die an diesem Abend zum Küchendienst eingeteilt waren, wuschen mit Gummihandschuhen das Geschirr ab. Pat Greer räumte das Lager auf und sammelte Abfall ein, befreite ein vergessenes Sweatshirt aus einem Baum und half den Begleitern Bob und Ernst, die für das Abendessen verantwortlich waren, übrig gebliebene Lebensmittel in den Jeep zu räumen. Pats Tochter Katie blieb an der Seite ihrer Mutter und half ihr – fröhlich. Natürlich, da Pat ja die perfekte Mutter war, hatte sie mit *ihrer* Tochter keine Probleme.

Lynn sah wieder zu Rory hinüber und spürte die schon bekannten Schläge aus Hilflosigkeit und Überforderung. Sie liebte ihr Kind verzweifelt und hatte alles getan, um eine gute Mutter zu sein, aber irgendwie hatten sie sich auseinander entwickelt. Sie hatte gehofft, daß dieser Ausflug zwischen ihnen wieder alles in Ordnung bringen würde. Aber anstatt sich zu verbessern, hatte ihr Verhältnis sich nur noch verschlechtert.

Sie brauchte dringend eine Zigarette, ein Laster, über das Rory sich beklagte, das Lynn aber einfach nicht aufgeben konnte. Eine über zwanzigjährige Gewohnheit ließ sich nicht so einfach abstellen, hatte Lynn gemerkt. Außerdem half das Rauchen ihr, schlank zu bleiben.

Jedesmal wenn sie an die zwanzig Pfund dachte, die

sie sicher zunehmen würde, wenn es ihr gelang aufzuhören, zündete sie sich eine neue Zigarette an. Bei ihrer Art von Arbeit war Rauchen die reinste Selbstverteidigung.

Sie lief am Rand der Lichtung entlang, getrieben von der Sorge, daß sie, falls Pat sie erblickte, in irgendein Projekt einbezogen würde. Gerade jetzt fühlte sie sich nicht in der Lage, eine Show fröhlicher Geschäftigkeit abzuziehen. Lynn fand einen einsamen Heuballen und ließ sich darauf niedersinken. Zu sitzen tat weh – aber nicht zu sitzen auch. Es schmerzte nur woanders.

Lynn versuchte die bequemste Lage zu finden und saß schließlich auf der Kante des Ballens, die Beine an den Knien gekreuzt. Nicht, daß diese Stellung nicht geschmerzt hätte, es tat so nur etwas weniger weh.

Sie nahm ihr Feuerzeug und Zigaretten aus der Tasche ihrer Windjacke, zündete sich eine Zigarette an und sog den Rauch ein.

»Wie geht's den müden Muskeln?«

Lynn sah auf und erblickte Owen, der vor ihr aufragte. Es war nun völlig dunkel, und die Luft hatte sich drastisch abgekühlt, obwohl es die dritte Juniwoche war. Sie zog noch einmal an ihrer Zigarette und fing an, sie auszudrücken. Dann überlegte sie es sich und machte herausfordernd noch einen Zug. Warum sollte sie sich wegen des Rauchens schuldig fühlen, zumal hier im Freien? Einzig die Stechmücken wurden durch den Rauch gefährdet, und sie konnte nur hoffen, daß sie daran ersticken würden.

»Müde«, sagte sie und lächelte. Als ob ihr Lächeln eine Einladung bedeutete, setzte er sich neben sie. Lynn wollte und brauchte nur eines: daß man sie in Ruhe ließ. Aber Owen war wohl ein ganz netter Kerl, auch wenn er ein Ekel als Bruder hatte. Höflichkeit würde sie nicht umbringen, beschloß sie.

»Haben Sie schon die Salbe benutzt?« Owens in einer Jeansjacke steckende Ellbogen ruhten auf seinen Bluejeans-Knien. Er blickte sie an. Das orangefarbene Licht des Feuers reichte noch einen Meter weiter; tanzende Schatten machten es ihr schwer, seinen Gesichtsausdruck zu erkennen. Irgendwo in der Dunkelheit wieherte ein Pony und stampfte mit dem Fuß auf, worauf die anderen Ponys ihm nacheinander wiehernd antworteten. Der Wald raschelte ununterbrochen. In der Luft lag der Geruch von Spareribs und Rauch.

»Noch nicht. Ich wollte mich vor dem Schlafengehen einreiben.« Lynn klopfte auf die urige Dose in ihrer Tasche.

»Gute Idee. Das Zeug hilft besser als jedes Insektenschutzmittel gegen alles, was da kreucht und fleucht.«

»Was genau kreucht und fleucht denn so?« Die Vorstellung von krabbelnden Viechern in der Dunkelheit, während sie schlief, machte Lynn unruhig.

»Wahrscheinlich alles, was Sie sich vorstellen können.« Owen grinste. »Was ist schon ein Campingausflug ohne Wanzen, Spinnen, Schlangen und …«

Lynn hob die Hand, um ihn zum Schweigen zu bringen. »Das würde ich liebend gern selbst herausfinden.« Sie zog wieder an ihrer Zigarette.

»Kann ich von Ihnen eine Zigarette schnorren?«

»Sie rauchen?« Lynn sah ihn überrascht an.

»Mhm.« Er nahm Zigaretten und Feuerzeug, die sie ihm reichte, und zündete sich eine an. »Ich hab' vor Jahren aufgehört. Nach … vor ein paar Monaten hab' ich wieder angefangen. Ich kann mich so besser entspannen.«

»Ich auch.«

»Gefällt Ihnen der Ausflug bisher?« Er gab ihr Päckchen und Feuerzeug zurück. Lynn steckte sie in ihre Tasche.

»Oh, ich liebe jede einzelne Minute.«

Owen lachte. »Warum werde ich den Eindruck nicht los, daß das Leben im Freien nicht Ihre Sache ist?«

»Vielleicht, weil das zutrifft.«

»Jess sagte, man sieht Sie im Fernsehen. Sie sollen da einen ziemlich tollen Job haben.«

Lynns Augen verengten sich, während sie langsam den Rauch ausstieß. »Ich weiß nicht, woher Jess ... oh, Rory vermutlich ... aber ich mache die Nachrichtenkoordination für WMAQ in Chicago. Sie können mir glauben, es ist kein Traumjob.«

»Machen Sie das schon lange?«

»Vier Jahre.«

»Aha? Wie sind Sie an einen solchen Job gekommen?«

»Ich habe an der Indiana-Universität einen Abschluß in Kommunikationswissenschaften gemacht. Schon als ich noch zur Schule ging, habe ich für einen Sender in Indianapolis gearbeitet. Nach meinem Abschluß bekam ich eine Stelle als Reporterin für einen Sender in Evansville. Von da ging ich als Wochenendnachrichtensprecherin nach Peoria und von da nach Chicago, wo ich für WMAQ arbeite. Voilà.« Es war eine häufig gestellte Frage. Lynns knappe Antwort hatte sich im Laufe der Jahre auf das Wesentliche abgeschliffen.

»Eindrucksvoll.«

»Mhm.« Lynn zog an ihrer Zigarette. Für Außenstehende sah die Arbeit als Moderatorin der Nachrichtensendung wie ein Traumjob aus. Nur wer aus der Branche kam, wußte, wie stressig und unsicher eine solche Laufbahn war. Zehn Pfund zunehmen, ein paar Krähenfüßchen um die Augen – und es war vorbei.

Und was dann?

Diese Angst nagte ständig irgendwo in ihren Gedanken. Sie war 35 – und sie befürchtete, daß man das allmählich sah. Wieviel Zeit blieb ihr noch?

»Owen, Tim sucht dich. Er muß dich wegen dem Zeitplan von morgen sprechen.« Die Stimme aus der Dunkelheit hinter ihnen gehörte zu Jess. Lynn verkrampfte sich.

»Kannst du das nicht regeln?« Owen schwang sich zu seinem Bruder herum.

»Nee.«

Lynn konzentrierte sich auf ihre Zigarette und sah keinen der beiden Männer an. Aber sie bemerkte etwas – einen kleinen Streifen wortloser Kommunikation – in der Luft zwischen ihnen. Es löste sich auf, als sich Owen mit einem angewiderten Schnauben wieder umwandte.

»Da sollte ich wohl besser gehen«, sagte er zu Lynn, während er seine Zigarette an der Stiefelsohle ausdrückte und den Stummel in die Jackentasche steckte. »Vergessen Sie nicht, die Salbe zu benutzen.«

»Das werde ich nicht. Danke.« Lynn lächelte ihn an. Er erwiderte das Lächeln, stand auf und verschwand in der Nacht.

»Was für eine Salbe?« Jess ging um den Ballen herum und setzte sich auf Owens Platz. Er schob sich den Cowboyhut aus der Stirn, stützte seine flanellenen Ellbogen auf die Knie, genau wie Owen zuvor, und sah sie von der Seite an. Sein Profil hob sich orangefarben vor dem fernen Feuer ab. Die Kontur seiner Nase wies einen kleinen Höcker auf, als wäre sie einmal gebrochen gewesen. Seine Lippen waren eine Spur zu dünn, sein Kinn und die Stirn etwas zu vorstehend. Er sah nicht ganz so gut aus wie Brad Pitt, stellte Lynn zufrieden fest. Und sie zumindest konnte ihm vollkommen widerstehen.

»Das geht Sie nichts an«, sagte Lynn. Sie sah weg und blies eine Rauchwolke in die kalte Nachtluft. »Gehen Sie.«

»Sie schienen durchaus bereit, mit meinem Bruder zu sprechen.«

»Ich mag ihn. Sie mag ich nicht.«

»Wieso nur, möchte ich wissen. Die meisten Leute mögen mich.«

Lynn sah ihn von der Seite abfällig an. »Leute? Oder Frauen?«

»Sowohl als auch. Beide.«

»Dann sollten Sie einen Fanclub gründen.«

»Vielleicht mach' ich das. Werden Sie Mitglied?«

»Das träumen Sie wohl.«

Jess lachte. »Das bedeutet wahrscheinlich, daß Sie nicht einverstanden wären, wenn ich Sie mit dieser Salbe einreibe?«

»Da haben Sie recht.«

»Das wird Ihnen morgen früh leid tun. Der zweite Tag ist sehr viel schlimmer als der erste, wenn man vom Reiten wundgescheuert ist.«

»Ich werd's überleben.«

»Sie wissen, daß Sie Zeit verschwenden.« Die Worte waren leise, provozierend.

Lynn zog ein letztes Mal an ihrer Zigarette, ließ sie fallen und trat sie mit der Spitze ihres Stiefels aus, während sie den Rauch ausatmete.

»Wie belieben? Ich habe nicht die leiseste Idee, wovon Sie sprechen«, sagte sie.

»Wir haben nur noch acht Tage für unseren Urlaubsflirt.« Er grinste sie an, während sie sich vor Empörung versteifte. Dann kam er ihrer Antwort zuvor, indem er sich bückte und den Zigarettenstummel aufhob, den sie fortgeworfen hatte. »Übrigens sollten Sie diese Zigarette nicht auf dem Boden liegenlassen. Sie könnte wieder aufflammen und ein Feuer verursachen.«

Lynns Mund wurde schmal, als sie sah, wie er ihre Kippe in die Tasche seiner Jeansjacke steckte. Er hatte recht, das war ihr klar; sie hätte daran denken sollen, wie vorsichtig Owen gewesen war.

»Ich werde mir das zu Gemüte führen.« Die Worte kamen plötzlich. Sie stand auf und zuckte zusammen, da ihre schmerzenden Muskeln protestierten. »Ich glaube, ich werde mal nachsehen, wo Rory bleibt.« Sie mußte sich zusammenreißen, um nicht Schenkel, Knie und Hintern zu massieren. Herrje, tat das weh.

»Warum lassen Sie dem Mädchen nicht etwas Raum?« Jess stand auch auf und sah auf sie herab. Er war ebenfalls groß, wie sein Bruder. In ihren flachen Reiterstiefeln fühlte sich Lynn durch den Größenunterschied stärker herausgefordert als gewöhnlich. Bei der Arbeit und auch fast sonst überall pflegte sie hochhackige Schuhe zu tragen.

»Ich brauche von Ihnen keinen Rat, was meine Tochter betrifft. Ich will nur, daß Sie ihr fernbleiben.«

»Wissen Sie, daß Sie schmutzige Gedanken haben?« Er sprach mit einem fast südlichen schleppenden Akzent.

»Nur wenn sie berechtigt sind.«

»Und Sie glauben, in bezug auf mich sind sie berechtigt?«

»Lynn, da sind Sie ja!« Bevor Lynn antworten konnte, tauchte Pat aus der Dunkelheit auf. Strahlend sah sie von einem zum anderen, ohne etwas von der gespannten Atmosphäre mitzubekommen. »Und Jess auch noch! Das ist ja hervorragend! Wir bilden nämlich gerade Gruppen, um im Kanon zu singen. Kommen Sie, Sie werden gebraucht!«

»Auf mich können Sie nicht zählen«, sagte Jess kopfschüttelnd, wobei seine Miene sich entspannte und er ruhig lächelte. »Ich singe wie ein Frosch. Und außerdem muß ich noch arbeiten, falls die Damen morgen nach Mount Lovenia wollen.«

»Oh, ich kann es kaum erwarten! Ich habe meine Kamera in der Satteltasche, falls wir einen Adler sehen sollten!« Bei dieser Aussicht klang Pat ganz verzückt.

»Glauben Sie mir, früher oder später sehen wir einen. Entschuldigen Sie mich.« Mit einem Lächeln und Nicken zu Pat herüber und einem rätselhaften Blick zu Lynn verschwand Jess. Lynn wurde von Pat zum Lagerfeuer geschleift.

»Ich muß Ihnen sagen, daß ich Sie jeden Abend bei den Nachrichten sehe. Sie sind hervorragend! Und Katie beneidet Rory so sehr um ihre Mutter, die beim Fernsehen arbeitet«, sagte Pat, wobei sie mit ihrer Hand Lynns Arm umschloß, so daß es kein Entkommen gab.

»Tatsächlich?« Lynn gab den Versuch auf, sich zu befreien. Es war offensichtlich: Wenn Pat wollte, daß sie mitsang, so würde sie auch mitsingen. Solange Lynn nicht offen grob wurde, blieb ihr keine Chance zur Flucht. »Glauben Sie mir, Rory ist neidisch auf Katie wegen ihrer Mutter, die die ganze Zeit zu Hause ist.«

»Diese Kinder.« Pat schüttelte mit einem reuigen Lächeln den Kopf. »So ist es doch immer. Das andere finden sie immer toller.«

Dies war ein verbindender Augenblick, von Mutter zu Mutter. Lynn merkte, daß sie Pat mochte, und lächelte ihr ebenfalls zu, wenngleich sie gerade inmitten der versammelten Gruppe auf einen Heuballen gestoßen wurde. Es war schön zu wissen, daß Katie ihre Mutter auch nicht so perfekt fand.

Fast eine Stunde später gelang es Lynn schließlich, sich fortzustehlen. Die Klänge von »Meister Jakob«, im Kanon gesungen, folgten ihr auf ihrer Flucht.

Sie werden das Singen am Lagerfeuer genießen ...

Daß ihr immer der Text der Werbebroschüre einfiel, trieb sie noch in den Wahnsinn. Wie konnte etwas gedruckt nur soviel besser klingen, als es in der Wirklichkeit war?

Ein Zelt mit hoher Kuppel, das ein wenig abseits von den anderen aufgestellt war, diente als Damendusche. Lynn zog ihr Handtuch und den Hausanzug, in dem sie schlafen wollte, zwischen ihren Sachen hervor, kam aus ihrem Zelt heraus und ging zur Dusche, wobei sie sorgfältig den Feuerschein mied. Sie waren nun dazu übergegangen, Geistergeschichten zu erzählen, und sie hatte keine Lust, einbezogen zu werden.

Rory sah allerdings hellauf begeistert aus, wahrscheinlich weil sie die Abwesenheit ihrer Mutter genutzt hatte, um den Platz zu wechseln. Während sie zuvor gemeinsam mit Jenny und Melody auf einem Leinensack gesessen hatte, lehnte sie nun an einem Baum am Rande der

Gruppe und sprach mit Jess Feldman, der irgend etwas hoch hinauf in die Äste zog.

Lynn atmete tief durch und kämpfte gegen den Impuls an, hinüberzulaufen und ihre Tochter fortzuzerren. Es wäre ohnehin sinnlos. Rory in ihrer wachsenden Aufsässigkeit würde sich höchstwahrscheinlich weigern, mit ihr zu gehen, und Lynn glaubte nicht, daß sie ihre Tochter physisch zwingen konnte, auch wenn sie es wollte. Was nicht der Fall war. Gewalt war nie Bestandteil ihrer Beziehung gewesen. Sie hatte ihrem Kind sogar noch nie einen Klaps gegeben. Vielleicht, so überlegte Lynn, war genau das der Fehler. Vielleicht hätte sie es tun sollen.

Das Mutterdasein, beschloß Lynn mit einem Seufzer, war kein Job für Betschwestern.

Zumindest hatte sie Jess Feldman gewarnt. Falls die Angelegenheit nicht eskalierte, müßte das ausreichen.

Noch während sie zusah, beendete er seine Arbeit und ging, eine Hand auf Rorys Ellbogen, mit ihr zur Gruppe zurück. Sie setzten sich nebeneinander auf einen Leinensack.

Lynn hatte gerade den Entschluß gefaßt, kontraproduktiv hin oder her, ihrer Tochter ordentlich in die Parade zu fahren, als Jess wieder aufstand. Die Versammlung sah ihn an und klatschte. Grinsend und mit einer Verneigung ging er nach vorn und setzte sich auf einen Heustoß. Dort wartete er darauf, daß das Klatschen aufhörte, und fing an zu sprechen.

Lynn nahm an, daß er eine Geistergeschichte erzählte, obwohl sie zu weit weg war, um das zu erkennen.

Wenigstens war er nicht mehr mit Rory allein.

Lynn raffte sich auf und wanderte weiter auf das Duschzelt zu, wobei sie düsteren Gedanken nachhing. Wieder ging ihr die Frage durch den Kopf: Vergnügte sie sich noch nicht?

Nein!

Zum Glück schliefen sie und Rory im selben Zelt, so

daß sie nachts überwachen konnte, wo ihre Tochter sich aufhielt. Jede Frau teilte sich mit vier Mädchen ein Zelt. Zu Lynns Gruppe gehörten Rory, Jenny, Melody und Lisa Hind, eine neue Schülerin an der Schule.

Natürlich schlossen die drei anderen Mädchen, die eng befreundet waren, Lisa aus. Lynn hatte mit ihnen schon darüber geredet.

Allerdings schien Reden nicht viel zu nützen. Bei keiner von ihnen. Egal, über was man zu reden versuchte.

Lynn seufzte. Das sollte ein Urlaub sein?

Als sie in das Duschzelt schlüpfte, war sie ausnahmsweise dankbar für ihre kleine Körpergröße: Sie konnte aufrecht stehen und hatte über sich sogar noch Platz. Etwas berührte sie oben am Kopf. Lynn griff hinauf, und entdeckte eine Taschenlampe als Laterne, die über der Zeltstange angebracht war, offensichtlich um die Dusche zu beleuchten. Lynn knipste sie an und inspizierte die Anlage. Primitiv, aber ausreichend. Ein Duschkopf hing an einem Schlauch, der durch ein Loch im Dach hereinkam. Lynn nahm an, daß er an einen draußen aufgestellten Wassertank angeschlossen war.

Schnell überprüfte sie, ob ihr Schatten nicht auf die Nylonwand projiziert und eine Vorstellung für das ganze Lager abgeben würde, dann zog sie ihre Kleider aus und fummelte zitternd an dem Hahn herum, mit dem man den Wasserfluß kontrollierte.

Eine heiße Dusche war genau das, was sie brauchte, um ihre Schmerzen zu lindern und Dreck, Pferdegestank und Insektenmittel abzuwaschen, was alles zusammen eine stechende Geruchsnote ergab.

Der Hahn erwies sich als störrisch. Lynn hielt den Schlauch fest, ergriff mit der anderen Hand den Metallhahn, biß die Zähne zusammen und drehte. Erfolg! Sie konnte das Wasser heranrauschen hören, das bei seinem Lauf durch den engen Kanal gurgelte und schäumte.

Lynn ließ den Hahn los, trat einen Schritt zurück und hob ihr Gesicht erwartungsvoll nach oben.

Wasser kam hervorgestürzt und ergoß sich mit überraschender Gewalt über ihr Gesicht, die Haare und dann den Körper herab.

Eiswasser.

Lynn keuchte und sprang unter dem Strom hervor. Einen Moment lang starrte sie nackt und zitternd auf das strömende Wasser, dann dämmerte es ihr allmählich: Arktische Kälte war das Wärmste, was sie erwarten konnte. Es gab kein heißes Wasser.

Selbst wenn Sie die Erfahrung der Wildnis machen, wird Ihnen jede Annehmlichkeit zur Verfügung stehen, einschließlich Duschen.

Das Wort *heiß* war nicht erwähnt.

Im stillen gelobte Lynn, sobald sie in die Zivilisation zurückkehrte, würde sie demjenigen, der diese grauenhafte Broschüre verfaßt hatte, den Prozeß machen.

5

20. Juni 1996
22 Uhr

Michael Stewart war zurückgekommen. Seine Brüder Thomas und James würden bei ihm sein. Von ihrem Versteck im Erdkeller aus hörte Theresa das Wiehern der Maultiere, mit denen sie ihre Ausrüstung vom Lager zu dem Kleinlastwagen schafften, der in ungefähr fünf Meilen Entfernung nahe der Schotterstraße verborgen war. Zum ersten Mal, seit der Alptraum begonnen hatte, sah sie einen Hoffnungsschimmer.

Daddy würde sie retten. Er würde ein Wunder geschehen lassen, wie er es immer tat.

Ein Wunder wäre nötig, um die Dämonen aus der Hütte zu vertreiben, das wußte Theresa.

Aber Daddy kannte sich mit Wundern aus.

Elijah wimmerte und bewegte sich unruhig in seinem Nest aus alten Kleidern, die sie dort aufbewahrten, bis sie als Decken oder Bettvorleger oder etwas anderes Nützliches verwendet wurden.

»Nicht weinen, Baby. Bitte nicht weinen.«

Theresa tastete nach ihm und hob ihn auf, wobei sie eine Hand über seinen Mund legte und ihren kleinen Finger zwischen seine Lippen schob, um ihn zu beruhigen. Gleichzeitig tastete sie nach der Nuckelflasche, die sie behelfsmäßig aus einer Plastikwasserflasche und einem Gummihandschuh gebastelt hatte.

In dem Erdkeller war es so dunkel, daß sie fast nichts sehen konnte. Es war ein kleiner, vollgestopfter Raum, in dem man fast nur kriechen konnte und der vor über einem Jahrhundert aus Dreck und Gestein unterhalb eines Teils der Hütte freigekratzt worden war. Der Boden des Vorratsraums war seine Decke. Der einzige Zugang bestand in einer Falltür hinter der Badewanne.

Bisher hatten die Dämonen die Falltür nicht gefunden. Sie waren nur einmal in den Vorratsraum gekommen, hatten ihn flüchtig geprüft und waren wieder verschwunden.

Als Theresa ihre Schritte direkt über ihrem Kopf hörte, glaubte sie, ihr Herz bliebe stehen.

»Psst, Kleines«, flüsterte sie Elijah zu.

Im Schneidersitz saß Theresa auf dem schmutzigen Boden, öffnete seinen flaumigen blauen Schlafsack, um die Windel zu überprüfen – ein zerrissenes Hemd, das sie aus dem Kleiderstapel gezogen und in seine Plastikhose gestopft hatte. Sie klopfte mit dem selbstgemachten Sauger gegen seinen Mund, worauf er gierig danach schnappte.

Theresa summte ihm sinnlose Silben ins Ohr und wiegte ihn vor und zurück. Sein warmer, kräftiger kleiner Körper drückte sich an sie, und eine winzige Hand legte sich um ihren Finger, während er saugte.

Im Erdkeller war es kalt und roch modrig. Die Stewarts benutzten ihn, um Dosen und andere Hauptnahrungsmittel aufzubewahren. Frühere Bewohner des Lagers hatten hier alles mögliche gestapelt, von Kartoffeln bis zur Minenausrüstung.

Elijah gab kleine Geräusche der Zufriedenheit von sich, während er gierig die Mischung aus Milch und Heidelbeerwein trank, die Theresa für ihn zubereitet hatte. In dem Erdkeller hatte er nur gegessen und geschlafen, und Theresa war deshalb der betäubenden Wirkung des Weines zutiefst dankbar. Armes Baby, sie hoffte, daß der Wein ihm nicht schadete. Aber selbst wenn, könnte es nicht so schlimm sein wie das, was mit ihm passieren würde, wenn man sie entdeckte.

Sie würden sterben.

Anfangs hatte Theresa Angst gehabt, furchtbare Angst, daß Elijah weinen und ihr Versteck preisgeben würde. Sie erinnerte sich an eine Geschichte, die sie einmal gelesen hatte, über eine Mutter im Wilden Westen, die sich vor marodierenden Indianern versteckt hatte. Als das Baby zu schreien begann, hatte die Mutter es lieber mit ihren eigenen Händen erstickt als zuzulassen, daß es ihr Versteck preisgab und ihr Leben und das der anderen Kinder aufs Spiel setzte.

Ein geopfertes Leben gegen viele. Zweifellos war es die richtige Entscheidung gewesen.

Aber Theresa wußte, sie würde niemals imstande sein, Elijah zu opfern, um sich selbst zu retten.

Genauer gesagt, sie wußte es, bis sie hörte, wie ihre kleinen Schwestern in den vorderen Raum zu ihrer Mutter getrieben wurden. Die Mädchen weinten. Sally sagte etwas mit flehender Stimme. Man hörte das Geräusch eines Schlages.

Wenige Minuten später begannen die Schreie.

In diesem Moment blickte Theresa der schrecklichen Wahrheit ins Gesicht: Um ihr eigenes Leben zu retten, würde sie Elijah opfern.

Bitte, lieber Gott, betete sie wieder, wie sie jedesmal gebetet hatte, wenn der Gedanke an ihren kleinen Bruder sie mit ihrer eigenen Fähigkeit zum Bösen konfrontierte, bitte mach, daß er ruhig bleibt.

Bitte mach, daß wir beide überleben.

6

21. Juni 1996
10 Uhr

Hüpfen, aufschlagen. Hüpfen, aufschlagen. Hüpfen, aufschlagen.

Brav trottete das Pony Hero hinter seinen Gefährten her. Auf seinem Rücken hüpfte Lynn in die Luft und knallte wieder auf den Sattel, mit einer grauenhaften Regelmäßigkeit, neben der die chinesische Wasserfolter harmlos schien.

Hüpfen, aufschlagen. Hüpfen, aufschlagen.

O Gott, wie ihr Hinterteil schmerzte. Die Unbequemlichkeit, die sie gestern erlebt hatte, war nichts im Vergleich zu dem Schmerz, den sie heute ertrug.

Wenn die beiden extrastarken Schmerztabletten, die sie am Morgen eingenommen hatte, irgend etwas dämpften, dann wollte sie sich nicht einmal vorstellen, wie sie sich ohne diese schmerzstillenden Mittel fühlen würde.

Auch *Doc Grandview's Pferdebalsam* hatte sich als nutzlos erwiesen – außer vielleicht zur Insektenabwehr. Wäre sie eine Wanze, so würde der Gestank sie jedenfalls abschrecken. Zwölf Stunden, nachdem sie die Salbe auf den schmerzenden Stellen aufgetragen hatte, war der Geruch immer noch so stark, daß sie die Nase verzog, wenn der Wind aus einer bestimmten Richtung wehte.

Schlimmer noch, das klebrige Zeug ließ sich kaum mehr abwaschen. Trotz all ihrer Anstrengungen mit Seife, Waschlappen und kaltem Wasser fühlte sich ihre Haut an Beinen und Po immer noch fettig an und klebte auf höchst unangenehme Weise an ihrer Jeans.

Ob nicht bitte schön irgend jemand sie aufwecken und ihr sagen könnte, daß dies alles nur ein schrecklicher, häßlicher, sehr schlechter Traum sei?

»*Mutter*, du hältst nicht Anschluß.« Rory ließ sich zurückfallen, bis sie neben ihr ritt. Das Kollegiat hatte Reitstunden angeboten, für die Lynn das ganze Jahr hindurch bezahlt hatte. Offensichtlich hatten sie was gebracht. Ein einziger Blick verriet Lynn, daß Rory keine der Schwierigkeiten hatte, die ihre Mutter plagten. Abgesehen von der offensichtlichen Sorge, von ihrer Mutter genervt zu werden, machte das Kind im Gegenteil den Eindruck, als fühle es sich so großartig wie nie zuvor. Rorys Augen leuchteten unter dem breiten Rand des rosafarbenen Cowboyhuts hervor, den sie unbedingt hatte kaufen wollen. Ein rosiger Hauch überzog ihre Wangen. Ihr langer blonder Pferdeschwanz hüpfte im Rhythmus ihrer Bewegungen. Sie schien glücklich, gesund und in völliger Harmonie mit ihrem Reittier, das ähnlich gnadenlos wirkte wie das Pony, welches Lynn so schlimm bestrafte.

»Ich gebe mir alle Mühe«, sagte Lynn, die bei einer weiteren schmerzhaften Landung die Zähne zusammenbiß und ihre restliche Selbstbeherrschung zusammennahm, um ihre Tochter nicht anzuschreien. Um Rorys willen würde sie mit Alligatoren ringen. Sie würde einem Tiger den Schwanz verdrehen. Sie würde in einem Zimmer voller Ratten schlafen. Und sie würde sicher kein Spielverderber sein wegen eines ein wenig schmerzenden Hinterteils.

Eines sehr schmerzenden Hinterteils, verbesserte sie

sich mit einem inneren Stöhnen. Würde dieser verfluchte Tag nie zu Ende gehen?

Das schlimmste war, daß es noch nicht sehr viel später als zehn Uhr morgens sein konnte. Sie hatten noch nicht einmal eine Mittagspause gemacht, und der Plan sah einen ganztägigen Ritt vor. Der Prospekt brachte Lynn fast zum Weinen.

Hüpfen, aufschlagen.

Nachdem sie vorübergehend den Wald hinter sich gelassen hatten, überquerten sie nun in lockerer zweireihiger Formation eine offene Wiese. Lynn war – wenigstens bevor Rory sich zu ihr gesellt hatte – allein am Ende des Reisetrupps, auch wenn sie vage den Eindruck hatte, daß ein paar der Reiseleiter, einschließlich Jess Feldman, sogar noch weiter hinten waren, um das Schlußlicht zu bilden. Die Sonne schien hell, die Luft war klar, der Himmel azurblau mit duftigen kleinen weißen Wölkchen. Schneeweiße Bergketten bildeten einen atemberaubenden Horizont und erstreckten sich, so weit das Auge reichte, eine hinter der anderen in die Ferne, wie die Zahnreihen von Haifischen. Auf der grünen Wiese, durch die sie ritten, wuchsen sogar winzige Wildblumen mit purpurnen Blüten. Wie konnte sie sich, fragte sich Lynn, in einer so schönen Umgebung nur so elend fühlen?

Aber es war nun mal so.

»Du mußt mitgehen, Mutter« riet ihr Rory, Lynns Reitkunst – oder deren Fehlen – mit kritischem Blick einschätzend.

»Mitgehen«, wiederholte Lynn und lächelte stur weiter, während ihr Hinterteil auf den Sattel aufschlug.

»Na, so eben.« Rory führte es vor, indem sie in ihren Steigbügeln im Gleichklang mit den Bewegungen des Ponys auf und nieder schwang. »Du mußt dich mit den Knien festhalten. Wie Mrs. Greer und Mrs. Stapleton.«

Pat und Debbie ritten zusammen etwa drei Pferde vor ihr. Die Frauen hatten anscheinend überhaupt keine

Schwierigkeiten, sich zu unterhalten, ohne gleichzeitig zu Tode gerüttelt zu werden. Sie machten sogar den Eindruck, als ob sie sich wohl fühlten.

Pat Greer war unglaublich gut. Sie konnte sogar reiten, ohne zu leiden. Aber ihr Hintern war ein bißchen groß – na ja, ziemlich groß sogar. Lynn bezog daraus soviel Trost, wie sie nur konnte.

Vielleicht war es das, was sie brauchte, dachte Lynn – ein besser gepolstertes Hinterteil, damit sie die endlosen Schläge ertrug, die auf sie einprasselten.

Oder Reitstunden. Wofür es jetzt aber zu spät war.

Eine der Teilnahmebedingungen, welche die Mädchen erfüllen mußten, waren Reitstunden gewesen. Die Erwachsenen hatte man lediglich gefragt, ob sie reiten konnten.

Lynn erinnerte sich, daß sie auf dem Formblatt, das Rory mit nach Hause gebracht hatte, ihr Kreuz bei »Ja« gemacht hatte. Damals hatte sie geglaubt, es wäre nur eine kleine unbedeutende Lüge, von der niemand je erfahren würde. Schließlich konnte Reiten doch wohl nicht so schwer sein, oder?

Im Fall dieses Ponys und dieses Sattels war es sehr schwer.

Au!

»Mach dir keine Sorgen, ich krieg' allmählich Spaß daran«, log sie Rory mit so viel Munterkeit an, wie sie aufbringen konnte, während jeder Zahn in ihrem Mund zu wackeln schien. Lynn gab sich alle Mühe, die haarigen Flanken des verfluchten Tiers mit ihren Knien festzuhalten – der Schmerz, der an den Innenseiten ihrer Beine nach oben schoß, als sie die Schenkel zusammendrückte, war unglaublich –, und schaffte es, sich so aus dem Sattel zu heben und wieder zu senken, daß es grob dem eleganten Stil der anderen Reiter ähnelte. Das machte sie zwei-, dreimal.

»So ist es besser. Wie ist es nur möglich, daß du nicht

reiten kannst? Ich dachte, jeder könnte es.« Rorys ungeduldige Überlegenheit ärgerte Lynn.

»Nicht jeder. Nur Leute, die das Glück haben, daß ihnen jemand die Reitstunden bezahlt«, antwortete Lynn spitz. Angesichts dieser bitteren Wahrheit verdüsterte sich Rorys Gesicht.

»Und deshalb arbeitest du auch so hart und bist immer fort und hast nie Zeit für mich, nur damit du mir solche Sachen bezahlen kannst, stimmt's?« antwortete sie voller Sarkasmus.

»Rory …« Schon bereute Lynn ihre Worte.

»Ich hasse dich!« Rory warf ihr einen bösen Blick zu und jagte ihr Pferd mit einem Tritt in die Seite die Reihe hinauf.

Wieder allein gelassen, seufzte Lynn. Alles, was sie mittlerweile zu Rory sagte, schien einen Streit heraufzubeschwören.

Natürlich haßte Rory sie nicht wirklich. Lynn wußte das.

Aber ach, wie hatte dieses *Ich hasse dich* weh getan!

Diese Reise war kein Erfolg, dachte Lynn müde. Sie hatte gehofft, die Reise würde sie einander wieder näherbringen, aber das genaue Gegenteil war der Fall. Sie hätte auf den Rat ihres Vorgesetzten hören, ihren Urlaub auf einer Kreuzfahrt in der Karibik verbringen und sich verwöhnen lassen sollen.

Ohne ihre Tochter.

Aber Lynn hatte doch nur deshalb überhaupt Urlaub genommen, weil sie Zeit mit Rory verbringen wollte. Bei all den Veränderungen, die gerade in der Nachrichtenabteilung im Gange waren, war es keine gute Zeit für Urlaub gewesen. Eine 35-jährige Nachrichtensprecherin ließ sich allzu leicht ersetzen.

Klatsch!

Sie war wieder aus dem Rhythmus gekommen. Bei dem Gedanken an den messerscharfen Schmerz in den

Beinen, als sie die Knie zusammengepreßt hatte, fand Lynn nicht die Willenskraft, sich noch einmal dem Schritt des Pferdes anzupassen.

Hüpfen, aufschlagen. Hüpfen, aufschlagen.

O Gott.

»He-ho, Silver!«

Auch wenn Lynn es nicht für möglich gehalten hatte: Es wurde noch schlimmer. Neben ihr kam mit einem Grinsen Jess Feldman angeritten.

»Verduften Sie!« stieß Lynn zwischen zusammengepreßten Zähnen vor.

»Na, na.« Er ritt so, als wäre er im Sattel geboren worden, auf einem viel größeren und schlankeren Pferd als ihre eigene zottige Stute. Es war ein richtiges Pferd, kein knubbeliges Pony. Sein hellbrauner Cowboyhut und die Wildlederweste über dem Flanellhemd waren fotoreif. Seine blauen Augen blitzten. Sein goldbraunes Haar flog im Wind. Er hätte für eines dieser Werbebilder für Gottes eigenes Land posieren können, mit denen man überall Jeeps und Jeans verkaufte. Wie seine verlogene Broschüre bestand auch er aus Hochglanzsuperlativen – an der Oberfläche. Aber was Männer betraf, wußte sie wenigstens genügend Bescheid, um zwischen den Zeilen zu lesen.

»Das ist nicht sehr nett«, sagte er.

»Ich fühle mich auch nicht sehr nett.« Und das war die größte Untertreibung, die sie je geäußert hatte.

»Sind Sie schon mal geritten?«

»Häufig. Kann man das nicht sehen?«

»Im allgemeinen ermutigen wir nicht gerade Nichtreiter, an unseren Ausflügen teilzunehmen. Ich glaube, wir haben das in unseren Formularen auch ziemlich deutlich gemacht.«

»Ich hab' also gelogen. Sie können mich ja erschießen. Bitte.«

»So schlimm, ja?«

»Schlimmer.« Das Wort entfuhr ihr peinlicherweise wie ein Stöhnen.

Er lachte. Lynn warf ihm einen Blick zu, der ihn rückwärts aus dem Sattel schießen sollte. Aber statt dessen legte er eine Hand an den Mund.

»He, Owen!« rief er seinem Bruder zu, der ungefähr in der Mitte der Reihe ritt und mit Lucy Johnson sprach. Plötzlich fiel Lynn ein, daß Mrs. Johnson die Lehrerin war, die sich für dieses besondere Erlebnis als etwas, das »für die Mädchen gut« sei, ausgesprochen hatte. Die Frau mußte ein Rad abhaben – oder vielleicht, so spekulierte Lynn mit schmerzbedingter Bitterkeit, hatte Adventure Inc. ihr eine Art Provision für all die armen Verrückten versprochen, die sie einzufangen half.

»Owen!«

Owen blickte sich um. Wie Jess trug er einen breitkrempigen Hut, Weste, Jeans und Stiefel und ritt auf einem richtigen Pferd, nicht auf einem Pony. Er sah aus, als ob er sich im Freien auf der Weide hundertprozentig zu Hause fühlte – aber natürlich war auch er ein falscher Cowboy. Lynn würde das nicht vergessen.

»Tempo zulegen!« schrie Jess.

»Was?«

Jess wiederholte seine Aufforderung. Lynn konnte gerade noch ein entsetztes Wimmern unterdrücken und fixierte Jess mit einem Blick voll brennendem Haß. Was für eine Bosheit, daß er sie absichtlich sogar noch mehr quälte, indem er die Geschwindigkeit dieser Höllentiere steigerte, wo er doch wußte, daß ihr schon jetzt alles weh tat!

Owens Pferd löste sich von den anderen und galoppierte an die Spitze der Gruppe. Ohne weitere Vorwarnung beschleunigten sämtliche Tiere den Schritt und flogen mit scheinbar halsbrecherischer Geschwindigkeit durch die Prärie. Hero jagte mit den anderen voran. Lynn keuchte und krallte sich am Sattelknauf fest. Nur mit Mühe hielt sie die Augen geöffnet.

Berge, Himmel und Erde bildeten ein unheimlich schönes Kaleidoskop um sie herum, während sie sich an den Sattel klammerte, überzeugt, daß sie gleich von ihrem Pony geschleudert und also jeden Augenblick ihrem Schöpfer begegnen würde.

Aber nichts geschah.

Und es gab auch kein Hüpfen. Und kein Aufschlagen. Der schnelle Schritt war beängstigend, aber der Ritt war – irgendwie – glatt.

»Besser?« rief Jess, der an ihrer Seite ritt, zu ihr herüber.

Lynn sah ihn an und merkte, daß die Erde, der Himmel und die Berge allmählich wieder zur Ruhe kamen und sich dorthin begaben, wo sie hingehörten. Sie nickte mürrisch.

»Das nennt man Handgalopp. So sanft, wie wenn man im Schaukelstuhl schaukelt.«

Er grinste, hob die Hand zum Gruß und verließ sie. Er bewegte sich die Reihe entlang, bis er Owen eingeholt hatte. Sie besprachen sich einige Sekunden, dann fiel er wieder zurück, um neben Debbie Stapleton zu reiten.

Natürlich gehörte es zum Geschäft, die Kunden bei Laune zu halten. Lynn fragte sich, ob er Debbie anbot, sie mit Salbe einzureiben. Falls ja, würde die große, athletisch gebaute Mutter von drei Kindern ihn wahrscheinlich niederschlagen. Bei dem Gedanken lächelte Lynn.

Ihr Lächeln erlosch, als Rory und Jenny zu Jess aufschlossen. Während Lynn beobachtete, wie sich Jess neben ihre Tochter setzte, vergaß sie beinahe ihre Schmerzen, die – ob sie nun auf- und niederhüpfte oder nicht – zu einem dauerhaften Bestandteil ihres Körpers geworden waren.

Endlich hielten sie an, um zu Mittag zu essen, und Lynn kam kaum aus dem Sattel heraus. Als ihre Füße den Boden berührten, drohten ihr die Knie einzusacken. Das heiße Klopfen in Beinen und Körper war gräßlich.

Um sie herum stiegen alle anderen Reiter mit offensichtlicher Leichtigkeit ab. Sie lachten und unterhielten sich über so belanglose Angelegenheiten wie das Wetter und darüber, was es zum Essen geben würde. Niemand brach zusammen. Niemand klagte. Nicht einmal ein Stöhnen war zu hören.

Es war unglaublich.

Auf die an sie gerichteten Bemerkungen hin schaffte es Lynn, mit Lächeln und Nicken zu antworten. Falls alle anderen sich unter dieser höllischen Pein aufrecht halten konnten, dann konnte sie es bei Gott auch.

Hoffte sie. Nein, betete sie.

»Brauchen Sie Hilfe?«

Jess Feldman kam hinter ihr heran, als sie sich mit beiden Händen an den Rand des Sattels klammerte und für einen Augenblick die Stirn gegen das kühle Leder lehnte. Zuerst sah Lynn seine Hand, langfingrig und braun, als er an ihr vorbei nach dem Riemen griff, der den Sattel ans Pferd band – den Gurt, wie sie sich erinnerte. Die Reiter sollten ihre Tiere für die zweistündige Mittagspause absatteln, anbinden und grasen lassen. Die meisten hatten das bereits getan und waren zum Essen gegangen. So wie sie sich fühlte, bezweifelte Lynn, daß sie überhaupt eine Tasse Kaffee heben konnte, ganz zu schweigen von einem schweren Sattel. Aber sie würde nicht kneifen – und sie würde sich von Jess Feldman auch keinen Gefallen erweisen lassen.

»Ich kann das schon allein«, sagte sie schroff, während sie über die Schulter zu ihm hinüber sah. Er senkte die Hand und trat wartend einen Schritt zurück. Lynn mußte ihre Behauptung unter Beweis stellen. Sie biß die Zähne zusammen, richtete sich auf und machte sich an die Arbeit. Sie brauchte einige Minuten, um den Knoten in dem Lederriemen zu lösen, aber sie schaffte es. Mit ihrer allerletzten Kraft packte sie den Sattel mit beiden Händen. Halb zog, halb hob sie ihn von Heros Rücken.

Der Sattel war schwer, sogar noch schwerer, als sie ihn vom Morgen und vom Vortag in Erinnerung hatte. Aber Lynn gelang es, ihn gerade so auf den Boden zu legen.

»Gute Arbeit.« Jess schob sich den Hut zurück und kreuzte die Arme vor der Brust. In seinen Augen lauerte ein Lächeln, als sie sich nach vollendeter Arbeit zu ihm umdrehte. »Vergessen Sie das Zaumzeug nicht.«

»Haben Sie nichts anderes zu tun?« sagte Lynn mit Abscheu zu ihm, bevor sie sich wieder ihrem Tier zuwandte. Hero kaute mit gesenktem Kopf bereits Gras. Die Zügel hingen lose halb an seinem Nacken herab, während das mittlere Drittel der Lederriemen über den Boden schleifte. Lynn merkte, daß sie vergessen hatte, das Pony festzubinden, bevor sie ihm den Sattel abnahm.

Zum Glück war es mehr daran interessiert, sich den Bauch zu füllen als wegzulaufen.

»Sie müssen ihn festbinden, bevor sie ihn loslassen. Sonst könnte er vielleicht nicht mehr da sein, wenn wir wieder aufbrechen.«

Soviel Glück könnte ich gar nicht haben, dachte Lynn. Dann griff sie nach unten – eine Handlung, die eine ganze Palette an schmerzhaften Bewegungen in ihr in Gang setzte –, packte die Zügel und zog sie hoch.

Hero graste weiter und schüttelte ihre Bemühungen mit größerer Gleichgültigkeit ab, als er sie gegenüber einer summenden Fliege gezeigt hätte.

Lynn schluckte das unschöne Wort hinunter, das ihr auf der Zunge lag, und zerrte noch einmal kräftig an den Zügeln.

Diesmal kam Heros Kopf hoch – eine Sekunde lang. Dann graste er wieder und mißachtete währenddessen jegliches Gezerre von Lynn.

»Tss!« Jess lief kopfschüttelnd um sie herum und nahm die Leine zum Anbinden, die mit einem langen, zwischen zwei Pfählen gespannten Seil befestigt war. An diesem waren die Pferde festgemacht. Dann band er sie fest an den Metallknauf an Heros Halfter. Schließlich zog er das Zaumzeug über den Kopf des Ponys und legte es über den Sattel, der auf der Wiese lag.

»Ich hätte das schon geschafft«, sagte Lynn, als er sich aufrichtete.

»Ich wollte nur nicht, daß Sie das Mittagessen verpassen.« Die spitze Bemerkung wurde wieder von diesem unangenehmen lauernden Lächeln begleitet.

»Mutter, brauchst du Hilfe ... Oh, hi, Jess.« Rory kam um Hero herum und blieb in geheuchelter Überraschung stehen, wobei sie ihre Mutter nur kurz mit einem Blick streifte, bevor sie ihre ganze Aufmerksamkeit auf ihr wahres Ziel richtete. Jenny und Melody waren direkt hinter ihr. Rorys ganzes Verhalten machte deutlich, daß der Umweg sorgfältig geplant war. Die Mädchen waren hinter Jess her, und der Vorwand, Rorys Mutter helfen zu wollen, war nur Mittel zum Zweck.

An diesem Punkt beschloß Lynn, daß sie entschieden durchgreifen würde, was ihre Tochter und Jess Feldman betraf, auch wenn die Fetzen fliegen würden.

»Wir haben uns gefragt ...« fing Jenny an, während die drei auf Jess zugingen und Lynn allein und vergessen einige Schritte hinter sich ließen.

»... ob Sie uns vielleicht noch eine weitere Angelstunde geben würden. Bitte!« führte Rory den Satz mit verführerischem Lächeln zu Ende.

Jess sah die Mädchen an, dann blickte er über ihre Köpfe hinweg zu Lynn. Mit einem Stirnrunzeln und kopfschüttelnd verwarf sie den Vorschlag.

Er grinste und blickte wieder die Mädchen an.

»Klar«, versprach er und stupste Rory auf übertrieben onkelhafte Art unter dem Kinn, was Lynn die Krallen ausfahren ließ. »Wir schlagen heute abend in der Nähe von Lake Ford River unser Lager auf, und da werdet ihr die besten Forellen im ganzen Gebirge finden. Wenn wir Glück haben, gibt es zum Abendessen frische Forelle.

Wenn wir Pech haben, gibt es übriggebliebenes Grillfleisch und aufgewärmte gebackene Bohnen.«

»Ih!« sagten die Mädchen mit einer Stimme.

Jess' Grinsen war bösartig, als er wieder zu Lynn hinsah.

7

Nach dem Mittagessen fing es an zu regnen – nicht nur ein leichter Schauer, sondern sintflutartig. Eine eisige Sintflut. Als Lynn wieder auf Heros Rücken saß, gab sie sich vollkommen ihrem Elend hin. Sie fror, war durchnäßt, steif und schlechtgelaunt – und zu allem Überfluß kam es ihr so vor, als ob sie auch noch eine Erkältung bekäme. Ihr Hals juckte, ihre Nase lief, und ungefähr alle fünf Minuten mußte sie heftig niesen.

Der Versuch, unter diesen Bedingungen ein Taschentuch zu benutzen, war Zeitverschwendung. Bis sie eines aus der Packung in ihrer Jeanstasche gezogen und an die Nase geführt hatte, war es vom Regen schon völlig durchnäßt.

Schließlich gab sie es auf und ging – igitt! – dazu über, die Nase am Ärmel abzuwischen.

Was auch nicht sehr hilfreich war.

Hüpfen, aufschlagen. Klatschen, platschen. Zittern, beben.

Würde der Tag nie enden? Würde der Urlaub nie zu Ende gehen?

Urlaub, ha! dachte Lynn. Das war kein Urlaub, das war ein Härtetest!

Schließlich machten sie eine Pause und versammelten sich unter einem überhängenden Fels um ein kleines Feuer, das Owen angezündet hatte. Sie aßen die Snacks, die sie in den Satteltaschen mit sich führten, und tranken Instantkaffee und heiße Schokolade. Unter ihren Umhängen im Armylook und den Cowboyhüten vom Regen unbeeindruckt, kümmerten sich die Reisebegleiter um die Pferde. Die Mädchen unterhielten sich lebhaft miteinander und achteten kaum auf Mrs. Johnson, die sie auf die Anasazi-Zeichnungen an den Felswänden hinwies. Pat Greer verteilte Päckchen mit Studentenfutter. Debbie Stapleton und Irene Holtman standen an der Kante eines Felsvorsprungs und sprachen miteinander, während sie auf die silbrige Regenwand hinausblickten.

Lynn ruhte müde an einer Steinwand und war froh über die Unterbrechung der Bewegungen, froh darüber, allein zu sein. Sie zog ein halbtrockenes Taschentuch hervor und putzte sich die Nase. Sie drehte Kopf und Schultern, um ihre verkrampften Nackenmuskeln zu entspannen. Dann zog sie die Stiefel aus und bewegte ihre zusammengedrückten Zehen in den feuchten Socken. Andere Strümpfe anzuziehen – wie auch andere trockene Kleidung – wäre schön gewesen, aber ihre Sachen wurden zusammen mit allen anderen im Jeep zu ihrem Abendlager gebracht. Außerdem würde ohnehin alles, was sie anzöge, sofort wieder naß werden.

Ihr wasserdichter Umhang (empfohlenes Kleidungsstück auf der Reiseliste) war leuchtend gelb, sehr sportlich, sehr schick und von einem Modedesigner entworfen. Leider endete er an ihren Oberschenkeln und überließ ihre Beine und Füße der Barmherzigkeit der Elemente, die nicht sehr barmherzig waren. Unter den losen Umhangärmeln konnte der Regen die Pulloverärmel einweichen. Feuchtigkeit war durch die dünne Baumwolle gedrungen, bis Lynn den Eindruck hatte, daß kein Zentimeter oberhalb ihrer Taille mehr trocken war. Heros Sattel hatte sich zu dem Zeitpunkt, als sie anhielten, in eine große Pfütze unter ihr verwandelt, so daß sie auch am Po bis auf die Haut naß war. Nur ihr Kopf, der von der Umhangkapuze und einem Cowboyhut geschützt war, fühlte sich trocken an.

»Oh, seht mal, ein Regenbogen!«

Lynn wandte sich von der angewiderten Betrachtung ihrer mißlichen Lage ab und merkte, daß der heftige Regen zu einem feinen Nieseln abgeebbt war. Die Sonne spähte hinter der dicken Schicht grauer Wolken hervor, die sie den ganzen Nachmittag geknechtet hatten – und ein riesiger, schimmernder Regenbogen wölbte sich von irgendeiner Bergspitze über den Horizont.

Der Anblick war atemberaubend und verbesserte Lynns Laune sofort. Durchscheinende Streifen in Gold, Rosa, Violett und Orange gingen ineinander über, und ihre Schönheit wurde noch spektakulärer durch das Wissen, daß sie vergänglich waren.

Wir versprechen Ihnen Ansichten, die Sie nie vergessen werden.

Diesmal wenigstens traf die Beschreibung aus dem Prospekt zu. Stehend schnürte Lynn sich die Stiefel zu, stampfte ein-, zweimal auf, um ihre Fersen richtig hinunterzudrücken, und folgte dann der Gruppe hinaus, um eine bessere Sicht zu haben.

Sie trat auf eine freie Fläche, auf der dicke Steine verstreut lagen. Der Felsvorsprung, unter dem die Gruppe Schutz gefunden hatte, gehörte zu einer Felswand, die an der Nordseite der Lichtung ungefähr zehn Meter steil anstieg. Ein steiniger, spärlich bewachsener Hang zog sich um diesen Felsen und verschwand irgendwo; durch dieses Gebiet würden sie nach der Pause weiterreiten. Der üppig blaugrün schimmernde Kiefernwald war unter ihnen. Im Westen wich das Gebirge zurück. Dort funkelte der Regenbogen lockend über einem atemberaubenden Panorama aus schneebedeckten Bergspitzen, die sich wie ein Meer aus senkrechten Felsen bis zum Horizont erstreckten.

Lynns Blick schweifte über die Ah- und Oh-Rufe ausstoßenden Mädchen, auf der Suche nach Rory. Sie fand sie erwartungsgemäß neben Jenny ganz vorn in der Gruppe.

Mit ihrem leuchtend rosafarbenen Umhang, der zu dem zarten Rosa des Cowboyhuts paßte, auf dessen Kauf sie energisch bestanden hatte, konnte man sie inmitten des Meers aus farbiger Regenkleidung, welche die anderen Mädchen trugen, unmöglich übersehen.

Vielleicht, dachte Lynn, kam die jetzige Entwicklung zwischen ihnen doch nur von der »Sache mit der Pubertät«. Vielleicht machte sie zuviel Theater wegen etwas, das im Grunde nur hormonell bedingte Teenagerlaunen waren.

Lynn näherte sich Rory und betrachtete ihre feinen Gesichtszüge im Profil. Der Ausdruck der Bezauberung auf Rorys Gesicht, während sie den Regenbogen bewunderte, war unübersehbar. Plötzlich war Lynn wahnsinnig froh, genau dort zu stehen, wo sie jetzt stand.

Dies war wirklich ein Anblick, den sie nie vergessen würden – und eine Erinnerung, die sie immer verbinden würde. Nicht einmal der feine kalte Nebel, der nach dem Regen in der Luft hing, tat diesem Zauber Abbruch. Gut tausend Meter über dem Rest der Welt, winzig inmitten der Unendlichkeit der sie umgebenden Wildnis, spürte Lynn, daß sie, Rory und die anderen einen ganz persönlichen Blick auf das Symbol des ältesten Versprechens aller Zeiten geschenkt erhielten.

»Großartig, nicht wahr?« Lynn legte eine Hand auf die Schulter ihrer Tochter. Die vinylhaltige Textur fühlte sich glitschig und naß an.

»Wahnsinn.« Rory blickte zu ihr – und lächelte. In Lynns Augen stellte die Schönheit dieses Lächelns – des ersten echten, das sie seit längerer Zeit von ihrer Tochter erhielt – die des Regenbogens in den Schatten.

»Totaler Wahnsinn.« Jenny sah von Rorys anderer Seite zu Lynn herüber und lächelte auch.

Die Gruppe stand zusammen am Rand des Berges, direkt an einer Kante, deren Wand sich vielleicht achtzig Meter in die Tiefe erstreckte, bevor sie sanft in die von

Kiefern bewachsenen Hänge überging, die bis weit nach unten ins Tal reichten. Scheinbar dünn wie der Strahl aus einem Gartenschlauch, schlängelte sich eisig weißes Wasser durch die Mitte des Tals, wo es durch einen Canyon aus zerklüfteten grauen Felsen rauschte, die wie ineinander verschränkte Finger aussahen.

Direkt über ihnen am Himmel wölbte sich der Regenbogen.

Sie hätten am Rande der Welt stehen können.

Rory machte einen Schritt nach vorn, vermutlich um eine bessere Sicht zu haben.

Hinter ihnen rief eine männliche Stimme etwas in warnendem Tonfall. Die Worte waren nicht zu verstehen.

Lynn runzelte die Stirn und sah sich fragend um.

Der Boden hob sich unter ihren Füßen. Zerstreut blickte Lynn hinunter. Haarfeine Risse durchzogen den steinernen Vorsprung, auf dem sie stand, mit rasender Geschwindigkeit.

Risse in Granit?

Vor ihr schien Rory zu schwanken. Lynns Herz setzte einen Schlag aus, als sie merkte, daß Rory zu nah an der Kante stand.

»Rory!«

Die Felsplatte, auf der ihre Tochter stand, verschob sich, knickte nach unten weg. Den Bruchteil einer Sekunde später begriff Lynn, was passiert war, griff nach Rorys Umhang – und verfehlte ihn. Rory taumelte außer Reichweite. »Mommy!«

Rorys Schrei war gellend und angsterfüllt. Sie ruderte wild mit den Armen, und ihre Stiefel kratzten hörbar, als sie auf dem Fels nach Halt suchte, während sie seitlich zu kippen schien. Lynn griff wieder nach ihr. Ihre Finger schlossen sich um Rorys Hand, die so feucht war wie ihre eigene. Sie konnte sie nicht festhalten.

Lynn verlor sie aus dem Griff, genau in dem Moment, als die Erde nachgab. Rory schrie. Lynn kreischte auf, als ihre Tochter zwischen zusammenbrechenden Fels- und Lehmschichten in die Tiefe rutschte, so als wäre sie auf der Riesenrutsche eines Vergnügungsparks, mit wild wedelnden Armen, während sie um ihr Gleichgewicht rang.

In weniger als einem Augenblick war sie verschwunden.

Es geschah so schnell, daß Lynns erstes Gefühl eher Ungläubigkeit als Schrecken war. Sie hatte den Mund geöffnet und Rorys Namen auf der Zunge. Ihre Augen waren weit aufgerissen. Ihr Magen fühlte sich an, als wäre sie auf einer Sturzfahrt in einem Aufzug.

»Rory!« Lynn schrie, während gleichzeitig der Boden unter ihr einbrach. Auch sie rutschte hinunter, zusammen mit der kreischenden Jenny und Gott weiß wem noch. Lynn wußte, daß sie in Schwierigkeiten steckte, aber sie hatte keine Ahnung, nicht die geringste, daß sie von einer achtzig Meter hohen Felswand in die Tiefe stürzte – bis ihre Füße ins Leere traten und ihr rutschender Rücken und die verzweifelt um sich greifenden Hände den letzten Kontakt mit irgend etwas Festem verloren und ihre entsetzten Augen auf das riesige wirbelnde Grau eines endlosen bewölkten Himmels und felsige Berge und den Regenbogen trafen, der wie eine Grabinschrift über ihr leuchtete.

Schreiend stürzte Lynn in die Tiefe.

8

Zu leben tat weh. Das war Lynns erster bewußter Gedanke, als sie die Augen öffnete. Ihr Körper schmerzte von Kopf bis Fuß. Sie starrte direkt in einen verhangenen Himmel. Feine Wassertröpfchen benetzten ihr Gesicht, Haare und Augen, so daß sie zwinkerte. Die Erinnerung kam mit einem grellen Blitz. Der Sturz. Rory.

Rory!

Der Regenbogen war weg, so gründlich verschwunden, als hätte es ihn nie gegeben.

Lynn hatte Angst, sich zu bewegen, zu untersuchen, wie schlimm sie vielleicht verletzt war. Sie konnte sicher nicht so tief gefallen sein – ihr fiel ein, wie weit weg von der Felsspitze aus die Erde unter ihr ausgesehen hatte –, ohne sich schlimme Verletzungen zugezogen zu haben.

Vielleicht war sie ja tot.

Vielleicht war Rory tot. Der Gedanke war so schmerzhaft, daß Lynn ihn sofort wegschob. Wenn ihre Tochter tot war … dann wollte sie auch sterben.

Die jüngsten Trübungen in ihrer Beziehung waren plötzlich bedeutungslos. Wichtig war nur, daß Rory ihr geliebtes Kind war.

»Ohhh!«

Das Stöhnen, falls es wirklich eines war und kein grausamer Streich, den der Wind ihr spielte, reichte, um Lynn einen elektrischen Stoß zu versetzen. Ihr Kopf sauste herum, ihr Blick schweifte suchend umher.

Zuerst sah sie nur Grau: grauen Himmel, graue Berge, den völlig senkrechten Verlauf der grauen Felswand vor ihrem Gesicht. Der Gipfel, auf dem sie gerade noch gestanden hatten, war wie ein zerbrochener Keks in zwei Teile zerrissen. Der äußerste Teil hing geradewegs hinunter, parallel zu dem Bergmassiv, auf den er sich stützte.

Ein paar neugierige Habichte segelten mit den Windströmungen und beäugten den Schaden.

Ein Mädchen lag verkrümmt auf einem Felsvorsprung direkt unterhalb der eingebrochenen Granitplatte, ungefähr zehn Meter über Lynns Kopf. Ihr verdrehter Körper drückte sich eng an den Berg. Mit weit ausgebreiteten Armen hielt sie sich an ihm fest.

Nicht Rory. Jenny. Lynn erkannte den limonengrünen Umhang, das schwarze Haar und war froh, daß das Kind lebte. Aber ihr Herz und ihre Seele waren auf ein anderes Mädchen ausgerichtet: ihre Tochter.

Wo war sie?

»Rory!« Lynns Schrei klang rauh vor Angst.

Keine Antwort. Lynn versuchte es noch einmal. Sie schrie den Namen ihrer Tochter, bis ihr der Hals weh tat und ihre Stimme nur noch ein Krächzen war. Immer noch keine Antwort.

Lynn zwang sich aufzuhören, still liegen zu bleiben und tief und ruhig durchzuatmen. Wenn sie jetzt in Panik geriet, konnte sie Rory nicht helfen. Ihnen beiden nicht.

Während sie weitere Einzelheiten ihrer Umgebung in sich aufnahm, wurde es Lynn immer kälter. Die Haut in ihrem Nacken prickelte, als sich die winzigen Härchen aufrichteten. Ihre eigene Situation war unmöglich; Jennys Lage war nicht viel besser. Sie konnte sich nicht einmal überwinden, darüber nachzudenken, was mit Rory passiert war. Lag ihre Tochter womöglich leblos in dem Canyon unter ihr?

Lynn weigerte sich, diese Möglichkeit auch nur zu erwägen. Statt dessen konzentrierte sie sich auf ihre eigene Situation.

Allmählich wurde ihr ihre Lage bewußt, und gleichzeitig vertiefte sich ihr Entsetzen. Lynn entdeckte, daß sie auf den äußersten Zweigen einer verkümmerten Tanne gelandet war, die in wilden Windungen aus der steinigen Oberfläche der Felswand wuchs. Dort lag sie mit dem Gesicht nach oben und mit gespreizten Armen und Beinen, die sich mindestens dreißig Zentimeter über ihrem Körper befanden. Ihre Lage war eine Herausforderung an die Schwerkraft. Nur ein sich zart anfühlendes Netz aus dünnen braunen Zweigen und flachen grünen Nadeln spannte sich zwischen ihr und dem Tod. Sie hatte Angst – Todesangst –, sich zu bewegen. Bei jedem Atemzug schwankten die Zweige. Wenn sie sich anders legen oder ihr Gewicht das zarte Gebüsch entwurzeln würde, so würde sie die verbleibenden fünfzig Meter in den harten Abgrund unter ihr stürzen.

Bei dieser Erkenntnis krallten sich ihre ausgestreckten Hände in die kräftigsten kleinen Äste in ihrer Reichweite. Sie waren ungefähr so dick wie ein Herrenspazierstock und fühlten sich entsetzlich biegsam an, als ihre Finger sie umschlossen. Die Zweige waren triefendnaß, eiskalt und, so fürchtete Lynn, nicht sehr stark.

Von irgendwo rechts unter ihr kam ein leiser klagender Laut. Als ob jemand wimmerte oder weinte.

Rory?

Lynn hielt sich ganz fest, während sie ihren Kopf drehte. Aus dem Augenwinkel – sie hatte Angst, sich weit genug zu bewegen, um einen klaren Überblick zu erhalten, denn ihr war mittlerweile klar, daß sie schon durch eine Bewegung von wenigen Zentimetern die Balance verlieren mußte – erspähte sie nur die Andeutung des knallig rosafarbenen Umhangs ihrer Tochter. Und sie nahm eine Bewegung wahr.

Gott sei Dank!

Rory war unter ihr und steckte ebenso wie sie in einem Baum fest, der in einem Winkel von fast neunzig Grad aus der senkrechten Felswand wuchs. Tatsächlich gab es hier mehrere Bäume, ein kleines, unregelmäßiges Gestrüpp aus hageren Tannen, die Rorys und ihr Leben gerettet hatten.

Bisher.

»Nicht bewegen, Rory!« warnte Lynn, wobei die Worte selbst für ihre eigenen Ohren kaum hörbar waren. Dann legte sie soviel Kraft in ihre Stimme, wie sie aufbringen konnte: »Rory, kannst du mich hören?«

»Mommy!« Es war weniger eine Antwort als ein schwaches, weinerliches Stöhnen. Es klang, als ob eine sehr viel kleinere Rory in einer Notsituation nach ihrer Mutter rief.

Eisiger Schrecken packte Lynn. Und wenn Rory verletzt war? Lynn konnte nicht zu ihr; sie vermochte sich nicht zu bewegen. Niemand konnte zu ihr, zu ihnen beiden. Sie waren nicht mehr als Staubflecken, die sich an einer Felswand gerade noch so an ihr Leben klammerten, während eine unglaubliche, ahnungslose Unendlichkeit sich unter und über ihnen und überall um sie herum erstreckte.

Was wäre, wenn Rory, halb bewußtlos, ihre unsichere Lage nicht erkannte und um sich schlug? Das Kind konnte so leicht herunterfallen. Auch wenn sie das nicht tat, könnte sie an ihren Verletzungen vielleicht sterben, allein, an einer kalten, nassen Stelle 15 Stockwerke über der Erde.

Trotz Kälte und Nässe fing Lynn an zu schwitzen.

So oder so konnten sie beide sterben.

O Gott, bitte, betete Lynn. *Beschütze mein Kleines. Beschütze uns beide. Und Jenny auch.*

»Rory!« versuchte Lynn es wieder, und nur der reine Schrecken verlieh ihrer Stimme Kraft. »Rory Elizabeth, hörst du mich?«

Das Rauschen der Zweige im Wind war die einzige Antwort.

»Rory Elizabeth, hörst du mich?« Das Echo traf sie immer wieder. Mutterliebe war stärker als der Selbsterhaltungstrieb. Lynn drehte sich verzweifelt, um ihre Tochter besser zu sehen. Als ihr Gewicht sich verlagerte, verschoben sich auch die Zweige, die sie hielten. Ihr Herz klopfte ihr bis zum Hals, als sie den Halt verlor.

»Um Himmels willen, *nicht bewegen!*«

Jemand brüllte von oben zu ihr herunter, aber Lynn war zu sehr damit beschäftigt, um ihr Leben zu kämpfen und sich festzuhalten, als daß sie die Quelle feststellen konnte. Ihre Hinterseite und die Beine waren fast völlig durch das zarte Netz gerutscht. Nur ihr eiserner Klammergriff um die Äste rettete sie – aber die Äste waren nun von ihrem Gewicht ganz gebeugt.

Lynn hatte das beängstigende Gefühl, daß sich unter ihr nur noch grauer Himmel befand.

Ein Knöchel hing über einem Zweig, der ungefähr halb so dick war wie die, an denen sie sich festklammerte. Der andere baumelte im Leeren.

Lynn hatte Angst zu atmen und noch mehr Angst, sich zu bewegen.

»Halten Sie sich einfach fest!«

Diesmal sah Lynn nach oben, wobei sie mehr die Augen als den Kopf bewegte. Was sie erblickte, flößte ihr einen Schimmer Hoffnung ein.

Jess Feldman balancierte wie ein Seiltänzer auf der Kante neben Jenny. Ein Seil verband ihn sicher mit der Spitze der Felswand. Er hatte seinen Umhang irgendwo zurückgelassen. Nur mit einem roten Flanellhemd und Jeans bekleidet, war er eben dabei, ein weiteres Seil um Jennys Taille zu binden.

Natürlich gab es dort oben viele Hände, die Jenny zurück in die Sicherheit ziehen würden. Oben gab es viele Hände, die auch sie selbst und Rory hinaufziehen würden – wenn nur Jess zu ihnen gelangen könnte, und zwar rechtzeitig.

Er versuchte es. Lynn klammerte sich an den Gedanken.

Allen Anzeichen nach war Jenny ungefähr sieben Meter weit mehr gerutscht als gefallen. Die große Felsplatte, auf der die Gruppe gestanden hatte, war offensichtlich ein Vorsprung gewesen. Er war in Höhe der Felswand eingebrochen und dann einen guten Meter an der Bergwand hinuntergesackt. Seine Unterseite wurde von einem Felsvorsprung gestützt, ähnlich dem, auf dem Jenny gelandet war. Jenny mußte hinauf und über die flache Platte des abgebrochenen Felsen, um in Sicherheit zu gelangen.

Die Felsplatte war ungefähr 15 Meter lang, acht Meter breit und mußte Tonnen wiegen. Lynn, Rory, Jenny und Jess waren direkt in ihrem Weg, falls sie sich lösen sollte. Wenn dieses riesige Felsstück sie nicht im Sturz zermalmte, würde es sie alle mit sich in die Tiefe reißen und damit in den sicheren Tod. Alle außer Jess möglicherweise, der mit der Felsspitze verbunden war.

Lynn fühlte wieder, wie sie durch und durch von Kälte ergriffen wurde.

Jess rief jemandem oben etwas zu. Vermutlich Owen und den Adventure-Inc.-Leuten. Augenblicke später beobachtete Lynn fasziniert, wie Jenny auf die Beine kam, als sie von dem Seil um ihre Taille hinaufgezogen wurde. Jess hielt sie ruhig, und Jenny wurde zentimeterweise über den senkrechten Fels hinaufgezogen, bis sie fast über Jess' ausgestreckten Armen hing. Jess stand nun allein auf der Kante, während sich Jenny mit zurückgeneigtem Kopf und schwarzen, über den limonengrünen Umhang fließenden Haaren in Todesangst an das Seil klammerte und im Schneckentempo, wie es aus Lynns Perspektive erschien, hinaufgezogen wurde. Als sie die Kante der Steinplatte erreichte, blieb Jenny mit der Schulter daran hängen. Die Platte ragte ungefähr drei Meter über die Felswand hinaus, und es sah schwierig aus, über die zerfurchte Kante hinüberzukommen. Jenny schrie auf, offenbar vor Schmerzen. Sie stieß sich mit einer Hand von dem Fels ab und wurde dann an der schwierigen Stelle vorbeigezogen. Vom Seilende herabhängend, kam sie mit quälender Langsamkeit an der glatten Granitfläche voran. Von unten her sah man, daß ihre Füße wie in einem verzweifelten Todestanz zappelten. Lynn erkannte, daß Jenny angestrengt versuchte, mit den Füßen einen Halt zu finden.

Das Mädchen hatte schon ein Drittel auf dem Weg in die Sicherheit geschafft … die Hälfte …

Mit einem schrecklichen Knirschen und einem Geröllhagel rutschte die Felsplatte zur Seite.

Lynn duckte sich und wich den Steinen aus, die auf sie niederprasselten. Ein Felsstück von der Größe einer Bowlingkugel sprang an ihrer Schulter vorbei; sie schrie auf und hätte fast ihren Halt verloren. Ein paar Zentimeter weiter links, und es hätte sie getroffen. Sie wäre von ihrem Platz heruntergeschlagen worden; es hätte sie getötet.

Sie konnte *immer noch* getötet werden. Ihr Blick fixierte die Felsplatte über ihr. Wenn sie fiele …

Die Zeit schien stillzustehen. Jenny erstarrte mitten in der Luft. Unbeweglich hing sie am Ende eines Seils, das ungefähr so stark aussah wie ein Spinnenfaden. Angesichts der Katastrophe war sie ebenso hilflos wie Lynn oder Rory unter ihr.

Lynns Kehle wurde trocken. Sie merkte, daß sie den Atem anhielt.

Bitte, lieber Gott. Bitte. Lieber Gott.

Nach einer halben Ewigkeit hörte die Felsplatte auf zu wackeln. Sie blieb unsicher liegen, als sich ihre Spitze in einer schmalen Felskante verkeilte.

Es sah ungefähr so sicher aus wie eine Kuh auf einem Gletscher.

Jenny wurde abermals über die wacklige Platte hochgezogen, diesmal schnell, so als ob ihr Leben von der Geschwindigkeit ihrer unsichtbaren Helfer abhinge – was vielleicht auch so war. Diesmal bewegten sich ihre Füße nicht. Sie hing bewegungslos vom Seil herab, ihre Hände umklammerten es wie im Krampf, ihr Kopf war zurückgeneigt, so daß sie sehen konnte, wohin sie sich bewegte – und nicht, wohin sie immer noch in den Tod stürzen konnte.

Wohin sie alle in den Tod stürzen konnten.

Wenige Minuten später griffen Hände zu ihr hinunter und packten sie. Sie wurde hinauf und außer Sichtweite gezogen.

Jenny war in Sicherheit.

Nun war Rory dran – und sie selbst.

Lynn war so sehr davon in Anspruch genommen gewesen, Jennys Drama zu verfolgen, daß sie Jess völlig vergessen hatte. Nun wurde ihr bewußt, daß er unterwegs war zu ihr und Rory, wobei er sich langsam an der Felswand abseilte. Sie würde darauf bestehen, daß er zuerst Rory hinaufbrachte. Die Felsplatte konnte sich jeden Augenblick wieder verschieben – aber daran wollte sie nicht denken.

»Rory!« rief sie eindringlich. »Rory, halte durch, es kommt Hilfe!«

Keine Antwort. Mit einem Blick zur Seite erkannte Lynn, daß sie immer noch keine bessere Sicht auf Rory hatte. Sie konnte nur eben einen kurzen Blick auf den leuchtenden rosa Umhang erhaschen, der sich ungefähr zwei Meter rechts unter ihr in den Ästen verfangen hatte. Glücklicherweise schien Rory regungslos.

»Glücklicherweise« allerdings nur, falls Rory nicht schlimm verletzt war. Oder ohnmächtig. Schließlich waren sie ungefähr zwanzig Meter in die Tiefe gestürzt. Wer wußte, wogegen Rory geprallt war, bevor sie in dem Baum stecken blieb?

O lieber Gott. Bitte.

»Lynn! Lynn, sind Sie verletzt?«

Lynn sah nach oben und entdeckte, daß Jess Feldman fast direkt über ihr war, nur zwei, drei Meter entfernt. Er war sehr schnell herunter geklettert, fand sie, und stellte fest, daß er Handschuhe trug, um seine Hände vor dem blau-gelb gezwirbelten Seil zu schützen, das seine – ihre – Rettungsleine war. Er schien an der Felswand praktisch herunterzulaufen. Mit seinen in Stiefeln steckenden Füßen stemmte er sich gegen das graue Gestein. Das Seil war ihm um die Taille gebunden und führte in einer Art improvisierter Kletterausrüstung zwischen seinen Beinen durch. Weiteres blau-gelbes Seil, vielleicht mehr als fünfzig Meter lang, hing ihm von der Schulter quer über die Brust, so wie Frauen sich manchmal aus Furcht vor Taschendieben ihre Handtasche umhängen.

Lynn war sich der Seilfarbe deshalb so sicher, weil ein lose hängender Knoten an ihr vorbei schlenkerte, so dicht, daß sie ihn fast hätte packen können.

Sie überlegte, ob sie einen Ast loslassen und nach dem Seil greifen sollte, verwarf aber dann den Gedanken. Jetzt nur nicht in Panik geraten, hämmerte sie sich ein. Nur abwarten.

»Verdammt noch mal, Frau, so antworten Sie doch: Sind Sie verletzt?« Jess sah mit verrenktem Körper über die Schulter zu ihr hinab, seine Stimme klang grimmig.

»N-nein. Ich glaube nicht.« Lynn starrte auf den strammen, in Jeans steckenden Po, den Rory und die anderen Mädchen so bewunderten, auf das goldbraune Haar, das über dem Abgrund wehte, auf das gebräunte, schöne Gesicht, das nun ernst und konzentriert war, und sie spürte Verzweiflung.

Er sah aus, als gehörte er in die Anzeige einer Hochglanzillustrierten: der Marlboro-Mann als Bergsteiger. Sie und Rory brauchten einen wirklichen Helden, keinen nachgemachten.

Ein Niesen brach sich plötzlich aus ihrem Körper Bahn, erschütterte ihren Halt, schüttelte den Baum, ließ sie weitere Zentimeter in die Tiefe rutschen. Lynn keuchte und krallte sich in Todesangst fest.

»Um Gottes willen, *bleiben Sie still!*«

Jess stieß sich von der Bergseite ab. Auf dem Seil kam er weiter herab und landete dreißig Zentimeter rechts neben ihrem Baum.

Lynn kam zu dem Schluß, daß ein nachgemachter Held besser war als gar keiner. Viel besser.

»Hi-hilfe«, sagte sie schwach.

»Ist ja gut. In ein paar Minuten sind Sie in Sicherheit. Jetzt nur nicht bewegen.«

Die Ermahnung war unnötig. Lynn hatte nicht die Absicht, sich zu bewegen, soweit es in ihrer Macht stand. Der Nebel war endlich gewichen, aber die kleine Tanne war ebenso naß wie sie, und die Äste, an die sie sich klammerte, wurden unter ihrem panischen Griff immer glitschiger.

Ihre Nase juckte.

Der Gedanke, womöglich noch einmal niesen zu müssen, erfüllte sie mit Schrecken. Zum äußersten entschlossen, zwang sie sich, an etwas anderes zu denken.

»Rory«, sagte sie mit festerer Stimme. »Holen Sie sie zuerst. Bitte.«

»Ich werde sie holen, machen Sie sich keine Sorgen.« Er hüpfte an der Felswand entlang und zu ihr herüber. Das Nadelgehölz wuchs ungefähr vier Meter aus der Wand heraus, und Lynn lag auf seinen äußersten Ästen. Dadurch war sie gut drei Meter aus seiner Reichweite entfernt. Da sie über einem Abgrund von ungefähr 15 Stockwerken baumelte, hätten diese drei Meter ebenso gut drei Meilen sein können.

»Ich glaube … ich glaube, Rory könnte verletzt sein.« Sie unterhielten sich fast schreiend, während Jess sich nach einer sicheren Stellung am Fuß des Baumes umsah.

»Sie lebt; ich habe gesehen, wie sie sich bewegt hat.« Seine unverbindliche Antwort ließ Lynn vermuten, daß auch er annahm, Rory sei verwundet.

»Ich will, daß Sie Rory zuerst befreien!«

»Es ist mir vollkommen egal, was Sie wollen. Sie sind höher als Rory, was bedeutet, daß ich zuerst bei Ihnen bin, also werden Sie zuerst befreit. Wenn Sie einfach nur den Mund halten und tun, was ich Ihnen sage, sind Sie bald beide in Sicherheit.«

»Rory …«

»Je länger Sie debattieren, desto länger dauert es, bis ich bei ihr bin.«

Das brachte Lynn zum Schweigen.

»Was glauben Sie, wie stark ist dieser Baum? Meinen Sie, daß er auch mein Gewicht noch tragen kann?«

Lynn wurde klar, an was er dachte: daß er auf dem Baumstamm zu ihr herüberlaufen würde.

»Nein!« schrie sie und klammerte sich fester an den Baum, als Windböen die Äste schüttelten. Auch wenn

Jess in ihrer Nähe war: Wenn die Tanne nun entwurzelt würde, konnte er sie nicht halten, bevor sie in die Tiefe stürzte. Schon für Lynn mit ihren ungefähr fünfzig Kilogramm war der Baum eine wenig sichere Stütze. Weitere etwa achtzig Kilo von Jess konnte er bestimmt nicht tragen.

»Gut, gut!« Er überlegte anscheinend neu. Er sah hinunter, sah hinauf und schien einen Entschluß zu fassen. Lynn beobachtete wachsam, wie er etwas mit dem Seil an seiner Hüfte machte. Die Luft wurde kälter. Windstöße schossen aus dem Canyon herauf, so daß der Baum schwankte und ihre Haare – und seine – himmelwärts wehten. Lynn merkte, daß sie völlig durchnäßt und durchgefroren war. Sie zitterte vor Angst und Kälte.

»Lynn.« Die Art, wie er ihren Namen aussprach, versetzte sie in äußerste Alarmbereitschaft. »Lynn, hören Sie zu. Ich habe mich so festgebunden, daß ich nicht tiefer fallen kann. *Ich kann nicht fallen.* Verstehen Sie das?«

»Sie können nicht fallen«, wiederholte Lynn und dachte: *Gratuliere.*

»Ich werde mich jetzt abstoßen und zu Ihnen schwingen. Wenn Sie merken, daß ich Sie berühre, lassen Sie den Baum los und greifen nach mir, greifen um Ihr Leben.«

»Was?« Lynn riß die Augen auf, als ihr klar wurde, was das bedeutete. Sie klammerte sich fester an ihre Äste.

»Ich stoße mich jetzt ab und hole Sie. Sie müssen nur den Baum loslassen und mich fest packen.«

»Das ist *alles?«* Es fiel schwer, den angemessenen Grad an Ironie in einem fast hysterischen Schrei unterzubringen. »Haben Sie nach unten gesehen? Wir sind ungefähr fünfzig Meter über dem Abgrund. Was passiert, wenn ich Sie nicht erwische? Was passiert, wenn der Stamm abbricht? Was passiert, wenn ich mich nicht an Ihnen festhalten kann – oder Sie mich nicht halten können? Vielleicht können Sie nicht fallen, aber *ich* schon!«

»Das ist die einzige Möglichkeit.«

»Das kann doch nicht sein!«

»Doch, oder fällt Ihnen etwas Besseres ein?«

Lynn dachte nach.

Ein Windstoß von unten ließ den Baum erzittern. Lynn merkte, daß ihr Körper nach unten rutschte, als das Netz unter ihr sich verschob, und klammerte sich noch fester an die Äste.

Ihr Blick war starr auf Jess gerichtet.

Sie konnte nicht ewig bleiben, wo sie jetzt war, soviel stand fest. Sie war sich nicht einmal sicher, ob sie sich überhaupt noch länger halten konnte. Schon verkrampften sich ihre Finger vom langen Festhalten. Ihre Beine schliefen ein. Ihre Füße fühlten sich kalt, naß und abgestorben an.

Genauso abgestorben, wie sie sein würde, wenn er nach ihr griff, sie verpaßte und sie in die Tiefe stürzte.

Bei dem Gedanken schüttelte sich Lynn.

Aber was waren die Alternativen? Gab es überhaupt eine andere Möglichkeit?

Er konnte nicht auf der zarten Tanne entlangklettern. Das Risiko war zu groß, daß der Baum unter seinem Gewicht abbrach oder entwurzelt wurde. Auch konnte sie selbst nicht über den Stamm zu ihm klettern; sie konnte ja kaum ihren Kopf drehen, ohne sich in tödliche Gefahr zu bringen.

Wenn er ihr ein Seil zuwarf, konnte sie sich nicht loslassen, um es zu fangen, geschweige denn, um es sich umzubinden.

Er konnte nicht zu ihr durch den freien Luftraum kommen und ihr das Seil umbinden.

Lynn starrte nach oben in den verhangenen Himmel. Sie dachte an Rory, an ihre Mutter, an ihre Arbeit. Sie dachte daran, wie sehr sie nicht sterben wollte.

Und sie kam widerstrebend zu der Erkenntnis: Falls es eine andere Möglichkeit gab, so konnte sie sie nicht entdecken.

So daß nur sein Vorschlag übrig blieb.

»Lynn?«

»Okay«, sagte sie.

»Okay?«

»Ja!« In ihrer Stimme schwang Panik mit. Wenn er ihr zuviel Zeit zum Nachdenken ließ, fürchtete sie, würde sie doch noch nein sagen. Sie würde einfach in dem Baum stecken bleiben, bis sie verfaulte – oder fiel.

»Okay. Ich springe jetzt und packe Sie. Denken Sie daran: Ich kann nicht fallen. Wenn Sie sich an mir festhalten, können Sie auch nicht mehr fallen. Das ist noch sicherer, als es sich anhört, das verspreche ich Ihnen. Ich halte Sie fest, und Sie halten sich an mir fest, und Sie können nicht fallen.«

»Okay.« Ihre Stimme zitterte, aber das war nichts im Vergleich dazu, wie ihre Haut sich anfühlte. Angst und Eiseskälte rasten an ihrer Wirbelsäule auf und ab. Ihr Leben hing von einem Stunt ab, den sie nicht einmal einem professionellen Trapezartisten wünschte.

Sie konnte es nicht schaffen.

»Ich komme!« Mit diesem Ruf stieß sich Jess von der nackten Felswand ab.

9

Lynn sah ihn kommen und machte sich bereit für ihren Sprung in die Sicherheit – oder versuchte es. Wie sie rasch feststellte, war es schwer, sich bereit zu machen, wenn man in einem Netz aus dünnen Ästen feststeckte. Tatsächlich war es sogar unmöglich.

»Jetzt!« schrie Jess, der neben ihr in das Gehölz krachte und sie am Handgelenk packte. Seine behandschuhte Hand war stark und warm – und das einzige, was Lynn davor bewahrte, auf den felsigen Grund unter ihr zu stürzen, während sie aus ihrem Sicherheitsnetz herausgezogen wurde.

Sie fiel wie ein Stein. Panik schoß ihr eiskalt durch den Körper.

Schreiend plumpste sie durch das zarte Laub, griff wild um sich, trat und tat alles, um sich an dem einen festzuhalten, der sie retten konnte: Jess.

Ihr wedelnder Arm schlug gegen sein Bein. Ihre rosa lackierten Nägel pflügten Furchen in seine überraschend glatten Jeans, während sie vergeblich versuchte, sich festzuhalten.

Ihr anderer Arm wurde fast ausgerenkt, als sein Griff um ihr Handgelenk ihren Fall beendete. Luft schluckend und mit sich zusammenziehendem Magen hing Lynn von Jess' Hand und Fuß wie eine Stoffpuppe herab und starrte aus weit aufgerissenen Augen auf die weißen Gipfel der Berge, die sich vor ihr erstreckten, während sie, Jess und das Seil zur Felswand zurückschnellten.

Der Kiefernwald unter ihr war ein blaugrüner Schemen. Der eisig weiße Fluß rauschte durch den grauen Canyon und schien zu vibrieren. Über ihnen wirkten die Wolken mit den am Himmel reitenden Habichten ebenso fragil.

Jess' Griff um ihr Handgelenk war so fest, daß die Blutzufuhr zu ihrer Hand abgeschnitten wurde. Lynn versuchte die Finger zu biegen, konnte sie aber kaum bewegen. Sie konnte nur im freien Raum baumeln, seiner Kraft ausgeliefert – oder seiner Schwäche.

Überraschend knallte sie gegen die Felswand zurück. Sie bekam keine Luft mehr und sah nur noch bunte Sterne vor den Augen. Für einen kurzen Augenblick war es ihr egal, ob er sie fallen ließ oder nicht, alles war ihr egal, außer dem Schmerz an ihrem Hinterkopf, in den Schultern und an der linken Hüfte. Sein Griff um ihr Handgelenk schien sich zu lockern …

Sie fiel, einfach so, schnell wie ein Blitz. Ihr Magen schoß ihr in den Hals.

Sie fiel, aber nicht tief. Wieder riß es ihr fast den Arm aus, als er noch einmal ihr Handgelenk packte. Die Angst vor dem Fallen verbannte das Bewußtsein ihres Kopfschmerzes. Sie fing an zu kämpfen und trat und schlug um sich bei dem Versuch, durch die leere Luft hinauf und in Sicherheit zu klettern.

»Stillhalten!« Ein Brüller, der ihre Panik durchdrang. Lynn erkannte, daß sie es Jess erschwerte, sie weiter an ihrem Handgelenk festzuhalten. Der Nebel hatte ihre Haut naß und rutschig gemacht. Was wäre, wenn er sie noch einmal losließ?

Sie wurde so still wie ein Kaninchen, dem sich eine Schlange nähert; schwer wie ein Sack hing sie von seiner Hand herab.

Dann hielt er sie mit seiner anderen Hand ebenfalls am Handgelenk. Blind griff Lynn nach oben, als sie sich hochgezogen fühlte. Der Schmerz in ihrer Schulter war brutal – aber nicht zu vergleichen mit ihrer Angst zu fallen.

Er hatte seine Füße gegen die Felswand gestemmt, so daß sein Körper fast einen 45-Grad-Winkel mit der Wand bildete. Das wurde ihr bewußt, als sie seinen Stiefel berührte, den festen Jeansstoff seiner Hose zu fassen bekam und sich in Todesangst daran festhielt. Absurderweise blitzte ein Bild in ihrem Kopf auf: wie sie auf die Erde herunterfiel, seine Jeans in festem Griff, während er in Shorts – einem Slip? – am Seil hing. Ihr Herz setzte aus. Dann legte sich seine Hand auch um ihr anderes Handgelenk.

Lynn ließ sein Bein los, als er sie bis auf seine Höhe hinaufzog. Sie sah zu ihm hinauf, beobachtete die Anstrengung in seinem Gesicht und bekämpfte den Drang, nach ihm zu greifen oder sich in irgendeiner Weise zu bewegen, die seine Bemühung untergraben könnte.

»Ich hab' Sie«, sagte er befriedigt, als er sie hoch auf seinen Körper zog. Schwer atmend kletterte Lynn auf ihn.

Ihre Füße fanden seinen linken Fuß, mit dem er sich gegen die Wand stemmte, und sie benutzte ihn, um sich hochzustemmen, so als wäre er ein Teil des Bergs. Ihre Füße unter ihr, schob sie sich nach oben und legte ein Bein über das Seil, das ihn mit dem oberen Felsrand verband. Er ließ ihre Handgelenke los. Ein Arm legte sich fest um ihre Taille. Mit der anderen Hand hielt er sich am Seil fest und brachte sie beide in eine stabile Lage. Mit ihrem ganzen Körper lag sie nun auf ihm, ihre Arme um seinen Hals geschlungen.

Einige Augenblicke lang ruhte sie einfach auf seinem Körper, zitternd vor Erschöpfung und ausgestandener Angst.

Er hielt sie fest, während Lynn seine warme, starke Kraft in sich aufnahm und merkte, daß sie – relativ – in Sicherheit war.

»Gut, daß Sie nicht dick sind«, murmelte er in ihr Ohr.

Lynn lachte. Daß sie das konnte, überraschte sie. Es fühlte sich gut an, lebensbejahend.

Sie blickte über seine Schulter nach unten und sah, wo ihre Tochter lag. Der knallig rosafarbene Umhang wirkte wie ein Leuchtfeuer vor dem schwarzen Fels.

»Holen Sie Rory«, sagte sie.

»Ja.«

Doch sie blieben noch einen Moment länger bewegungslos. Lynn merkte, daß auch Jess außer Atem war. Sie erkannte auch, daß sie nicht wirklich befreit war. Sie hing zwar nicht mehr 15 Stockwerke hoch über dem Abgrund. Aber statt dessen klammerte sie sich an einen Mann, der von einem Seil herabhing – in Höhe des gleichen fünfzehnten Stockwerks.

»Und wo ist das Seil, das mich nach oben zieht?« fragte sie. Ihre Wange lag an seiner Schulter. Das Seil um seine Brust zog harte kleine Furchen unter ihrer Brust. Sie konnte seinen Atem spüren. Angesichts ihrer Situation fühlte sie sich erstaunlich sicher – bis sie an ihm vorbei zu den riesigen unberührten Bergspitzen, die sich um sie erhoben, hinübersah und die Entfernung zur Erde berechnete.

»Wir steigen nicht hinauf. Wir steigen hinunter. Die gebrochene Felsplatte ist zu unsicher. Wir können nicht riskieren, daß sie sich noch mal bewegt.«

Lynn sah das ein. Sie hatte gesehen, was passiert war, als Jenny über die Platte gezogen wurde.

»Können Sie uns denn hinunterbringen?« fragte sie.

»Ich habe Sie doch aus dem Baum herausbekommen, oder?«

»Ja.«

»Dann vertrauen Sie mir.«

Lynn antwortete nicht.

»Haben Sie schon mal einen Berg erstiegen?«

»Nein.«

»Leute gibt's.« Er klang resigniert. »Okay. Solange wir hier sind, kann ich Sie festhalten und Sie sich an mir, und Sie können nicht fallen. Wenn wir uns aber nach unten bewegen, sieht das anders aus.«

»So?« Lynn spürte eine neue Angstwelle.

»Ich brauche meine Hände. Ich kann Sie nicht festhalten und uns gleichzeitig abseilen. Ich werde Sie an mir festbinden.«

»Sie müssen Rory holen.«

»Ich werde sie auch holen, keine Sorge. Eins nach dem anderen. Wir kommen nicht weiter, wenn Sie nicht machen, was ich Ihnen sage. Ich will, daß Sie sich auf mein Zeichen hin umdrehen, mit dem Rücken zu meiner Brust. Sie sollen Ihre Füße gegen die Felswand stellen, Ihre Hände ans Seil legen und zusammen mit mir den Berg hinunterlaufen.«

Lynn schauderte bei dem Gedanken, sich zu bewegen.

»Okay«, sagte sie.

»Lassen Sie jetzt meinen Hals los, und lehnen Sie sich zur Seite, damit ich dieses Seil abbekomme.«

»Okay.« Lynn lockerte ihren festen Griff um seinen Hals und lehnte sich zur Seite – aber nicht ohne sich zuerst in den weichen Flanellstoff an seinen beiden Seiten zu klammern. Das straffe Seil, ihre gemeinsame Rettungsleine, rieb beruhigend gegen ihr Bein.

»Sie werden nicht fallen.« Jess lächelte ihr kurz und schief zu, als er in seiner Tasche nach etwas suchte – ein Klappmesser, wie Lynn entdeckte – und dann das ordentlich zusammengerollte Seil über seinen Kopf zog.

»Wieviel Gewicht kann dieses Seil aushalten?« Lynn versuchte den geringen Durchmesser des Nylonseils abzuschätzen.

»Sehr viel. Locker 150 Kilo.« Er hängte die Rolle über einen Arm und öffnete das Messer mit den Zähnen. »Vielleicht mehr. Wie gesagt, es ist gut, daß Sie nicht dick sind.«

»Und was hätten Sie getan, wenn ich es wäre?«

Die Andeutung eines Lachens schüttelte ihn. »Owen geschickt.«

Lynn mußte über die Antwort lächeln.

»Okay.« Er war fertig damit, ein Stück Seil zu kappen, und steckte das Messer zurück in seine Tasche. Die restliche Rolle legte er sich wieder über Kopf und Arm. »Nun drehen Sie sich um.«

»Einfach ... so ... wie?« Lynns Stimme klang in ihren eigenen Ohren hohl.

»Ich lasse Sie nicht fallen, versprochen.« Sein linker Arm lag fest um ihre Taille.

»O Gott.«

»Sie schaffen es. Lassen Sie einfach mein Hemd los, und schwingen Sie Ihr Bein über das Seil.«

»Großer Gott.«

Lynn gab sich Mühe, nicht einmal an die Möglichkeit des Fallens zu denken, und drehte sich mühselig so, daß ihre rechte Hüfte mehr oder weniger in Höhe seines Bauchnabels lag. So hatte sie viel Platz, um sich umzudrehen, ohne den Kontakt mit seinem Körper zu verlieren. Ihr linkes Bein glitt hinauf und über das Seil, sie ließ sein Hemd los und drehte sich schnell auf den Rücken, ungefähr so elegant wie ein Fisch, der auf dem Ufer im Trockenen landet.

»Himmel!«

Er verlor den Halt unter den Füßen. Er fluchte, als seine Beine geradewegs hinunterrutschten. Lynn schrie gellend auf und griff nach dem Seil. Es verbrannte ihr die Handflächen, als sie fiel.

Sein Arm um ihre Taille hielt sie auf. Einen verzweifelten Augenblick lang hingen sie zappelnd am Ende des Seils. Irgendwie gelang es Jess, seine Füße wieder gegen die Wand zu stemmen und noch einmal einen Winkel mit dem Berg zu bilden. Sekunden später lag Lynn auf ihm, diesmal mit dem Gesicht nach oben, und krallte sich wie irre fest.

»Hu!« sagte er in ihr Ohr.

Lynn schloß die Augen, sprach ein stummes Gebet und öffnete sie wieder.

»Sind Sie in Ordnung?«

Sie nickte. Sie war so erschüttert, daß sie nicht mal den Mut hatte zu sprechen.

»Gut. Nun schieben Sie Ihr Bein über das Seil – genau so. Vorsichtig.«

Er stupste ihr rechtes Bein an. Lynn spreizte das Bein über das Seil. Sie spürte seine Hände an ihrer Taille.

»Sie können jetzt nicht mehr fallen. Ich habe uns zusammengebunden. Fertig für den Abstieg?«

Lynn nickte wieder.

»Lehnen Sie sich einfach gegen mich, und tun Sie, was ich Ihnen sage. Einverstanden?«

Lynn atmete tief ein. Dieser Beinahe-Sturz war schrecklich gewesen – aber es hatte keinen Sinn, sich da hineinzusteigern. Laß es hinter dir, sagte sie sich, laß es los.

»Om.« In dem Bemühen, wie in einem Zen-Ritual Ruhe zu finden, verfiel sie in atemlosen Singsang. Wenn sie unter Streß stand, begann sie automatisch zu meditieren, und es gab ihr jedesmal Kraft.

»Was?«

»Ich bin bereit.«

»Wir werden jetzt einfach den Berg hinuntergehen. Sie müssen sich nur gegen mich lehnen und laufen. Verstanden?«

Lynn nickte und versuchte, nicht in lautes *Om* auszubrechen.

»Auf geht's.«

Jess bewegte sich, und Lynn merkte, daß sie mitging. Sie hörte mit ihrem beruhigenden Singsang auf, um sich zu konzentrieren. Seine Beine waren unter den ihren. Seine Brust war hinter ihrem Rücken. Seine Arme umspannten ihre Taille, um das Seil zu halten, das zwischen ihrer beider Beinen nach oben führte. Seine behandschuhten Hände glitten direkt unter ihren an dem dünnen Seil hinunter.

Sie bewegten sich an einem senkrechten Felsabhang hinab, der so glatt wie ein Denkmal schien.

Sie konnte nicht fallen, außer wenn er fiel, redete Lynn sich ein.

»Wir müssen über einen Felsspalt springen. Hier, ziehen Sie die an.«

Mit einer Hand ließ er das Seil los, zog seinen linken Handschuh mit den Zähnen aus und hielt ihn ihr hin, während sie ihre Hand hineinsteckte. Das buttergelbe Leder war dünn und warm von seiner Hand.

»Er ist zu groß«, wandte sie ein, als er seinen Griff wechselte, um den anderen Handschuh auszuziehen. »Behalten Sie sie.«

»Wir werden am Seil hinunterrutschen. Ohne einen Schutz für Ihre Hände können Sie sich vielleicht nicht festhalten.«

Lynn schwieg. Ihre Handflächen brannten schon von

dem Fall, dem er ein Ende gesetzt hatte, und dabei hatte der nur ein paar Sekunden gedauert. Der Gedanke an einen Sturz hatte sie mittlerweile so tief erschreckt, daß sie alles getan hätte, um ihn zu vermeiden – sogar seine Handschuhe würde sie nehmen, während seine bloßen Hände sich an dem Seil wundrieben.

Sie redete sich ein, daß seine Haut viel dicker als ihre war.

Jess half ihr mit dem anderen Handschuh. Die Füße gegen Felsschichten gestemmt und mit frisch geschützten Händen, die das Seil festhielten, wartete Lynn und versuchte, nicht zu zittern.

Om, ging es ihr in einer endlosen Schleife durch den Kopf. *Om, om.*

»Wenn ich es sage, stoßen Sie sich mit den Füßen von der Felswand ab und lassen das Seil durch Ihre Hände gleiten. Lehnen Sie sich einfach gegen mich, und lassen Sie sich fallen. Es ist nicht weit, nur zehn, elf Meter. Sind Sie bereit?

O Gott. Lynn nickte. Hinter sich spürte sie, wie er seine Muskeln anspannte.

»Los!«

10

Lynn stieß sich im gleichen Augenblick wie Jess ab, weniger aus eigenem Impuls als vielmehr, weil sein kräftiger Stoß sie mitriß. Das Seil glitt ihr durch die Hände. Wieder geschah dies eher zufällig als absichtlich.

Das Gefühl zu fallen war für sie so, als ob ihr der Magen nach oben schoß. Wenn sie je wieder von diesem Berg herunterkam, schwor sich Lynn, würde sie nie mehr auch nur auf einen Küchenstuhl steigen.

Jess schwang wieder zur Felsplatte hinüber. Da sie sich

in der Krümmung seines Körpers befand, mußte Lynn gezwungenermaßen das gleiche tun. Ihre Stiefel mit den rutschigen Sohlen trafen quietschend auf die Felswand. Seine Brust drückte sich in ihren Rücken. Lynn verlor das Gleichgewicht, und ihre Füße rutschten weg. Sie kippte nach vorn, ihre Knie knallten gegen den Fels. Sie krallte die Finger um das Seil. Ihre wegrutschenden Füße trafen auf Jess' Stiefelspitzen und fanden Halt. Sein Körper, der nun einen festen Platz gefunden hatte, hielt sie. Sie gewann ihr Gleichgewicht zurück, kletterte in eine weniger wacklige Position und versuchte das Zittern ihrer Glieder zu ignorieren.

Om.

»Sie machen das großartig«, sagte er ihr ins Ohr.

Als Lynn hinaufsah und ihren Hals beugte, konnte sie Rory erblicken. Sie waren nun unter ihr. Sie hing fast aufrecht auf einem anscheinend vom Stamm abgebrochenen Teil, an dem sich ihr Umhang verfangen hatte. Ihre Arme lagen ausgebreitet über Ästen mit grünen Nadeln, ihre Beine quer über einem anderen Ast. Ihr Sitzplatz sah weit sicherer aus als das dünne Netz, das Lynn gerettet hatte. Als Lynn dies bewußt wurde, verringerte sich ihre panische Angst um ihre Tochter ein wenig.

Aber nur ein ganz klein wenig. Mit Rory war auf schreckliche Weise etwas nicht in Ordnung. Sie hatte die Augen geschlossen. Ihr Gesicht war schneeweiß. Allem Anschein nach war sie bewußtlos.

»Rory!« schrie Lynn. Ihre Tochter antwortete nicht, sie zeigte nicht die geringste Reaktion.

»Sie wird schon okay sein.«

»Sie müssen sie holen! Jetzt! Bitte! Bitte!«

»Ich schaffe nicht zwei auf einmal. Erst muß ich Sie nach unten bringen. Dann kümmere ich mich um Rory.« Lynn nahm wahr, daß sein Tonfall sie beruhigen sollte. Leider fühlte sie sich nicht beruhigt.

»Sie ist bewußtlos!«

»Wenigstens wird sie nicht fallen, so wie sie da feststeckt.«

Das stimmte, aber dieses Wissen tröstete Lynn kaum.

»Ich kann nichts für sie tun, solange ich Sie nicht nach unten gebracht habe«, redete er ruhig auf sie ein. Dann ging es wieder weiter. Da sie zusammengebunden waren, hatte Lynn keine andere Wahl, als sich mit ihm zu bewegen. Während des restlichen Abstiegs ließ sie ihre Tochter kaum aus den Augen. Vor lauter Sorge um Rory hatte sie nicht einmal mehr Angst – außer um ihr Kind.

Ihr kam es vor, als dauerte es eine Ewigkeit, bis sie festen Boden unter den Füßen hatten. Als ihre Füße endlich den knirschenden Kies berührten, stellte Lynn überrascht fest, daß ihre Knie sie nicht tragen wollten.

Mit einem Ausruf des Entsetzens knickte sie ein. Jess fing sie, hinter ihr stehend, mit einem Arm um ihre Taille auf.

»Hu«, sagte er.

»Ich … kann nicht stehen.«

»Sie hatten einen anstrengenden Tag.« Er hielt sie weiter fest, während er das Seil durchschnitt, das sie immer noch Rücken an Brust zusammenband. Als es gelöst war, sank Lynn auf die Knie. Nur sein um sie gelegter Arm hielt sie davon ab, vornüber aufs Gesicht zu fallen.

»Bitte, holen Sie Rory.« Lynn stützte sich mit den Händen ab und sah wieder zu ihrer Tochter hinauf, die aus dieser Entfernung nur wie ein lebhafter rosa Tupfen neben den dunkelgrünen Gehölzen wirkte, die sich über die Felswand verteilten.

»Ich hole sie, keine Sorge.«

Lynn sah, daß Jess sich mit auf den Knien abgestützten Händen vorgebeugt hatte und tief ein- und ausatmete.

»Ist alles in Ordnung?« fragte sie.

»War nie besser.« Er richtete sich auf. »Geben Sie mir lieber meine Handschuhe zurück.«

»O ja. Klar.« Lynn zog sich die Handschuhe aus und

reichte sie ihm. Er streifte sie über und wandte sich der glatten Felswand zu. Dabei schob er seine improvisierte Kletterausrüstung zurecht und zog prüfend an dem Seil, das immer noch mit der Felsspitze verbunden war. Dann kletterte er mit einer Leichtigkeit und Eleganz, die Lynn beeindruckten, wieder den Berg hinauf. Er fand Halt für seine Füße, wo Lynn niemals welchen erwartet hätte, und klammerte sich an unglaublich kleinen Felsnasen fest, während er sich hinaufzog.

Während sie seinen geschickten Aufstieg beobachtete, registrierte Lynn überrascht, wie sicher sie sich war, daß er Rory befreien würde.

Und das tat er auch. Rory schien bewußtlos zu sein, als Jess mit ihr unten ankam. Während er die letzten Meter überwand, stand Lynn auf und streckte ihrer Tochter die Arme entgegen. Sie hielt sie fest, als Jess das Seil durchschnitt, das die beiden Brust an Brust zusammengehalten hatte. Lynn zog schnell ihren Umhang aus und breitete ihn auf dem Boden aus. In der Zwischenzeit hob Jess Rorys zusammengebundene Hände über seinen Kopf und legte sie auf das neongelbe Plastik. Da erst wurde Lynn klar, daß der Abstieg mit dem schweren Gewicht einer Ohnmächtigen, die an seinen Körper gebunden war, für Jess noch brenzliger gewesen sein mußte.

»Oh, ihr armer Kopf!« Lynn hockte sich neben die auf dem Rücken liegende Gestalt ihrer Tochter. Sie strich über ihre Beulen und glättete die blonden Haarsträhnen, die sich aus dem Pferdeschwanz gelöst hatten. Dabei starrte sie angsterfüllt auf die tiefen Kratzer und Blutergüsse, die sich von der Braue bis zum Haaransatz über die linke Stirnseite zogen.

»Sie muß auf dem Weg nach unten gegen Fels gestoßen sein.« Jess ließ sich auf ein Knie nieder und schnitt das Seil um Rorys Handgelenke durch. Dann setzte er sich und lockerte seine improvisierte Kletterausrüstung. Er atmete schwer, und Schweiß tropfte von seiner Stirn. Doch in diesem Augenblick hatte Lynn weder Zeit noch Mitgefühl für ihn übrig.

»Rory!« Lynn hatte ihre ganze Aufmerksamkeit auf ihre Tochter gerichtet. Sie rieb Rorys kalte Hände, legte ihr eine Hand auf die Stirn, auf die Wange. Der leuchtend rosafarbene Umhang war schlimm zerrissen und verschmutzt. Ihn völlig durchzureißen schien die einfachste Methode, ihn zu entfernen, wofür Lynn sich auch entschied.

»Lassen Sie mich sie untersuchen.« Ohne ihre Erlaubnis abzuwarten, kniete Jess sich neben Rory. Mit den Händen tastete er die Arme und Beine des Mädchen ab, dann prüfte er ihren Brustkasten, die Wirbelsäule und untersuchte schließlich mit den Fingern ihren Schädel. Er sah Lynn an. »Ich glaube nicht, daß irgendwas gebrochen ist. Wahrscheinlich hat sie einen ziemlich kräftigen Schlag gegen den Kopf abbekommen.«

Unter den gegebenen Umständen sah Lynn ein, daß ihre frühere Warnung an Jess, seine Hände von ihrer Tochter zu lassen, nicht mehr galt. Sie war im Gegenteil froh über jegliche noch so bruchstückhaften medizinischen Kenntnisse, über die er verfügen mochte.

»Sie fühlt sich so kalt an.« Vor lauter Angst hatte Lynn eine ganz kleine Stimme. Wie sie selbst trug Rory einen einfachen Baumwollpullover, Jeans und Stiefel. Wegen des zerrissenen Umhangs war ihre Kleidung durchnäßt. »Sie braucht trockene Kleidung.«

Die Bodentemperatur schien wärmer als die zugige Luft oben an der Felswand, aber es konnten nicht mehr als 15 Grad Celsius sein. Zu kalt, um ein verletztes Kind im Nassen liegen zu lassen.

Lynn tastete ihren eigenen Pullover ab. Er war stellenweise feucht, besonders am Hals und an den Ärmeln, aber nicht annähernd so durchweicht wie Rorys. Das gleiche traf auch auf ihre Hose zu.

»Drehen Sie sich um«, sagte Lynn zu Jess.

Er blickte sie an, wollte etwas sagen, schwieg dann und gehorchte. Nach einem kurzen, würdelosen Kampf mit ihren Stiefeln gelang es Lynn, sich bis auf die Unterwäsche auszuziehen. Dann machte sie zitternd das gleiche mit ihrer Tochter. Rory zitterte ebenfalls stark, wie Lynn voller Sorge wahrnahm, als sie den Kopf ihres Kindes hob, um ihm den Pullover überzuziehen. Gänsehaut zeigte sich überall dort, wo ihr Körper nicht von dem rosigen Baumwoll-BH oder dem Slip bedeckt war.

»Mommy.« Rorys Augenlider flatterten. Die schmerzlich vertraute Anrede versetzte Lynn einen Stich bis ins Herz.

»Es ist alles in Ordnung, Liebes. Du bist in Sicherheit. Mommy ist bei dir.« Lynn beugte sich über ihre Tochter und ließ von dem Pullover ab, während sie beruhigend summte.

»Mein Kopf tut weh.« Rory schloß wieder die Augen. »Und mir ist kalt.«

»Rory!«

Rory antwortete nicht, aber Lynn kam es so vor, als ob das Zittern ihrer Tochter stärker wurde. Ängstlich griff sie wieder nach dem Pullover. Sie mußte dafür sorgen, daß Rory schnell warm wurde. Lynn kam der Gedanke, daß ihre durchnäßte, unterkühlte und verletzte Tochter vielleicht unter Schock stand.

»Ziehen Sie ihr das hier an. Es ist trocken.«

Jess warf sein Flanellhemd auf Rorys Bauch. Lynn blickte auf und sah, daß er ein kurzärmeliges weißes T-Shirt trug, das so aussah, als stammte es von Hanes oder Fruit of the Loom. Obwohl er ihnen der Form halber den Rücken zugewandt hatte, war ihm offensichtlich nichts entgangen.

»Sie braucht einen Arzt«, sagte Lynn.

»Zuerst müssen wir sie warm bekommen.«

Jess täuschte nun nicht einmal mehr vor, sich abzuwenden, sondern kniete sich wieder neben Rory.

»Das gilt auch für Sie«, fügte er hinzu, während sein Blick über ihre frierende Haut huschte, die nackt war, soweit nicht Lynns eisblaue Spitzenunterwäsche sie bedeckte. Auch wenn sie mindestens so verhüllt war, als hätte sie einen Bikini an – mehr noch, wenn man ihre hell gemusterten Hosenstrümpfe mitrechnete –, wurde Lynn unter diesem Blick äußerst verlegen.

»Stört es Sie?« fragte sie hitzig.

»Um Himmels willen, glauben Sie, ich hätte noch nie Frauen in Unterwäsche gesehen?« fragte Jess ungeduldig und griff nach dem Hemd, das er fallen gelassen hatte. »Ich zieh' ihr das an, und Sie ziehen sich selbst an. Sie werden schon ganz blau um die Nase.«

Lynn zögerte und nickte dann widerstrebend. Sie fror – und Rory sah noch unterkühlter aus. Die Notlage, in der sie sich befanden, war wichtiger als alles andere, einschließlich Schamgefühl und Jess' Absichten gegenüber ihrer Tochter. Jedenfalls war das Verhalten des Mannes seit ihrem Sturz absolut tadellos gewesen, das mußte Lynn zugeben. Er hatte ihnen das Leben gerettet und dabei sich selbst in Gefahr gebracht. Er hatte sich als erfinderisch und beruhigend, als vollkommener Gentleman und mutiger Mann erwiesen. Er hatte sie in ihrer Unterwäsche beäugt, aber wenigstens nicht nach Rory geschielt.

Und nun hatte er ihnen sein Hemd gegeben, das aus dickem gekämmtem Baumwollflanell bestand. Es war trocken und warm von seinem Körper, und sie war dankbar, daß sie es für ihre Tochter hatte.

Lynn zog ihren Pullover wieder an und beobachtete, wie Jess das Kleidungsstück vorsichtig Rory überstreifte und es dann über ihrer Brust zuknöpfte. Während er sich die Knöpfe von unten nach oben vornahm, zwängte Lynn sich in Rorys nasse Jeans. Zum Glück trugen die Kinder heutzutage lieber weit geschnittene Sachen, sonst hätte Lynn sie nie anbekommen. Sie war zwar schlank, aber um die Hüften zwei Nummern größer als Rory.

Jess hatte das Flanellhemd fast bis zu Rorys Hals hinauf zugeknöpft, als Lynn weitermachte. Sie schob seine Hände beiseite und erledigte den Rest; dann schlug sie zusätzlich den Hemdkragen hoch und zog die zu langen Ärmel herab, um die eisigen Hände des Kindes zu bedecken. Unten reichte das Hemd bis unter die Knie. Rorys Socken waren trocken – ihre Stiefel hielten Wasser offenbar wirkungsvoller ab als Lynns Schuhwerk –, so daß Lynn sie ihr anließ und nur noch ihre Hose über die Beine ihrer Tochter hochzog.

»Alles erledigt?« Die Frage enthielt eine leicht ironische Note.

Lynn sah auf, um Jess' Blick wieder zu begegnen. Er stand und sah zu ihnen beiden hinunter; die Arme hielt er fest vor dem Körper verschränkt in dem Bemühen, die Kälte abzuwehren.

»Danke für das Hemd«, sagte sie.

»Kein Problem.«

Während Lynn Rory mit dem Rest des zerrissenen Umhangs bedeckte, um den Wind abzuhalten, entfernte sich Jess ein paar Meter von der Felswand, dann drehte er sich zu ihr um, sah senkrecht an dem Abhang empor und winkte dabei heftig mit den Armen. Lynn erkannte, daß er der Gruppe oben auf dem Felsen ein Zeichen geben wollte.

»Glauben Sie, daß man Sie sieht?«

Sie saß neben Rory und zog ihre Stiefel wieder über die feuchten Strümpfe.

»Ja. Ich bin mir zumindest sicher, daß sie mich sehen können. Auch wenn Owen diesmal sorgfältig jeden von der Kante zurückhalten wird.«

»Zu dumm, daß er nicht früher daran gedacht hat.« Lynns Entgegnung war mehr als nur eine Spur sarkastisch.

»Na ja, vermutlich war es unser Fehler, daß wir unseren Gästen gesunden Menschenverstand zutrauten. Man lernt nie aus. Ah, da ist ja Owen.«

Lynn warf ihm einen vernichtenden Blick zu.

»Sie haben nicht zufällig einen Füller bei sich?« Er klopfte die Taschen seiner Jeans ab, während er sprach.

»Einen *Füller?*«

»Oder einen Bleistift. Irgendwas, womit man schreiben kann.«

»Warum?« Lynn war verblüfft.

»Ich möchte Owen eine Nachricht schicken.« Er zeigte auf das Seil, das immer noch von der Felsspitze herabhing.

»Oh.« Sie klopfte ihre – beziehungsweise Rorys – Taschen ab und ertastete einen Gegenstand. Sie suchte danach und stieß auf einen dünnen Lippenstift in blauer Plastikhülle. »Wie wäre es hiermit?«

»Das tut's«, sagte er zustimmend.

Jess kniete sich hin, zog sein Messer heraus, schnitt ein Stück von Rorys zerrissenem Umhang ab und kritzelte mit dem Lippenstift etwas auf das rauhe weiße Innenfutter.

»Ich nehme an, Sie sagen Owen, daß er uns holen soll, oder?«

Jess hielt inne und sah sie an. »Sie machen wohl Witze, oder?«

»Nein, wieso?«

»Dann sehen Sie sich doch mal um, Süße.« Er schrieb weiter.

»Nennen Sie mich nicht ›Süße‹.« Lynn wehrte sich automatisch – nach jahrelangem Kampf gegen Sexismus in der Nachrichtenabteilung war sie dagegen empfindlich –, während sie Jess' Rat befolgte, sich umzusehen.

Das Gebiet, wo sie sich nun befanden, war zwar relativ flach, aber in ungefähr zehn Meter Entfernung führte ein Hang zu einem Kiefernwald hinunter, dessen Rand weitere fünfhundert Meter entfernt war. Da hinter ihnen die steile Felswand aufragte, konnten sie zwar weiter hinuntergehen, aber zurückzuklettern kam nicht in Frage.

»Vielleicht kann nicht die ganze Gruppe herunter kommen« – Lynn war bereit, dies zu anerkennen –, »aber der Jeep schon, oder? Ich meine, er kann doch irgendwie hierher fahren, oder? Rory muß zu einem Arzt.«

Jess lächelte sie ironisch an. »Es gibt ein paar Orte, wo nicht einmal ein Jeep hin kann, und ich fürchte, das hier ist einer davon. Wir werden laufen müssen. Zum Glück weiß ich, wo wir sind. Ungefähr einen Tagesmarsch von hier entfernt gibt es eine Schotterstraße, wo der Jeep uns abholen kann. Ich sage Owen, daß er uns dort erwarten soll.«

»Aber Rory braucht einen Arzt!«

»Ich kann jetzt nichts tun. Ohnehin glaube ich nicht, daß sie schlimm verletzt ist. Sie hat gesprochen, und sie sieht auch so aus, als kriegte sie wieder etwas Farbe. Sie wird schon in Ordnung sein.«

»Und wenn nicht?«

»Hören Sie, Sie sollten Ihrem Glück dankbar sein, daß Sie beide noch am Leben sind.«

Lynn nahm das nicht zur Kenntnis; sie war mit einer dringlicheren Überlegung beschäftigt. »Wollen Sie damit sagen, daß Sie nicht irgendeine Art Notplan haben für einen Fall wie diesen? Einen Hubschrauber oder so, etwas, womit man unzugängliche Orte erreicht, um Verletzte zu bergen und ins Krankenhaus zu bringen?«

»Nee.«

»*Nee?*« Lynns Verärgerung über die lässige einsilbige Antwort verlieh ihrer Stimme eine schrille Note.

Jess hielt ihrem Blick gelassen stand. »Wir sind in einem bundesstaatlichen Natur- und Wildschutzgebiet, falls Sie das noch nicht bemerkt haben. Das Land ist wild, primitiv und zum größten Teil unzugänglich, egal für welche Art von Gefährt. Das ist sein Zauber. Vermutlich ist das einer der Gründe, warum Ihre Gruppe sich für diese Reise entschieden hat. Oder haben Sie dies hier für eine Art Disneyland-Abenteuer gehalten, wo alles nur Schwindel ist?«

Dieser Sarkasmus, zusätzlich zu der Angst um ihre Tochter, ließ ihre fast schon vergessene Abneigung gegenüber diesem Möchtegern-Marlboro-Mann wieder hervorbrechen.

»Nicht alles, nur die Cowboys«, sagte sie patzig.

Jess hörte auf zu schreiben und starrte sie an. »Was?«

»Sie. Und Ihr Bruder. Und der Rest Ihrer Truppe. Schwindler, jeder einzelne von Ihnen, mit Ihren dummen Cowboyhüten und Ihren dummen Cowboystiefeln und Ihren dummen Cowboypferden.«

»Ich habe immerhin Ihre Haut gerettet, Lady.«

Jess' Stimme war ein wenig schärfer geworden. Dieser Unterton und die Erinnerung daran, daß sie und Rory ihm ihr Leben verdankten, gaben Lynn den Rest. Sie haßte es, jemandem verpflichtet zu sein, besonders einem zu schönen, nachgemachten Cowboy.

»Sie sollten sich jetzt besser etwas einfallen lassen, wie Sie meine Tochter zu einem Arzt schaffen, und zwar *pronto*, oder ich werde Sie vor Gericht stellen, Süßer. Und Sie können Ihr süßes Leben drauf verwetten, daß ich keine halben Sachen mach'!«

11

Er war also in den Augen derart emanzipierter Frauen ein Trottel, dachte Jess bedauernd, während er Lynn anstarrte, als sie ihm diese Drohungen entgegenschleuderte. In dem Film *Schmiere* hatte ihm Rizzo besser gefallen als die zuckersüße Sandy. Er fand Madonna gut. Er fand Sharon Stone gut. Wegen der gleichen Eigenschaften hatte er sich von Anfang an auch für Lynn interessiert, als er und Owen ihre neueste Touristengruppe am Flughafen abgeholt hatten.

Haltung – das hatte sie, massenhaft. Und das machte ihn an. Um Owen zu zitieren: Der kleine Bruder mochte Frauen mit Schneid.

Schöne Frauen mit Schneid. Um genau zu sein, war bei Lynns Anblick, als sie mit großen Schritten die Flughafenrampe herunterkam, sein erster Gedanke gewesen: *Whow, Babe-raham Lincoln,* eine weibliche Ausgabe des früheren Präsidenten der Vereinigten Staaten. Er musterte sie von den Füßen, die in sexy Pfennigabsatz-Schuhen steckten, aufwärts über ein Paar atemberaubender Beine in hauchdünnen Strümpfen, sah wohlgefällig einen dünnen schwarzen Rock, der ein gutes Stück über den Knien endete, und nahm mit Interesse auch das restliche Zubehör zur Kenntnis, das unvollkommen hinter ihrem geschäftsmäßigen Blazer und der Seidenbluse verborgen war.

Sie trug unauffällige Goldringe an den Ohren; ihr kluger Mund sah hinter dem blaßrosa Lippenstift so aus, als könne man ihn gut küssen. Sie hatte große blaue Augen mit dichten langen Wimpern und eine elegante Hochsteckfrisur in der Farbe von Narzissen.

Und einen Fahr-zur-Hölle-Ausdruck, als er sie anlächelte.

Wie Owen aus dem Mundwinkel heraus zu ihm gesagt hatte, als sie das Gepäck der Gruppe einsammelten: Das war genau Jess' Frauentyp.

Eine Zicke.

Leider hatte diese brüderlich-freundliche Einschätzung sich als nur zu wahr herausgestellt.

Nun wandte die Frau mit Schneid ihre Zickigkeit gegen ihn. Nachdem er ihr gerade erst das Leben gerettet hatte. Und das ihrer Tochter dazu.

Apropos Undankbarkeit!

Er war jetzt nicht in der Stimmung für solchen Unsinn: Er war hundemüde, halb zu Tode gefroren, er hatte von dem Seil Blasen an den Händen, einen schauderhaft steifen Nacken und mußte sich immer noch den Kopf zerbrechen, wie er sie und ihr Kind heil in die Zivilisation zurückbrachte.

Und sie wollte ihm mit einem Gerichtsverfahren drohen? Und Owen und Adventure Inc.? Er hätte sie in dem Baum hängen lassen sollen.

Dafür war es jetzt zu spät.

»Vermutlich haben wir dafür eine Haftpflichtversicherung«, sagte Jess freundlich und erhob sich, die Nachricht in der Hand.

Während er auf die Felswand zuging, konnte er spüren, wie ihr Zorn sich hinter ihm ballte, still, aber fühlbar. Er spannte seine Rückenmuskeln an. Seiner Erfahrung nach neigten Frauen mit Schneid dazu, den Gegenstand ihres Zorns mit Dingen zu bewerfen.

Ihn also, in diesem Fall. Und wie immer.

Aber sie warf ihm nichts hinterher.

»Übrigens, gern geschehen«, sagte Jess über die Schulter zu ihr, als er die Nachricht an der Felswand entlang hinauf schickte. »Ich würde Ihnen jederzeit gern wieder das Leben retten, Süße.«

12

Sie brauchte eine Zigarette. Während sie sich hinter Jess herschleppte, durch einen bergigen Urwald, auf einem kaum erkennbaren Pfad zwischen moosbedecktem Gebüsch, das so dicht und hoch war, daß sich ein Dutzend Grizzlys darin verstecken konnten, stolperte sie über Steine und Wurzeln und rutschte auf glitschigen Dingen aus, von denen sie lieber nicht genau wissen wollte, was es war. Ihr dringlichster Gedanke aber war: Sie brauchte eine Zigarette.

Sie war in dieser höllischen Wildnis von der Außenwelt abgeschnitten, zusammen mit einem mürrischen Schwindel-Cowboy, ihrer verletzten Tochter, die auf besagten Cowboy scharf war, 15 Kilo schwerem Gepäck, das sich zehnmal so schwer anfühlte – und ohne Zigaretten.

Die Prospekte von Adventure Inc. hatten versprochen: *Sie werden Ihren Körper auf eine ganz neue Art erleben.*

Das stimmte: Sie hatte noch nie einen so überwältigenden Nikotinentzug erlebt wie den, den sie kommen spürte. Wenn sie in die Zivilisation zurückkehren würden, hätte sie *zwei ganze Tage lang* keine Zigarette mehr geraucht!

Und auch das nur im bestmöglichen Fall. Wenn man bedachte, was auf dieser Reise bisher alles schiefgegangen war, hatten sie ungefähr genauso viel Aussicht auf einen weiteren planmäßigen Verlauf wie auf den Anblick eines Krankenhauses hinter der nächsten Kurve.

Einen alten Bergziegenpfad nach fortgeworfenen Zigarettenstummeln abzusuchen, war ganz offensichtlich Zeitverschwendung, aber getrieben von ihrer Nikotinsucht tat Lynn es trotz der Aussichtslosigkeit dieses Unterfangens. Natürlich war es hoffnungslos, genauso wie es hoffnungslos war, eine verirrte Zigarette bei sich oder ihren Gefährten finden zu wollen. Aus purer Verzweiflung hatte sie ihre und Rorys Kleider umgestülpt, obwohl ihre Tochter eine leidenschaftliche Nikotingegnerin war.

Jess hatte keine Zigaretten. Sie hatte schon vor langem ihr beißendes Schweigen gebrochen, um ihn zu fragen. Er hatte sie süffisant angelächelt und darüber informiert, daß er nicht rauche.

Lynn haßte diese Sorte selbstgefälliger Nichtraucher.

In keinem der beiden Rucksäcke, die Owen von der Felswand abgeseilt hatte, fanden sich Zigaretten. Lynn hatte sie bei der Überprüfung ganz auseinandergenommen.

Ihre eigenen Zigaretten steckten in einer Satteltasche, die sie bei diesem blöden Pferd zurückgelassen hatte. Natürlich konnte sie sich deswegen eigentlich keinen Vorwurf machen. Auch wenn sie von Natur aus alles sorgfältig plante, war es doch etwas zuviel verlangt, selbst einen Sturz von einem Felsen einzubeziehen.

Sie brauchte eine Zigarette.

Um sich abzulenken, beschäftigte sie sich mit den zunehmenden Beschwerden an ihren Fersen. Je weiter sie liefen, desto schlimmer wurde der Schmerz. Offenbar bekam sie von der Kombination aus feuchten Socken und neuen Stiefeln Blasen.

Riesige Blasen.

Wenn die Ausrüstungsliste von Adventure Inc. nicht klargemacht hätte, daß Stiefel die einzig akzeptable Fußbekleidung waren, hätte sie nun bequeme Turnschuhe an und nicht glänzende englische Reitstiefel, in denen das Laufen zur Qual wurde. Alle anderen hatten sich für Cowboystiefel entschieden, einschließlich Rory, deren erste an ihre Mutter gerichteten Worte *Hab' ich's dir nicht gesagt?* lauteten, als die Gruppe sich für den ersten Ritt an der Pferdekoppel getroffen hatte.

Und es war auch der Fehler von Adventure Inc., daß sie sich nicht *klar genug* geäußert hatten. Sonst hätte sie sich nämlich ihre Peinlichkeit so gut wie die Blasen erspart, und die engen hohen Lederschäfte ihrer Stiefel würden sie auch nicht bei jedem Schritt unterhalb ihrer Knie weiter wundscheuern.

Lynn beschäftigte sich lange mit diesem Punkt.

Danach wandte sie sich ausführlich ihren müden Knien, dem wunden Rücken und dem Stechen in ihren Handflächen zu.

Sie beschäftigte sich ausgiebig mit ihrer Schulter, die an der Stelle schmerzte, wo sie gegen den Fels geknallt war.

Sie beschäftigte sich intensiv mit ihrer Abneigung gegenüber dem Mann, dem sie, ob sie wollte oder nicht, derzeit folgen mußte.

Sie dachte längere Zeit über ihre Angst um Rory nach. Aber die war so stark, daß sie ein noch stärkeres Bedürfnis nach Nikotin weckte.

Sie brauchte eine Zigarette!

Es wurde dunkel. Ob Jess ihr unangenehm war oder nicht, war bald schon nebensächlich – angesichts der *Wesen* im Schatten um sie herum. Es raschelte. Es glitschte. Es piepste. Sie lief schneller und versuchte mit wenig Erfolg, die Entfernung zwischen sich und Jess' unnachgiebigem Rücken zu verringern.

Sogar mit seinem Gepäck, das mindestens so schwer sein mußte wie ihres, und Rory in den Armen bewegte er sich schneller, als sie je wieder laufen zu können glaubte.

Sie war so müde. Sie brauchte eine Pause – und eine Zigarette.

»Warten Sie!« Dieser Ruf lag ihr mehrmals auf den Lippen, während die Entfernung zwischen ihnen allmählich größer wurde, aber sie unterdrückte ihn jedesmal. Sie würde Jess Feldman nicht um Schonung bitten, nie.

»Hu-hu!« Ein heftiger Flügelschlag in der Nähe begleitete diesen Ruf und erschreckte Lynn so sehr, daß sie fast aufgeschrien hätte. Es war natürlich eine Eule, sagte sie sich, als leuchtende Augen in einem blassen, runden Gesicht an ihr vorbeischossen und in der Dunkelheit verschwanden. Nur eine Eule.

Ein gutes Stück vor ihr blieb Jess stehen und wartete. Mit einem Gefühl der Erleichterung zerstampfte Lynn Wurzeln und Steine und verschiedene kleine Geröllbröckchen, die neben ihm auf dem Pfad verstreut lagen.

»Holen Sie die Taschenlampe heraus, ja?«

Mit einer brüsken Kopfbewegung deutete er auf seinen Rucksack. Holen Sie sie doch selbst, hätte Lynn fast gesagt, aber um fair zu sein: Mit Rory auf den Armen hatte er keine Hand frei.

»Wie geht es Rory?« Lynn zog zähneknirschend den Rucksack auf und suchte nach der Taschenlampe.

»Ich glaube, gut. Sie hat vorhin etwas gemurmelt. Es scheint ihr ganz gut zu gehen.«

Ein Blick auf Rory bestätigte das. Ihr Kopf lag auf Jess' Schulter, und ihr Körper lag oben gegen seine Brust gerollt. Sie steckte – ebenso wie Lynn und Jess – in einer Gänsedaunenjacke, die sie dem Rettungsseil an dem Felsabhang verdankten, und sie war in eine silberne Weltraumdecke gehüllt. Sie sah kuschelwarm und für den Seelenfrieden ihrer Mutter eine Spur zu behaglich aus.

Ein mißtrauischer Blick in Jess' Gesicht verlieh ihr etwas mehr Sicherheit. Im Augenblick sah er nicht so aus, als beschäftigten ihn sexuelle Vorstellungen. Er sah nur sehr müde aus.

Lynn merkte, daß sie sich wünschte, auch von jemandem getragen zu werden. Sie war müde, so müde, daß sie an Ort und Stelle hätte hinfallen und tausend Jahre schlafen können.

Jess hatte noch mehr Grund als sie, müde zu sein. Rory wog zwar weniger als fünfzig Kilo, aber sie so lange zu tragen, mußte ihn beträchtliche Kraft kosten. Er hielt sie zudem aus Rücksicht auf ihre Verletzung wie ein kleines Kind in den Armen, anstatt sie über der Schulter oder auf andere, männlich effektive Weise zu tragen.

Wäre Lynn nicht so daneben gewesen, sie hätte vielleicht einen Schimmer Dankbarkeit für die Hingabe empfunden, mit der er sich um ihre Tochter kümmerte.

Aber sie war nun mal nicht auf der Höhe. »Nicht auf der Höhe« war noch eine sehr harmlose Formulierung. Sie war in Wirklichkeit völlig fertig.

Mit den Fingerspitzen berührte sie das glatte kühle Plastik eines Wegwerffeuerzeugs. Beinahe wäre sie in Tränen ausgebrochen. Was hatte man von einem Feuerzeug ohne Zigaretten?

»Warum sollte irgendwer ein Feuerzeug, aber keine Zigaretten einpacken?« fragte sie, ohne sich an jemand Spezielles zu wenden. Diese Frage hatte sie zuvor schon gestellt, laut und leise, seitdem sie bei ihrer ersten Durchsuchung das Feuerzeug in einem der Rücksäcke entdeckt hatte. Sie hatte daraus geschlossen, daß folglich auch Zigaretten da sein müßten, bevor ihre Hoffnungen zerstört worden waren.

»Vielleicht um ein Feuer anzuzünden, damit wir nicht frieren.« Zum ersten Mal beantwortete Jess eine Frage, von der er wissen mußte, daß sie rein rhetorisch war, und Lynn wünschte sich sogleich, er hätte sich nicht darum geschert. Sein Sarkasmus half nicht, ihre Laune zu verbessern.

»Ach, halten Sie den Mund«, sagte sie.

»Mom?« Rorys dünnes Stimmchen war ihr willkommener als jede Zigarette.

»Meine Kleine, bist du wach? Wie fühlst du dich?« Lynn durchsuchte nicht länger ihren Rucksack, sondern ging zu ihrer Tochter. Rorys Stirn glänzte von der Salbe aus dem Erste-Hilfe-Kasten, der sich in einem der Rucksäcke befunden hatte. Lynn hoffte, daß durch dieses Glänzen die Verfärbung schlimmer wirkte, als sie war; Rorys halbe Stirn sah schwarz aus. Falls nicht, wurde die Verletzung immer schlimmer – aber schließlich wurden Blutergüsse in der Regel erst schlimmer, bevor sie wieder abschwollen, erinnerte sie sich.

Lynn betete, daß es bei dem Bluterguß blieb.

»Mein Kopf tut weh.« Rory hielt inne und machte den Eindruck, als müßte sie erst ihre Gedanken ordnen. »Was ist passiert?«

»Wir sind von dem Felsen gestürzt.« Lynn strich ihrer Tochter das Haar von der schmierigen Salbe weg, berührte ihre Wange und lächelte sie an.

»Das hab' ich mir gedacht. Jess hat uns gerettet, nicht wahr? Oder wenigstens mich. Er hat mich an der Felswand heruntergebracht. Ich dachte, es wäre ein Traum.«

»Es war kein Traum«, sagte Lynn säuerlich.

»Dann hat er mir das Leben gerettet. Er ist ein Held, nicht wahr? Danke, Jess.«

Rory lächelte zu ihm hinauf, legte die Arme enger um seinen Hals und drückte ihm dann schnell einen Kuß auf die Unterseite seines Kinns. Dieses kätzchenhafte Verhalten jagte Lynn Alarmwellen durch den Körper. Unfähig, etwas Konstruktiveres zu tun, blickte sie wütend Jess an, der sie zufällig auch gerade ansah.

Las sie Schuldbewußtsein in seinem Gesicht? Oder etwas noch Düsteres?

»War mir eine Freude.« Jess wandte den Blick von Lynn ab und erwiderte Rorys Lächeln. »Für *dich* habe ich es sehr gern getan.«

Wieder wanderte sein Blick zu Lynn. Diesmal fiel es ihr nicht schwer, an seinen Augen zu erkennen, daß er sich über sie lustig machte. »Hey, Mom, könnten Sie sich mit der Taschenlampe beeilen?«

»Ich gebe mir Mühe.« Zähneknirschend wegen dieses *Mom* – sie wußte ganz genau, daß er sie nur deswegen so genannt hatte, um sie aus der Fassung zu bringen – suchte Lynn weiter nach der Lampe. Schließlich ertasteten ihre Finger die gesuchte Form, und sie zog die Lampe heraus. Sie paßte genau in eine Hand, war klein und leicht, aber stark. Leider bewirkte die Lampe, als Lynn sie einschaltete, letztlich nur, daß die Schatten um sie herum vergleichsweise noch dunkler erschienen. Unruhig blickte sie sich um.

»Glaubst du, du kannst stehen?« fragte Jess Rory. Bevor sie antworten konnte, stellte er sie auf die Füße.

Rory schwankte und legte eine Hand an den Kopf. »Mir ist schwindlig.«

Jess hielt sie immer noch im Arm und gab ihr Halt,

während sie sich mit gekreuzten Beinen auf den Pfad setzte.

»Wir machen eine Pause«, sagte er.

»Hier?« fragte Lynn.

Der Wald schien mit einbrechender Dunkelheit lebendig zu werden. Die Taschenlampe war keine Hilfe. Sie erzeugte nicht mehr als einen winzigen Lichtstrahl, der gegen eine drohende, sich weiter vertiefende Dunkelheit ankämpfte. Rottannen und Kiefern teilten der sich schnell abkühlenden Luft ihren eigenen Duft mit. Ein Reh wurde von dem Strahl der Taschenlampe eingefangen. Es blickte zurück, um die menschlichen Eindringlinge einen eingefrorenen Augenblick lang anzustarren, bevor es außer Sichtweite sprang. Seine Sprünge scheuchten andere Nachttiere auf. Das Licht beleuchtete mindestens fünf Augenpaare, die ihnen von der Erde und den Bäumen ringsherum entgegen loderten. Zumindest, dachte Lynn bebend, sahen sie zu klein aus, um Augen von Bären zu sein.

»Nein, in dem Hilton da drüben.« Jess' Stimme enthielt eine Spur Schärfe. Er ließ das Gepäck von seinem Rücken gleiten und setzte sich zu Rory auf den Boden, während er sprach. »Könnte ich die Taschenlampe haben?«

Lynn gab sie ihm, löste ihren Rucksack von den Schultern und ließ sich neben Rory fallen. Sie gab sich Mühe, nicht daran zu denken, woher genau die Geräusche im Dunkeln stammten. Jess durchwühlte seinen Rucksack und holte grüne, mit Quellwasser gefüllte Plastikflaschen und Tüten mit getrockneten Rindfleischstreifen hervor.

»Ich kann nicht glauben, daß Adventure Inc. keinen Notplan für einen Fall wie diesen hat!« meckerte Lynn, während sie Wasser und Rindfleisch annahm, die er ihr mit düsterem Blick reichte. Angst und Erschöpfung – ganz zu schweigen von dem Nikotinentzug – ließen Lynn fast aus der Haut fahren.

»Beim nächsten Mal haben wir einen. Gibt es nicht ein

Sprichwort mit dem ungefähren Wortlaut, daß man nie falsch liegen kann, wenn man die Dummheit des amerikanischen Touristen überschätzt?« Jess wühlte immer noch in seinem Rucksack.

»Nein, gibt es nicht.« Lynn drehte den Deckel von Rorys Wasserflasche ab, reichte diese ihrer Tochter und riß mit den Zähnen die Plastikfolie auf, die das Rindfleisch umschloß.

Jess sah auf. Ihre Blicke prallten aufeinander. »Sollte es aber geben.«

»Ach, gehen Sie zum Teufel.« Lynn bemerkte Rorys Blick und wünschte, sie hätte das nicht gesagt. Sie zwang sich zu einem wahrscheinlich nicht sehr überzeugenden Lächeln, als sie ihrer Tochter das geöffnete Fleischpäckchen reichte. In ihrer jetzigen Situation wollte sie Rory um keinen Preis aufregen.

»Du hast wohl keine Zigaretten, Mom, oder?« fragte Rory mit einer Miene müder Resignation.

»Woran merkst du das nur?« Jess sprach, bevor Lynn antworten konnte.

»Sie wird richtig biestig, wenn sie keine Zigaretten hat. Nur dann fängt sie an zu fluchen.« Rory trank einen Schluck Wasser.

»Du meinst, sie ist nicht immer biestig?« erkundigte er sich und schenkte Lynn einen Blick voll gespieltem Erstaunen, während er zu essen anfing.

»Na ja, gewöhnlich schon, irgendwie. Oma sagt, es ist diese Midlife-Sache. Aber normalerweise flucht sie nicht.« Rory biß ein kleines Stück Rindfleisch ab und kaute es.

»Was!« unterbrach Lynn dieses wenig schmeichelhafte Zweiergespräch. Sie fühlte sich von der Gemeinheit ihrer Mutter hintergangen. Eine Midlife-Sache, also wirklich! Genauso wie Rory gerade diese »Sache mit der Pubertät« durchmachte, wie? Wenn sie nach Hause käme, würde sie ihrer Mutter erklären, daß sie jedenfalls aus allen Phasen längst heraus war.

»Kriegt sie auch Hitzewellen?«

Jess lachte sie aus. Lynn warf ihm einen tödlichen Blick zu und biß von ihrem Fleisch ab. Das zu scharf gewürzte Rindfleisch – das sie normalerweise nie essen würde – schmeckte trocken und unangenehm. Sie aß es trotzdem.

»Nicht, daß ich wüßte.« Rorys Antwort klang ernst. Ihr Blick ging zu Lynn hinüber. »Hast du welche, Mom?«

»Nein!« Lynn riß sich zusammen, dann fuhr sie in beherrschterem Ton fort: »Ich bin erst 35, Rory. Das ist viel zu jung für die Symptome, von denen ihr sprecht. Ich gehe gerade *nicht* durch eine ›Midlife-Sache‹. Oma hat sich geirrt.«

»Sie sagt, du hast ganz schönen Schiß wegen deinem Job.«

»Oma redet verdammt noch mal zuviel.« Lynn gelang ein Lächeln, mit dem sie ihre Äußerung entschärfte. Rory betete ihre Großmutter an und Lynn normalerweise auch, aber jetzt mußte sie sich anstrengen. Sie fühlte sich – *gib's zu* – biestig. Richtig zickig.

»Also« – das Thema wechselnd, wandte sie sich Jess zu – »werden wir die Nacht im Wald verbringen? Oder laufen wir einfach immer weiter, bis wir umfallen?«

Die Fragen klangen beißend, was Lynn bedauerte. Sie sollte sachlicher sein. Immerhin war es wahrscheinlich nicht klug, Jess anzugreifen, während sie zusammen durch die Wildnis wanderten. Er war der einzige, der den Weg kannte.

Zum Ausgleich lächelte sie ihre Tochter beruhigend an. Rory rümpfte angeekelt die Nase, aber sie aß weiter ihr Fleisch. Die silbrige Decke lag jetzt über ihren Schultern und raschelte bei jeder Bewegung. Sie sollte eigentlich geeignet sein, dachte Lynn, Raubtiere wirkungsvoll abzuschrecken. Rory sah aus und klang auch so, als käme sie aus dem Weltraum.

»Wenn wir ein paar Meilen weiter auf diesem Pfad entlang gehen, kommen wir zu einem alten Gräbercamp«, sagte Jess. »Da gibt es ein paar Hütten, ziemlich verfallen zwar, aber besser als nichts. Ich dachte, daß wir dort die Nacht verbringen. Wenn wir von da aus ganz früh am Morgen aufbrechen, müßten wir morgen um die Mittagszeit an der Stelle ankommen, wo wir verabredet sind.«

»So bald schon, ja?« Lynn konnte ihre Bissigkeit einfach nicht loswerden. Sie war nicht absichtlich so. Sie war einfach nur so müde und gereizt wegen der ganzen Situation, daß sie sich nicht beherrschen konnte.

Und sie brauchte eine Zigarette!

»Wenn wir Glück haben.«

Jess' Weigerung, sich provozieren zu lassen, bewirkte nur, daß Lynn noch biestiger wurde. Er trank sein Wasser aus, schraubte den Deckel wieder auf die Flasche und stand auf. »Wollen wir weiter?«

Sie waren bereit. Jess sammelte die Wasserflaschen und den Müll ein und packte alles in seinen Rucksack. Lynn kämpfte mit ihrem eigenen und ärgerte sich über die Leichtigkeit, mit der er seinen Rucksack schulterte.

Er fing ihren Blick auf, stellte sich so, daß Rory nichts mitbekam, und flüsterte Lynn zu: »Was meinen Sie, Mom, lassen wir Ihr verletztes kleines Mädchen laufen, oder trägt der große böse Wolf sie?«

Lynn warf rasch einen Blick auf Rory, die hinter ihm noch auf dem Boden saß.

»Tragen Sie sie«, murmelte sie zwischen zusammengepreßten Lippen.

»Ganz sicher?«

»Ja!«

»Was habt ihr zwei da zu flüstern?« Rory klang gereizt. Lynn ging um Jess herum, der sich gleichfalls umdrehte, und lächelte zu ihrer Tochter hinab. Rorys Blick glänzte mißtrauisch.

Oho, dachte Lynn, ihr süßes kleines Mädchen verwandelte sich; der Alien kam zurück.

»Erwachsenengerede«, sagte Lynn und reichte Rory eine Hand. Rory ließ sich hinaufziehen, dann schwankte sie und legte eine Hand an ihren Kopf, eine Spur dramatischer, fand Lynn, als nötig war.

Lynn gab ihr Halt und blickte sich nach Jess um.

»Hör auf, mit mir zu sprechen, als wär' ich ein Baby«, flüsterte Rory ihrer Mutter zu und legte dabei die Arme um Jess' Hals, der sie wieder emporhob. Dann lauter: »Ich bin fast 15.«

»Nicht besonders erwachsen«, bemerkte Jess.

Lynn, die behutsam die Weltraumdecke um Rory zog, war über seine Antwort erstaunt. Sie hätte erwartet, daß er zu Rory hielt.

»Und du bist noch sechs Monate lang keine 15«, fühlte sie sich gedrängt hinzuzufügen. Nicht, daß 15 irgendwie besser war als 14, was Rorys Interesse an Männern wie Jess Feldman betraf. Wenn das Kind schon verrückt nach Jungen war, warum konnte sie nicht wenigstens gleichaltrige Exemplare ins Auge fassen? fragte Lynn sich verzweifelt. Rory mochte zwar Teenager, doch jedes männliche Wesen, in das sie ernsthaft verschossen war, war ein ganzes Stück zu alt für sie gewesen – von ihrem Physiklehrer bis hin zu ihrem Zahnarzt. Aber wenigstens hatte sie die anderen aus der Ferne angehimmelt. Rory schien entschlossen, sich ernsthaft und eng mit Jess einzulassen – und Jess machte nicht den Eindruck, als wolle er sie besonders entmutigen.

Wer immer den Ausdruck »*Freuden* der Mutterschaft« geprägt hatte, konnte wohl nie eine pubertierende Tochter gehabt haben.

»*Viereinhalb Monate*« korrigierte Rory bitter. »19. November, erinnerst du dich?«

»Natürlich erinnere ich mich«, sagte Lynn. »Ich war schließlich dabei.« Rorys Feindseligkeit brach wieder heftig durch, und Lynn fühlte sich ihr im Moment nicht gewachsen. In ihrem gegenwärtigen Geisteszustand war sie nichts und niemand besonders gewachsen. Sie wollte einfach nur aus dem Wald heraus – und eine Zigarette rauchen.

»Holen Sie die Taschenlampe.« Jess hielt Rory auf dem Arm und nickte zu der Lampe auf dem Boden hinüber, in deren Lichtstrahl winzige graue Motten flatterten.

Klatsch!

Wie im Reflex hatte Lynn auf die nackte Haut an ihrem Hals geschlagen, noch während sie nach der Lampe griff. Etwas hatte sie dort gestochen. Eine Mücke? Eine Zecke! Natürlich, in der Nacht waren die kleinen Blutsauger wieder mal auf dem Kriegspfad und trugen noch weiter zu ihrem Elend bei.

Freude schöner Götterfunken.

Sie zog die Schultern zusammen, um den Vampiren so wenig Angriffsfläche wie möglich zu bieten. Jess bedeutete ihr mit einer Handbewegung, vor ihm zu laufen.

»Leuchten Sie auf den Weg, ja?«

Lynn ließ den Strahl über den Wald wandern.

»Wollen Sie, daß ich vorangehe?« fragte sie ziemlich besorgt.

»Sie haben die Lampe.«

Verdammt! Verflucht! Er machte absichtlich diesen Vorschlag, dachte sie, um ihr die Bemerkungen von vorhin heimzuzahlen. Er wußte, daß sie eingeschüchtert – na gut: verängstigt – war durch all das, was nachts im Wald lauern mochte. Aber lieber würde sie kopfüber aufgehängt, als ihre Angst einzugestehen. Zu neunzig Prozent bestand das Leben daraus – das hatte es sie gelehrt –, daß man seine Fassade wahrte.

Lynn drückte die Schultern durch und ging los. Meistens leuchtete sie auf den Weg und nur hin und wieder, wenn sie einfach nicht anders konnte, in die grauenhafte Schwärze des Waldes. Am Rand des Lichtstrahls glitt etwas vorbei, zu schnell, als daß Lynn es erkennen konnte, obwohl sie vermutete, daß es eine Schlange war. Mehr als einmal zertrat sie einen Käfer. Die krabbelten daumengroß und mit schwarz leuchtenden Panzern über den Weg. Ein brauner Hase brachte sich hoppelnd in Sicherheit, als sie ihn mit dem Lichtstrahl streifte.

Überall um sie herum summten und huschten Insekten. Frösche quakten. Nagetiere raschelten und quiekten manchmal auch. Ein Raubvogel stieß einen Schrei aus.

Bei einem heftigen Knacken hinter ihr sprang Lynn in die Luft.

»Au! Mist! Verdammt noch mal!« schrie Jess auf.

Lynn wirbelte herum und richtete den Lichtstrahl gerade noch auf Jess, als der sich mit einer Hand gegen die Stirn schlug und zurücktaumelte.

»Jess! O Jess!« Rory hing ihm mit baumelnden Beinen am Hals, während er stolperte. Ganz offensichtlich wäre sie heruntergefallen, wenn sie sich nicht festgehalten hätte.

»Was um Himmels willen ist los?« Lynn leuchtete in Jess' Gesicht. Er fluchte wieder, wobei er seine Zähne zeigte, und hielt die Hand vor sich, um seine Augen vor der Helligkeit zu schützen.

»Wollen Sie mich blenden?«

»Tut mir leid.« Lynn ließ die Taschenlampe sinken.

»Warum haben Sie mich nicht gewarnt?« Er schnaufte richtig und schüttelte den Kopf, als wäre er benommen, dann hob er Rory wieder hoch.

»Ach, Sie Armer!« säuselte Rory und streichelte ihm die Stirn. Lynn mußte Jess zugute halten, daß er den Kopf von ihrer Hand wegdrehte.

»Weswegen denn?« Lynn war sprachlos.

»Der Ast!« Jess sprach zwischen zusammengebissenen Zähnen, als ob sie wissen müsse, was er meinte. Sie wußte es nicht.

»Dieser Ast«, klärte er sie auf, duckte sich unter ihm hindurch und kam mit Rory auf dem Arm auf sie zu.

Plötzlich sah Lynn das Licht – oder vielmehr den Ast. Sie grinste, dann lachte sie.

»Mutter!« protestierte Rory, die völlig Jess' Partei ergriff. Jess machte nur ein böses Gesicht.

Es war ein kräftiger Ast mit einem Durchmesser von ungefähr dreißig Zentimetern, der zu einer riesigen Kiefer gehörte und sich quer über den Pfad erstreckte. Lynn war unter ihm hindurchgegangen und hatte noch gut zwanzig Zentimeter Platz über sich gehabt.

Nicht so Jess.

»Tut mir leid, das war mir nicht bewußt«, sagte Lynn und versuchte zerknirscht zu klingen. Ein Kichern verdarb diese Wirkung.

Jess' geknurrte Antwort war eine Meisterleistung in unartikulierter Skepsis.

»Mutter, das ist nicht komisch!«

»Ich finde es zum Schreien komisch«, sagte Lynn zuckersüß. Sie drehte sich um und lief wieder weiter, mit der Taschenlampe den Weg beleuchtend. Nachdem Jess so seine Quittung erhalten hatte, fühlte sie sich viel besser. Gelegentlich verzog sie sogar den Mund zu einem kleinen Grinsen.

Außer ein paar gemurmelten Bemerkungen von Rory zu Jess wurde nichts mehr gesprochen, bis der bucklige, von Wurzeln durchzogene, manchmal sichtbare und manchmal unsichtbare Pfad schließlich endete.

Als sich der Wald zu einer Lichtung öffnete, blieb Lynn stehen. Drei kleine Hütten und einige rostige Geräte wurden geisterhaft vom Licht des Halbmondes beschienen.

»Das Gräbercamp«, sagte Jess zufrieden und kam hinter ihr näher. »Hier werden wir heute nacht bleiben.«

13

21. Juni 1996
20 Uhr 30

Theresas schlanker Körper war zu einer Kugel zusammengerollt, und ihr Gesicht verzerrte sich vor Angst, während sie um ihre Selbstbeherrschung rang. Mit der einen Hand umklammerte sie die Flasche mit der Mischung aus Milch und Wein, während sie mit der anderen auf Elijahs Rücken klopfte und den Jungen wie wild vor und zurück schaukelte. Er wollte den Sauger nicht mehr nehmen und spuckte ihn jedesmal aus, wenn sie ihn dazu bringen wollte zu saugen.

Sein Gewimmer drohte sich zu einem richtigen Weinen auszuweiten.

»Du bist so ein lieber Junge, so ein lieber Junge, 'Lije. So ein lieber kleiner Junge«, summte Theresa ihm verzweifelt ins Ohr. Er war ja ein lieber Junge; schon in der wirklichen Welt hatte er kaum je geweint, und hier unten in der Hölle hatte er in über zwei Tagen nur ein wenig gewimmert. Er konnte sie jetzt nicht verraten. Er durfte nicht. Sie durfte es nicht zulassen.

Ihr wurde ganz schlecht bei dem Gedanken, was das bedeutete.

»Schlaf, Kindchen, schlaf …«

Die Schreie der anderen aus ihrer Familie hatten vor langer Zeit aufgehört. Wie lange das her war, konnte Theresa nicht sagen. Es war pechschwarz in dem Keller, so wie es pechschwarz war, seit sie hier unten mit Elijah Schutz gesucht hatte, und sie hatte keine Möglichkeit, die Zeit abzuschätzen. Die Stille konnte vor zwei Stunden eingesetzt haben – oder vor zwei Tagen.

Stille … abgesehen von den Schritten und dem gelegentlichen Geräusch von etwas, das über den Boden geschleift wurde.

Die Stille lockte sie nicht aus ihrem Versteck. Nicht einmal annähernd. Sie bedeutete etwas Böses, diese Stille, die so real und wesenhaft war wie eine physische Präsenz.

Theresa *wußte,* daß das Böse noch oben war, genauso wie sie gewußt hatte, daß es draußen vor der Hüttentür war. Sie wußte es tief in ihrem Bauch.

Sie wußte sogar, wer das Böse war: der Tod selbst, der gekommen war, um sie zu holen. Weswegen sie diesen Ort ihrer Qual die Hölle nannte.

»Und der auf ihm saß, des Name ist ›der Tod‹, und die Unterwelt war sein Gefolge.« Diesen Bibelvers aus der Offenbarung des Johannes hatte ihr Vater immer wieder zitiert.

Theresa bebte ebenso vor Angst wie vor echter Kälte. Es war kalt in dieser unterirdischen Hölle, und es roch nach Erde und fauligem Gemüse und den unaussprechlichen Dingen, die sie in einer Ecke erledigen mußte. Es roch nach schmutzigen Windeln und Erbrochenem von dem Baby – und nach Angst.

Elijah zuckte nun, und seine Knie preßten sich wie zwei harte Knoten in ihre Brust, als er versuchte, seine runden kleinen Beinchen an den Körper zu ziehen.

Theresa wußte, was jetzt käme: Er würde schreien.

»Schlaf, Kindchen, schlaf …«

Ihm mußte der Bauch weh tun. Schon zweimal, dreimal hatte er Luft gelassen. Die Mischung in der Flasche mußte für ein sechs Monate altes Kind schwer verdaulich sein.

»Psst, Kleines. Bitte nicht schreien.« Theresa hörte auf zu summen, um verzweifelt mit ihm zu flüstern und ihn in wildem Rhythmus hin und her zu schaukeln. »Nicht weinen, bitte!«

Oben knarrte der Boden. Der Tod lief wieder umher, begleitet von einem schleppenden Geräusch.

Elijah drückte sein feuchtes kleines Gesicht in ihren Hals und heulte auf.

Die Schritte hielten inne.

14

21. Juni 1996
20 Uhr 30

Jess ging über die Lichtung auf die Hütten zu. Er bewegte sich leise und vorsichtig. Das Kind in seinen Armen war still, abgesehen von dem ununterbrochenen Knistern dieses Aluminiumzeugs, in das sie eingewickelt war. Jess sagte ihr leise ein paar Worte ins Ohr, band die Decke los und ließ sie fallen. Diese Raumfahrtdecke, in der sich das Mondlicht spiegelte, war ungefähr so schwer zu übersehen wie ein Neonschild und so leise wie ein Trommelwirbel.

Warum trompeteten sie nicht gleich laut umher, daß sie kamen?

Ein vor langer Zeit geschärfter und wieder vergessener Instinkt, von dem er gar nicht mehr geglaubt hatte, daß er ihn noch besaß, warnte ihn, so wenig Lärm wie möglich zu machen.

Etwas an dieser dunklen, stillen Lichtung flößte ihm ein mulmiges Gefühl ein.

Lynn, die ein paar Schritte vor ihm lief und deren schlanke Gestalt in der dicken Jacke fast unförmig aussah, beleuchtete mit der Taschenlampe das kniehohe Gestrüpp vor sich. Der Strahl hatte sie schon vor einer Kollision mit einem vor langer Zeit aufgegebenen Pickel bewahrt. Die einst scharfe Spitze war nun dunkel vor Rost; der hölzerne Griff sah morsch aus.

Sein ungutes Gefühl wurde mit jedem Schritt stärker. Es gab keinen Grund dafür. Außer Instinkt.

Mit den Jahren hatte er gelernt, diesem zuckenden Gefühl im Nacken zu trauen. Mehr als einmal hatte es ihm das Leben gerettet.

Und doch sah der Ort so verlassen aus, wie er sein sollte. Nichts bewegte sich. Die einzigen Laute waren die üblichen Nachtgeräusche: das leise Murmeln des Windes, die summenden Insekten, die raschelnden Tiere.

Das Mondlicht warf ein unheimliches, aber zweckmäßiges Licht über die Szenerie, die direkt aus dem vergangenen Jahrhundert aufgetaucht sein mochte. Das kleine Gräbercamp mit seiner alten Ausrüstung mußte über hundert Jahre alt sein.

Jess war schon früher hier gewesen, im Laufe der Jahre schon viele Male, aber immer bei Tag.

Vielleicht war es das: Vielleicht war das Mondlicht schuld an der Atmosphäre des Schreckens, die sich wie ein Sargtuch über die Lichtung ausbreitete. Wolkenfetzen glühten silbern an den Rändern, als sie unter dem tiefschwarzen Himmel vorbeizogen. Aus der Wiese stieg Nebel auf, in leichten weißen Streifen, die Jess an zum Himmel auffahrende Geister erinnerten. Tatsächlich kam ihm, während er sich umsah, der Gedanke an Spuk. Er hatte das plötzliche, beunruhigende Gefühl, durch einen Friedhof zu laufen.

Das war dumm, er wußte es, aber … er konnte es nicht abschütteln.

In seiner Vergangenheit gab es schon genug Gespenster, ohne daß er noch weitere heraufbeschwören mußte, sagte er sich streng.

Genau in diesem Augenblick stolperte Lynn direkt vor ihm, ließ die Lampe fallen, bückte sich, um sie wieder aufzuheben – und stieß einen gellenden Schrei aus.

15

»O mein Gott! O mein Gott!«

Auf Händen und Füßen kroch Lynn rückwärts durch das Gestrüpp. Vor ihr lag ein Körper auf dem Rücken, mit auf der Brust gefalteten Händen und geöffneten, starren Augen.

Lynn hatte noch nie etwas so Schreckliches gesehen.

Es war eine Frau, barfüßig und in einem rosa Flanellnachthemd. Ihre langen braunen Haare waren zu einem Zopf geflochten. Der Zopf führte seitlich von ihrem Kopf fort, wie eine Schlange, die sich durch das Gras schlängelte. Ein Stück rosa Faden war am Ende um den Zopf gebunden.

Etwas, das wie eine Rubinkette aussah, zierte ihren Hals. Eine breite Rubinkette, die sich wie ein lächelnder Mund von Ohr zu Ohr zog. Eine unheimliche Rubinkette.

Die Kehle der Frau war durchschnitten. Lynn glaubte, sie würde ohnmächtig.

»Mom, was ist?«

»Was zum Teufel ist mit Ihnen los?«

Die beiden erschrockenen Stimmen dicht hinter ihr ließen Lynn auf die Füße springen. Sie stieß gegen etwas Festes – Jess, der Rory trug.

Gott sei Dank, daß Jess da war. Ob dieses Gefühl nun archaisch war oder nicht, sie war jedenfalls froh über seine große, starke, kräftige Präsenz. Plötzlich setzte ihre zwischen Flucht und Kampf schwankende Reaktion heftig wieder ein, und sie neigte entschieden mehr zur Flucht. Wenn nötig, könnte er ja bleiben und kämpfen. Sie und Rory würden in die Berge rennen.

»S-s-sehen Sie!« stotterte sie mit ausgestrecktem Finger und zog an dem Ärmel seiner Daunenjacke.

Die Taschenlampe lag noch dort, wo sie sie hatte fallen lassen, fast auf dem Leichnam, und ihr Strahl beleuchtete einen Streifen von den gefalteten Händen bis zu der durchgeschnittenen Kehle unter den glasigen gebrochenen Augen.

Bei diesem Anblick lief Lynn ein kalter Schauer den Rücken hinunter.

»O mein Gott!« Rory wiederholte den Entsetzensausruf ihrer Mutter mit der gleichen Betonung. Das Kind war nicht umsonst ihre Tochter, dachte Lynn grimmig.

»Himmel!« Jess' Reaktion war gleichermaßen religiöser Natur, wenn auch etwas blasphemischer.

Jess stellte Rory auf die Füße und beugte sich vor, um die Taschenlampe wieder zu holen. Lynn und Rory wurden so selbstverständlich zueinander hingezogen wie Metallsplitter zu einem Magneten. Eng umschlungen beobachteten sie ihn, wobei die lebende, bebende, atmende Wärme ihrer Tochter für Lynn etwas Tröstliches hatte.

Jess ließ das Licht über die Frau gleiten, von den Füßen zu ihrem Kopf und zurück. Er beugte sich tiefer hinab, berührte die obere ihrer gefalteten Hände. Dann ergriff er ihr Handgelenk und hielt es einen Moment lang, bevor er es fallen ließ.

»Sie ist tot«, sagte er und wandte sich um zu ihnen.

Ach nee, war Lynns stumme, idiotische Reaktion. Sekunden später fing ihr Gehirn, das durch die schockierende Entdeckung zum Stillstand gekommen war, wieder an zu arbeiten.

»Sie ist ermordet worden.« Zitternd stellte Lynn mit schwacher Stimme fest, was offensichtlich war. Eine weitere, ähnlich intelligente Erkenntnis blitzte in ihr auf: »Das bedeutet, daß ein Mörder da ist. Hier.«

»Mom!« wimmerte Rory und machte sich in Lynns Armen ganz klein. Lynn hielt ihre Tochter fester. Ihre weit aufgerissenen und furchtsam blickenden Augen wandten sich von der Leiche ab, um ängstlich das Lager abzusuchen.

»Du lieber Himmel«, murmelte Jess wieder, als er mit der Taschenlampe über etwas im Gras leuchtete, das nur wenige Schritte von der Frau entfernt lag.

Eine weitere Leiche, ein halbwüchsiger Junge in Jeans und einem Sweatshirt, lag etwas versetzt neben der anderen. Seine schwarzen Turnschuhe waren kaum dreißig Zentimeter von ihrem Haar entfernt. Wie die Frau war er sorgfältig hingelegt worden, mit ausgestreckten geraden

Beinen und auf der Brust gefalteten Händen. Seine Augen waren glücklicherweise geschlossen.

Ebenso wie der Frau war auch ihm die Kehle durchgeschnitten worden.

»O mein Gott!« Diesmal kam der atemlose Ausruf von Lynn.

Jess bewegte sich, vermutlich um festzustellen, ob auch dieser Körper tot war. Dabei fiel der Strahl auf einen weiteren Schuh, einen anderen schwarzen Turnschuh, mehr an der Seite als oberhalb des Kopfes dieser Leiche. In dem Schuh steckte ein Fuß, und daran schloß sich ein Bein in Jeans an. Es gehörte zu einem Körper mit einem Sweatshirt, das dunkel, naß und rot war. Dünne braune Hände waren inmitten des Blutes gekreuzt.

Noch ein halbwüchsiger Junge, dessen war Lynn sich sicher, auch wenn sie schaudernd die Augen schloß, bevor der Lichtstrahl ihre Vermutung bestätigte.

Das mußte ein Alptraum sein. Sie und Rory konnten sich einfach nicht auf einem dunklen Feld inmitten der Wildnis befinden, zusammen mit den Leichen dreier grauenhaft ermordeter Menschen.

Vielleicht war sie eingeschlafen. Vielleicht war dieser ganze unglaubliche Tag ein Alptraum, hoffte sie. Vielleicht ...

Ein heftiger Atemzug von Rory, begleitet von einem Ausruf von Jess, bewirkte, daß sie die Augen wieder öffnete.

Was sie sah, verschlug ihr vollends den Atem. Ihr fiel der Kiefer herunter, und sie war einen Augenblick lang gelähmt: Ein grobes Kreuz erhob sich ungefähr drei Meter hoch, etwa vier Autolängen von den Leichen entfernt. Der tiefe Schatten der hohen Waldbäume hatte es bisher vor ihren Augen verborgen. Nun wurde es von dem Strahl der Taschenlampe eingefangen. Ein Mann hing daran, nackt und – gekreuzigt?

Blut lief in einem gleißend roten Streifen an seiner

Brust herunter, über seine Genitalien und an den Beinen entlang. Lynn zweifelte nicht daran, daß am Fuß des Kreuzes eine Blutlache war.

Sie blinzelte, einmal, zweimal. Der Anblick war zu unsäglich, zu unverständlich, aber sie hatte das ekelhafte Gefühl, daß er nur allzu wirklich war.

»Mom, sieh doch!« Rory packte sie am Arm und streckte den Finger aus. Aus einer der Hütten kam ein Trio – nein, ein Quartett – gespenstischer Gestalten. Lynn stand wie angenagelt, als sie auf die leuchtenden weißen Formen starrte, die auf sie, Rory und Jess zugeeilt kamen.

Ihre Füße schienen den Boden nicht zu berühren.

Falls sie überhaupt Füße hatten.

Es war wie in dem ultimativen, dem allerschlimmsten Traum.

Lynn kam sich vor, als ob man sie in einen Horrorroman für Kinder versetzt hätte – einen dieser Reißer mit den effektheischenden Titeln, über die Rory und ihre Freundinnen sich immer lustig machten, *Die Nacht der lebenden Mumien* oder *Der Spiegel des Grauens.*

Ihre einzige Reaktion war: »Rennt!«

16

Die Falltür quietschte protestierend, als sie aufgerissen wurde. In der hintersten Ecke des Kellers lag Theresa zusammengekauert und drückte sich gegen die Wand, wobei sie ihre Hand fest auf Elijahs Mund preßte.

O nein, betete sie. O nein, bitte. Rette uns.

Ein schwaches orangerotes Licht füllte das Rechteck an der Stelle, wo die Tür gewesen war. Eine Form wie ein großes, undeutliches Ei zeichnete sich vor dem Lichtschimmer ab.

Der Tod spähte in ihr Versteck hinein.

Theresas Finger gruben sich so fest in Elijahs Gesicht, daß sie die Wangen- und Kieferknochen unter seinem rundlichen Fleisch spüren konnte. Sein nasser kleiner Mund rang unter ihrer Hand um Atem. Voller Not wand er sich in ihrem Griff.

Trotz aller Anstrengungen, ihn ruhig zu halten, konnte sie seine gepreßten Schreie hören. Sie drückte ihre Hand noch fester gegen seinen Mund und spürte, wie er kämpfte.

Der Tod beugte sich näher zu ihr, er schien dorthin zu blicken, wo sie sich versteckte.

Theresa spürte, wie ein warmer Strom ihren Baumwollschlüpfer durchnäßte, an ihren Beinen hinablief und sich in einer kleinen Pfütze unter ihr sammelte. Sie roch das scharfe Ammoniak ihres eigenen Urins.

Vater unser im Himmel … Vor Angst fiel ihr kein anderes Gebet ein.

Elijah wurde schlaff.

Der Tod bewegte sich. Theresas Herz schlug so rasend, daß es sich anfühlte, als ob jemand in ihrer Brust hämmerte. Ihr Atem wurde unregelmäßig, verzweifelt.

Der Tod könnte ihn hören, erkannte sie und hielt den Atem an.

Er verschwand. Lange Zeit starrte Theresa auf das orangerote Rechteck, das nun leer war.

Das Baby lag still und bewegungslos an ihrer Brust. Theresa nahm ihre Hand von seinem Gesicht und hob es hoch.

Seine Augen waren geschlossen. Es hing wie tot in ihrem Griff.

Elijah! 'Lije! Innerlich heulte sie auf, schüttelte ihn, versuchte ihn aufzuwecken. Er reagierte nicht.

Gott, vergib mir, betete sie, und die Leblosigkeit des noch warmen kleinen Körpers war ein stummes Zeugnis dessen, was sie getan hatte.

Tränen der Verzweiflung rannen ihr Gesicht hinab.

17

»Weg!« schrie Jess ebenso wie Lynn, während er Rory hochriß, die, wie er fürchtete, zu schwach war, es allein zu schaffen. Mit diesem Ausruf schoß er auf den Wald zu, Lynn hinter sich, während Rory von seinem Rücken herabhing und gespenstisch heulte.

Auch nachdem sie wieder verstummt war, hallte der Klang noch in seinen Ohren wider. Gott mochte ihn vor hysterischen halbwüchsigen Mädchen schützen.

Und vor anderen beängstigenden Dingen.

Was er gesehen hatte, bevor er davongestürmt war, hatte ihn bis ins Mark erschüttert: Tote, viele Tote, ein Dutzend oder noch mehr, hatten in einer unheimlichen Anordnung auf der Wiese gelegen.

Nur was diese Anordnung darstellte, hatte er nicht erkennen können.

Aber in ihrer Mitte war dieser Typ am Kreuz.

Worauf um Himmels willen waren sie da nur gestoßen? Auf einen Massenmord, mindestens. Soviel stand fest.

Und nun waren die Mörder hinter ihnen her. Das stand auch fest.

Das hieß, zur falschen Zeit am falschen Ort zu sein! Schließlich verlief so sein ganzes Leben.

Diesmal aber mochte es ihn das Leben kosten. Und das von Lynn und Rory ebenfalls.

Rory blieb nun ganz still; mit den Fäusten krallte sie sich in seinen Mantel und zog ihn so fest, daß er spüren konnte, wie der Reißverschluß aufgehen wollte. Ein schneller Blick zurück zeigte ihm, daß Lynn direkt hinter ihm rannte, als ob ihr die Höllenhunde auf den Fersen wären.

Was in fast wörtlichem Sinn zuzutreffen schien. Jess hatte einen Blick auf ihre Verfolger erhascht, als sie durch Nebel und Schatten in das kalte Mondlicht gestürzt waren. Und er war mit seiner Weisheit am Ende.

Sie ähnelten nichts Menschlichem. Soweit er es sagen konnte, hatten sie keine Gesichter, keine Gesichtszüge. Sie waren nur amorphe weiße Formen, die scheinbar durch die Nacht flogen.

Er hätte vielleicht sogar geglaubt, daß sie Fleisch gewordene böse Geister seien, wäre da nicht eines gewesen: Noch während sie drei die relative Sicherheit des Waldes erreichten, zogen ihre Verfolger automatische Waffen hervor.

Geister mit Waffen? Nicht in diesem Leben.

18

Die Stille war beängstigender als ein Schrei. Theresa litt Todesangst. So lähmende Angst, daß sie sich nicht bewegen konnte – oder konnte sie doch?

Sie versuchte es. Der Schrecken wurde ihr Verbündeter und zwang ihre verkrampften Glieder, in einer krabbenartigen Bewegung über den schmutzigen Boden auf das glühend orangefarbene Licht zuzukriechen, das Flucht verhieß. Sie konnte nur drei Glieder einsetzen, weil sie mit einem Arm Elijah umklammerte. Was auch immer geschehen würde, sie würde ihn nicht zurücklassen.

Der Gedanke, daß er tot war, war ihr unerträglich. Oder daß sie ihn getötet hatte.

Bitte, lieber Gott, betete sie immer wieder. Bitte, lieber Gott, laß es nicht wahr sein.

Sie hatte ihn nicht töten wollen; sie hatte ihn doch retten wollen.

Sie hatte nur nicht selbst sterben wollen. Sie war erst 16! Lieber Gott, sie wollte leben!

Sie hatte Angst zu sterben.

Der Tod war fort. Theresa fühlte seine Abwesenheit. Er

war nicht mehr in der Hütte. Und er hatte seine Dämonen mitgenommen.

Sie hoffte es. Nein, sie betete darum.

Als sie bei der Falltür ankam, zögerte sie. Ihr Atem rasselte schmerzhaft in ihrer Kehle. Tränen zogen streifige Spuren durch ihr Gesicht. Die Angst lähmte sie beinahe. Einen langen, quälenden Moment kauerte sie sich neben die Öffnung und lauschte.

Was, wenn der Tod doch dort oben auf sie wartete?

Sie mußte das Risiko eingehen. Sonst würde sie hier in diesem kalten, feuchten Erdkeller sterben. Sie würde verhungern oder verdursten – oder der Tod würde sie kriegen.

Wenn er fort war, so war doch eines sicher: Früher oder später würde er zurückkehren.

Und wieder in den Keller spähen.

Theresa drückte Elijah fest gegen ihre Schulter und nahm all ihren Mut zusammen.

»Deinen Händen vertraue ich mich an, o Herr«, flüsterte sie schließlich. Damit überließ sie sich Seinem Schutz und kletterte auf die Kiste, die fast genau unter der Tür stand. Gekrümmt starrte sie noch einmal in das orangerote Glühen hinauf.

Schatten jagten einander auf der Holzdecke des Zimmers über ihr. Die Regale mit Eingemachtem, das sie und ihre Mutter für den Winter bereitet hatten, sahen auf unheimliche Weise normal aus. Die Öffnung, durch die sie oben hindurch mußte, um in den Hauptraum zu gelangen, zierte in der oberen rechten Ecke ein Spinnennetz. Alles leuchtete im tänzelnden Licht des Feuers.

Die Hölle war ein Wachraum.

Theresa stand auf, ihr Kopf gelangte ins Freie. Einen Augenblick lang wartete sie, angespannt und zitternd, so wie ein Jagdhund in die Luft schnuppert.

Eine bedrückende Stille begrüßte sie, zusammen mit der warmen Luft, die nach Brennholz, Zimt und Kiefern roch. Der Geruch erinnerte sie mit einem scharfen Schmerz an ihre Familie.

Was war aus ihnen allen geworden? So viele! Mutter und Vater, und die kleinen Mädchen. Und ihre Brüder.

Sie konnten doch nicht alle tot sein?

Sie konnte jetzt nicht an sie denken. Oder an Elijah.

Aber sie konnte sich auch nicht dazu überwinden, Elijah loszulassen.

So sehr sie sich anstrengte, Theresa hörte nichts außer dem fröhlich prasselnden Feuer.

Sie atmete tief durch und kletterte durch die Öffnung. Sie richtete sich auf, matt und schwindlig, aber sie hatte keine Zeit, sich mit ihrer körperlichen Schwäche zu befassen. Sie mußte weg, sie mußte versuchen zu fliehen, selbst wenn ihre Überlebenschance gering war.

Mit einem ängstlichen Blick erkannte sie, daß der Hauptraum leer war. Die Tür nach draußen stand weit auf.

Die Tür lockte sie zu sich heran. Allerdings konnte es eine Falle sein.

Noch während Theresa diese Möglichkeit bedachte, rannte sie los. Sie rannte zur Tür, stürzte aus der Hütte in die Nacht, froh über die kalte frische Luft, die ihr ins Gesicht schlug, denn das bedeutete, daß sie frei war, frei …

Da waren sie: der Tod und seine Gefolgsleute. Sie bewegten sie von ihr fort, sehr schnell, auf die große schwarze Waldwand zu. Wenn auch nur einer von ihnen zurückblickte, wäre sie entdeckt. Theresa hatte keine Illusionen, daß sie ihnen entkommen könnte. Wie ein Rudel Wölfe würden sie sich auf sie stürzen und sie in Stücke reißen.

Ähnlich einem Soldaten in der Schlacht ließ sie sich vor dem feindlichen Feuer fallen, robbte auf allen Vieren durch das hohe Gestrüpp und zog Elijahs schlaffen Körper mit sich. Steine, scharfe Stöcke und Dornen zerrten an ihrem Nachthemd und rissen ihr die Haut auf, aber Theresa spürte den Schmerz kaum. Jede Faser ihres Körpers war darauf gerichtet, es über die offene Fläche bis zur verlassenen Silbermine zu schaffen, die vor mehr als einem Jahrhundert in den Berg gegraben worden war.

Dort drinnen wäre sie sicher – falls es überhaupt einen sicheren Ort auf Erden gab, nun, da der Tod entfesselt worden war.

Theresa hatte nur noch ungefähr dreißig Meter vor sich, als ihre ausgestreckte Hand Fleisch berührte – kaltes, lebloses Fleisch. Sie blickte auf und erstarrte. Wenige Zentimeter rechts von ihr lag ihr Cousin Zach tot im Gras. Sie berührte seine Wange.

Seine Augen, nußbraun wie die ihren, standen offen und starrten blicklos. Seine Haut war vollkommen weiß. Farblose Ringe hatten sich um seine Augen gebildet.

Auch sein Mund war geöffnet. Eine winzige Blutspur – jetzt getrocknet – lief aus einem Mundwinkel herab.

Er trug seine geliebte Orlando-Magic-Jacke und die Nike-Turnschuhe, die er von Theresas ältestem Bruder James geerbt hatte.

Seine Kehle war durchgeschnitten.

Die Feuchtigkeit, die von der Erde ausging, war auch mit seinem Blut getränkt.

Theresa spürte, wie sich ihr der Magen umdrehte. Sie übergab sich, bis nichts mehr in ihr war. Dann vergaß sie alles angesichts dieses neuesten Schreckens und stolperte blind auf die Füße. Sie hielt Elijah eng an sich gepreßt und lief taumelnd auf den Mineneingang zu.

Daß sie es überhaupt schaffte, grenzte an ein Wunder. Der schwarze Schlund der Mine verschluckte sie; ihre rennenden Füße warfen ein wildes Echo von den roh behauenen Wänden zurück. Sie lief, bis sie nicht mehr weiter konnte.

Schließlich brach sie schluchzend und bebend zusammen und wiegte Elijah wie eine Stoffpuppe auf ihrem Schoß.

19

Sie durchkämmten den Wald nach ihnen. Keuchend und mit stark klopfendem Herzen konnte Lynn sie herankommen hören, nicht allzu weit entfernt. Sie gingen nun methodisch vor, hatten sich verteilt. Wer immer sie sein mochten, es waren Menschen. Und sie hatten Gewehre.

Kugeln wurden in den Wald gefeuert, während sie, Rory und Jess zwischen den Bäumen hindurchfegten. Das Geräusch erinnerte Lynn an den Schlag einer Hand, die auf Fleisch klatscht. Der darauf folgende Adrenalinstoß ließ sie mit einer Geschwindigkeit rennen, die sie sich niemals zugetraut hätte.

Jess auch. Obwohl er durch das Gewicht von Rory behindert war, die er sich ohne Rücksicht auf ihren verletzten Zustand oder ihre Bequemlichkeit über die Schulter geworfen hatte, rannte er wie ein Weltmeister und sprang und duckte sich, während Lynn in seiner Spur verzweifelt seinem Zickzack folgte.

Trotz des tödlichen Kugelhagels um sie herum vergrößerten sie die Distanz zwischen sich und ihren Verfolgern. Lynn glaubte allmählich, daß sie es schaffen könnten, ihnen zu entwischen.

»Ahh!«

Ohne etwas zu begreifen, sah sie, wie Jess zu Boden stürzte. Er fiel schwer auf die Knie, stöhnte und griff nach seiner rechten Schulter, während er sich auf die Seite rollte und Zweige um ihn herum zu Boden prasselten.

Rory, die durch Jess' Sturz fortgeschleudert wurde, landete etwas weiter entfernt im Laub. Zu Lynns Erleichterung rollte sie sich zur Seite und setzte sich blinzelnd auf. Nach einem Blick auf Rory, die unverletzt wirkte, eilte Lynn zu Jess und ließ sich neben ihn fallen.

Er wand sich aus den Gurten seines Gepäcks hervor.

Trotz der Schatten konnte sie erkennen, daß sein Gesicht zu einer Maske aus Schmerz verzogen war.

»Sie bluten«, sagte sie und starrte blöde auf den Flekken, der sich auf seiner rechten Schulter vergrößerte. Ein kleines schwarzes Loch durchbohrte den seidig grauen Stoff seiner Jacke. Blut strömte heraus; sie konnte zusehen, wie der dunkle nasse Kreis auf der Vorderseite seiner Jacke immer größer wurde.

»Ach was, Sherlock«, knurrte er und preßte seine Hand gegen den Fleck. Lynn vergab ihm den Sarkasmus: Die Situation war furchtbar, und er hatte offensichtlich Schmerzen.

Er lag mit angezogenen Knien auf dem Rücken und atmete schwer. Zweige lagen um seine Beine verstreut, sein Kopf zerdrückte einen kleinen, mit Moos bedeckten Busch.

Rory kroch hinüber zu Lynn und kniete sich neben sie. Nach einem kurzen Blickwechsel sahen sie beide auf Jess hinunter.

Kugeln pfiffen durch die Luft über ihren Köpfen und schlugen in nahe und entfernte Bäume ein. Lynn warf ihre Arme um Rory und zog sie zu Boden, wobei sie sich schützend über sie beugte. Tropfen des früheren Regens prasselten wie eine Dusche auf sie herab.

Die Schüsse hörten auf. Statt dessen konnte Lynn Stimmen hören, wenngleich sie keine Worte unterscheiden konnte. Ihre Verfolger kamen gefährlich nah heran, erkannte sie und verkrampfte sich.

Furcht drohte ihr den Hals zuzuschnüren. Sie rang um Atem. Rory saß nun mit gekreuzten Beinen und klammerte sich an den Arm ihrer Mutter. Sie sah genauso verängstigt aus, wie Lynn sich fühlte. Jess starrte mit weißem Gesicht zu ihnen beiden hinauf.

»Sie und Rory rennen weiter«, sagte er.

Lynn sah ihre Tochter an. Rorys Lippen bebten. Ihre Augen waren riesig vor Angst. Der Bluterguß an ihrer

Stirn sah dunkel und häßlich aus. Um ihrer Tochter willen war Lynn bereit zu rennen, mit Rory zu fliehen und Jess seinem Schicksal zu überlassen.

Aber sie hatte tödliche Angst, daß Rory nicht schnell oder weit genug rennen konnte.

»Sie kriegen uns«, sagte sie und leckte sich die Lippen.

Kugeln pfiffen in hohem Bogen über ihnen. Zerfetzte Zweige fielen herab. Lynn und Rory kauerten sich hin und schützten mit den Händen ihre Köpfe. Als das Schießen wieder aufhörte, wimmerte Rory.

Der Laut elektrisierte Lynn. Was immer erforderlich war, sie würde es tun, um ihre Tochter zu retten.

»Wir müssen uns verstecken.« Sie sprach mit rauher Flüsterstimme, während sie sich geduckt aufrappelte und wild um sich blickte. Ihre Verfolger kamen durch das Unterholz krachend auf sie zu. Es würde nicht mehr lange dauern, bis sie bei ihnen waren. Zu fliehen war unmöglich geworden. Verwundet, wie er war, konnte Jess Rory nicht tragen und möglicherweise nicht einmal mehr laufen. Außerdem waren die Verfolger schon zu nah. Auch wenn sie nicht sehen könnten, wie die drei flohen, würden sie sie um so sicherer hören.

Wohin Lynn auch blickte, überzog Moos, in der Dunkelheit leicht schimmernd und phosphoreszierend, in Wellen das Unterholz. Links von ihr bildete es eine dicke Schicht auf einer Pyramide aus morschen Stämmen.

Würden den Verfolgern drei weitere moosbedeckte Holzstöße zwischen so vielen Stapeln dieser Art auffallen?

»Da«, sagte sie, zeigte hinüber und packte Rorys Arm. »Geh hinter diese Baumstämme und leg dich hin.«

Rory starrte sie nur an.

»Beweg dich!« Lynn schob ihre Tochter zu dem Versteck hinüber, dann reichte sie Jess eine Hand.

»Los!« Er schob ihre Hand zur Seite, während er in die Hocke kam. »Ich bin direkt hinter Ihnen. Laufen Sie.«

Er klang überanstrengt, aber Lynn hatte keine Zeit, sich seinetwegen Sorgen zu machen. Sie kroch hinter Rory her. Ein Blick zurück zeigte ihr, daß er sich hinter ihr herschleppte, den Rucksack über der unverletzten Schulter.

Rory war auf den Knien, ihr Gesicht ein blasses Oval in der Dunkelheit. Wie ein Hund, der einen Knochen sucht, scharrte sie Moos vom Boden los. Lynn drückte sie mit dem Gesicht zur Erde und breitete mit vollen Händen das Moos über ihr aus. Zu ihrer Überraschung und Erleichterung ließ es sich in großen, flächigen Stücken herausbrechen.

Schon zischten wieder Kugeln über ihre Köpfe hinweg. Ihnen blieb keine Zeit mehr.

Lynn streifte ihren Rucksack ab und warf sich neben Rory. Eng aneinandergedrückt lagen sie schaudernd unter dem Moos. Es war kalt und feucht dort und roch nach Erde. Lynn griff nach ihrem Gepäck, das sie auch verstecken mußte, und zog es nah an ihren Kopf heran.

Weiteres Moos landete auf ihren Beinen und Füßen. Im gleichen Augenblick erkannte sie, daß Jess Moos auf sie und Rory häufte, sich dann hinlegte und sich unter das Moos zwängte, das wie eine Decke auf ihnen lag. Er rollte sich fast auf sie und schützte ihre Körper mit dem seinen, wobei er sie zwischen dem äußersten Baumstamm und dem Boden einzwängte, während er weitere Moosschichten über sich zog. In seiner Faust hielt er etwas Silbernes fest. Lynn erkannte, daß er sich mit ihrer einzigen Waffe bewaffnet hatte: seinem Messer.

Nicht, daß ein Messer gegenüber den Gewehren viel vermocht hätte. Außer wenn er einen ihrer Verfolger überraschen und aus der Nähe erwischen konnte.

Ein Hauch frischer Luft zog an Lynns Nase vorbei, woran sie erkannte, daß die sie verbergenden Moosschichten Risse aufwiesen. Sie vermutete, daß sie, Rory und Jess immer noch teilweise sichtbar waren. Sie hätte den Haufen, den sie zu dritt bildeten, wahrscheinlich keinen Moment lang für moosbedeckte Stämme gehalten.

Gott sei Dank war es aber dunkel, dachte Lynn. Darin bestand ihre einzige Hoffnung.

Weitere Kugeln pfiffen über sie hinweg, so daß Lynn zusammenschrak. Sie klammerte sich an Rory. Jess lag ausgestreckt über ihnen beiden.

Währenddessen krachte es immer näher im Unterholz, durch das ihre Verfolger brachen.

Schiere Angst vertrieb jedes andere Gefühl. Rory zitterte in Lynns Armen, flach und panisch atmend. Jess drückte sie tiefer in die dicke Moderschicht aus verfaulenden Pflanzen und Kiefernnadeln. Sein Gewicht erschwerte Lynn das Atmen, doch sie war froh über den Druck seines Körpers. Er verlieh ihr vielleicht nur eine Illusion von Schutz, aber eine Illusion war besser als gar nichts.

Rennende Füße stapften nahe an der Stelle vorbei, wo sie lagen. Lynn spürte, wie Rory unkontrolliert zuckte; sie drückte ihre Finger gegen die Lippen ihrer Tochter. An ihrem Rücken konnte sie fühlen, wie Jess sich anspannte. Der Arm mit dem Messer wurde starr.

Wenn sie entdeckt würden, dann jetzt.

Lynn schloß fest die Augen und betete.

Die Schritte rannten vorbei.

Erst nach einigen Sekunden dachte sie wieder daran zu atmen.

Es kam ihnen so vor, als ob sie stundenlang dort lägen und lauschten, wie ihre Verfolger auf der Suche nach ihnen durch den Wald liefen. Das gelegentliche Prasseln von Gewehrkugeln bedeutete vielleicht, daß Rehe oder andere Nachttiere aufgescheucht und irrtümlich angeschossen wurden. Einmal kam etwas oder jemand so nah an ihrem Versteck vorbei, daß Lynn die Hand hätte ausstrecken und dessen Bein ergreifen können.

Sie wußte nicht, ob es Mensch oder Tier war, wenngleich sie letzteres vermutete. Sie wußte nur, daß es rannte. Was gleichfalls der eigentliche, dringende Impuls jeder Faser ihres Körpers war.

Abgesehen von ihrem Verstand. Der warnte sie, still zu bleiben.

Rory zitterte in ihren Armen. Lynn wurde bewußt, daß auch sie bebte. Hoffentlich merkte ihre Tochter es nicht, oder wenn, dann sollte sie wenigstens nicht den Grund ihres Zitterns erkennen. Wenn Rory wüßte, wieviel Angst ihre Mutter hatte, wäre sie doppelt entsetzt.

Eine universale Wahrheit lautete: Mütter sollten keine Angst haben.

Jess bewegte sich. Die Messerklinge sank nahe Lynns Schulter zu Boden, wo sie steckenblieb. Jess schlang den Arm um Lynns Taille und hielt sie fest. Sein Körper in ihrem Rücken war warm und stark; sein Atem kitzelte ihr Ohr.

»Wir werden es schaffen«, flüsterte er, kaum lauter als sein Atem. Lynn wurde klar, daß zumindest er ihre Angstschauer gespürt hatte und sie nun, so gut er konnte, trösten wollte.

Gegen alle Vernunft fühlte Lynn sich getröstet. Allmählich ließ ihr Zittern nach.

Jenseits ihres Versteckes wurde der Wald still. Lynn konnte ihre Verfolger – oder deren Waffen – nicht mehr hören. Vielleicht waren sie verschwunden, vielleicht aber auch nicht. Vielleicht warteten sie in der Hoffnung, daß die Stille ihre Opfer hervorlocken würde.

Rory wand sich. Lynn merkte, daß es für sie unbequem sein mußte, und rutschte eine Spur zur Seite. Auch Jess bewegte sich und rollte auf den Rücken. Er ließ den Arm um Lynns Taille los.

Einen Moment empfand sie dort eine Leere.

Jess bewegte sich nicht mehr. Eine Sekunde lag er da wie ein Stein. Dann kam er wieder nah an sie heran, drückte sie und Rory in die lehmige Erde und griff nach dem Messer.

»Psst«, sagte er.

Sofort wurde Lynn still wie ein Kaninchen vor der Schlange.

Ein leiser Schritt – auf den ein anderer folgte, dann noch einer – durchbrach die Stille. Jemand kroch durch das Unterholz, genau dort, wo sie lagen.

Lynns Puls schlug so heftig, daß sie nur noch das Hämmern ihres eigenen Blutes in den Ohren vernahm.

Die Heimlichkeit der Bewegungen ließ nur eine Deutung zu: Es gäbe keinen Grund für diese Vorsicht, wenn die Verfolger nicht die Nähe ihrer Opfer vermuteten.

Scheinbar endlose Augenblicke verstrichen.

Ohne Vorwarnung rollte Jess sich wieder von ihr weg und ließ sie frierend, ungedeckt und voller Angst zurück.

Lynn spähte zurück, um zu sehen, was er vorhatte. Er kauerte in der Nähe, Moosstückchen hingen ihm an Rükken und Kopf wie große behaarte Spinnen. Seine linke Hand umklammerte das Messer.

Er drehte den Kopf zu ihr und sah sie an.

»Es ist alles in Ordnung«, sagte er mit beinahe normaler Stimme. »Sie sind weg.«

»Woher wissen Sie das?« flüsterte Lynn. Nicht, daß sie ihm nicht vertraute, aber …

»Sehen Sie.« Er drehte den Kopf. Als Lynns Blick der Richtung seines Nickens folgte, sah sie, was er meinte: drei Rehe, nun ein Stück entfernt, die sich still wie Schatten einen Weg durch den Wald bahnten. »Verstanden?«

Lynn begriff, daß sich das Wild nicht mit so ruhiger Eleganz bewegt hätte, wenn Männer mit Gewehren in der Nähe wären. Sie wären um ihr Leben gerannt.

»Mom.« Rory wandte den Kopf in Lynns Richtung. »Sind wir in Sicherheit?«

»Ja, Kleines.« Lynn umarmte ihre Tochter schnell, bevor sie sich aufsetzte. »Wir sind in Sicherheit.«

Für den Moment, dachte sie.

Der Blick, den Jess ihr zuwarf, zeigte, daß er keineswegs ihrer Meinung war, aber er sagte nichts, als er das Messer zusammenklappte und es in eine Außentasche seines Rucksacks steckte.

»Ich will nach Hause.« Rory setzte sich und kämmte sich mit den Händen Moos aus dem Haar. Ihre Stimme bebte.

»Das wollen wir beide«, antwortete Lynn von ganzem Herzen.

»Da sind wir wohl alle einer Meinung«, sagte Jess trocken. Er verzog das Gesicht, als er in seine Jacke griff. Sofort zog er die Hand zurück; seine Fingerspitzen sahen schwarz aus.

Blut.

»Wie schlimm ist es?« fragte sie. Der Fleck hatte nun die Ausmaße eines großen flachen Tellers.

»Ich werde es überleben.«

»Wer *sind* diese Kerle?« Rorys Frage klang zugleich verzweifelt und empört.

»Ich weiß es nicht, und im Moment brauchen wir uns darüber auch nicht den Kopf zu zerbrechen.« Jess bedachte Rory mit einem schiefen Lächeln. »Sie sind für uns einfach nur die Bösen, okay? Mit der Frage, wer sie wirklich sind, werden wir uns beschäftigen, wenn wir sie ein gutes Stück hinter uns gelassen haben.«

»Sie haben diese Leute umgebracht.« Rorys Stimme klang, als wäre sie am Rande der Hysterie.

»Ja, aber uns werden sie nicht umbringen«, sagte Lynn fest und bürstete Moos von Rorys Schulter. »Sie sind weggegangen.«

»Was wir auch tun sollten«, sagte Jess. »Kommt weiter, wir müssen uns auf den Weg machen.«

Er stand auf, zog seinen Rucksack heran und hievte ihn sich auf die unverletzte Schulter.

»Ihre Wunde ...« sagte Lynn im Aufstehen. Sie fragte sich, ob das Loch nicht irgendwie verbunden werden mußte. Ihre Knie waren ganz wacklig, und einen Moment lang fürchtete sie, sich wieder hinsetzen zu müssen. Ein Blick auf ihre Gefährten, und sie schob ihre Schwäche mit schierer Willenskraft beiseite.

Es war beunruhigend, daß sie als einzige von ihnen nicht verletzt war.

»Das ist nichts«, sagte Jess ungeduldig. »Rory, glaubst du, du könntest es allein schaffen?«

»Ich ... ich glaube schon.

»Dann laßt uns gehen.«

Lynn kämpfte immer noch damit, sich ihren Rucksack aufzupacken, als er bereits loslief.

Sie zog noch ein letztes Mal an den Gurten, dann legte sie einen Arm um Rory und folgte.

Sie marschierten lange, einer Route folgend, die anscheinend ungefähr im rechten Winkel zu der verlief, auf der sie zu der Lichtung gekommen waren. Lynn wurde bewußt, daß der Ziegenpfad für sie wahrscheinlich tödlich wäre, aber ohne Weg war der Wald an manchen Stellen kaum passierbar. Das Unterholz war überall hüfthoch und so dicht, daß sie sich mit jedem Schritt vorankämpfen mußten. Jess bahnte den Weg, und Lynn folgte mit Rory, die spürbar schwächer wurde, als aus Minuten eine Stunde und mehr wurden.

Nachts herrschte eine eigene Stille im Wald. Der Teppich aus Moos wurde dicker, an manchen Stellen über dreißig Zentimeter tief, und er bedeckte alles; sogar von den unteren Baumästen hing Moos herab. Ihre Fußtritte erzeugten kein Geräusch, und der Schall von Stimmen, ob menschlichen oder tierischen, wurden nicht weitergetragen.

Schwer hing der Duft von Kiefernharz in der Luft. Zecken griffen gnadenlos an, wie kleine Haie in blutrünstiger Freßgier.

Wenigstens, so dachte Lynn, waren Elend und Erschöpfung starke Gegengewichte zu den Schrecken ihrer Flucht.

»Können wir nicht anhalten, bitte?« jammerte Rory schließlich. Sie hatte sich immer schwerer gegen Lynn gestützt, die erkannte, daß das Kind am Ende seiner Kräfte war.

»Jess!« rief sie, nur eine Spur lauter als Rorys unterdrücktes Flüstern. Aber er hatte sie gehört.

»Wir sind fast da«, sagte er, ohne sich umzusehen. »Nur noch ein kleines Stück.«

Jess lief weiter, ohne auch nur seinen Schritt zu verändern. Lynn und Rory sahen, wie seine anthrazitgraue Jacke eins wurde mit den huschenden Schatten, tauschten verzweifelte Blicke und gingen wieder Arm in Arm weiter.

»Mein Kopf tut weh.« Rory ließ sich schwer gegen Lynns Seite fallen.

»Ich weiß, meine Kleine. Nur noch ein kleines Stück weiter, dann können wir uns ausruhen.«

Rory sagte nichts mehr. Lynn konnte spüren, wie die Kräfte ihrer Tochter schwanden.

Warum nur, fragte sich Lynn, war sie nicht ihrem ersten Instinkt gefolgt und hatte von Anfang an nein zu dieser Reise gesagt? Sie wäre genau jetzt auf Sendung oder – wenn sie sich doch noch für einen Urlaub entschieden hätte – vielleicht auf dieser Kreuzfahrt in der Karibik –, und Rory wäre sicher bei ihrer Großmutter zu Hause und würde sich mit Videospielen vergnügen oder fernsehen. Oder vielleicht diese Nacht bei Jenny verbringen.

Und wenn Wünsche Flügel hätten, wären sie nun auf und davon.

Schließlich hielt Jess an. Sie waren wenige Schritte von einem steilen, felsigen Abhang entfernt, der sich längs flüsternder Zweige in neblige Höhen erhob. Eine Felswand, sehr ähnlich der, die ihnen diese Katastrophe eingebrockt hatte.

Jess lehnte sich gegen den dicken Stamm einer mächtigen Kiefer und wies wortlos zum Fuß der Felswand hinüber. Lynn stand vor Erschöpfung gebeugt und hielt Rory aufrecht, da sie Angst hatte, daß sie nie wieder hochkämen, wenn eine von beiden sich setzte.

Sie sah, daß er auf eine schwarze, halbrunde Öffnung in der Felswand zeigte, gerade groß genug, daß ein Mensch hindurchkriechen konnte.

»Da hinein«, sagte er. »Dann können wir uns ausruhen.«

Mehr brauchte Lynn nicht zu hören. Zu müde, um sich zu sorgen wegen Bären, Fledermäusen oder was auch immer in der Höhle sein konnte, stützte sie Rory, während sie die letzten Schritte zum Felsen überwanden.

Lynn ging zuerst hinein. Sie sank auf die Knie und kroch durch das Loch. Draußen fühlte sich das Moos unter ihren Händen schwammig und feucht an. Drinnen bestand der Boden aus hartem, kalten Fels mit einer dicken Staub- und Geröllschicht. Lynn bewegte sich vorsichtig und versuchte vergeblich, die tintenschwarze Dunkelheit zu durchdringen. Die Höhle roch nach Schimmel, und es war wenig Platz darin. Als sie sich aufstellen wollte, stieß sie mit dem Kopf an; die Decke war kaum anderthalb Meter hoch.

Rory kroch hinter ihr herein. Lynn hockte sich und reichte ihrer Tochter eine Hand. Als Rory neben ihr war, beobachtete Lynn, wie Jess in der Öffnung erschien, seinen Rucksack hereinschob und dann folgte.

Einen Moment sah man im silbrigen Mondlicht seinen Umriß. Seine Schultern waren so breit, daß er sich seitlich drehen mußte, um durch das Loch zu passen. Überraschend schwerfällig manövrierte er sich hindurch und schaffte es schließlich, in die Höhle zu gelangen.

Auf drei Gliedmaßen gestützt, hielt er unsicher sein Gleichgewicht. Sein Kopf sackte nach unten, sein Rücken bäumte sich auf, und er gab einen heftig würgenden Laut von sich.

Dann brach er zusammen und blieb still liegen.

20

»Jess!« Eindringlich seinen Namen flüsternd, kniete Lynn bei Jess' reglosem Körper, Rory neben ihr. »Jess!«

Sie stieß leicht gegen seine unverletzte Schulter. Immer noch keine Antwort.

»Ist er tot?« fragte Rory ängstlich.

»Ich glaube, er ist ohnmächtig«, erwiderte Lynn. Sie tastete mit der Hand an seiner Jacke entlang. Die Umgebung seines rechten Schulterblatts war feucht, warm und klebrig: Blut.

»Er hat sich übergeben.« Rory klang angewidert. »Ekelhaft.«

Lynn gab einen halb genervten, halb glucksenden Laut von sich. »Ich glaube, wenn du angeschossen wärst, würdest du dich auch übergeben.«

Sie ertastete Jess' Ohr und legte die Finger darunter, um seinen Puls zu fühlen. Seine Haut war warm und stoppelig von seinem Ein-Tages-Bart. Sein Herz schlug stark und gleichmäßig, was ihr die Angst etwas nahm. Zweifellos war dieser starke Herzschlag einer der Gründe dafür, daß er immer noch so viel Blut zu verlieren schien.

Die Blutung mußte gestillt und die Wunde verbunden werden. Verbandsmull, Pflaster und alles, was man sonst noch dazu brauchte, befanden sich in dem Erste-Hilfe-Kasten in ihrem Rucksack – aber in der Höhle war es so dunkel, daß sie nicht einmal Rory sehen konnte, die direkt neben ihr war.

Wie sollte sie eine Wunde verbinden, die sie nicht sehen konnte? Ihre Taschenlampe war seit langem verloren; sie hatte sie fallen lassen, als sie aus dem Gräbercamp flohen.

Eins nach dem anderen.

»Wir wollen ihm ein Stück von dem Erbrochenen entfernen«, sagte sie.

»Mir wird ganz schlecht«, murmelte Rory, aber sie half

Lynn, Jess weiter in die Höhle und von der Pfütze fortzuziehen. Das war keine leichte Aufgabe, und anschließend waren sie beide außer Atem.

»Er wiegt eine Tonne.« Rory klang mit jeder Sekunde weniger in Jess verliebt.

»Bleib eine Minute hier bei ihm, ja?«

Lynn schaufelte Staub und Steine über das Erbrochene, so gut sie konnte, dann holte sie die Rucksäcke heran. Sie öffnete den von Jess und tastete nach dem Feuerzeug und dem Erste-Hilfe-Kasten. Sie stellte den Kasten auf ihr Knie, hob das Feuerzeug, beugte sich über Jess – und zögerte.

Das Licht konnte sie verraten.

Lynn war sich nicht sicher, ob die kleine Flamme, die das Feuerzeug erzeugte, bis zur Höhlenöffnung scheinen würde. Auch wußte sie nicht, ob dieses Licht ausreichte, um Aufmerksamkeit auf sich zu ziehen, oder auch nur, ob jemand nah genug war, um es zu sehen.

Aber sie wollte es auf keinen Fall darauf ankommen lassen.

Sie steckte das Feuerzeug in ihre Jeansjacke und beschloß, ihre Aufgabe soweit wie möglich nach Gefühl zu erledigen. Alles Komplizierte mußte warten, bis es hell würde.

»Hilf mir, ihn umzudrehen«, sagte sie zu ihrer Tochter.

»Können wir kein Licht anmachen?« Rory klang plötzlich sehr kleinlaut. Sie hatte immer schon Angst vor der Dunkelheit gehabt.

»Nein.« Lynn erklärte nicht, warum, aber Rory sagte nichts mehr. Zu zweit schafften sie es, Jess auf den Rükken zu drehen. Lynn tastete nach dem Reißverschluß seiner Jacke und zog ihn auf.

Jess rührte sich stöhnend.

»Es ist alles in Ordnung. Ich werde nur Ihre Wunde verbinden«, sagte Lynn, für den Fall, daß er sie hören konnte.

»Im Dunkeln?« Seine Stimme war leise und gebrochen, aber wenigstens war er bei Bewußtsein.

»Sie haben sich übergeben.« Rory klang vorwurfsvoll.

»Tut mir leid.«

Lynn war sich nicht sicher, ob in seiner Antwort eine Spur Amüsement mitschwang oder sie sich das nur einbildete.

»Ich habe Angst, irgendein Licht anzumachen«, sagte sie zu ihm.

»Klug gedacht.«

Falls Jess es für klug hielt, im Dunkeln verbunden zu werden, war Lynn doppelt froh, daß sie das Feuerzeug nicht angemacht hatte. Er mußte glauben, daß ihre Verfolger immer noch hinter ihnen her waren.

Und was glaubte sie? Ganz sicher bildete sie sich nicht ein, daß sie einfach aufgeben und abziehen würden.

Es war ein netter Gedanke. Konzentrier dich auf das, was jetzt zu tun ist, ermahnte sie sich.

Lynn zog an dem Ärmel seiner Daunenjacke, und Jess gelang es, seinen Arm herauszuziehen. Dann machte er eine Bewegung, um sich aufzusetzen.

»Bleiben Sie still liegen.« Mit der Hand auf seiner Brust drückte Lynn ihn fest zurück. Die Vorderseite seines T-Shirts war klebrig und feucht vor Blut. Ohne zu protestieren, gab er nach. »Sie sollten sich nicht viel bewegen, solange Ihre Wunde nicht verbunden ist. Sie haben viel Blut verloren.«

»Sie könnten sich wieder übergeben«, sagte Rory.

»Ich werde mir Mühe geben, daß das nicht mehr vorkommt.« Diesmal war jeder Irrtum ausgeschlossen: Auch wenn seine Stimme schwach war, klang sie tatsächlich amüsiert. Er erkannte deutlich, daß Rory mit ihren unmöglichen, mädchenhaften Vorstellungen von dem Gebaren eines wahren Mannes desillusioniert war.

»Legen Sie sich das unter den Kopf.« Lynn faltete die Jacke mit der blutigen Seite nach innen zusammen und schob sie Jess unter den Kopf.

»Danke.«

Bildete sie es sich ein, oder wurde seine Stimme schwächer? Sie mußte die Wunde schnell verbinden. Wenn er wegen des hohen Blutverlustes oder aus irgendeinem anderen Grund hilfsbedürftig würde, wüßte sie nicht, was sie tun sollte. Sie und Rory konnten ihn nicht weit tragen.

»Rory, gib ihm etwas Wasser, ja?«

»Klar, Mom.« Rory wühlte in den Rucksäcken.

»Woher wissen Sie, daß ich Durst habe?« Es war keine Einbildung. Jess klang schwächer.

»Siebter Sinn.«

Um sich zu orientieren, berührte Lynn seine Wange, die sich wie der Hals warm und stoppelig anfühlte. Ihre Hand wanderte an seinem Kinn entlang, dann an seinem Hals und gelangte schließlich zu dem weichen Baumwollstoff darunter.

»Das Hemd muß ausgezogen werden.« Ihre Hände bewegten sich weiter nach unten, während sie sprach. Sie wollte das T-Shirt aus seiner Jeans ziehen.

»Das schaff' ich schon«, sagte er, und seine Hände waren vor ihren da.

»Ich mach' das. Sie sollen nur still liegen bleiben«, sagte sie und schob seine Hände zur Seite. Sie klang kurzangebunden, weil sie plötzlich verlegen war. Rorys gespitzte Ohren hatten etwas damit zu tun – es war schwierig, in Anwesenheit einer halbwüchsigen Tochter einen Mann zu entkleiden, selbst aus einem so zwingenden Grund –, aber das allein war es nicht.

Jess auch nur beim Ausziehen seines Hemdes zu helfen, kam ihr wie eine zu intime Handlung vor.

So etwas tat eine Frau bei ihrem Kind – oder ihrem Liebhaber.

Also, das war doch lächerlich! Der Mann war verletzt und brauchte Hilfe. Punktum.

Er atmete schneller, als ihre Hände das T-Shirt über seine Brust hinaufzogen. Unter anderen Umständen hätte sie seinen beschleunigten Atemrhythmus vielleicht ihren

Erregungskünsten zugeschrieben, aber in diesem Fall war sie sicher, daß er einzig auf den Schmerz zurückzuführen war.

Dennoch konnte sie nicht anders: Sie nahm den Körper wahr, den sie entkleidete. Er hatte einen schönen Unterleib, entdeckte sie, als ihre Hände darüber strichen, mit straffer Haut und harten Muskeln und mit einer seidigen Haarspur, die unter seinem Gürtel verschwand. Und auch einen schönen Oberkörper, breit und warm und fest, mit einem eigenen Keil aus seidigen Haaren. Jedenfalls wären die Haare seidig, wenn sie nicht mit Blut getränkt wären.

»Seien Sie schön vorsichtig, ja?« knurrte er, als sie an den kritischen Bereich kam. Lynn entdeckte, daß etwas Blut getrocknet war und das Baumwollhemd an seinem Körper klebte.

»Hier ist das Wasser.« Rory stieß eine kühle Plastikflasche gegen Lynns Wange.

»Danke«, sagte Lynn und nahm die Flasche.

»Wo?« fragte Jess gleichzeitig. Lynn schraubte den Deckel auf und drückte ihm die Flasche in die unverletzte Hand.

»Brauchen Sie Hilfe beim Trinken?«

»Nein.«

Sie hörte, wie er Wasser schluckte. Sanft versuchte sie ihm das Hemd abzustreifen, ohne ihm unnötige Schmerzen zu verursachen.

»Au!« rief er aus und verschluckte sich an dem zu gierig getrunkenen Wasser.

»Es klebt fest.«

»Na, dann ziehen Sie doch nicht dran! Hier!« Er goß etwas Wasser auf die Stelle. Lynn war sich nicht sicher, daß er das Richtige tat, aber ihre suchenden Finger zeigten ihr, daß das Wasser anscheinend half, das trocknende Blut zu verflüssigen.

»Au!« Diesmal keuchte er auf, als sie das Hemd von der Wunde löste.

»Ich dachte, es hätte nicht mehr festgeklebt«, sagte Lynn.

»Da haben Sie falsch gedacht.«

»Sie müssen sich ein bißchen aufrichten, damit ich Ihr Hemd herunterbekomme. Rory, hilf mir, ihn hochzuheben.«

»Ich kann mich aufsetzen.«

Bevor Lynn ihn daran hindern konnte, saß er auch schon.

»Können Sie die Arme heben?«

»Den rechten nicht.«

Lynn zog ihm vorsichtig das T-Shirt über den linken Arm und den Kopf, dann zog sie es am rechten Arm herab.

Währenddessen lehnte sich Jess schwer gegen sie, wobei seine gesunde Schulter sich in ihre Brüste bohrte und er noch heftiger atmete als zuvor. Sie spürte die zunehmende Hitze seines Körpers und nahm den Geruch seines plötzlichen Schweißausbruchs wahr. Ihr wurde bewußt, daß er mehr Schmerzen hatte, als er zeigte.

Schließlich war das T-Shirt ab. Erleichtert seufzte er auf, als sie es auf den Boden fallen ließ.

»Mein Kopf tut weh«, sagte Rory mit unterdrückter Stimme.

»Ich weiß, Liebes. Warum legst du dich nicht etwas hin. Vielleicht hilft das?« Lynn tastete mit den Händen Jess' Rücken ab. Auch er war warm, breit und muskulös – und blutverschmiert.

Ein Rascheln machte Lynn deutlich, daß Rory ihrem Rat folgte. Unter den gegebenen Umständen waren Kopfschmerzen nur allzu natürlich, beruhigte sich Lynn. Ohnehin konnte sie im Augenblick nichts für Rory tun.

Jess aber brauchte dringend ihre Hilfe.

»Können Sie sich auf die Seite legen? Auf die linke Seite«, erläuterte sie.

Seine Antwort war ein Knurren. Lynn hielt ihn fest, als

er sich zurücklegte, auf die unverletzte Seite wie gewünscht. Als er endlich lag, griff sie nach dem Erste-Hilfe-Kasten.

Bei ihrer früheren Suche nach Zigaretten hatte sie auch diesen kleinen Plastikkasten durchforstet. Nun war sie zutiefst froh darüber. Sie wußte ungefähr, was darin war, und konnte die verschiedenen Dinge, die er enthielt, durch Ertasten identifizieren: sterile Tupfer, in Folie eingeschweißt, eine Rolle Verbandsmull, eine Tube antiseptischer Salbe, eine Schere, Pflaster. Sogar Schmerztabletten.

»Vielleicht sollten Sie ein paar Schmerztabletten nehmen«, schlug Lynn vor und schüttelte die Flasche.

Jess schnaufte. »Süße, ich könnte die ganze Flasche nehmen, und es würde nichts bewirken.«

»Haben Sie so schlimme Schmerzen?« fragte Rory.

»Ein wenig schon.«

Daß Jess überhaupt zugab, Schmerzen zu haben, bestätigte Lynns Vermutungen: Er hatte große Schmerzen. Sie zerrte an dem kindersicheren Deckel der Flasche.

»Rory, kriegst du das auf?« Lynn gab's auf und reichte ihrer Tochter die Flasche. Seit ihrem dritten Lebensjahr konnte Rory jeden Behälter mit Kindersicherung öffnen, der ihr in die Hände fiel. Lynn dagegen war in dieser Hinsicht hoffnungslos. Während sich Rory an dem Verschluß zu schaffen machte, fischte Lynn eine andere Wasserflasche aus dem Gepäck.

»Hier, Mom.« Rory gab ihr die geöffnete Flasche zusammen mit dem Deckel zurück. Lynn legte den Deckel auf ihr Knie und schüttelte sich zwei Gelkapseln auf die Hand.

»Die nimmst du für deinen Kopf.« Sie gab Rory die Kapseln mit dem Wasser und schüttelte zwei weitere heraus.

»Und Sie« – mit dem Zeigefinger klopfte sie an Jess' Mund – »aufmachen.«

Er gehorchte, und sie stopfte ihm die Tabletten hinein.

Als sie die verschlossene Flasche in den Erste-Hilfe-Kasten zurücksteckte, hörte sie, wie er wieder Wasser schluckte.

Rory war still – sie ruhte sich wahrscheinlich aus. Lynn nahm einen Mulltupfer aus der Verpackung, schmierte die antibiotische Salbe darauf und tastete geschickt über Jess' Schulter nach der Wunde.

»Autsch!« Er zuckte zurück. Das geschwollene Fleisch um die Wunde half Lynn, den erhöhten Rand des Kugellochs zu finden. Es saß weit oben an der Schulter. Gut. An dieser Stelle hatte die Kugel keine lebenswichtigen Organe treffen können.

Sie drückte den Mulltupfer fest dagegen.

»Ahh!«

»Psst!« Der plötzliche Aufschrei ließ Lynn hochfahren. »Stellen Sie sich nicht so an«, sagte sie böse.

»Anstellen, meine Güte«, murmelte Jess. »Das hat weh getan!«

»Halten Sie das mal einen Moment. Ich muß sehen, ob an Ihrem Rücken auch eine Wunde ist.« Sie fand seine linke Hand und führte sie an den Tupfer.

»Können Sie das nicht einfach verbinden?«

»Sie sind schon mal ohnmächtig geworden«, erinnerte Lynn ihn, während ihre Fingerspitzen federleicht über sein blutiges Schulterblatt wanderten. »Sicher wegen des Blutverlusts. Wenn ich Sie nicht richtig verbinde, was dann? Sie könnten sogar verbluten.«

Jess schwieg.

»Ich hab's.« Sie fand einen weiteren erhöhten Rand, auch er blutverklebt. Die Kugel war durchgeschlagen, was, dachte sie, als sie einen zweiten Tupfer mit dem Antibiotikum einschmierte, ein Glück war. Sie hätte nicht gewußt, wie sie an Jess eine Notoperation hätte durchführen und die Kugel entfernen sollen – zumal im Dunkeln.

Noch schwerer konnte sie sich vorstellen, daß er das überhaupt zugelassen hätte. Bei dem Gedanken an seine

Reaktion auf einen solchen Vorschlag mußte Lynn lächeln.

»Könnten Sie sich etwas beeilen?«

»Klar«, sagte Lynn und preßte den Tupfer auf die Wunde – mit einer Spur mehr Druck, als unbedingt nötig war.

»Au!«

»Sie können loslassen.« Lynns Hand glitt unter Jess'. Mit den flachen Handflächen übte sie gleichzeitig auf beiden Seiten der Wunde Druck aus.

»Verdammt, das tut weh.« Er klang, als bekäme er kaum Luft.

»Es ist in einer Minute vorbei. Bleiben Sie still.«

Blut durchnäßte beide Tupfer. Lynn konnte die klebrige Feuchtigkeit an ihren Händen spüren. Sie legte weitere Tupfer darüber und drückte wieder. Als die Blutungen nachließen, klebte Lynn die Tupfer mit Pflastern fest und wickelte Mullschichten um Jess' Schulter und Brust.

»So«, sagte sie, als sie endlich fertig war. »Alles erledigt.«

»Gott sei Dank.«

Erst als er seine Muskeln lockerte, spürte Lynn, wie gespannt sie gewesen waren.

»Glaubt ihr, wir können es wagen zu schlafen? Nur eine kurze Zeit?« Rory klang kleinlaut und müde.

»Absolut.« Jess' beruhigender Stimmfall war etwas zu herzlich für Lynns Geschmack, aber sie hoffte, ihre Tochter war noch zu jung oder zu müde, um den falschen Klang zu bemerken. »Es wird alles wieder in Ordnung kommen, Rory, ich versprech' es dir. Wir schlafen jetzt, treffen morgen den Jeep und sind übermorgen um diese Zeit wieder sicher auf der Ranch.«

Das hoffst du wohl, fügte Lynn im stillen hinzu, aber sie sprach es nicht aus.

Es hatte keinen Sinn, Rory noch mehr zu ängstigen.

»Und wenn sie uns finden?« Rory klang noch kleiner.

»Werden sie nicht«, antwortete Lynn, stolz darüber, wie sicher sie klang.

»Deine Mom hat recht«, sagte Jess. »Der Wald ist zu groß und verwildert, und der Eingang zu dieser Höhle ist zu gut verborgen. Man muß schon wissen, wo sie ist.«

Rory gähnte ausgiebig; das klang so vertraut, daß es Lynn weh tat.

»Ich hole die Schlafsäcke heraus«, sagte sie. Es gab zwei, die unten an den Rucksäcken befestigt waren. Lynn vermutete, daß drei zu tragen zu beschwerlich gewesen wäre. War auch nicht wichtig, dachte sie, während sie sie nebeneinander ausrollte. Sie waren so groß, daß sie und Rory in einen von ihnen paßten.

Für Jess zog sie den Reißverschluß von seinem Schlafsack auf und hätte ihn hineingepackt, wenn er ihre Hilfe nicht abgelehnt hätte.

»Ich schaff' das schon«, sagte er. »Schlafen Sie jetzt selbst etwas.«

Lynn merkte plötzlich, wie erschöpft sie war. Rory lag schon eingekuschelt in ihrem Schlafsack. Als Lynn ihre Stiefel ausgezogen und sich neben Rory gedrückt hatte, war sie dankbar für die Wärme ihrer Tochter.

Sie küßte ihre Tochter auf die Wange, und noch während Jess den Reißverschluß seines Schlafsacks zuzog, schlief sie ein.

21

»Nein! Um Himmels willen, nein!«

Von diesem Ausruf wurde Lynn geweckt. Er war nicht laut, eher ein verwaschenes Murmeln, das in unverständliche Worte überging. Aber unter den jetzigen Umständen reichte es, um sie aus dem Schlaf auffahren zu lassen.

Einen Augenblick lang lag sie wie gelähmt da und starrte mit weit aufgerissenen Augen in die bedrückende Schwärze. Sie sah nichts. Geräusche stürzten auf sie ein: gequältes Murmeln, leises Aufschlagen, schweres Atmen.

Wurde Jess angegriffen?

Er war nah bei ihr; sein Schlafsack lag direkt neben ihrem. Falls er einen Angreifer abwehrte, hätte sie den Eindringling bemerken müssen.

Jess hatte einen Alptraum.

Kein Wunder nach dem Tag, der hinter ihnen lag.

Lynn drehte sich auf die Seite, bemüht, Rory nicht zu stören, deren gleichmäßiger Atem auf tiefen Schlaf schließen ließ. Sie öffnete den Reißverschluß des Schlafsacks weit genug, um ihre Hand herauszubekommen und zu Jess hinüber zu langen.

Sie berührte sein Kinn, das rauh war wie Sandpapier. Als er den Kopf wegdrehte, verlor sie den Kontakt zu ihm. Das Murmeln wurde lauter.

Sie öffnete ihren Schlafsack ganz, krabbelte hinaus und beugte sich über ihn.

Sie konnte zwar nichts sehen, aber seine unruhigen Bewegungen hören. Seine Haare waren überraschend weich, fand sie, als sie versuchte, ihn durch ihre Berührung zu wecken. Da ihr sanftes Klopfen keine Wirkung zeigte, berührte sie ihn mit den Fingern im Gesicht. Sie wollte herausfinden, ob er wach war, schlief oder bewußtlos war. Seine Stirn war warm und schweißnaß. Er hatte dichte Brauen. Der Rücken seiner Nase war fest und feingeschnitten. Auch seine Wangenknochen waren hart und vorstehend. Seine Lippen dagegen waren weich, seine Wangen und das Kinn behaart.

An ihrer Hand spürte sie seinen flatternden Atem. Er warf den Kopf hin und her. Er sagte etwas Unverständliches.

»Jess.« Während sie flüsterte, schlug sie ihm sanft auf die Wange. »Jess.«

Urplötzlich packte er mit eisernem Griff ihr Handgelenk. Sie fuhr hoch.

»Jess!«

»Oh, Sie sind es.« Er klang nicht besonders begeistert. »Was ist?«

»Sie hatten einen Alptraum.«

»Und?« Die einsilbige Frage klang mürrisch.

»Und sie haben im Schlaf gesprochen.«

»Und?«

»Also halten Sie den Mund«, sagte Lynn gereizt. »Und lassen Sie meine Hand los.«

Er ließ sie los. »Ist Rory wach?«

»Nein.«

»Dann schlafen Sie wieder. Wir haben noch etwas Zeit, bevor wir aufbrechen müssen.«

»Glauben Sie, die suchen uns immer noch? Morgen, meine ich?«

»Ja.«

Lynn schauderte. Natürlich hatte sie das gewußt, aber sie haßte es, von ihm diese Bestätigung zu hören. Die Gefahr war ihr schon fast nur noch wie ein schrecklicher Alptraum erschienen. Jetzt wurde sie wieder real.

»Haben Sie Schmerzen?«

»Was glauben Sie wohl?«

»Möchten Sie noch eine Schmerztablette?«

»Nein.«

Lynn war einen Moment still.

»Jess?«

»Hmm?«

»Haben Sie irgendeinen Plan, wie wir hier lebendig herauskommen?«

»Und wenn nicht, werden Sie Adventure Inc. dann verklagen?«

»Ja.«

»Posthum, nehme ich an. Sie sind wohl groß im Pläneschmieden, wie?«

»Haben Sie einen oder nicht?«

»Ja.«

»Welchen?«

»Wenn wir die Kerle wieder treffen, rennen wir wie verrückt.«

»Ich mein' es ernst!«

»Ich auch.«

Lynns Gesicht verdüsterte sich, obwohl er natürlich ihren Ausdruck in der Dunkelheit nicht sehen konnte. Er konnte sie nicht sehen, Punkt. Und sie konnte ihn nicht sehen, obwohl sie neben seinem Schlafsack kniete und ihre Knie durch das weiche Futter gegen ihn stießen.

Sofern sie einen Plan brauchten, mußte sie ihn offensichtlich selbst ausdenken. Wenn sie das diesem großen dummen Cowboy überließ, verdiente sie, was sie bekam.

»Wir müssen zu der Stelle, wo Ihr Bruder mit dem Jeep auf uns wartet. Wenn wir erst mal auf der Straße sind, suchen wir sofort ein Telefon und rufen die Polizei.« Sie dachte laut nach.

»Brillant.« Sein Sarkasmus war unüberhörbar.

»Sie können gern eine andere Möglichkeit präsentieren.« In ihrer jetzigen Situation fand Lynn seinen Ton ganz und gar nicht passend. Auch sein Leben stand auf dem Spiel. »Wenn Sie können.«

»Sie machen das schon ganz gut.«

»Okay.« Lynn atmete tief ein. »Wie weit müssen wir gehen? Ich meine, bis zu der Stelle, wo wir den Jeep treffen?«

»Ungefähr acht Meilen.«

»So weit?« Lynn biß sich auf die Unterlippe. »Das Problem ist, daß sie uns da draußen immer noch suchen.«

»Wieder brillant.«

»Sie sind als Hilfe unmöglich.«

»Ich hab's im Griff, okay? Ich hab' schon einen Plan. Also entspannen Sie sich, und schlafen Sie wieder ein.«

»Wirklich?«

»Na klar.«

»Welchen?« Jetzt war ihr Mißtrauen nicht zu überhören.

»Herrje, sind Sie ein Zwangscharakter, oder was? Ich wette, Sie legen Listen an. Ich wette, Sie stehen jeden gottverdammten Morgen auf und schreiben alles auf, was Sie an dem Tag erledigen wollen, und dann haken Sie alles ab, was erledigt ist. Ich wette, Sie legen eine bestimmte Zeit fest, in der Sie Anrufe beantworten. Ich wette, die Kleider in Ihrem Schrank sind nach Farben geordnet. Ich wette, Ihre Bücher sind alphabetisch geordnet.«

Er war der Wahrheit so nah, daß Lynn errötete.

»Was ist daran falsch?« fragte sie verteidigend.

»Nichts. Vertrauen Sie mir, ja? Ich kann uns zu dem Jeep bringen, ohne daß wir gesehen werden.«

»Sicher?«

»Ga-ran-tiert.«

Lynn schwieg. Sie glaubte ihm nicht, obwohl sie es so dringend wollte. Er konnte nicht für ihre Sicherheit garantieren. Niemand konnte das. Aber da er die Gegend kannte und sie nicht, da er mehr in der Wildnis zu Hause war als sie, da er Mitbesitzer des Unternehmens war, das für ihre und Rorys Sicherheit verantwortlich war, würde sie ihm folgen.

Jedenfalls zunächst. Sie schwieg ein paar Minuten lang, während sie sich das überlegte.

»Jess?«

»Was ist jetzt schon wieder?«

»Der Mann am Kreuz ...« Lynn schauderte bei der Erinnerung daran. »Was glauben Sie, was das bedeutet?«

»Daß es ein paar wirklich kranke Widerlinge auf der Welt gibt.«

Lynn warf ihm einen angeekelten Blick zu, den er natürlich nicht sehen konnte. »Das muß irgendeine Art ritueller Tötung gewesen sein, glauben Sie nicht?«

»Ich weiß nicht. So schlafen Sie doch wieder, ja?«

»Ich kann nicht schlafen. Ich sehe immer diesen Mann – und diese Frau. Und den Jungen.«

»*Ich* kann schlafen.«

»Nein, können Sie nicht. Sie haben Alpträume. Das ist kein Schlafen.«

»Für mich langt es.«

Lynn antwortete nicht, aber sie konnte sich nicht dazu überwinden, sich zu bewegen. Nachdem sie sich im ersten Schlaf von der ärgsten Erschöpfung erholt hatte, mochte sie ihre Augen nicht mehr schließen. Es würden nur Bilder der Morde in ihr aufsteigen und sie verfolgen. Sie waren grauenhaft; zu leicht konnte sie sich selbst und Rory an der Stelle der Opfer vorstellen.

Sie brauchte Ablenkung, um nicht daran zu denken und dann zu einem zitternden Häufchen unkontrollierter Angst zu werden, wenn sie sich eingestand, daß sie und Rory – und Jess – in schrecklicher Gefahr schwebten.

Um ihrer aller willen mußte sie ruhig bleiben. Jess mochte die erforderliche Muskelkraft haben, um sie in Sicherheit zu bringen, aber sie bezweifelte, daß er auch den nötigen Verstand besaß. Wenn Angst, wie sie bei ihrer Arbeit erfahren hatte, kreative Gedanken erstickte, wieviel erstickender mußte dann Todesangst sein.

Eine Zigarette würde sie ein gutes Stück beruhigen, aber sie hatte keine. Lynn setzte sich mit gekreuzten Beinen hin, legte die Hände in den Schoß und verlegte sich auf das zweitbeste Mittel.

»Om«, sang sie leise und konzentrierte sich. »Om.«

»Was zum Teufel ist jetzt los?« fragte Jess.

Lynn öffnete ein Auge. »Ich meditiere.«

»Himmel noch mal.«

Lynn öffnete beide Augen. »Haben Sie ein Problem damit?«

»*Verrückte zu meiner Linken, Verrückte zu meiner Rechten …*« sang er leise zu der Melodie von »Stuck in the Middle with You«.

»Wollen Sie damit sagen, daß ich verrückt bin, weil ich meditiere?«

»Nicht nur, weil Sie meditieren, nein.«

Lynn nahm die Bedeutung seiner Worte in sich auf. »Ach ja? Also, wenn Sie mich fragen, ist es besser zu meditieren, als sein Leben damit zu verbringen, wie eine schlechte Kopie von Little Joe Cartwright herumzustolzieren, so richtig mit Stiefeln und großem, ollem Cowboyhut. *Wie ein echter Cowboy ...«* Sie gab eine verkürzte, fast noch geflüsterte Version von Glen Campbells Lied zum besten, um sich für den Stich zu rächen, den er ihr mit musikalischen Mitteln versetzt hatte.

»Sind wir gerade dabei, Klartext zu reden?« fragte er, als sie fertig war.

»Ich würde sagen, ja.«

»Dann lassen Sie mich dies sagen: Wenigstens trage ich keinen Wonderbra.«

»Was?« Lynns Unterkiefer fiel herunter. »Und Sie unterstellen, daß ich das tue?«

»Ich unterstelle nichts. Ich sage nur, ich weiß, was ich gesehen hab'. Es klappt übrigens toll. Sieht so aus, als hätten Sie oben rum viel mehr, als wirklich da ist.«

»Ich *habe* oben rum viel!«

»Ach ja?« Eine Spur von Amüsement in seiner Stimme brachte sie zur Vernunft. Lynn erkannte, daß sie sich auf eine Ebene hatte ziehen lassen, auf der sie nicht sein wollte.

»Warum halten Sie nicht einfach den Mund und schlafen ein?«

»Mit Vergnügen.« Jess bewegte sich und schwieg gehorsam. Lynn schloß wieder die Augen und versuchte zu meditieren – wobei sie diesmal darauf achtete, daß der Singsang nicht zu hören war –, aber sie kam nicht richtig hinein.

Verrückte zu meiner Linken, Verrückte zu meiner Rechten ... Die lächerliche Zeile ging ihr immer wieder durch den Kopf und störte sie bei der Konzentration.

Den Zustand der Entspannung, den sie anstrebte, würde sie nicht erreichen, erkannte Lynn. Nicht in dieser Nacht, nicht unter diesen Bedingungen. Sie öffnete die Augen und sah absolut nichts.

Sie war allein in der kalten, beängstigenden Dunkelheit, während ihre beiden Gefährten schliefen.

Vielleicht.

»Jess?«

»Sind Sie immer noch da?«

»Bluten Sie noch? Können Sie das spüren?« fragte sie.

»Ich *schlafe* gerade.« Es war still. »Der Verband ist trocken.«

»Gut. Ohne Sie kommen wir nicht hier heraus, wissen Sie. Ich weiß nicht, wohin wir müssen.«

»Sonst hätten Sie mich da zurückgelassen, wo ich angeschossen wurde. Ich weiß«, sagte er mit grimmigem Humor.

»Nein, natürlich nicht. Aber ich muß mich um Rory kümmern. Sie ist wichtiger als alles andere.«

»Mutterliebe.« Er bewegte sich. »Sie lieben sie, und sie liebt Sie. Was läuft also zwischen Ihnen beiden ab, daß Sie immerzu streiten?«

Lynn zuckte mit den Schultern, dann merkte sie, daß er sie im Dunkeln nicht sehen konnte. »Sie ist ein Teenager. Was soll ich dazu sagen?«

»So?«

»Sie haben wohl keine Kinder, oder?« Es war die abgeklärte Frage einer Mutter, die alles durchgemacht hatte, an jemanden, der nie in der Elternrolle gewesen war.

»Doch, allerdings. Ich habe zwei Töchter, acht und zehn Jahre alt.«

»Sie machen Witze.«

»Sie brauchen nicht so überrascht zu klingen. Ich bin 35 Jahre alt. Wie viele Männer werden 35, ohne Kinder zu haben?«

»Sie sind 35?«

»Ja.«

»Sie sehen nicht so aus. Sie verhalten sich auch nicht so.«

»Danke. Sie selbst sehen auch nicht wie 35 aus. Aber ganz gewiß verhalten Sie sich so. Eher noch wie 55.«

»Wie belieben?« Lynn klang gereizt.

»Sie müssen mal aufgeklärt werden – besonders über Rory. Um Himmels willen, Sie bewachen ja jeden ihrer Schritte.«

»Das stimmt nicht!«

»Sie sind doch wohl hier, oder nicht?« Er sagte das so, als wäre das ein unwiderlegbarer Beweis. Lynn wußte, daß er ihre Anwesenheit als Begleitperson bei dieser Reise meinte.

»Ja, weil ...« setzte sie hitzig an und verstummte.

»Weil ...« ermutigte er sie.

»Weil ... ach, nichts. Es interessiert Sie doch nicht wirklich, und ich möchte nicht darüber sprechen.«

»Wenn Sie mich nicht wieder schlafen lassen, bleibt uns nichts anderes übrig, als eine Zeitlang miteinander zu reden. Und es interessiert mich durchaus. Sagen Sie mir, warum eine Frau wie Sie an einer solchen Reise teilnimmt, wenn sie nicht unbedingt muß?«

»Was meinen Sie damit, eine Frau wie ich?«

»Himmel, Sie sind manikürt! Sie legen jeden Morgen Lippenstift auf, bevor wir aufbrechen! Sie pudern sich die Nase, bevor Sie in den Sattel steigen! Und Sie können nicht einmal reiten! Ich wette, Sie haben noch nie in Ihrem Leben im Freien übernachtet.«

»Na und?«

»Warum also sind Sie dann hier?«

»Ich bin natürlich wegen Rory mitgekommen.«

»Warum?«

»Weil sie meine Tochter ist und ich sie liebe!«

»Und weiter?« stichelte Jess.

»Und weil wir in letzter Zeit nicht gut miteinander ausgekommen sind«, sagte Lynn, indem sie schließlich aufgab. Das zuzugeben war eine Erleichterung. Da sie ihn nicht sehen konnte und er nur eine leise, rauhe Stimme im Dunkeln war, fiel es ihr erstaunlich leicht, ihm dies anzuvertrauen.

»Ich vermute, daß Sie nicht miteinander auskommen, weil Sie übermäßig protektiv sind«, lautete Jess' trockene Zusammenfassung.

»Es liegt nicht so sehr daran als vielmehr …« Lynn zögerte. »Ich bin viel unterwegs. Ich muß arbeiten.«

Sie nahm den defensiven Ton in ihrer Stimme wahr und schreckte zusammen.

»Jeder muß arbeiten.« Jess' Tonfall war erstaunlich verständnisvoll. »Also ist sie sauer auf Sie, weil Sie viel außer Haus sind. Lassen Sie sie denn allein?«

»Nein! Meine Mutter lebt bei uns – Rory ist nie allein zu Hause.«

»Wo liegt also das Problem?«

Die Wahrheit brach besonders schmerzhaft aus ihr heraus. »Sie gibt mir die Schuld daran, daß es keinen Vater in ihrem Leben gibt. Manchmal glaube ich, sie haßt mich deswegen.« Daß man gar nichts sehen konnte, war verführerisch. Nie in ihrem Leben hätte Lynn geglaubt, daß sie sich jemandem anvertrauen würde – schon gar nicht diesem Superzuchthengst Jess Feldman.

»Aha.«

»Sie hat ihren Vater nie kennengelernt.«

»Sie haben sich scheiden lassen, als sie ein Baby war?«

Lynns Stimme ging in ein kaum hörbares Murmeln über. Rory atmete gleichmäßig und ungestört. Das Geräusch beruhigte Lynn: Rory hatte schon immer geschlafen wie ein Stein.

Lynn wollte nicht, daß ihre Tochter ihr folgendes Geständnis mitbekam.

»Er hat mich verlassen, als ich ihm sagte, ich sei schwanger. Er hat sie nie auch nur gesehen.«

»Und sie gibt Ihnen die Schuld daran?«

Lynn bewegte sich, zog die Beine an ihre Brust und schlang die Arme darum. Ihr Kinn stützte sie auf die Knie, während sie ein überwältigendes Bedürfnis nach einer Zigarette verspürte.

»Ja.«

»Ist es denn Ihre Schuld?«

»Nein. Na ja, vielleicht ein bißchen.« Lynn atmete tief ein. »Ich kannte ihn erst sechs Wochen, als wir heirateten. Ich weiß nicht, was ich mir dabei gedacht habe. Ich war jung, wissen Sie? Und dumm. Eben mal 21, ich bereitete gerade meinen Abschluß vor. Er war Medizinstudent im ersten Semester. Er war klug und attraktiv und angehender Arzt – was konnte man mehr erwarten? Wir waren auch richtig glücklich zusammen – bis ich herausfand, daß ich schwanger war. Kinder standen damals noch nicht auf seinem Programm, sagte er; er konzentrierte sich voll und ganz auf sein Studium, und meine Aufgabe sollte darin bestehen, uns finanziell zu unterstützen, bis er fertig wäre und wir auf die Beine kämen. Es lief darauf hinaus, daß er von mir eine Abtreibung verlangte. Da ich das nicht wollte, verließ er mich. Ich ließ mich scheiden, ich bekam Rory und fing an zu arbeiten. Meine Mutter – mein Vater starb, als ich noch im College war – zog zu uns, um sich um Rory zu kümmern. Und so ist es seither immer gewesen.«

»Bezahlt er Alimente?«

Lynn schüttelte den Kopf, dann merkte sie wieder, daß er sie nicht sehen konnte. »Ich habe nie darum gebeten. Natürlich konnte er nichts bezahlen, als wir uns scheiden ließen; ich war ja diejenige, die arbeitete. Er ging zur Uni. Aber ich wollte ihn nicht sehen – und ich wollte auch nicht, daß er Rory sah. Hat er ohnehin nie versucht. Ich hab' nie gemerkt, wie schlimm das für sie war – bis sie ungefähr neun war und anfing, ernsthaft nach ihm zu fragen. Ich nahm Kontakt mit ihm auf. Er war mittlerweile

Arzt, hatte eine andere Frau und Familie. Er sagte, daß er nichts von Rory wissen wolle, ich sie ohne seine Einwilligung bekommen hätte und sie mir gehöre, nicht ihm. Dann hat er aufgelegt. Ich hab' seitdem noch ein paarmal angerufen und auch geschrieben. Er will von uns nichts wissen.«

»Wieso gibt dann Rory Ihnen die Schuld?«

Lynn schloß die Augen. »Ich konnte ihr doch nicht sagen, daß ihr Vater sie nicht sehen wollte, nicht einmal mit ihr am Telefon sprechen oder ihr eine Geburtstagskarte schicken wollte. Wenn sie das wüßte, würde es sie niederschmettern. Sie hat sich ein Traumbild aufgebaut – das Bild, daß er sie liebt und daß er einzig deshalb keinen Kontakt zu ihr aufnimmt, weil er mich haßt.«

»Also sind Sie die Böse.«

Lynn verzog das Gesicht. »Ich stehe zwischen ihr und ihrem Traumvater.«

»Deshalb hängt sie sich an Männer, die alt genug sind, um ihr Vater zu sein, und versucht so, ihn zu ersetzen.«

Überrascht über seine scharfe Wahrnehmung, öffnete sie den Mund, um ihn zu fragen, woher er das wissen konnte – dann wurde ihr klar, daß er es natürlich wußte. Er war nicht dumm, und die Psychologie dieses Falls war offensichtlich. Außerdem hatte Rory sich an ihn gehängt. Lynn hatte ihm nur die Erklärung dafür geliefert.

»Ja«, sagte sie niedergedrückt.

»Und um Sie zu bestrafen, könnte ich mir vorstellen.«

»Ja, ich glaube, das gehört auch dazu.«

»Sie müssen ihr die Wahrheit sagen.«

»Ich kann nicht!« Lynn schauderte bei dem Gedanken daran.

»Wie Sie wollen. Aber sie schleppt eine ganze Ladung Zorn mit sich herum, und der wird sich nicht einfach legen und eines Tages wieder verschwinden. Sie müssen ihr die Wahrheit sagen und es ihr überlassen, damit fertig zu werden. Die Welt so anzunehmen, wie sie ist, nicht so, wie man sie sich wünscht, gehört zum Erwachsenwerden dazu.«

»Danke, Dr. Feldman«, sagte Lynn. »Sind Sie eine Art Laienpsychologe, oder was?«

»Ich habe tatsächlich im Nebenfach Psychologie studiert. Ich konnte mich nur nie dazu aufraffen, eine Praxis zu eröffnen.«

»An der Uni? *Sie* waren an der Uni?« Lynn war froh, nicht mehr über Rory zu sprechen.

»Was überrascht Sie daran?«

»Ich habe nur nicht gewußt, daß es eine Uni gibt, die Pseudocowboys produziert.«

»Ha, ha. Sehr lustig.«

»Ganz im Ernst. Wo waren Sie?«

»Brigham Young.«

»Sie machen Witze.«

»Ich mache keine Witze. Warum sollte ich?«

»Irgendwie kann ich Sie mir nicht vorstellen ... egal. Sie waren also an der Brigham-Young-Universität und haben einen Abschluß in Psychologie. Was war Ihr Hauptfach?«

»Strafrecht.«

»Strafrecht?« Lynns Stimme begann vor Ungläubigkeit zu schrillen. »Haben Sie darin auch einen Abschluß gemacht?«

»Ja klar.«

»Und dann sind Sie Pseudocowboy-Gruppenführer geworden?« Ungläubigkeit färbte ihre Stimme.

»Na ja, zuerst habe ich für die Bundesregierung gearbeitet.«

»Als was?«

Seine Antworten kamen nun langsamer, und Lynn hatte den Eindruck, daß er in gewisser Weise nur widerstrebend fortfuhr.

»Ich war ATF-Agent.«

»Was waren Sie?«

»Agent bei der Behörde für Alkohol, Tabak und Feuerwaffen.«

»Wie lange?«

»Neun Jahre.«

»Und warum haben Sie dann aufgehört, als Bundesagent zu arbeiten, und sind Pseudocowboy geworden?«

»Würden Sie bitte mit dem Pseudocowboy-Zeug aufhören? Das ist ein Geschäft, verstanden? Owen und ich verdienen gut damit. Ich habe aufgehört ... weil mir meine Arbeit nicht mehr gefiel.«

»Warum nicht?«

»Könnten wir das nicht einfach vergessen? Ich habe keine Lust, darüber zu sprechen.«

»He, ich habe Ihnen meine Lebensgeschichte erzählt. Jetzt sind Sie dran. Warum mochten Sie Ihre Arbeit nicht mehr?«

Jess atmete tief durch. »Weil ich bei Waco dabei war, okay? Ich war einer der Agenten bei Waco. Alle Menschen dort starben – unsere Leute, ihre Leute, Frauen, kleine Kinder – und ich war dabei. War es unser Fehler? Haben wir die falsche Entscheidung getroffen? Oder hatte der verrückte Oberguru geplant, seine eigenen Anhänger alle umzubringen? Wer zum Teufel weiß das schon? Ich weiß nur, daß ich es nicht mehr aushalten konnte, mit den Wahnsinnigen dieser Welt zu tun zu haben. Ich mußte da raus. Also bin ich hergekommen und habe mit Owen das Unternehmen aufgezogen.«

22

»Verstehe.«

Lynn ging in Gedanken kurz durch, was sie über Waco wußte. Der Sektenführer David Koresh und ein paar seiner Anhänger waren im April 1993 nach einer Konfrontation mit den Bundesagenten im texanischen Waco in einer apokalyptischen Feuersbrunst umgekommen. Der Verlauf der Konfrontation und das gewaltsame Ende waren weltweit im Fernsehen übertragen worden. Sie selbst war für Teile der Berichterstattung bei WMAQ verantwortlich gewesen. Einige gaben den Agenten die Schuld an dem, was passiert war, und nannten diesen Fall einen von der Regierung sanktionierten Massenmord. Andere hielten Koresh und die Sektenmitglieder selbst für schuldig und behaupteten, diese hätten das Feuer entzündet, in dem sie umkamen. Wie dem auch sein mochte, die Tatsache, daß sich Lynn noch nach drei Jahren und zahllosen anderen nationalen Alpträumen so gut daran erinnerte, bewies, daß dieser Schrecken immer noch fühlbar war.

»Falls Sie es wissen wollen: Davon handelte mein Alptraum. Ich träume ihn manchmal, jedesmal die gleiche Szene: Ich sehe immer diesen Gebäudekomplex mit all den Menschen darin in Flammen aufgehen. Ich denke immerzu an die kleinen Kinder.« Der Mangel an Emotion in seiner Stimme sprach seine eigene Sprache. Die Wunde war offensichtlich tief und schmerzhaft. »Ich frage mich immerzu, ob sie wußten, was geschah, ob sie Angst hatten, ob sie litten.«

»Ich erinnere mich. Ich war die verantwortliche Koordinatorin bei WMAQ, als es geschah. Es war alles im Fernsehen.«

»Mein Gott, wir hatten diesen Angriff monatelang geplant.« Jess machte ein Geräusch, das halb Lachen, halb Schnaufen war. »Es hieß ›Operation Trojanisches Pferd‹. Wir wollten ohne Vorwarnung eindringen, die Männer an einer Stelle zusammentreiben, Frauen und Kinder an einer anderen und Koresh isolieren. Wir wollten den Hauptirren ausschalten, und dann wäre es vorbei, dachten wir. Ende des Überfalls. Keine Verletzten. Es sollte eine Überraschung werden.«

»Was lief schief?«

»*Alles* lief schief. Wir rückten mit Lastwagen an – stellen Sie sich vor, mit *Vieh*wagen –, die mit Segeltuch abgedeckt waren. Es waren drei, die einfach auf dieser langen, staubigen Straßen entlang und auf den Komplex zufuhren. Der hatte einen Wachturm, von dem aus man rundherum die Landschaft überblicken konnte. Was sollte Koresh wohl glauben, als er diese Laster kommen sah, das möchte ich gern wissen. *Oh, wie schön, jemand schickt mir eine Herde Kühe?* Richtig. Während wir dann vor dem Gebäude parkten und immer noch spielten, wir wären Kühe, kamen drei verrückte Blackhawk-Hubschrauber mit hohen Tieren aus der Regierung von Norden angeflogen und zogen Kreise über dem Gebäude, um es zu *beobachten.* Haben Sie je einen Blackhawk gesehen? Den kann keiner übersehen, soviel steht fest, und noch viel weniger für eine Mücke halten. Wenn auch die Leute drinnen nicht gewußt hätten, daß wir da waren – sagen wir zum Beispiel, daß sie eifrig Zäune zogen, um alle diese Kühe zu halten –, hätten sie spätestens dann irgendwie was merken müssen. Aber wir haben einfach weitergemacht, die übliche Routine: Wir sprangen aus den Lastern und warfen Blitzgranaten, die Gehirnerschütterungen verursachen konnten, während einer von uns am Tor versuchte, ihnen klarzumachen, daß wir einen *Durchsuchungsbefehl* hatten. Sie schlugen dann richtig los, es wurde ein Höllenfeuer. Sie hatten mehr Schießpulver als wir. Sie hatten sogar ein Maschinengewehr mit Geschossen, die kugelsichere Westen durchschlugen. In den ersten fünf Minuten verloren wir fünf Agenten. Die reinste verdammte Komödie der Wirrungen.«

»Es muß schrecklich gewesen sein.«

»Wissen Sie, welcher Spruch bei den Agenten hinterher umging? Wir schlugen die Waco-Wahnsinnigen. Komisch, finden Sie nicht?«

»Es war nicht Ihr Fehler«, sagte Lynn leise. Sie fand seinen linken Arm, der außen auf seinem Schlafsack lag, und berührte ihn tröstend. Mit seiner Hand umfaßte er die ihre. Ihre Finger umschlossen einander, ohne daß es ihr bewußt wurde.

»Nein? Wie alle anderen war ich ganz schön übereifrig. Zum Teufel, wir glaubten, wir wären im Recht. Wir sicherten die Welt für die Demokratie, oder so.« Er gab ein weiteres trockenes, unfrohes Lachen von sich. »Wir retteten die Unschuldigen vor den Bösen einer Sekte. Nur, am Ende waren die Unschuldigen tot, und wenn wir uns rausgehalten hätten, wären sie heute vielleicht noch am Leben.«

»Sie konnten nicht vorhersehen, was geschehen würde. Manchmal geht eben was schief.«

Seine Hand, viel größer als ihre, war warm und stark. Vor Lynns Augen tauchte unerwartet das Bild von langen braunen Fingern und einer starken Hand auf, die ihre eigene schlanke, blasse Hand umschloß, und zu ihrer Überraschung spürte sie, wie ihr Puls sich beschleunigte.

»Das haben wir uns auch ständig gesagt: Wenn man in die Welt hinausgeht, um Drachen zu töten, muß man damit rechnen, daß der Drachen manchmal gewinnt. In diesem Fall war Koresh der Drachen, und er gewann.«

»Sie können nicht ständig daran denken. Das hat keinen Sinn. Sie haben alles getan, was in Ihrer Macht stand.«

Lynn war wie hypnotisiert wegen ihrer Reaktion auf das Gefühl seiner Hand, die auf ihrer lag. Die tiefe Dunkelheit nahm ihr die Sicht. Dafür schien ihr Gehörsinn stärker geworden zu sein. Vielleicht ihr Tastsinn ja auch.

Sie konnte die Schwielen unten an seinen Fingern und auf den Fingerspitzen spüren. Sie konnte die durch das Seil verursachten Abschürfungen in seiner Handfläche spüren.

»Glauben Sie, ich wüßte das nicht? Was wir gestern abend gesehen haben, hat es wieder lebendig gemacht. Daher der Alptraum.«

»Denken Sie, daß eine Sekte das getan hat?« Die entsetzliche Szene und die verstümmelten Leichen erschienen vor ihrem inneren Auge und wischten einen Augenblick lang alle anderen Gedanken beiseite.

»Könnte sein. Alle Anzeichen sprechen dafür. Oder es könnte ein Drogenverbrechen sein. Himmel, vielleicht irgendwelche frustrierten Angestellten, die dem Boß auf besonders schaurige Weise eins auswischen wollten. Wer weiß? Sicher weiß ich nur, daß da draußen eine Menge Toter und ein anderer Verrückter – oder mehrere Verrückte sind –, die dafür Verantwortung tragen.«

»Und sie sind hinter uns her.« Sie schauderte.

Jess mußte es gespürt haben, denn er drückte ihre Hand fester. Sein Daumen streichelte ihr Handgelenk mit einer sanften, reibenden Bewegung, die sie trotz des Gesprächsthemas fesselte. Geschärfte Sinne oder nicht, was sie fühlte, war lächerlich. Um Himmels willen, beschwor sie sich, er hielt doch nur ihre *Hand*.

»Das ist das einzige, was ich sicher weiß. Obwohl sie vielleicht erkennen, daß wir sie in der Dunkelheit nicht genau sehen konnten, und von hier verschwinden und uns in Ruhe lassen.«

Zu ihrer Erleichterung hörte sein Daumen auf, über ihre Hand zu reiben.

»Halten Sie das für möglich?« Ein kleiner Hoffnungsschimmer klang in Lynns Stimme durch.

»Möglich? Klar.« Unausgesprochen blieb der Zusatz: Alles ist möglich.

»Aber nicht wahrscheinlich.«

»Wer weiß? Nur zur Sicherheit sollten wir davon ausgehen, daß sie noch hinter uns her sind, und so schnell wir können von hier verschwinden.«

»Wenn sie es noch auf uns abgesehen haben, werden sie den Wald durchkämmen. Bald ist es Tag. Sie werden sehen, wie wir diese Höhle verlassen. Ich bin sicher, wir hinterlassen eine Spur im Moos. Sie werden diese Höhle finden. Sie werden uns finden.« Dieses Szenario mit all seinem dazugehörigen Horror stieg in Lynn auf.

»Nicht unbedingt.«

»Wie meinen Sie das?«

»Sie platzen vor Neugier, meinen Plan zu hören, oder?« Widerstrebender Humor schwang in Jess' Stimme mit. Sein Daumen bewegte sich wieder. »Okay. In der Nähe ist ein Fluß. Ich angle manchmal darin. Ich habe einen Kajak unter ein paar Sträuchern versteckt. Wir müssen es nur bis zu dem Kajak schaffen, dann bringt uns der Fluß bis auf eine Meile an den Ort heran, zu dem wir hinwollen. Ohne viel Theater und Umstände.«

»Sie suchen den Wald ab.«

»Und wir sind auf dem Fluß.«

»Guter Plan!« Lynn drückte aufgeregt seine Hand. Allmählich sah sie den großen dummen Cowboy in einem anderen Licht. Er war Bundesagent gewesen, er war gebildet, er hatte einen Plan – sie könnten tatsächlich lebendig hier herauskommen. Die Vorstellung war benebelnd. Ihr wurde vor Erleichterung ganz schwindlig. Die Stärke ihrer Euphorie zeigte, wieviel Angst sie gehabt hatte.

»Ich habe Ihnen doch gesagt, ich hätte einen.«

Sein Daumen zog kleine Kreise unter ihrem. Ein leichter elektrischer Stoß an der Stelle der Berührung brachte sie aus der Fassung. Lynn starrte auf ihrer beider Hände hinab, auch wenn die Dunkelheit sie unsichtbar machte. Was ging hier vor sich?

»Ich dachte, Sie hätten das einfach nur gesagt, damit ich den Mund halte.«

Es erregte sie, daß er ihre Hand hielt. Es hatte keinen Sinn, das zu leugnen, vor allem gegenüber sich selbst.

»Und warum sollten Sie so etwas annehmen?« Lynn meinte, Humor in seiner Stimme zu hören. »Oh, Sie Ungläubige.«

Lynn streckte ihm die Zunge raus, wobei sie vergaß, daß er sie nicht sehen konnte, und wandte ihre halb faszinierte Aufmerksamkeit wieder dem elektrischen Knistern zwischen ihren beiden Händen zu. Es war tatsächlich so, daß sie sich, schon als sie ihm zum ersten Mal begegnet war, von Jess Feldman angezogen gefühlt hatte. Schließlich war sie auch nur ein Mensch; wie jede andere Frau war auch sie empfänglich für die Reize eines gestandenen Mannsbildes. Das konnte sie auch ruhig zugeben, wenn sie schon gerade ehrlich zu sich war.

»He«, sagte sie, um abzulenken, »es ist schwer, viel Vertrauen zu einem falschen Cowboy zu haben.«

Die warme, bebende Regung sexueller Lust hatte sie schon so lange nicht mehr empfunden, daß sie sich ihr hingab und einen Augenblick lang dieses Gefühl ganz einfach genoß.

»Falsch, herrje! Owen und ich sind hier draußen in Utah aufgewachsen. Wir sind so echte Cowboys, wie es sonst gar keine mehr gibt. Die Ranch? Wir haben sie geerbt. Owen hatte die Idee, Geld damit zu machen, und es klappt. Zusätzlich bleibt uns eine Menge Zeit für die Dinge, die uns Spaß machen, wie Bergsteigen, Angeln und ...«

»All diese praktischen kleinen Beschäftigungen im Freien«, beendete Lynn seine Rede, während ihre Zehen sich krümmten und sein Daumen weiter Kreise zog. Sie könnte sich hinüberbeugen und ihn auf den Mund küssen ...

»Genau.«

»Sind Ihre Eltern tot?« Oder zu ihm in seinen Schlafsack kriechen ...

»Dad ja. Mom lebt in einem Block mit Eigentumswohnungen in Florida.«

»Sehen Sie sie oft?« Ob er mit einer Schußwunde in der Schulter Sex haben konnte?

»Im Sommer kommt sie immer für ein paar Wochen auf die Ranch. Im Winter sind wir froh über den Vorwand, nach Florida zu fahren.«

»Nehmen Sie Ihre Mädchen mit? Und Ihre Frau?« Vielleicht, beschloß sie. Oder vielleicht nicht. Die Schulter mußte schmerzen. Trotzdem fühlte Lynn den plötzlichen, brennenden Wunsch, sich nackt auszuziehen und diese Frage in einem Praxistest zu prüfen.

»Die Mädchen manchmal. Meine Frau hat sich vor Jahren von mir scheiden lassen.«

Es reichte. Zeit aufzuhören. Lynn zog ihre Hand zurück. Er ließ sie ruhig los. Sie drückte die Knie zusammen und kämpfte gegen die aufkommende Hitze an.

»Warum?« Sie schlang wieder die Arme um ihre Beine und hielt ihre Handgelenke in festem Griff. Das zugegebenermaßen angenehme Zwischenspiel war vorbei.

»Ich war viel unterwegs, und sie hatte dazu keine Lust mehr. Sie stellte mir ein Ultimatum: Ich sollte die Behörde verlassen, oder sie würde fortgehen. Ich entschied mich, die Behörde nicht zu verlassen.« Er hielt inne und gab dann wieder ein unfrohes Lachen von sich. »Ironischerweise.«

»Das tut mir leid.« Er war also ein prima Kerl. Und weiter? Sie würde *nicht* den Fehler machen, mit ihm zu schlafen.

»Ich bin darüber hinweg – und sie auch. Sie ist wieder verheiratet, lebt in Houston. Ich kriege die Mädchen sechs Wochen im Sommer, ein übers andere Mal in den Ferien und zu anderen Zeiten, wenn ich nicht arbeite und sie Sandra – meiner Exfrau – abschwatzen kann.

»Vermissen Sie Ihre Töchter?« Und mit ihm zu schlafen wäre ein Fehler. Eine Urlaubsliebschaft war nicht ihr Stil.

»Ja. Das ist das Schlimme an einer Scheidung – die Kinder. Im Grunde wachsen sie ohne mich auf. Ferien, Sommer – wenn wir zusammenkommen, sind wir wie Fremde, und wenn es soweit ist, daß wir uns wieder gut kennen, müssen sie fort.«

»Wie heißen sie?« Wie konnte sie nur an so was gedacht haben, während Rory knapp einen Meter entfernt schlummerte? Ganz zu schweigen von den sonstigen Umständen, den Leichen überall und Massenmördern auf Streifzug.

»Liz und Kate. Elizabeth und Katherine.«

»Sehen sie Ihnen ähnlich?« Der Gedanke an Rory war ernüchternd. Auch die 14-jährige Rory wollte mit ihm schlafen. Was sagte das nur über die Anziehungskraft dieses Mannes aus?

Er schnaufte. »Sie sehen ganz genau wie meine Exfrau aus. Liz – die ältere – ist ihrer Mutter wie aus dem Gesicht geschnitten. Und auch vom Charakter her wie sie. Als wir das letzte Mal zusammen waren, wollte sie nur mit ihren Freunden telefonieren und einkaufen gehen. Drei Tage habe ich mit ihr in einem *Einkaufszentrum* verbracht.« Seine Stimme, die zuerst reuig geklungen hatte, wurde sanft. »Aber es sind liebe Kinder. Tatsächlich fing ich an, nach dem perfekten T-Shirt zu suchen, das genau zu den karierten Shorts paßte, die Lizzie gekauft hatte. Ich hatte nicht gewußt, daß es so viele Blautöne auf der Welt gibt.«

»Sie müssen viel Geduld haben.« Trotz allem mußte Lynn über das Bild lachen, das seine Worte heraufbeschworen. Das Schreckliche war, dachte sie, daß sie anfing, ihn zu mögen. Es war schlimm genug, sich von ihm sexuell angezogen zu fühlen, aber ihn zu mögen war noch schlimmer.

Es war irgendwie persönlicher.

»Oder so ähnlich.«

»Oder so ähnlich«, stimmte sie zu. Ihr gefiel die Vorstellung, daß er lächelte, und auch das beunruhigte sie.

»Wir sollten nach Ihrer Schulter sehen«, sagte sie, da sie eine Ablenkung brauchte. Einen Mann wie Jess Feldman zu mögen konnte gefährlich sein. Daß es ihr etwas bedeutete, ob sie ihn zum Lächeln bringen konnte, war gefährlich. Wohin sollte das führen?

Direkt in eine Urlaubsliebschaft. Die jedesmal noch anziehender wirkte, wenn ihre überhitzte Vorstellungskraft sich mit den Details beschäftigte.

»Dann sehen Sie danach.«

Ihre Finger berührten die warme, glatte Fläche seiner Schulter, glitten an ihr entlang. Sie fühlte sich hart an, und ihr fiel ein, wie breit seine Schultern waren. Ihr Puls flatterte erneut.

Hak's ab, befahl sich Lynn und wandte ihre Aufmerksamkeit entschlossen der anliegenden Aufgabe zu.

Sie weigerte sich, überhaupt noch mal in einem sexuellen Zusammenhang an ihn zu denken.

»Die Blutung hat aufgehört«, sagte sie kurzangebunden, als sie den Verband prüfte.

»Au! Das tut teuflisch weh!«

»Wir haben immer noch die Schmerztabletten.«

»Ich glaube, wir sollten sie für Rory aufbewahren. Es hat keinen Sinn, gute Medizin zu verschwenden.«

»Es könnte den schlimmsten Schmerz etwas besänftigen.«

»Das bezweifle ich.« Er bewegte sich, und sie hörte ein sanftes Rascheln. »Lynn?«

Ihr gefiel es, wie er ihren Namen aussprach, mit dieser leisen, leicht rauhen Stimme. Lynn merkte, wie ihr Puls sich wieder beschleunigte, und sie verfluchte ihre launische Libido. Sie befanden sich in tödlicher Gefahr, sie rannten um ihr Leben; jetzt war bestimmt nicht der Zeitpunkt, um wegen irgend jemandem den Kopf zu verlieren, schon gar nicht wegen Jess Feldman.

Selbst wenn die Zeit gepaßt hätte, der Mann paßte ganz entschieden nicht. Sie hatte genug Herzensbrecher gesehen, um einen zu erkennen, der ihren Weg kreuzte.

Obwohl sie noch nie zuvor einen gemocht hatte. Dadurch wurde die Gleichung um einen beunruhigenden Wert ergänzt.

»Was?« fragte sie wachsam. Wenn er sie jetzt aufforderte, zu ihm in seinen Schlafsack zu kriechen, würde sie

… würde sie … ablehnen. Kühl. Kalt. Als ob die Idee eine nicht sehr amüsante Unverschämtheit seinerseits wäre.

So wie sie 24 Stunden zuvor auf einen solchen Vorschlag reagiert hätte.

Ein Tag, so überlegte sie, war eine sehr lange Zeit.

Sie würde sogar erleichtert ablehnen. Weil es alles, was sie über diese Art Mann wußte, nur bestätigen würde.

»Sie wecken jetzt besser Rory auf«, sagte er. »Es ist Zeit weiterzugehen.«

23

Das Baby hustete und rührte sich in ihren Armen.

Theresa erstarrte.

»Elijah?« Ihre Stimme war sanft, fragend. »Elijah!«

Wie um ihr zu antworten, bewegte er sich wieder.

Sie packte ihn an seinen Oberarmen, riß ihn hoch, hielt ihn vor sich und schüttelte ihn.

»Elijah!«

Er fing an zu schreien.

Sie war zwar tief in der Silbermine, doch der Hauptgang lag geradewegs hinter dem Eingang, wo sie mit Elijah auf dem Schoß zusammengebrochen war. Ein paar Mondstrahlen durchdrangen die Finsternis, genug, daß sie das Gesicht des Babys erkennen konnte. Seine Augen waren nur leuchtende Schlitze, aber sie waren geöffnet; seine Wangen kräuselten sich vor Empörung. Seine Lippen öffneten sich zu einem verzerrten Kürbisgesichtgrinsen, als er einen ohrenbetäubenden Schrei nach dem anderen ausstieß.

Er schrie! Er lebte!

»Danke, lieber Gott!« schluchzte Theresa laut auf. Sie ließ die Arme sinken und wiegte ihren kleinen Bruder an ihrem Körper, wiegte ihn vor und zurück, als wollte sie sich ebenso wie ihn beruhigen.

Seine Wiedererweckung war ein Wunder, ein Geschenk Gottes.

Obwohl Er so viel genommen hatte. Er hatte ihr Elijah zurückgegeben.

Für den Moment. Diese Warnung tauchte ungebeten in Theresas Kopf auf.

Elijah würde nur so lange leben, wie sie ihn beschützen konnte. Das Böse war hinter ihnen her.

Sie warf einen angstvollen Blick über die Schulter zu dem fernen, von Sternen erleuchteten Bogen, der das Schlachtfeld dahinter umrahmte, schob ihren kleinen Finger in den Babymund, um ihn zu beruhigen, und stand auf.

Der Tod war in der Nähe. Er würde sie und Elijah umbringen – wenn er könnte.

Sie mußte ihren kleinen Bruder nehmen und fliehen.

24

22. Juni 1996
6 Uhr

»Mir ist so schwindlig. Ich muß mich eine Minute ausruhen.« Während sie sprach, sank Rory keuchend auf den von Wurzeln durchzogenen Pfad.

Hinter ihr kam Lynn heran und blieb mit einem beunruhigten Blick auf ihre Tochter stehen. Sie waren schnell gegangen, denn sie versuchten aus dem Wald heraus und so rasch wie möglich auf das Wasser zu gelangen. Rory schien anfangs kräftig genug, aber in der letzten Viertelstunde hatten ihre Kräfte nachgelassen.

Lynn konnte sie nun im ersten kalten, nebligen Licht

der Morgendämmerung genauer betrachten. Rorys Aussehen jagte ihr Angst ein. Die Stirn des Mädchens sah viel schlimmer als vorher aus. Die Haut über der rechten Augenbraue bis hin zur linken Schläfe war purpurrot; die äußeren Ränder der Prellung waren fast schwarz. Außerdem war der Bereich über ihrem linken Auge auf ungefähr den doppelten Umfang einer Faust angeschwollen. Zu allem Überfluß war Rory gespenstisch blaß und verschwitzt.

»Es ist schon in Ordnung, wir können etwas verschnaufen.« Auch Jess, der sie anführte, war stehen geblieben und kam nun zurück. Er und Lynn wechselten über Rorys Kopf hinweg einen kurzen Blick. Ihre Beziehung hatte sich in dieser Nacht verändert: Sie waren nun Freunde, Verbündete. Sogar noch mehr, da eine unterschwellige Spannung die Luft zwischen ihnen auflud. Wenn sie aus diesem Schlamassel herauskämen – *falls* sie aus diesem Schlamassel herauskämen –, würde sie vielleicht diese unerwartete Chemie zwischen ihnen erforschen, dachte Lynn.

Vielleicht würde auch ein rein sexuelles Abenteuer einfach Spaß machen. So wie man eine köstliche Mahlzeit nach einer langen spärlichen Diät genoß, die aus Arbeit und Kinderaufziehen und all den erzwungenen Beschäftigungen der Lebenssicherung bestand.

»Trink etwas Wasser.« Lynn zog eine Flasche aus ihrem Rucksack hervor, drehte den Deckel auf und gab sie Rory, die teilnahmslos daran nippte und die Flasche gleich wieder zurückgab. Lynn trank selbst ein paar Schlucke, dann hielt sie Jess die Flasche hin, der sie nahm und mit zurückgelegtem Kopf trank.

Lynn sah zu, wie er trank und sich dann den Mund mit der Rückseite der Hand abwischte. Er atmete schwer; sein Gepäck stand auf dem Boden. Jess sah aus wie eine ältere Schwarzweißversion des großartigen Goldjungen, dem sie vor einigen Tagen begegnet war. Unter seiner Gesichtsbräune war er blaß, und unter den Augen, die nicht mehr strahlend blau, sondern grau wirkten, waren Ringe. Seine Haare waren vom Nebel gedunkelt und wie von silbernen – statt von goldenen – Strähnchen durchzogen. Bartstoppeln überschatteten die klaren Linien seiner Wangen und des Kinns. Sogar die blutbefleckte Daunenjacke war grau, und auch die verwaschenen Jeans nahmen im Licht der Morgendämmerung eine gräuliche Tönung an.

Diese Veränderung, dachte Lynn, machte Jess nur noch attraktiver – zumindest in ihren Augen. Sie hatte Zweifel, ob Rory ihr zustimmen würde.

So wie er jetzt aussah, war er ein köstliches Mahl für erwachsene Frauen, nicht für junge Mädchen.

»Wir sind fast da«, sagte er und reichte Lynn die Flasche zurück, die sie wieder in den Rucksack steckte. »Hören Sie den Fluß?«

»Ich höre nichts.« Rory, die mutlos und zusammengesunken auf der Erde saß, zog wieder Lynns Aufmerksamkeit auf sich. »Mein Kopf tut weh.«

»Du kannst keine Schmerztablette mehr nehmen; du hattest schon vier in der letzten Stunde.« Lynn kniete sich neben Rory und legte einen Arm um ihre Tochter. Wie Jess steckten auch sie beide in warmen Jacken, die bis oben geschlossen waren. Ihre war grau, Rorys dunkelblau. Bevor sie heute morgen aufgebrochen waren, hatten sie die Jeans getauscht. Lynn trug ihre eigene schmale Levis 501, während Rorys lockerer saß und modisch weit geschnitten war. Unter den Jacken trugen sie die Pullover vom Vortag. Lynns war weiß, Rorys buttergelb. Da Rory nun Jess' Flanellhemd nicht mehr brauchte, hatte er es zurückhaben wollen, um es anstelle seines zerschnittenen T-Shirts zu tragen. Das matte Rot des Hemdes war an diesem Morgen die einzige Farbe an ihm.

Wieder erschrak Lynn darüber, daß sie, abgesehen von den Blasen an ihren Fersen und dem leichten

Schmerz in der Schulter, als einzige in ihrer Gruppe unverletzt war.

Was würde sie tun, wenn einer der beiden anderen nicht mehr gehen konnte?

Was Jess betraf, gab es nur eine realistische Möglichkeit, nämlich Hilfe zu holen. In Rorys Fall aber würde sie eher sterben, als ihre Tochter zurückzulassen.

»Die Schmerztabletten helfen sowieso nicht«, sagte Rory.

Nun, da Lynn lauschte, konnte sie tatsächlich den Fluß hören. Sein fernes Rauschen wurde von anderen, näheren Geräuschen überdeckt. Der Wald widerhallte von Vogelrufen aller Art, vom Krähen der Raben bis zum Flötenruf der Drosseln. Wipfel und Äste rauschten, Insekten summten, und kleine Säugetiere raschelten. Die Luft war feucht, gesättigt mit einem starken Duft von Kiefernharz. Nebel zog sich in Schwaden Hunderte Meter hinauf, bis zu den Baumspitzen und an manchen Stellen glitzernd, wenn breite Streifen Sonnenlicht den Baldachin des Waldes durchdrangen. Die sanfte, samtig grüne Moosschicht war nun unterbrochen; viele Heidelbeerbüsche waren ihrer Früchte beraubt und wirkten auffällig kahl. Zuvor war Lynn beinahe in einen übelriechenden purpurfarbenen Haufen getreten. »Grizzlys«, hatte Jess erklärt, ohne auch nur seinen Schritt zu verlangsamen. Lynn nahm an, daß Grizzlys die Büsche kahlgefressen hatten, und sie hoffte, daß sie keinem von Angesicht zu Angesicht begegnen würden.

Wenngleich sie lieber einem Dutzend Grizzlys als ihren Verfolgern vom Vorabend ins Auge blicken würde.

»Wenn du es noch fünf Minuten weiter bis zum Ufer schaffst, kannst du dich dort ausruhen, während deine Mom und ich den Kajak holen«, versprach Jess Rory.

»Ganz allein?« Wie Lynn blickte Rory unruhig um sich. Lynn drückte ihren Arm fester um Rory. Erschrocken sah sie Jess an.

»Ich laß' sie nicht hier zurück«, sagte Lynn.

»Wir sind in einer halben Stunde wieder da.«

»Wenn ich mit euch gehe, wie weit muß ich dann noch laufen?« fragte Rory.

»Wenn wir am Fluß angekommen sind, dauert es noch ungefähr zwanzig Minuten. Man kommt dort nicht gut voran.«

Rory ließ den Kopf sinken. »Das schaff' ich nicht.«

Lynn sah zu Jess hinauf. »Ich warte hier mit ihr.«

»Ich brauche Ihre Hilfe beim Kajak.« So offen hatte er bislang noch nicht zugegeben, daß er nicht bei Kräften war. Ein Blick auf seinen Körper bestätigte es: Sein rechter Arm hing schlaff an seiner Seite herab, und er hielt den Oberkörper verkrampft, als ob jede Bewegung weh täte.

Lynn sah wieder zu Rory hin und biß sich auf die Lippe.

»Wir verstecken sie«, sagte Jess. »Dort kann ihr nichts passieren. Ich würde sie nicht zurücklassen, wenn ich mir dessen nicht sicher wäre. Wir haben heute morgen nicht den geringsten Schatten von irgend jemandem gesehen.«

Das stimmte.

Rory entschied die Angelegenheit. »Mir ist furchtbar übel«, sagte sie. »Ich würde lieber auf den Kajak warten. Ehrlich, Mom. Ich glaube nicht, daß ich noch zwanzig Minuten laufen kann.«

Lynn hatte keine andere Wahl, als sich einverstanden zu erklären. Rory konnte nicht laufen; Jess konnte sie mit seiner Verletzung nicht tragen; sie selbst hatte ihre Tochter schon als Vierjährige nicht mehr tragen können. Ein Transportmittel herbeizuholen, um sie aus der Gefahr herauszubringen, war die beste Entscheidung, die sie in ihrer Situation treffen konnten.

Als sie endlich den Fluß erreichten, ein Streifen schnell fließenden braunen Wassers, war es ein leichtes, Rory außer Sicht unter einem dichten Farngebüsch zu verstecken. Mit den beiden Rucksäcken (es gab laut Jess keinen

Grund, das Gepäck zu tragen, wenn sie bald wieder zurück wären) bauten sie ein behagliches Nest für Rory. Nachdem sie die Farnwedel an ihren Platz zurückgeschüttelt hatten, konnte nicht einmal Lynns kritisches Auge ihre Tochter entdecken.

»Sie ist hier in Sicherheit«, beruhigte Jess Lynn mit erhobener Stimme, um das rauschende Wasser zu übertönen. Zu Rory gewandt fügte er hinzu: »Wir sind in einer halben Stunde zurück, Ehrenwort.«

»Beweg dich nicht, Liebes«, wies Lynn sie an, bemüht, nicht so ängstlich zu klingen, wie sie sich fühlte. Bewaffnet mit Rindfleischstreifen, einer Flasche Wasser und Pfefferspray (das die Rucksäcke zur Abschreckung von Grizzlys enthielten – und Jess schwor, daß es funktionierte) war Rory so bequem und sicher ausgestattet, wie es unter den gegebenen Umständen nur möglich war.

Trotzdem mußte Lynn sich mehrmals umdrehen, als sie Jess flußaufwärts folgte. Das Ufer war steil und mit einem fast undurchdringlichen Gestrüpp aus Weiden und Erlen zugewachsen. Lynn stolperte unter Einsatz von Händen und Füßen hindurch. Ihre Haare und Kleider blieben wiederholt in den Ästen hängen, die an ihnen zerrten und ihr die Kleider zerrissen. Es juckte Lynn, sie war schmutzig, bald schon in Schweiß gebadet und so wütend über die unwegsame Strecke, daß sie fast platzte.

»Sind Sie je Kajak gefahren?« fragte Jess über die Schulter, als Lynn sich aus dem letzten Dickicht herauskämpfte.

»Nein.«

»Leute gibt's.«

Sie wateten gerade durch kniehohes Dornengestrüpp, Jess ungefähr um Armeslänge vor ihr. Lynn keuchte vor Anstrengung, sie hätte alles für eine Zigarette gegeben, und sie sah ein, daß es richtig gewesen war, Rory zurückzulassen. Verletzt und erschöpft, wie sie war, hätte Rory leichter auf den Mount Everest klettern als auf diesem Weg zu dem Kajak gelangen können, dachte Lynn. In dieser Situation kam Jess' Macho-Gehabe bei ihr ganz falsch an.

»Haben Sie je einen zehnstündigen Arbeitstag auf zehn Zentimeter hohen Absätzen hinter sich gebracht?« fragte sie spitz.

»Nein.« Jess blickte überrascht zu ihr hinüber.

»Haben Sie je auf den letzten Drücker eine Nachrichtenmeldung verfaßt?«

»Nein.«

»Haben Sie je jemanden geboren?« brachte Lynn als ausschlaggebendes Argument hervor.

»Nein.« Jetzt grinste er.

»Leute gibt's.« Ihre Stimme triefte vor Verachtung.

Jess lachte laut auf. »Okay, wir haben also jeder unsere Spezialität. Wenn ich Sie beleidigt habe, entschuldige ich mich.

»Das haben Sie. Ich nehme die Entschuldigung an.«

»Kajak fahren ist nämlich nicht so ganz einfach, und ich habe einen verletzten Arm. Vielleicht müssen Sie paddeln.«

»Wie schwer kann es schon sein, ein Boot zu paddeln?«

»Einen *Kajak*«, korrigierte Jess und blieb unter einer breiten Kiefer stehen. »Wie ich sagte, es ist nicht ganz einfach.

»Das schaff' ich bestimmt.« Diese Behauptung war reine Angeberei. Tatsächlich war Lynn sich keineswegs sicher, aber das würde sie nicht zugeben.

»Wir werden sehen. Da drüben ist es.« Jess zeigte zu einem langen, zigarrenförmigen Boot, das umgedreht zwischen Büschen direkt vor ihnen lag. Ein Gewirr aus Unkraut und dornigen Ästen verbarg es fast völlig. Jess ging darauf zu. Lynn folgte ihm.

»Es ist wie eine Art Kanu, oder?« Entsetzt nahm Lynn den Kajak in Augenschein, während Jess ihn ganz herauszog und mit der richtigen Seite nach oben drehte. Es war ein luftig wirkendes Gefährt aus hellgelbem Plastik mit zwei gefütterten, blau geränderten Löchern als Sitzen. Ein Paar Ruder mit beidseitigen Blättern waren an den Seiten befestigt.

»So ungefähr. Nehmen Sie dieses Ende, dann tragen wir es zum Fluß hinunter.«

Lynn tat wie geheißen. Der Kajak war überraschend leicht. Hätte Jess beide Arme benutzen können, wäre es ihm leichtgefallen, das Boot allein zu tragen. Plötzlich rutschte sie aus und glitt das steile Ufer hinunter, wobei sie sich an dem einen Bootsende festhielt. Es war nicht ihr Fehler, daß sie bis zu den Knöcheln in der stinkenden Brühe landete.

Sie war froh, daß sie nicht ganz hineingefallen war.

»Gute Arbeit.« Jess war am anderen Ende des Kajaks, brachte es in Position und hielt es gegen die Strömung fest. Da er eine Kajaklänge weiter draußen im Fluß war, stieg das Wasser ihm bis über die Knie und durchnäßte seine Jeans. Während Lynn zusah, balancierte er wie ein Storch auf einem Bein und zog sich einen Stiefel aus.

Sie sah, daß er einen dicken weißen Baumwollstrumpf für Sportler anhatte.

»Was machen Sie da?« fragte sie, als er das Wasser aus dem Stiefel schüttete.

»Wonach sieht das wohl aus? Ich ziehe meine Stiefel aus.« Er warf den ausgeleerten Stiefel auf den Hintersitz des Kajaks und wiederholte den Vorgang, wobei er offensichtlich nicht zögerte, seinen bestrumpften Fuß in den Fluß zu tauchen.

»Warum?«

»Weil sie voll Wasser sind und mich hinunterziehen. Ich schlage vor, Sie machen das gleiche.«

»Meine sind nicht voll Wasser.«

»Kommt noch.« Ein böses Lächeln begleitete diese Worte. »Glauben Sie mir.«

Der Tiefe nach zu urteilen, die das Wasser bei ihm, nur einen Meter von ihr entfernt, schon erreichte, hatte er eindeutig recht: Noch zwei Schritte, und ihre Stiefel wären unter Wasser.

Lynn stand zuerst auf dem einen Fuß, dann auf dem anderen, um sich die Stiefel auszuziehen. Sie trug dünne Nylonsöckchen. Das eisige Wasser war ein Schock an den Füßen. Die schmutzige Brühe lief ihr sofort in die Strümpfe. Kieselsteine aus dem Flußboden bohrten sich in ihre Sohlen. Sie ließ ihre Stiefel hinten neben die von Jess fallen.

»Schieben Sie sie so weit wie möglich in den Rumpf hinunter.«

Lynn tat das und bemerkte dabei, daß der wie ein Schlüsselloch geformte Sitz viel kleiner war als der Raum, der tatsächlich für jeden Insassen zur Verfügung stand.

Jess war eben dabei, die Ruder aus ihrer Halterung zu lösen, als er innehielt und sie anblickte. »Sie können doch schwimmen, oder?«

»Natürlich kann ich schwimmen.«

Sein Knurren besagte, daß es in dieser Angelegenheit kein »natürlich« gab, aber da er klug genug war, diesen Gedanken nicht in Worte zu fassen, ließ Lynn es ihm durchgehen.

»Okay, beim Kajak kommt es darauf an, daß man das Gleichgewicht findet, so wie wenn man Fahrrad fährt. Sie können doch Fahrrad fahren, oder?«

»Natürlich kann ich Fahrrad fahren.«

Diesmal schnaufte Jess nicht einmal. Das brauchte er auch nicht: Seine Miene sprach Bände.

»Nur zu Ihrer Information: Ich bin auch gut in Softball, Tennis, Tischtennis und Fußball. Ich kann Ski fahren. Ich kann Wasserski fahren. Ich kann alles Mögliche, was sie vielleicht überraschen würde. Es ist einfach Zufall, daß ich noch nie die Gelegenheit hatte zu reiten, einen Berg zu ersteigen oder ein Kajak zu rudern.«

»Paddeln«, sagte Jess.

»Was?« Sie sah ihn wütend an. Der ständig unter ihren

Füßen strudelnde und fließende Schlick machte es ihr schwer, das Gleichgewicht zu halten. Sie war froh, daß sie sich am Kajak festhalten konnte.

»Man rudert einen Kajak nicht, man paddelt ihn. Dies sind Paddel, keine Ruder.« Sein Ton war halb entschuldigend. Ein lauerndes Grinsen spielte auf seinem Gesicht.

»Wie auch immer.«

»Eine sportliche Frau wie Sie dürfte also keine Schwierigkeiten haben. Springen Sie hinein.« Er manövrierte das Boot so, daß er es parallel zu seinem Körper hielt, und klopfte auf den Vordersitz.

»Hineinspringen?« Lynn ließ rasch ihren Blick über den Kajak schweifen. Es war nichts anderes als ein Kanu mit einem Deckel darauf. Und Kanufahren konnte sie. »Gut.«

Lynn platschte durch das Wasser – es war *kalt* –, bis es ihr bis zu den Oberschenkeln reichte, und stand neben dem Vordersitz. Einen Augenblick lang sah sie das Boot nachdenklich an. Es lag tief im Fluß. Wenn sie sich hineinzwängte, würde die untere Hälfte ihres Körpers unterhalb der Wasseroberfläche sein. Sie blickte zu Jess auf, der die Spitze des Gefährts festhielt, und entdeckte das flüchtige Grinsen, das seinen Mund umspielte. Das schmutzigbraune Wasser schoß in Richtung Flußmitte vorbei.

»Was ist mit Rettungsjacken?«

»Süße, ich hatte eigentlich keine Flußexkursion geplant, als Sie über diese Felswand fielen und ich hinter Ihnen her kletterte. Ich habe keine Rettungsjacken bei mir. Das gleiche gilt für Helme. Wir müssen das einfach weglassen. Würden Sie also bitte voranmachen und einsteigen?«

Sein belehrender Ton ärgerte Lynn. »Erstens: Wir sind nicht von einer Felswand gefallen – der Fels ist abgebrochen. Und wenn Sie uns davor gewarnt hätten, würden wir nie hier stehen. Daß wir überhaupt hier sind, ist reiner Nachlässigkeit seitens Adventure Inc. zu verdanken. Und nennen Sie mich nicht ›Süße‹.«

»Jetzt wo Sie es sagen, stimme ich Ihnen zu: Kein sehr angemessener Ausdruck. ›Saure‹ wäre passender. Wollen Sie einsteigen? Bitte!«

Hineinzukommen erwies sich als überraschend leicht. Lynn warf Jess einen triumphierenden Blick zu, während sie ihre Füße in das Boot schob und ihre Hüften in den Sitz drückte. Gefütterte Seitenteile vermittelten ihrem Rücken und den Beinen unerwartete Bequemlichkeit. Als sie saß, umschloß das Plastik sie bis zur Hüfte. Es war ein wenig so, als hätte man einen Meerjungfrauenschwanz, dachte sie.

»Hier ist Ihr Paddel«, sagte Jess.

»Danke.« Lynn griff danach. Als sie sich bewegte, kippte der Kajak um.

Nichts hätte sie mehr schockieren können. In der einen Sekunde noch saß sie da und lächelte Jess an, und in der nächsten war sie unter Wasser!

Eisiges Wasser. Vollkommen, total eingetaucht. Mit dem Kopf nach unten. Gefangen in diesem Meejungfrauenschwanz von einem Boot.

Im ersten Augenblick schluckte Lynn fast den halben Fluß.

Würgend, in Panik, wild mit den Armen schlagend und mit den Beinen gegen das starre Polyäthylen tretend, in dem sie gefangen waren, kämpfte sie, um sich aus dem Kajak zu befreien, an die Oberfläche zu kommen und Luft zu kriegen.

25

Nicht durch eigene Anstrengungen kam Lynn so plötzlich wieder hoch, wie sie untergegangen war.

Hustend und prustend rang sie um Atem, wischte sich

mit beiden Händen das Wasser aus dem Gesicht und öffnete die Augen.

Jess stand direkt vor ihr, keine dreißig Zentimeter entfernt, und hielt die Bootsspitze fest zwischen seinem Körper und dem gesunden Arm eingeklemmt. Er lachte so sehr, daß er fast erstickte.

»Sie ... Sie!« sprudelte Lynn wütend los und bespritzte ihn mit dem schmutzigbraunen Wasser. »Das haben Sie mit Absicht gemacht!«

»Ich wollte Ihnen noch sagen ... Kajaks ... neigen dazu umzukippen«, keuchte er.

»Neigen dazu umzukippen!« Das Paddel, nach dem sie die Hand ausgestreckt hatte, als es passierte, trieb neben dem Kajak im Wasser. Sie griff danach und schwang es in seine Richtung. »Neigen dazu ...«

Weiter kam sie nicht. Der Kajak kippte wieder.

Diesmal konnte sie nicht länger als fünf Sekunden unter Wasser gewesen sein. Und diesmal war sie geistesgegenwärtig genug, den Atem anzuhalten.

»Bleiben Sie doch ruhig sitzen!« Sein Gesicht war direkt vor ihrem, als er sich über den Kajak beugte, um ihn stillzuhalten. Er lachte so sehr, daß es ihm offenbar schwerfiel, aufrecht zu stehen. »Sonst kippen Sie wieder um. Hören Sie? Bleiben Sie still sitzen!«

»Sitzen Sie doch selber still!« zischte Lynn und zielte mit einem ungenauen Schlag auf seine Nase. Sie verfehlte ihn bei weitem. Der Kajak kippte.

Als Jess das Boot diesmal nach oben drehte, saß sie ganz still, steif vor Zorn und Kälte, und schmutzigbraunes Wasser lief in Strömen an ihr herunter. Ihr nasses Haar klebte ihr am Kopf. Ihre Daunenjacke hatte mehr Wasser aufgesaugt als ein Stück Küchenkrepp. Sie war durchtränkt, hatte Wasser geschluckt, fror und war teuflisch wütend.

Mit der einzigen Bewegung, die sie wagte, strich sie sich das Haar aus den Augen.

»Himmel«, stöhnte er. Offensichtlich hatte er vor lauter Lachen Schmerzen. Lynn fixierte ihn sehnsüchtig. Er war gefährlich nah, aber der Gedanke an nochmaliges Untertauchen in eisiges Wasser hielt sie ab. Er war es nicht wert.

»Halten Sie den Mund«, preßte sie zwischen den Zähnen hervor.

»Das war das Lustigste, was ich je gesehen hab'.«

»Sie kommen wohl nicht viel raus, wie?«

»Sitzen Sie einfach still, bis ich hineinkomme.« Er war neben ihr, seine funktionsfähige Hand lag auf dem gelben Plastik direkt vor ihr, und er kicherte, während er den Kajak mit dem hinteren Ende zuerst an Land schob. Lynn ballte die Fäuste. Wenn sie nur ihre Füße erst wieder auf trockenem Boden hätte, würde sie ihm etwas zu lachen geben.

»Hat Ihnen schon mal jemand gesagt, wie süß Sie sind, wenn Sie sauer sind?«

»Nein, und das sollte auch niemand tun, der nicht von Todessehnsucht besessen ist.« Lynn umklammerte beide Seiten des Cockpits und wünschte, daß Blicke töten könnten. Wenn dies so wäre, dann wäre er förmlich verschmurgelt.

»Nun, so zügelt denn Euren Zorn.«

»Ich bring' Sie um.«

Er kicherte. Sie kochte. Hatte sie wirklich, nur kurze Zeit zuvor, sich eingebildet, daß sie ihn mochte? Sie mußte verrückt gewesen sein. Noch nie hatte sie jemanden mehr verabscheut.

Noch nie hatte sie sich von jemandem weniger angezogen gefühlt. Ob schön oder nicht.

Der hintere Teil des Kajaks berührte das Ufer, und sie hörten auf sich zu bewegen, abgesehen von dem Auf und Ab des Bootes, das durch die Strömung verursacht wurde. Lynn saß bewegungslos da und wagte kaum zu atmen.

»Wenn Sie Ihre nasse Jacke ganz schnell ausziehen wollen, halte ich den Kajak fest.«

Ihre Jacke war triefendnaß, eiskalt und fühlte sich an, als wäre das Futter mit Blei gefüllt. Ihr Stolz redete ihr ein, beleidigt darin sitzen zu bleiben; ihre Vernunft – und Rücksicht auf ihre Gesundheit wie auf ihre Bequemlichkeit – gebot ihr, sie auszuziehen.

»Sie wollen mich nur wieder untertauchen.«

»Ich laß' es nicht umkippen, ich schwör's.«

»So wie ich Ihnen wirklich traue.«

»Kommen Sie schon, Lynn.« Er lächelte sie schmeichelnd, entschuldigend an, mit tausend Fältchen um die Augen. Er war so nah, daß sie jede einzelne Bartstoppel auf seinen unrasierten Wangen sehen, jede einzelne Linie auf seinem Gesicht zählen konnte. Seine Augen waren blutunterlaufen, seine Haare ungekämmt, und sie hätte gewettet, daß er Mundgeruch hatte.

Sogar schmutzig und stinkend war er schön, ob sie es zugeben mochte oder nicht.

»Seien Sie nicht kindisch«, sagte er. »Ich hab' es nicht absichtlich gemacht. Sie haben sich so schnell bewegt, daß ich Sie nicht festhalten konnte. Wenn man nur einen einsatzfähigen Arm hat, muß man sich erst an diese Situation gewöhnen, wissen Sie.«

Lynn sah ihn skeptisch an, dann zog sie die Jacke aus.

»Was schlagen Sie jetzt vor, was ich damit tun soll?« Immer noch nicht besänftigt, hielt sie das tropfende Kleidungsstück am Kragen von sich, wie einen schmutztriefenden Hund. Sie zitterte, immer noch durchnäßt mit schmutzigem Wasser.

»Lassen Sie sie zurück. Wir haben keine Hoffnung, daß sie innerhalb der nächsten paar Stunden trocknet, und bis dahin sind wir fort von hier.«

»Dann muß ich also wegen Ihres kranken Sinns für Humor erfrieren.« Lynn warf die durchtränkte Jacke zum Ufer hinüber. Sie fiel daneben und landete halb im Wasser, halb draußen, ein Ärmel über den Schwemmsand ausgestreckt. Die Jacke wurde von der Strömung ergriffen, die sie hinauszog, bis sie versank.

»Nein, *ich* erfriere. Ich habe es verdient. Ich hätte das nicht zulassen sollen.«

Sie blickte zu ihm zurück und sah, daß er sich aus seiner Jacke kämpfte. Er mußte seine Hand vom Kajak lösen, um die Jacke abzustreifen. Lynn erstarrte, die Augen weit aufgerissen, als sie sich an die gepolsterten Cockpitseiten klammerte.

Es kippte nicht.

Seine Jacke fiel vor ihr hin, und seine Hand hielt erneut das Plastikboot fest. Sie atmete wieder.

»Es war wirklich ein Unfall.« Er klang halb nach schlechtem Gewissen. Mißtrauisch sah sie ihn an. Er verdarb den Eindruck, indem er grinste.

»Bulle«, knurrte Lynn. Ihr Pullover war ebenfalls naß. Einen trockenen Mantel über einen nassen Pullover zu ziehen, war dumm. Zu wütend – und zu verfroren – für Schamgefühl, zog sie sich den Pullover über den Kopf und stopfte ihn unten ins Cockpit zu ihren Füßen, falls sie ihn später brauchen würde.

»Lie-iebe diesen Wonderbra«, sagte er, während sie die Arme in die zu große, blutstarrende Jacke steckte und sie sich überzog. Noch warm von seinem Körper war sie und fühlte sich wunderbar an. Lynn blitzte ihn an und strich die Jacke fest gegen ihren Körper. Bis zu diesem Moment hatte sie nicht gemerkt, wie durchgefroren sie war.

»Hören Sie, Little Joe, ich habe jetzt genug von Ihren Scherzen. An Ihrer Stelle würde ich meinen großen Mund geschlossen halten.« Sie zog den Reißverschluß der Jacke hoch.

»Sonst ...« Er schob das Boot mit den Händen voran. Lynn konnte ihn nicht mehr sehen – sie hatte Angst, den Kopf umzudrehen und sein Vorankommen zu verfolgen –, aber sie wußte, daß er grinste. Sie saß ganz still.

»Sonst werde ich, sobald ich aus diesem Badewannenspielzeug heraus bin, Sie so lange in den Hintern treten, bis wir wieder zu Hause sind.«

Er lachte laut auf, stieß den Kajak vom Ufer ab und sprang hinein. Der Kajak schaukelte heftig unter seinem Gewicht. Lynn war so zornig, daß sie nicht einmal zusammenzuckte.

Sie hielt sich einfach an den Seiten fest, während sie auf die Strömung zutrieben und dann stromabwärts gezogen wurden. Der Kajak sprang über das aufschäumende Wasser. Eisige Gischt spritzte vom Fluß auf und machte sie naß. Sie merkte an den Geräuschen hinter ihr, daß Jess das Boot mit seinem Paddel im Gleichgewicht hielt.

Ein Stachelschwein sah sie aus dem Gestrüpp des Unterholzes vom Ufer her an, bevor es hinter einen Baum trippelte. Ein niedrig fliegender Schwarm Sperlinge zog über ihren Köpfen hinweg und verschwand stromaufwärts. Lynn erhaschte einen Blick auf etwas Großes und Dunkles – ein Grizzly? –, das vom Ufer fortschlurfte.

»Hier ist Ihr Paddel.« Jess stieß sie an, dann reichte er ihr das Paddel über ihre Schulter. »Eintauchen, hochheben, eintauchen, hochheben, von einer Seite zur anderen, wie eine Art Wippe. Lassen Sie das Paddel Wasser schaufeln, und ziehen Sie.«

Lynn haßte es, die Seiten auch nur kurz loszulassen, um das Paddel zu greifen, und mehr noch, Jess' Anweisungen zu befolgen, aber sie tat es. Der Gedanke hielt sie aufrecht, daß Jess nun mit ihr im Kajak saß. Wenn sie ertränke, würde er auch untergehen.

Das wäre es beinahe wert.

Wie sie schon fast erwartet hatte, kippte der Kajak nicht um. Nicht, wenn Jess drin saß. Dafür würde er schon sorgen.

Eintauchen – hochziehen, eintauchen – hochziehen. Das Paddel Wasser schaufeln lassen und ziehen. Erst eine Seite, dann die andere. Schnell fand Lynn den Rhythmus.

Auch wenn von hinten kein Lob zu hören war, Lynn war stolz auf sich, während der Kajak mitten auf dem Fluß sanft dahinglitt.

»Gut, daß wir mit der Strömung fahren. Dann ist es nicht wichtig, ob man paddeln kann oder nicht.«

Bei dieser mit erhobener Stimme vorgebrachten Bemerkung biß Lynn die Zähne zusammen. Einen Augenblick lang war sie versucht, sich umzudrehen und ihm mit dem Paddel eins überzuziehen. Doch der Gedanke, den Kajak aus dem Gleichgewicht zu bringen, brachte sie rasch wieder von diesem Plan ab. Ihre Rache mußte warten, bis sie im Trockenen waren.

Sie wußte nicht, ob er paddelte oder nicht. Das Boot machte einen stabilen Eindruck, und sein Gewicht hielt es gerade. Bei diesem Gedanken verzogen sich ihre Lippen zu einem Grinsen.

»Wenigstens sind Sie für eines gut«, rief sie über die Schulter.

»Wofür?«

»Als Ballast.« Sie kicherte und freute sich, daß sie so viel austeilte, wie sie einsteckte.

Er sagte nichts darauf. Lynn paddelte weiter, während das dichte Gestrüpp aus Weiden und Erlen, das zu durchdringen sie so viel Zeit und Mühe gekostet hatte, an ihnen vorbeiflog. Kajak fahren, beschloß sie, war eindeutig besser als laufen.

Solange das verflixte Ding nicht umkippte.

Zusammen mit einem auf- und abhüpfenden Ast und drei Enten trieben sie um eine Flußkurve.

»Wir müssen allmählich zum Ufer hinüberziehen. Drehen Sie Ihren Körper in Richtung Ufer«, wies Jess sie an. »Nun tauchen Sie das Blatt ins Wasser und ziehen.«

Lynn versuchte es und kam sich unbeholfen vor. Aber es schien zu klappen. Der Kajak trieb in Richtung Ufer.

Körper drehen, wiederholte sie für sich. Eintauchen und ziehen.

Mit einem heftigen Stoß prallten sie an. Lynn ließ fast ihr Paddel fallen, aber es gelang ihr, es festzuhalten, als die Plastikunterseite des Bootes laut knirschend über den steinigen Flußgrund rutschte.

Ein kurzer Blick zum Ufer hinauf ergab, daß dort dasselbe wilde Unterholz wuchs, an dem sie auf dem Hinweg vorbeigekommen waren.

»Sind Sie sicher, daß wir hier richtig sind?« fragte Lynn über die Schulter. Soeben war ihr ein schrecklicher Gedanke gekommen: Was, wenn sie Rory nicht finden konnten? Die hohen, geraden Baumstämme sahen überall gleich aus, wie eine Menschenmenge, die sich erhoben hatte, um stehend zu applaudieren. Auch das untere Stockwerk aus Gestrüpp, verwilderten Büschen und abgestorbenem Holz sah überall gleich aus.

»Sehen Sie diesen dicken Felsbrocken da oben?«

Lynn nickte.

»Ich habe ihn mir eingeprägt, da ich wußte, daß wir ihn auch vom Fluß her sehen könnten. Ungefähr einen halben Meter hinter diesem Fels und einen Meter nach links ist die Stelle, wo wir Rory zurückgelassen haben.«

»Ich hole sie.«

»Sind Sie sicher, daß Sie nicht lieber beim Kajak bleiben möchten?«

Bei dem Gedanken, ohne Jess in diesem Kajak zu sitzen, verzog Lynn das Gesicht.

»Nein, danke.«

Sie hatte nicht die Absicht, darin noch einmal umzukippen, wenn sie es verhindern konnte.

»Vielleicht brauchen Sie die.« Ihre Stiefel wurden ihr nacheinander über die Schultern gereicht. Es war ein Kampf, aber trotz des engen Platzes schaffte sie es, sie anzuziehen. Angesichts des glitschigen Bootes und ihrer flach sitzenden Haltung war das Aussteigen nicht leicht, aber es gelang ihr, auf die Füße zu kommen und sie ins Wasser zu setzen.

Als ihr Gewicht daraus verschwand, schaukelte der Kajak gefährlich hin und her. Einen Augenblick sah Lynn hoffnungsvoll zu, ob er umkippen würde.

Kein Glück.

Jess grinste sie an, als hätte er ihre Gedanken gelesen. Er saß auf dem hinteren Sitz, sein Paddel balancierte oben auf dem gelben Plastik vor ihm, und er hielt den Kajak mit seinem Körper in Position. Er hatte mit seinem unverletzten Arm gepaddelt und den Kajak als Stütze benutzt, während die weniger bewegliche Hand das Paddel nur in Position gehalten hatte.

Der Marlboro-Mann als Kajakfahrer.

»Beeilen Sie sich«, sagte Jess sanft und hielt ihren Blick fest. »Sonst könnte ich einfach ohne Sie fahren.«

Das war eine leere Drohung. Was auch immer seine Fehler sein mochten – und er hatte viele und vielfältige –, Lynn wußte, daß er sie nicht im Stich lassen würde. Er hatte sich als – o Gott, wieder kam ihr der Wortlaut der Broschüre in den Sinn – *vollkommen zuverlässig* erwiesen.

Lynn dachte darüber nach, als sie das steile Ufer hinaufkrabbelte und sich ihren Weg durch das Weidendickicht bahnte.

Während dieser ganzen schrecklichen Prüfung hatte Jess nie versagt, wenn es darum ging, ihr und Rory zu Hilfe zu kommen. Als sie von dem Fels herabgestürzt waren, wer war da hinter ihnen hergekommen und hatte sie gerettet, mit beträchtlicher Gefahr für sein eigenes Leben? Jess. Wer hatte Rory den ganzen Weg von der Felswand bis zum Gräberlager getragen, unter dem Eindruck der Verliebtheit des Kindes und ihres eigenen Mißtrauens gegenüber seinen Motiven? Jess. Wer hatte im Angesicht tödlicher Gefahr Rory gepackt und war mit ihr gerannt, anstatt einfach die eigene Haut zu retten? Jess. Wer hatte ihnen den Weg zu der Höhle gezeigt, in der sie die Nacht verbracht hatten, obwohl er verwundet und fast am Verbluten war? Jess. Wer hatte das Kajak und den Plan präsentiert, der sie vielleicht wirklich retten könnte, und dafür gesorgt, daß dieser Plan trotz seiner Verletzungen ausführbar war? Jess.

Er hätte sie auf der Felswand zurücklassen können; er hätte sie letzte Nacht im Stich lassen können. Er könnte immer noch ohne sie verschwinden und mit weit geringeren Anstrengungen nur sich selbst retten – aber das tat er nicht.

Lynn war sich dessen so sicher wie nur irgendeiner Tatsache in ihrem Leben.

Was auch immer seine Fehler waren, sie wußte, daß Jess alles für sie und Rory täte, bis sie alle sicher aus diesem Schlamassel heraus wären.

Der Marlboro-Mann als Held. So ungern sie zugab, daß sie sich vielleicht geirrt hatte, in Jess' Fall näherte sich die Wirklichkeit schließlich doch dem Reklamebild an.

Wie Jess gesagt hatte, wurde die Wand aus Farnen sofort sichtbar, als sie an dem Felsbrocken vorbeikam und nach links blickte. Duftige Wedel strömten in üppig grünen Kaskaden auf den Teppich aus Kiefernnadeln. Stattliche Nadelgehölze erhoben sich überall wie Wachtürme um sie herum. In einem Streifen Sonnenlicht tanzten Staubpartikel in der Luft.

Rory war ebenso unsichtbar wie zu dem Zeitpunkt, als sie das Mädchen zurückgelassen hatten.

»Rory«, rief Lynn leise. Sie hatte das unheimliche Gefühl, als hätten die Bäume Ohren. »Wir sind wieder da. Wir müssen gehen.«

Rory antwortete nicht. Vielleicht war sie eingeschlafen, dachte Lynn. Sie näherte sich den Farnbüschen, bückte sich und schob sie mit einer Hand zur Seite.

Rory war nicht da.

Als sie auf das leere Nest starrte, in dem sie ihre Tochter zu finden glaubte, merkte Lynn, was die ganze Zeit in diesem Bild falsch gewesen war: Der Wald war zu still.

Außer ihrem eigenen Atem und dem unterdrückten

Rascheln des Windes in den Bäumen hörte man keinen Laut.

Kein Geräusch von einem Vogel. Oder einem Insekt. Oder einem anderen Tier.

Lynn spürte, daß jemand zu ihrer Linken war, und wirbelte herum. Keinen Meter entfernt starrte ihre Tochter sie aus riesigen blauen Augen an. Ein Mann war hinter ihr, stämmig, schwarzhaarig und mit gelichtetem Haar. Wie Rory kauerte er hinter einer großen Kiefer und war halb im Dickicht versteckt. Seine Hand hatte er fest auf Rorys Mund gepreßt und hielt sie an sich gedrückt.

Eine schwarze, professionell wirkende Pistole lag auf Rorys Schulter und zielte direkt auf Lynns Kopf.

26

»Wann habt ihr euch auf die Seite von Judas geschlagen?« Der Mann trug ein fleckiges weißes Hemd, das am Hals offen war, und eine schwarze Hose. Er hatte einen leicht südlichen Akzent und sprach mit leiser Stimme, als mache er Konversation. Stirnrunzelnd musterte er Lynn von oben bis unten, jedoch nicht besonders drohend. Mehr so, als fände er sie verwirrend.

Lynn, die nicht ganz verstand, wovon er sprach, versuchte es mit einem Lächeln. Mit ihren nassen Haaren, dem schmutzigen Gesicht und einer Daunenjacke, die groß genug war, um als Kleid zu dienen, war sie von ihrem gewöhnlichen Äußeren weit entfernt. Normalerweise trug ihr Aussehen ihr bei Männern immer ein paar Pluspunkte ein. Nicht so heute, wie ihr klar wurde, als er auf ihr Lächeln nicht reagierte.

»Du gehörst nicht zu den Michaeliten«, fuhr er fort. »Ich kenne dich nicht.«

Er sah und klang auf entnervende Art normal. Der örtliche Gebrauchtwarenhändler als verrückter Mörder.

Lynn unterdrückte einen Schauer.

»Nein«, stimmte sie zu und sprach absichtlich ruhig. Ihr Blick begegnete Rorys. Die Pupillen ihrer Tochter waren vor Angst geweitet. Als Lynn die Wirklichkeit der Situation bewußt wurde, erkannte sie, wie sehr sie selbst verängstigt war. Ihr Hals wurde so trocken, daß sie nicht schlucken konnte. Ihre Beinmuskeln fühlten sich butterweich an.

Dies war offensichtlich einer ihrer Verfolger aus der letzten Nacht. Er mußte es sein: Wie viele verschiedene Wahnsinnige mit Pistolen konnten wohl in ein paar Quadratmeilen Nationalpark herumrennen? Aber vielleicht gab es ja doch noch Hoffnung. Er schien überrascht zu sein, daß sie nicht zu den »Michaeliten« gehörte, was immer das bedeutete.

Er konnte auch nicht sicher sein, daß sie und Rory zu dem Trio gehörten, das sie jagten. Er konnte nicht wissen, daß sie die Leichen bei dem Gräbercamp gesehen hatten. Vielleicht konnte sie ihn davon überzeugen, daß sie und Rory einfach unschuldige Wanderer waren und von nichts Verdächtigem wußten – wenn man davon absah, daß er Rory gefangen hielt und eine Pistole auf ihren Kopf richtete.

Das allein war ziemlich dumm.

Lynn spürte Übelkeit, als ihr bewußt wurde, daß er sich aller Wahrscheinlichkeit nach nicht überreden lassen würde, sie einfach gehen zu lassen. Aber sie mußte es versuchen.

»Haben Sie hier gejagt?« fragte sie und hoffte, daß ihr Lächeln harmlos wirkte. Sie bemühte sich um ihre allerbeste Nachahmung von Pat Greers herzlicher Lagerfeuerfröhlichkeit. »Haben wir Sie gestört? Tut mir leid! Wenn Sie meine Tochter loslassen, gehen wir Ihnen aus dem Weg und lassen Sie in Ruhe weitermachen.«

»Ist Theresa bei euch?« Er überhörte ihre Worte völlig.

»Theresa?« Lynn war bereit, mit ja oder nein zu antworten, je nachdem, was ihm besser gefiele. Leider wußte sie das nicht.

»Theresa. Michaels Tochter.«

»Oh.« Während Lynn blitzschnell erwog, ob die Wahrheit möglicherweise vorteilhaft für sie war und sie abstreiten sollte, überhaupt eine Theresa zu kennen, schüttelte er den Kopf, als interessiere ihn die Frage nicht.

»Wo ist der Mann?« Er beobachtete sie eindringlich. Rory zitterte. Lynn konnte die blassen schlanken Finger einer Hand sehen, die zitternd zwischen den gebeugten Knien des Kindes hing. Mit der anderen hielt Rory den Arm umklammert, der sie gefangenhielt.

»Der Mann?« Lynn atmete tief und ruhig durch, während sie das Für und Wider eines ohrenbetäubenden Schreis erwog. Damit würde sie »den Mann« in Blitzgeschwindigkeit herauflocken, doch ebensogut konnte sie auf diese Weise ihre eigene und Rorys überstürzte Ermordung herbeiführen. Und Jess' Tod noch dazu, wenn er herbeigelaufen käme.

»Der Mann, der gestern abend bei euch war.« Er lächelte. »Jahwe befahl mir, am Fluß nach euch zu suchen, weißt du. Ihr könnt euch vor Jahwe nicht verstecken.«

»Jahwe?« Lynn war nun sicher, daß sie es mit einem Wahnsinnigen zu tun hatte, und fragte sich vergeblich, wie sie ihn ablenken konnte.

»Ihr nennt Ihn Gott, glaube ich. Er spricht durch das Lamm zu uns. Er, Der uns führt ... Aber ihr glaubt natürlich, daß das Lamm der Judas ist. Er wollte, daß jeder das glaubte.« Traurig schüttelte er den Kopf. »Ihr Michaeliten seid in die Irre geführt, muß ich leider sagen. Der Judas war nur ein falscher Prophet. Nun, jetzt muß er für seine Sünden büßen.«

»Meine Tochter könnte den Mann für Sie herholen – und Theresa auch. Sie und ich können miteinander reden, während sie ihn holt. Sie würde sich beeilen, nicht wahr, Rory?« Lynn suchte verzweifelt nach einer Möglichkeit, wie sie den Verrückten dazu bringen konnte, Rory loszulassen. Das fanatische Leuchten in seinen Augen zeigte ihr noch deutlicher als seine unverständlichen Worte, daß er nicht bei Sinnen war. Schon die anscheinende Vernünftigkeit, mit der er diesen Unsinn von sich gab, war erschreckend.

Er würde sie töten, ohne mit der Wimper zu zucken, überzeugt, daß er das Richtige tat.

Rory nickte angstvoll.

»Er ist in der Nähe, ein paar Schüsse werden ihn schnell herbeiholen.« Der Mann lächelte, zuckte mit den Schultern. »Obwohl das bei Theresa vielleicht nicht klappt. Was deinen Vorschlag betrifft, so fällt mir der Spruch vom Spatz in der Hand ein ... Kennst du ihn? Ja. Mach dir also keine Sorgen wegen der anderen. Sie werden euch früh genug Gesellschaft leisten, das versprech' ich euch. Aber ich sollte euch jetzt nicht den ganzen Tag mit meinem Geschwätz aufhalten. Ich weiß, ihr habt Angst und müßt euch danach sehnen, es hinter euch zu bringen. Der Tod wird überall gefürchtet, das weiß ich. Aber man braucht ihn nicht zu fürchten. Es ist nur ein Übergang in ein besseres Leben.«

»Bitte ...« fing Lynn an, als seine Hand von Rorys Mund zu ihrer Taille rutschte. Er war dabei, sich aufzurichten.

»Mom ...« flüsterte Rory. Das Kind war sichtlich außer sich vor Schrecken. Sie zitterte. Ihr Gesicht war schneeweiß, ihre Augen groß wie dunkle Seen, als sie Lynn ansah.

Lynn wußte, wenn sie nichts täte, würde Rory sterben. Sie beide würden sterben.

»Keine Angst, junge Dame. Ich verspreche dir, den Tod braucht man nicht zu fürchten.« Der Mann klang jovial, wie ein makabrer Nikolaus. Er zog Rory mit sich hoch und kam auf die Füße, indem er sich mit sorgfältigen Bewegungen emporstemmte.

Die Pistole schwankte, während er sich erhob.

Getrieben von Instinkt und reiner Mutterliebe, sprang Lynn in diesem Moment nach vorn und trat mit aller Kraft zu. Mit ihrer Stiefelspitze löste sie einen knallenden Schuß aus, als sie die Pistolenhand traf.

Die Pistole entglitt ihm, während seine Hand in die Höhe gerissen wurde; die Waffe wirbelte durch die Luft und wurde ins Unterholz geschleudert.

»Lauf, Rory!« Lynn packte ihre Tochter am Arm und zerrte sie von dem Mann fort. Sein augenblicklicher Schock sowie seine körperliche Unbeholfenheit verschafften ihnen einen Vorteil. Wie ein Reh vor dem Jäger schoß Lynn davon und zog Rory hinter den Felsbrocken ...

... und rannte geradewegs gegen Jess, der zu ihrer Rettung gekommen war. Sie schlug gegen seine Brust und wäre zurückgeprallt, wenn er sie nicht am Oberarm festgehalten hätte, so daß sie nur einen Schritt zurückstolperte.

»Kommt!« Er fand das Gleichgewicht wieder, packte sie am Armgelenk und zog sie und Rory um den Felsblock.

Als seine Füße auf einem Moosflecken ausrutschten, merkte Lynn, daß er noch in Strümpfen steckte.

Blitzschnell sah sie zurück. Der Verrückte suchte wie wild die Büsche nach seiner Pistole ab. Sein dickes Hinterteil, an dem die Polyesterhose leuchtete, war ihr zugewandt, als er gebückt das Gestrüpp mit den Händen durchkämmte.

»Beeilung«, stieß Lynn hervor und hielt sich jetzt an Jess' Hand fest, als sie hinter ihm mit Rory im Schlepptau das steile Ufer hinunterrutschte.

Entfernte Männerstimmen und der Lärm von krachenden Schritten zeigten, daß ihre Verfolger, durch den Schuß herbeigerufen, mit voller Kraft wieder hinter ihnen her waren.

»Hinein!«

Jess schleuderte sie praktisch in den Fluß und beugte sich über den Kajak. Lynn platschte durch kniehohes Wasser. Ihre Stiefel füllten sich mit Wasser und wurden unglaublich schwer. Lynn zog Rory um sich herum auf den Vordersitz.

»Steig ein!« schrie sie ihrer Tochter zu.

Rory krabbelte vorn in den Kajak, Wasser aufwirbelnd.

»Steigen Sie mit ihr ein. Beeilen Sie sich!«

Lynn folgte Jess' Aufforderung und kletterte hinter Rory hinein, während Jess sie in die Strömung schob. Die Füße glitten ihr aus den Stiefeln, die im Schlamm feststeckten und vom Wasser nach unten gezogen wurden. Sie hatte keine Zeit, sich über diesen Verlust Gedanken zu machen. Ihr Paddel wurde an ihrem Ellbogen vorbei zu ihr hingeworfen, sobald sie saß. Lynn ergriff das Paddel und manövrierte es um Rory herum vor sich. Da sie mit beiden Armen ihre Tochter berührte, konnte sie spüren, daß Rory zitterte. Aber sie hatte keine Zeit, sich darüber Sorgen zu machen, während sie so schnell wie möglich lospaddelte.

Das Wasser packen und ziehen.

Eine kühle Brise, die den Geruch von Kiefern mit sich führte, strich über den Fluß und blies ihr das Haar aus dem Gesicht. Ihre Füße und Beine waren vom kalten Wasser gefühllos; sie saß in einer Pfütze, und ihre Bewegungsfreiheit war durch Jess' übergroßen Mantel beeinträchtigt.

Außerdem hatte sie Todesangst.

Das Wasser packen und ziehen.

»Halten Sie es ruhig.«

Der Kajak war nun vom Ufer entfernt und beschleunigte sein Tempo, als er von der Strömung ergriffen wurde. Ein Platschen, ein Knurren und ein gewaltiges Schlingern, als sich plötzlich die Schwerkraft in der Mitte des Bootes verschob.

Jess war an Bord.

Instinktiv kämpfte Lynn gegen das seitliche Kippen an, indem sie sich in die entgegengesetzte Richtung lehnte. Einen Kajak unter Kontrolle zu halten, war so ähnlich wie Skateboard fahren, hatte sie vorher entdeckt. Man mußte sich in die Richtung lehnen, in die man wollte.

»Paddeln!« Jess setzte seinen Ausruf in die Tat um.

An Lynns Brust gedrückt und von ihren Armen und Beinen umgeben, saß Rory still und zitternd im Boot.

»Alles in Ordnung«, sagte Lynn ihr ins Ohr. »Wir schaffen es.«

Treibgut wirbelte um sie herum, Stöcke, Blätter und größere Äste. Die Ufer an beiden Flußseiten waren hohe, senkrechte Felswände, auf denen Kiefern bis an die Felskante heran zusammengedrängt standen. Sperlinge hatten zu Tausenden hoch über dem Ufer ihre Nester gebaut; ein Fischadler ließ sich von seinem Platz hoch oben auf einer Kiefer herabfallen, um über den Fluß zu gleiten und nach Fischen zu suchen. Wurzeln erhoben sich aus dem Wasser nahe am linken Ufer; der Fischadler stieß mit seinen Krallen durch die Wasseroberfläche und zog eine so dicke Forelle hervor, daß er mit seiner Beute im Schnabel kaum mehr fliegen konnte.

»Sieh doch!« Rory stieß Lynn an, zeigte in eine Richtung und schien gleichzeitig auf ihrem Platz zu schrumpfen. Lynn sah dorthin und wünschte sofort, sie hätte es nicht getan. Fast direkt vor ihnen, neben einem Weidendickicht am Ufer, von dem sie sich abgestoßen hatten, stand ein Mann mit einem Gewehr.

Er hob es an seine Schulter.

Jess stieß ein so obszönes Wort hervor, daß Lynn ihrer Tochter in einer anderen Situation wahrscheinlich die Ohren zugehalten hätte.

»Weiterpaddeln«, brachte er als nächstes hervor, als ob Lynn diese Aufforderung brauchte. Sie paddelte wie eine Besessene, während der Kajak in der Strommitte immer schneller wurde.

Man hörte einen scharfen Knall, auf den in rascher Folge drei weitere Schüsse folgten.

»Duckt euch!« schrie Jess. Rory kroch so tief in das Boot, wie sie konnte. Lynn legte sich schützend über ihren Kopf und bedeckte ihren eigenen, so gut es ging, mit den Armen. Jeden Augenblick erwartete sie, daß eine Kugel sich in ihr Fleisch bohren würde. Die Aussicht jagte ihr einen Schauer über den Rücken. Wie würde es sich anfühlen, erschossen zu werden? Wäre es ein plötzlicher Schmerzausbruch, oder würde der Schock jeden Schmerz betäuben?

»Mommy!« stöhnte Rory.

»Ist ja gut, Liebes.« Indem sie ihre Tochter beruhigte, beschwichtigte Lynn sich selbst. Panik war das letzte, was sie jetzt gebrauchen konnten.

Peng! Peng! Peng!

Da mußten noch weitere Schützen sein, dachte Lynn. Zurückblickend stellte sie fest, daß sie recht hatte. Zu dem einsamen Schützen hatten sich noch zwei andere gesellt, einer von ihnen war der böse Nikolaus. Beide Ankömmlinge waren mit Gewehren bewaffnet. Lynn nahm an, daß der Nikolaus seine Pistole nicht gefunden hatte.

Unter dem prasselnden Kugelhagel duckte sie sich wieder hinab. Winzige weiße Wasserspuren um sie herum zeigten an, wo die Kugeln einschlugen. Ein scharfes Krachen bewies, daß eine Kugel den Kajak getroffen hatte. Rory in ihren Armen keuchte vor Panik, und Lynn kämpfte erneut gegen Todesangst an.

Gott sei Dank war der Kajakrumpf aus Plastik, dachte Lynn. Wenigstens würde das Boot nicht sinken.

»Sind Sie in Ordnung?« kreischte sie zu Jess nach hinten.

»Halten Sie den Mund, und bleiben Sie unten«, lautete seine beruhigende Antwort.

Offensichtlich war er nicht tot. Lynn bezog daraus soviel Trost wie möglich.

Wieder bellten Schüsse, aber das Fehlen der weißen Wasserstriemen zeigte, daß die Kugeln ihr Ziel verfehlten. Lynn blieb geduckt, paddelte um ihr Leben und betete, daß die Strömung sie bald außer Schußweite reißen würde.

Sie rasten um eine Flußkurve. Der Kajak neigte sich gefährlich zur Seite und drohte umzukippen.

»Nach links lehnen!« rief Jess. Lynn und Rory folgten.

»Ihr könnt euch jetzt aufsetzen. Wir sind in Sicherheit«, sagte Jess wenig später.

Er klang atemlos. Lynn setzte sich vorsichtig auf und blickte zurück. Nichts Bedrohlicheres als der Urwald war dort zu sehen. Sperlinge flatterten in großen bebenden Wolken an beiden Seiten des Ufers; ein heller Schmetterling trudelte über einer Gruppe gänseblumenartiger Blüten empor und verschwand tiefer im Wald. Ein Paar Stockenten, zu erkennen an ihren grün schillernden Köpfen, trieb zwischen Zweigen und anderem kleinen Treibgut an ihnen vorbei.

Nikolaus und seine mörderischen Gesellen waren nirgendwo zu sehen. Lynn stieß einen tiefen Seufzer der Erleichterung aus.

Jess aber legte sein Paddel über den Kajak und überließ es dem Fluß, sie in Sicherheit voranzutreiben. Lynn sah zu ihm zurück. Er atmete schwer, und tiefe Furchen um seinen Mund deuteten auf Schmerzen hin. Das wahnsinnige Paddeln konnte für seine Schulter nicht gut gewesen sein. Lynn fragte sich, ob seine Wunde wieder blutete. Wahrscheinlich, schloß sie.

Wie sie selbst sah auch er schrecklich erschöpft aus. Seine Haare waren ein wildes, nasses Gestrüpp, das im Wind wehte. Das Flußwasser hatte schmutzige Streifen auf seinem Gesicht hinterlassen. Er war blaß, schwitzte und brauchte dringend eine Rasur.

Aber seine Augen waren wieder hell und strahlend blau, mit einem entschiedenen Glitzern.

Er erwiderte ihren Blick und grinste. Er war, wie sie überrascht feststellte, high von einem Adrenalinstoß. Und hätte sie es nicht besser gewußt, so hätte sie geschworen, daß er die Aufregung genoß.

Aber natürlich wußte sie es besser. Hoffte sie. Wer könnte wohl dieses mörderische Katz-und-Maus-Spiel genießen?

»Für den Moment sind wir in Sicherheit«, sagte er. »Da sie zu Fuß und wir auf dem Fluß sind, haben sie keine Möglichkeit, uns einzuholen.«

»Gott sei Dank«, sagte Lynn. »Rory, Kleines, bist du in Ordnung?«

»Er kam direkt vor dir.« Rorys Stimme klang schrill und erschüttert. »Ich mußte mal, deshalb bin ich aus dem Busch gekrochen. Er hat mich einfach gepackt. Ich wußte nicht mal, daß er da war! Erst nannte er mich Theresa. Dann fragte er, ob ich wüßte, wo sie sei. Dann wollte er mich umbringen. Wenn du nicht gekommen wärst, Mom, *hätte* er mich umgebracht!«

»Es ist vorbei«, sagte Lynn tröstend, während Rory sich an sie drückte. »Alles in Ordnung. Wir sind jetzt in Sicherheit.«

»O Gott, ich dachte, er würde auch dich töten. Uns beide. Gleich da.«

»Wir sind davongekommen. Jetzt sind sie weit hinter uns.«

»Ich hatte solche Angst!«

»Ich weiß, Kleines, ich hatte auch Angst.« Lynn drückte ihre Tochter ungeschickt, da das Paddel dazwischen geriet.

»Du warst großartig, Mom. Was du da gemacht hast – das war total großartig.« Rory drehte sich in Lynns Armen und sah zu Jess zurück. »Haben Sie das gesehen? Sie hat ihm die Pistole weggekickt!«

»Genau wie Chuck Norris«, stimmte Jess zu. »Es war wirklich großartig. Machen Sie Karate?«

»Aerobic«, sagte Lynn.

»Aerobic?«

»Es hilft mir, in Form zu bleiben. Dreimal die Woche mache ich nach der Arbeit genau den gleichen Kick.«

»Du hast uns das Leben gerettet«, sagte Rory.

Auf dem Rücksitz fing Jess an, leise etwas zu singen. Lynn brauchte eine Minute, bis sie den Sinn der Worte verstand.

»Klein, aber oho, mit blauen Augen und so, Gott, wie bin ich froh …«

»Ach, halten Sie doch den Mund«, sagte sie und fühlte sich schon viel besser.

27

Der Tod kommt. Theresa hörte die Worte in ihrem Kopf so deutlich, als hätte jemand sie laut ausgesprochen.

Diese Worte rissen sie aus dem gleichmäßigen Grundgefühl der Angst, in dem sie nun schon so lange lebte, und stürzten sie in einen Zustand akuten Schreckens. Sie war eben dabei gewesen, aus dem Loch, das den Hintereingang zur Mine darstellte, hervorzukriechen. Statt dessen sank sie nun gegen die kalte Felswand zurück und starrte mit fast blinden Maulwurfsaugen in die Welt hinaus.

Der Tag war leuchtend hell. Sie hatte so viele Stunden im Dunkeln verbracht, daß das Licht ihr an den Augen weh tat. Anfangs fiel ihr das Sehen schwer.

Sie hatte sich auf andere Sinne verlassen müssen, wie auf die innere Stimme, die sie zur Vorsicht mahnte.

Die Schotterstraße, die in die Welt hinausführte, war nur ein paar Meter entfernt. Sie wußte das, weil sie schon zuvor diesen Weg genommen hatte.

Der Tod war fast ebenso nah.

Bebend kauerte Theresa in der Dunkelheit, während sich ihre Augen an die Helligkeit gewöhnten. Sie wartete darauf, daß sie die sonnenbeschienene Straße durch den Schirm der Zweige hindurch sehen würde. Das Loch lag hinter einer Wand aus Forsythienbüschen verborgen. Die gelben Blüten waren längst nicht mehr da. Die Äste mit ihren zarten grünen Blättern wiegten sich im Wind. Ein winziger Bach, eigentlich nur ein Rinnsal, lief an ihr vorbei und in die Erde hinein, wo es zweifellos den unterirdischen Fluß nährte, der die unterste Schicht der Mine in Besitz genommen hatte. Zum Glück hatte sie die Überflutung rechtzeitig bemerkt, war umgekehrt und auf einer höheren Ebene weitergelaufen. Nach dem Rauschen zu urteilen, war das Wasser, das früher nicht mehr als knöcheltief gewesen war, gestiegen und floß schnell dahin, angeschwollen durch die letzten Regenfälle.

Elijah schlief an ihrer Brust, erschöpft vom Weinen, in einer Schlinge, die sie aus einem Stück Nachthemdstoff für ihn hergestellt hatte. Seit dem Verlassen des Erdkellers hatte sie ihn nicht mehr füttern können. Sie ließ ihn zwar aus einem verdrehten Stück Stoff Wasser trinken, doch das hatte ihn nicht lange zufriedengestellt. Er hatte vor Hunger geschrien, scheinbar stundenlang, dann endlich war er eingeschlafen.

Sie hatte nicht gewagt, sich dem Licht zu nähern, bis er still war.

Der Tod war nicht bei ihr in den labyrinthischen unterirdischen Gängen gewesen. Er war dort draußen und suchte sie in der hellen Sonne.

Theresa fühlte seine Nähe so stark, wie sie seine Präsenz draußen an der Hüttentür gespürt hatte.

Vielleicht, dachte sie, sollte sie für immer im Dunkeln versteckt bleiben.

Obwohl es ohnehin gleichgültig war, falls sich die Prophezeiung des Todes erfüllen würde.

In Sicht kamen drei Leute, die durch das kniehohe Unterholz wateten und auf die Straße zuliefen, die Theresa jetzt sehen konnte. Zwei Frauen, beide mit hellblonden Haaren, die sich aneinandergeklammert langsamer voranbewegten als der Mann, der groß war und dessen rechter Arm steif an einer Seite herabhing, als wäre er irgendwie verletzt.

Theresa war sich sicher, daß sie diese Leute noch nie in ihrem Leben gesehen hatte.

Sie hatte gebetet, daß ein Wunder geschähe, ununterbrochen gebetet, seit der Tod ihre Familie gefunden hatte.

Hatte Er die drei geschickt, damit sie als Sein Werkzeug handelten und sie aus den Klauen des Todes retteten?

Oder hatte der Tod die drei geschickt, um sie herauszulocken?

28

Ein paar Stunden, nachdem sie ihre Verfolger am Flußufer hinter sich gelassen hatten, erreichten Jess, Rory und Lynn ihr Ziel: eine steinige Schotterstraße, die sich wie ein verdrehter Faden durch diesen Teil der Uintas schlängelte. Nach einer langen und qualvollen Reise über Berge, Flüsse und schlammiges Sumpfgebiet stieß sie auf die Bundesstraße 150, die ihrerseits zu der Stadt Kamas führte.

Dort würden sie sofort die Behörden benachrichtigen.

Lynn glaubte, sie würde sich erst dann völlig sicher fühlen, wenn sie in einem Polizeirevier säße, umringt von Polizisten, und durch die Fenster sähe, wie ein ganzes Bataillon mit Blaulicht ausschwärmte, um die Killer festzunehmen.

Der Anblick des roten Jeeps, der ein Stück weiter unten an der Schotterstraße wartete, bewirkte jedoch, daß sie sich schon jetzt ein ganzes Stück besser fühlte als in den letzten fast 24 Stunden.

»Da ist der Jeep«, sagte sie, drückte Rorys Hand und lächelte Jess an, weil ihr vor Erleichterung ganz schwindlig war.

Sie würden leben!

»Los.« Jess lächelte nicht zurück.

Lynn nahm an, daß ihm seine Schulter weh tat. Seit sie den Kajak vor zwei Stunden zurückgelassen hatten, war es ihr so vorgekommen, als ob schiere Willenskraft ihn vorantrieb. Auch wenn er nicht so offensichtlich erschöpft war wie Rory, die fast auf dem ganzen Weg bei jedem Schritt Lynns Arm als Stütze gebraucht hatte, war er schweigsam und schwitzte trotz der kühlen Morgenluft.

Wenn Jess schwieg, bedeutete das viel.

Er und Rory würden bald die medizinische Betreuung bekommen, die sie brauchten. Sie mußten nur den Jeep erreichen und mit diesem Wunder der Technik, dem Automobil, in die Sicherheit gefahren werden.

Nachdem sie es aus eigener Kraft so weit geschafft hatte, erschien der Gedanke, den restlichen Weg bequem gefahren zu werden, wie pures Glück. Zusätzlich zu Lynns Leidensliste schmerzten ihre Füße. Sie waren nicht nur voller Blasen, sondern auch wund vom Scheuern in Jess' zu großen Stiefeln. Nachdem sie den Kajak verlassen hatten und Jess klargeworden war, daß der einzige Schutz ihrer Füße in den dünnen Söckchen bestand, hatte er seine Stiefel ausgezogen und darauf bestanden, daß sie sie trug. Seine Füße, sagte er, seien härter als ihre.

Sie hatten kurz gestritten. Er hatte gewonnen. Trotz seiner Schmerzen war er schließlich in Socken durch die Wildnis gelatscht.

Immerhin, sagte sich Lynn in einem Versuch, ihre Schuld zu mildern, waren es dicke weiße Sportsocken.

Oder zumindest waren sie mal weiß gewesen. Und

dick. Ein Blick belehrte sie, daß sie nun schmutzig grau und voller Löcher waren.

Aber das alles war jetzt nicht mehr wichtig. Sie würden sich gleich in ein motorisiertes Fahrzeug setzen und in Sicherheit gebracht werden.

Gott sei Dank.

Es war ein schöner Tag, bemerkte Lynn, während sie über die Schotterstraße auf den Jeep zugingen, der mit dem Rücken zu ihnen halb im Gebüsch stand. Ein schöner, herrlicher, sonniger Tag, direkt aus der Schöpfungsgeschichte.

Angesichts solcher Pracht war es kaum zu glauben, daß die Erfahrung, die sie gerade gemacht hatten, real war. Lynn kam sich ein wenig wie Alice vor, als diese durch das Kaninchenloch ins Wunderland gefallen war. Was seit ihrem und Rorys Sturz von der Felswand passiert war, wurde einfach immer merkwürdiger und schien jetzt so unwirklich wie der Verrückte Hutmacher und die Herzkönigin.

Vielleicht war es das ja, dachte sie in einem Geistesblitz. Vielleicht hatte sie sich bei dem Sturz ihren Kopf angeschlagen und lag gerade im Koma in einem Krankenhausbett. Vielleicht hatte man schreckliche Träume – schreckliche *reale* Träume –, wenn man ins Koma fiel.

So unwahrscheinlich dies war, was sie durchgemacht hatten, war wohl kaum wahrscheinlicher.

Vielleicht würde sie in den Jeep steigen, in Sicherheit gebracht werden und aufwachen.

Vielleicht passierte das mit Leuten im Koma. Vielleicht kamen sie von irgendeiner wilden Reise ihres Unterbewußtseins zurück und wurden einfach wach. Oder sie wurden nicht mehr wach, wenn sie es nicht schafften, lebend zurückzukommen.

So oder so hatte es den Anschein, als ob sie und Rory und Jess es schaffen würden, lebend zurückzukehren.

Der Mann hinter dem Steuer hatte ihnen den Rücken

zugewandt. Sein Kopf mit dem unvermeidlichen Cowboyhut lehnte an der Nackenstütze. Möglicherweise hörte er Musik oder schlief. Wer immer er war, es war nicht Owen. Seine Schultern waren nicht breit genug, und er wirkte auch nicht so groß.

Einer der anderen also: Bob oder Ernst oder Tim.

Mit ein paar flüchtigen ängstlichen Blicken vergewisserten sie sich, daß ihre Verfolger nirgendwo in der Nähe waren, dann erreichten sie den Jeep.

»He, Tim!« sagte Jess und schlug mit der Faust aufs Dach. Der Mann auf dem Vordersitz schreckte zusammen, setzte sich auf und blickte sich um.

»Jess, Mann, du hast es geschafft!« Tim stieg aus dem Jeep und stand vor ihnen. Er grinste breit, und sein Verhalten machte deutlich, daß er nicht die leiseste Ahnung hatte, was sie gerade durchgemacht hatten.

»Gut, euch zu sehen, Lynn, Rory! Wow, das ist aber eine häßliche Beule an deinem Kopf! Owen sagte, du würdest keine Schwierigkeiten haben, Kleine. Er sagte, du wärst ein richtiger Bergmensch.«

»Wir müssen ganz schnell weg hier«, sagte Jess und öffnete die linke Hintertür, während er sprach. Mit einer Kopfbewegung bedeutete er Lynn und Rory einzusteigen.

Lynn schob Rory auf den Sitz, legte ihr den Sicherheitsgurt um und ging dann schnell um den Jeep herum, um auf der anderen Seite einzusteigen. Jess, merkte sie, ging noch während des Sprechens zu dem Beifahrersitz nach vorn. Tim sah verwirrt aus.

»Was? Warum?« Tim runzelte die Stirn, da Jess die Tür mit der linken Hand öffnete. Dann kam ihm offenbar der Gedanke, daß Jess sich merkwürdig bewegte, daß irgend etwas nicht in Ordnung war. »Ist dein Arm verletzt, Mann?«

»Ich erzähl' dir alles unterwegs. Steig ein und laß uns auf Teufel komm raus von hier verschwinden, okay?«

»Alles, was du willst, Boß.« Tim stieg ein und schloß

die Tür. Er drehte den Zündschlüssel, fuhr im Halbkreis zurück, bis der Jeep auf der Straße stand, auf der sie gekommen waren.

»Gib Gas«, sagte Jess.

Tim warf Jess einen kurzen Blick zu, nickte und raste los – endlich in Richtung Sicherheit, dachte Lynn mit einem erleichterten Seufzer.

Wenn es ihr auch immer noch nicht schnell genug ging und Jess wohl auch nicht, der mit den Fingern seiner gesunden Hand auf das Armaturenbrett trommelte und angestrengt durch die Windschutzscheibe starrte.

Neben seiner Hand war in den Winkel zwischen Plastik und Scheibe eine Packung Zigaretten geklemmt. Pall Mall light, um genau zu sein. Nicht Lynns Marke, aber …

»Könnten Sie mir eine Zigarette geben?« fragte sie, schwindlig vor plötzlicher Lust zu rauchen.

Jess sah zurück, dann folgte er ihrem gierigen Blick auf die Packung neben seiner Hand. Er verzog mißbilligend den Mund, ergriff die Packung und warf sie ihr zu.

»Sie sollten aufhören«, sagte er.

»Werde ich, an einem der nächsten Tage, wenn mein Leben streßfrei ist und ich mich nicht mehr darum kümmere, ob ich zunehme, und wenn eine Röntgenaufnahme zeigt, daß ich Lungenkrebs habe. Bis dahin bleibe ich süchtig.« Voller Ehrfurcht drehte Lynn die Packung in der Hand und genoß das Gefühl von Zellophan an ihren Fingern. Der schwache Tabakgeruch reizte ihre Nase.

Es waren nur noch zwei Zigaretten übrig. Aber schon eine einzige wäre mehr, als sie in den vergangenen 24 Stunden bekommen hatte.

O Wonne.

Unter dem Zellophan steckte ein Wegwerffeuerzeug. Sie zog es hervor und klopfte sich eine Zigarette heraus.

»Du willst doch wohl nicht hier drin rauchen, oder?« Rory verzog angewidert das Gesicht. »Was ist mit den Gefahren des Passivrauchens?«

Lynn sah von ihrer Tochter zu der Zigarette in ihrer Hand.

Sie wollte diese Zigarette rauchen, fast mehr, als sie jemals in ihrem Leben irgend etwas gewollt hatte.

»Jetzt erzählt mir doch mal ...« fing Tim an, ohne das Drama auf der Rückbank mitzubekommen. Er unterbrach sich und sagte dann in völlig verändertem Ton: »Wer zum Teufel ist das denn?«

Lynn versteifte sich und sah auf die Straße vor sich. Eine junge Frau kam aus dem Wald, rannte auf sie zu und gab ihnen Handzeichen anzuhalten. Sie war barfüßig, bekleidet mit einem zerrissenen, fleckigen, cremefarbenen Flanellnachthemd mit Spitzen an Hals und Ärmeln. Sie war groß und dünn wie eine Bohnenstange und hatte eine wilde braune, lockige Haarmasse auf dem Kopf.

Mit dem anderen Arm umklammerte sie ein Baby, das sie in einer selbstgemachten Schlinge trug.

»Was macht die Frau mit dem Baby hier draußen?« fragte Tim verblüfft.

»Fahren Sie weiter!« schrie Rory. »Es könnte ein Trick sein!«

Mit einem bedauernden Blick warf Lynn die Zigaretten und das Feuerzeug in ihre Tasche und griff nach der Hand ihre Tochter. Gleichzeitig arbeitete ihr Verstand auf Hochtouren. Die Frau mußte in irgendeiner Verbindung zu dem Massaker stehen – vielleicht eine Überlebende?

Oder ein Lockvogel, der sie dazu bringen sollte anzuhalten? Aber wer hatte schon von einem Lockvogel mit Baby gehört?

Unter diesen Umständen konnte Lynn sich nicht überwinden, »Fahren Sie weiter« zu rufen, obwohl ihr Instinkt sie drängte, nicht anzuhalten.

»Herrje, Tim, halt an.« Im letzten Moment, als die Frau die Straße herunter und auf sie zugeschossen kam, gab Jess diese Anweisung, und Tim stand auf den Bremsen.

Der Jeep kam quietschend zum Stehen. Die Frau rannte zur Beifahrerseite.

»Lassen Sie mich hinein!« schrie sie und legte eine Hand auf den Kotflügel, als fürchtete sie, der Jeep könnte ohne sie wieder losfahren. »O bitte! Lassen Sie mich hinein!«

»Meinst du, wir sollten es tun, Mom?« fragte Rory ängstlich, während Lynn schon die Hintertür öffnete und in die Mitte rutschte, näher an ihre Tochter heran.

»Wir können sie nicht einfach hier zurücklassen«, antwortete Lynn. »Sie hat ein Baby.«

»O danke, danke«, sagte die Frau, als sie durch die geöffnete Tür hereinkletterte und keuchend auf dem Rücksitz zusammenbrach. Sie war noch ein Teenager, sah Lynn, nicht viel älter als Rory. »Bitte, fahren Sie weg! Machen Sie schnell! Er kommt!«

»Wer kommt?« fragte Tim über die Schulter, während er schon Gas gab. Der Art nach zu urteilen, wie die Reifen auf dem Schotter durchdrehten, mußte er das Pedal fest durchgetreten haben. Offensichtlich reichte der Schrecken des neuen Fahrgasts, zusätzlich zu dem, was er von den drei anderen schon mitbekommen hatte, um ihn davon zu überzeugen, daß etwas Schlimmes im Gange war.

»Der Tod«, sagte das Mädchen tragisch und legte ihre Arme um das Baby, das noch schlief. »Bitte, beeilen Sie sich! Los!«

Das Mädchen war durchnäßt, schmutzig und durcheinander. Als Lynn sie ansah, kam ihr ein Gedanke.

»Theresa?« fragte sie.

Das Mädchen hatte hübsche hellbraune, fast goldene Augen. »Woher kennen Sie meinen Namen?« hauchte sie und blickte Lynn fest an.

»Verdammt noch mal! Seht mal da!« rief Tim und hob eine Hand vom Lenkrad, um nach draußen zu zeigen. Lynn fuhr auf, während Theresa leise wimmerte.

»O mein Gott, das sind sie!« schrie Lynn, die drei der vier Männer erkannte, die nun auf beiden Straßenseiten unter den Bäumen hervortraten.

»Fahr, Tim, fahr!«

Obwohl er immer noch keinerlei Einzelheiten kannte, kapierte Tim im groben, was hier vor sich ging. Er trat das Gaspedal durch. Die Hinterräder des Jeeps rutschten auf dem Schotter vor und zurück, als das Fahrzeug die Männer abzuhängen versuchte, die zuerst neben und dann immer weiter hinter ihm liefen.

Der Jeep war schneller.

Peng! Peng! Peng!

Sie schossen auf sie! Lynn schrie, Rory schrie, Theresa schrie. Das Baby erwachte, weinend. Die Männer duckten sich, fluchend. Der Jeep sprang über die Straße wie ein Fahrrad über Bahngleise.

Eine weitere Gewehrsalve erklang. Der Jeep wurde getroffen. Das Rückfenster zerbarst, und Glas prasselte auf diejenigen, die auf dem Rücksitz saßen.

Wieder schrien die Frauen. Tim schrie auf. Jess fluchte.

Der Jeep sprang über eine Fahrspur, hob für einen Augenblick ab und kam von der Straße ab, um ungefähr drei Meter über Gestrüpp zu sausen, bevor es mit einem Knirschen den Stamm einer mächtigen Kiefer rammte.

Lynn wurde heftig nach vorn geschleudert. Ihr Kopf knallte gegen den Vordersitz und wurde für einen Augenblick leer. Rory, die von ihrem Sicherheitsgurt gehalten worden war, zerrte wild am Arm ihrer Mutter, während sie gleichzeitig ihren Gurt öffnete.

»Mom! Mom! Wir müssen rennen! Mom!«

»Ich komme.« Lynn war benebelt, aber Rorys eindringlicher Ton durchdrang ihre Benommenheit. Lynn bewegte sich.

»Los, Los!« Jess war aus dem Jeep heraus, riß Rorys Tür auf und zerrte sie hinaus. Lynn kippte hinter ihr nach draußen. Auf der anderen Seite kletterte Theresa hinaus, das jammernde Baby in festem Griff, und sprintete in den Wald.

Vorn stieg Dampf aus dem Jeep auf. Man konnte Kühlerflüssigkeit riechen.

Tim lag über dem Lenkrad und bewegte sich nicht.

»Folgt mir!« schrie Theresa über die Schulter.

Ein Blick zurück zeigte Lynn, daß ihre Verfolger schnell näherkamen. Kugeln flogen um sie herum durch die Luft.

»Ihr nach!« schrie Jess, packte Lynns Hand und zog sie mit sich, während er hinter Theresa herrannte. Lynn stolperte und fiel beinahe, als sie in seinen zu großen Stiefeln zu rennen versuchte. Sie kickte sie fort. Er zog sie erbarmungslos weiter.

»Rory, beeil dich!«

»Mom, warte!«

Unfähig, sich aus Jess' Griff zu befreien, streckte Lynn ihre Hand zu ihrer Tochter aus, während sie zwischen den Bäumen hindurchjagten. Sekunden später war Rory bei ihnen und hielt sich fest.

»Was ist mit Tim?« schrie Lynn und sah zurück. Der vordere Teil des Jeeps war nur noch ein rauchender Haufen Schrott, knirschend gegen den Stamm der großen Kiefer geschoben, die unter dem Zusammenstoß zerborsten war. Tims Stirn lag auf dem Steuer. Hatte er bei dem Zusammenprall das Bewußtsein verloren?

Auch wenn sie ihn nicht hätten tragen können, schien es grauenhaft, ihn einfach zurückzulassen.

Ihre Verfolger waren nur noch ein paar Meter von dem Jeep entfernt.

»Er ist tot. In den Kopf getroffen.« Jess' Stimme war emotionslos; er drehte sich kein einziges Mal um oder lief auch nur eine Spur langsamer.

Schockiert sog Lynn keuchend Luft ein, kämpfte gegen die Schauer, die ihren Rücken auf- und abjagten – und rannte weiter. Dornen, Stöcke und Steine in allen Größen stachen durch ihre Strümpfe, aber sie nahm den Angriff auf ihre Fußsohlen kaum wahr, während sie um ihr Leben rannte.

Kugeln schlugen in die Bäume und zerfetzten das Unterholz, während sie bei der Verfolgung des Mädchens im cremefarbenen Flanellnachthemd über Holzscheite sprangen und Baumstämmen auswichen.

Lächerlicherweise fühlte sich Lynn wieder an Alice erinnert, wie diese hinter dem weißen Kaninchen herjagte.

Sie folgten dem Nachthemd um einen kleinen Hügel, und ihre Verfolger gerieten außer Sichtweite, als sie den Hügel umrundeten.

Ganz plötzlich war das lockende cremefarbene Aufleuchten nirgendwo mehr zu sehen.

»Wo ist sie hin?« Jess hielt an und blickte wild um sich. Auch Lynn und Rory blieben stehen, und ihre Blicke jagten durch den Wald.

»Hier!« erklang es ganz in der Nähe. Lynn blickte sich um. Direkt links von ihnen erhob sich ein nadelbedeckter Hang. Der Zugang wurde durch dicht belaubtes Gebüsch erschwert. Vor ihnen und zu ihrer Rechten erstreckte sich endlos der Wald.

Das Weinen eines Babys drang von unten herauf und veranlaßte Lynn hinabzusehen.

»Hier!« sagte die Stimme wieder, diesmal drängend. Eine Hand schoß am Fuß des Hangs zwischen den Büschen hervor und zog an Lynns Bein. Das Baby schrie lauter.

»Da!« Lynn machte ihre Hände frei und zeigte auf die Stelle. Durch das Babygeschrei aufmerksam geworden, sahen auch die beiden anderen dorthin. Die Hand wurde so plötzlich zurückgezogen, wie sie aufgetaucht war. Die drei starrten überrascht einen Augenblick auf die Stelle, wo sie gewesen war.

Das Gebüsch verbarg eine dunkle Öffnung am Fuß des Hangs, ungefähr so groß, daß ein Mann hindurchpaßte.

Das Weinen des Babys entfernte sich bereits, als ob das Kind fortgetragen würde.

»Kriecht hinein«, sagte Jess und zeigte auf das Loch. Weder Lynn noch Rory brauchten diese Aufforderung. Lynn war schon auf den Knien, bevor er fertig gesprochen hatte, drückte sich durch den Busch und kroch über eine Wasserspur in das Loch. Drinnen war es dunkel und eng und erweckte eher den Eindruck eines Ganges als den einer Höhle. Rory war direkt hinter ihr, Jess hinter Rory.

Theresa und ihr Nachthemd waren nun nirgendwo mehr zu sehen, obwohl Lynn das Baby immer noch aus Leibeskräften weinen hörte. An dem ständig leiser werdenden Klang erkannte sie, daß sie ein ganzes Stück entfernt waren und sich schnell bewegten.

Jess' hatte seinen bestrumpften Fuß kaum durch die Öffnung hineingezogen, als ihre Verfolger um den Hügel gelaufen kamen.

Der Klang des weinenden Babys war jetzt nur noch ganz schwach zu vernehmen.

Zu schwach, als daß ihre Verfolger ihn hören konnten?

29

Lynn wollte es nicht darauf ankommen lassen. Die Schreie des Babys geleiteten sie, als sie den Gang entlangkroch, der in die Tiefe führte. Rory und Jess folgten ihr. Der Fels unter ihr war naß und rutschig. Mitten auf dem überraschend glatten Steinboden floß Wasser durch eine ausgewaschene Rille.

Sie sah Tims blonden Kopf vor Augen, wie er über dem Steuer zusammengesackt lag. Hatte er, als die Kugel seinen Kopf durchschlug, überhaupt begriffen, was passierte? Hatte er einen blitzenden, blendenden Schmerz gefühlt? Oder begriff er nicht, was ihn traf, womöglich nicht einmal, daß er getroffen war? War er im Bruchteil einer Sekunde gestorben, ohne es auch nur zu wissen oder etwas zu spüren?

Lynn schauderte. Solche Gedanken waren gräßlich und halfen niemandem, am wenigsten Tim. Sie zwang sich, die entnervenden Bilder aus ihrem Kopf zu verbannen. Sie mußte sich jetzt auf die Lebenden konzentrieren – und darauf, selbst am Leben zu bleiben.

Während sie hinunterstieg, wurde der feuchte Schimmelgeruch stärker. Es war jetzt so dunkel, daß Lynn nichts sehen konnte, weder ihre Hände noch die Felswände links und rechts von ihr. Hinter sich konnte sie Atemzüge hören, die ihr zeigten, daß Rory und Jess noch bei ihr waren. Vor ihr rief noch immer das weinende Kind. Ein eindringlicher, piepsender Laut von irgendwo über ihr ließ sie instinktiv die Schultern zusammenziehen, um den verletzlichen Nacken zu schützen. Fledermäuse? fragte sie sich angewidert.

Lynn kroch aus dem Gang in eine größere Kammer, wie es ihr schien. Dort hielt sie an, unsicher, in welche Richtung sie weitergehen sollte, da ihr nun keine Wände mehr den Weg wiesen. Rory stieß gegen ihr Bein und kroch neben sie. Auch Jess kam zu ihnen.

»Sie sind nicht hinter uns, oder?« flüsterte Rory.

»Ich glaube nicht. Sonst hätten wir etwas gehört«, erwiderte Lynn.

»Zum Beispiel Schüsse«, steuerte Jess trocken bei.

»Ich höre das Baby«, sagte Lynn. »Sollten wir versuchen, dieses Mädchen – Theresa – zu finden?«

»Das wird nicht ganz einfach sein, da wir nichts sehen können«, sagte Jess. »Sie weiß offenbar, wohin sie geht. Wir nicht.«

»Woher wußtest du, daß es Theresa war?« fragte Rory.

»Intuition«, sagte Lynn, ohne sich die Mühe zu machen, das Offensichtliche zu nennen: Wie viele herumstreunende Mädchen konnten in diesem kleinen Teil der Uintas wohl um ihr Leben rennen? Der Nikolaus hatte nach Theresa gesucht. Wer sonst hätte das Mädchen schon sein können?

»Sie haben doch die Zigarette nicht geraucht, oder? Was haben Sie mit ihr gemacht – und mit dem Feuerzeug?« fragte Jess.

»Das Feuerzeug!« fiel Lynn mit plötzlicher Aufregung ein. Sie griff in die Tasche von Jess' Daunenjacke, die sie immer noch anhatte. Das Feuerzeug war zusammen mit den Zigaretten da. Lynn berührte sie sehnsüchtig, ließ sie aber in der Tasche stecken.

Im Augenblick gab es Dringlicheres, als sich mit einem Nikotinschub zu verwöhnen.

»Ich hab's!« Sie holte es triumphierend hervor, wollte es anmachen – und hielt inne. »Glauben Sie wirklich, ich sollte Licht machen?«

»Wenn wir einen Weg hier heraus finden wollen, ja.«

Lynn zündete das Feuerzeug an. Beim zweiten Versuch leuchtete eine kleine orangefarbene Flamme auf. Lynn blinzelte, während sich ihre Augen an das flackernde Licht gewöhnten.

»Es ist eine Mine!« stieß Rory hervor und sah sich um. Ihre Worte stimmten mit Lynns eigener Beobachtung überein. Der Raum, in dem sie waren, war von Menschenhand in den Berg geschlagen worden, kein Werk der Natur. Alte Holzbalken stützten die Decke, weitere Balken die Seitenwände ab. Ein Zugang zu einem anderen Gang, größer als der, den sie gerade verlassen hatten, klaffte in der Wand gegenüber. Wenn sie nicht wieder zurückgehen wollten, war dies der einzige gangbare Weg.

»Theresa muß da hineingegangen sein«, sagte Lynn und zeigte mit dem Feuerzeug dorthin. Die Bewegung der Flamme warf unheimliche Schatten auf den Fels.

»Dann sollten wir das auch tun«, sagte Jess.

Er und Lynn tauschten Blicke aus. Die Alternative war,

den Weg, auf dem sie gekommen waren, zurückzugehen. Sie kamen zu der unausgesprochenen Übereinkunft: das auf keinen Fall.

Die Decke war so hoch, daß sie alle – sogar Jess – stehen konnten, ohne sich zu bücken. Sie richteten sich auf. Jess gab Lynn ein Zeichen voranzugehen.

Wieder mal, überlegte sie verdrossen, sollte sie die Spitze übernehmen, weil sie das Licht hielt. Aber da Jess nur einen gesunden Arm hatte, wäre es nicht fair, es ihm zu reichen.

Als Lynn in den Gang trat, erkannte sie an dem schwachen Weinen des Babys, daß sie auf der richtigen Fährte waren. Theresa war vor ihnen. Theresa, die vermutlich den Weg ins Freie kannte.

Lynn und Rory konnten in dem Gang aufrecht stehen, aber Jess mußte sich ducken. Wegen des feuchten und rutschigen Bodens, der zudem immer steiler in die Tiefe führte, mußten sie vorsichtig gehen. Lynn hatte den Eindruck, daß sie tief ins Innere des Berges hinabstiegen.

Ganz plötzlich wurde ihr klar, wo sie fast zwangsläufig landen würden: im Gräberlager.

Wo all die Toten lagen. Die schändliche, grauenhafte Szenerie. Der Ort, wo der Alptraum begonnen hatte.

Bei dem Gedanken, ein Feld voll verwesender Leichen durchqueren zu müssen, drehte sich Lynn der Magen um.

Wenigstens waren die Verbrecher nicht mehr da. Sie waren eine halbe Tageswanderung entfernt oben auf dem Berg und suchten nach ihren Opfern.

Vorsichtig trat Lynn über gefallene Holzstücke hinweg und sah zu Rory und Jess zurück. Auch ihm war ihr Ziel klar, dessen war sie sich sicher. Nur Rory war darüber im ungewissen, und Lynn hoffte, daß es möglichst lange so bliebe.

Vielleicht gab es einen anderen Weg aus der Mine heraus. Wenn sie zwei Eingänge hatte, gab es vielleicht auch einen dritten oder noch mehr. Vielleicht war Theresa auf dem Weg zu einer anderen Öffnung.

Lynn fiel auf, daß sie das Baby nicht mehr weinen hörte.

Sie rutschte aus, suchte mit der Hand Halt an der Wand, um ihr Gleichgewicht zurückzugewinnen, und ließ das Feuerzeug fallen. Klappernd traf es auf Fels. Die Flamme erlosch.

»Mom!« Rorys Protest war ein unterdrückter Klageruf.

»Mir ist das Feuerzeug hingefallen.« Lynn sank auf die Knie und tastete vorsichtig von einer Wand zur anderen über den kühlen, nassen Stein. Zum Glück war der Gang nur ungefähr einen Meter breit.

Sie stieß auf eine große, warme Hand, die gleichfalls über den Boden tastete, und merkte, daß Jess und Rory ebenfalls auf den Knien suchten.

»Es muß weiter weg gesprungen sein«, sagte Lynn, da sie das Feuerzeug nicht fand.

»Kriechen Sie ein bißchen weiter vor«, dirigierte Jess sie. »Rory, du bleibst, wo du bist, damit wir nicht die Stelle aus dem Auge verlieren, wo das Feuerzeug hingefallen ist.«

»Es muß hier sein ... ich hab's!« Als Lynns Finger durch eine dünne Wasserschicht fuhren, stießen sie gegen Plastik. Sie hob es auf und hielt es triumphierend fest. Sie wollte es anmachen ...

»Nicht!« warnte Jess mit einem rauhen Flüstern. »Warten Sie!«

»Warum?« fragte Lynn verwirrt.

»Sehen Sie zurück.«

Lynn tat wie geheißen. Was sie erblickte, ließ ihr Herz doppelt so schnell schlagen.

Ein schwacher goldener Schimmer hinter ihnen.

Ein Licht. Offensichtlich trug irgend jemand ein Licht, während er den Gang entlang ging – und man brauchte kein Genie zu sein, um sich vorzustellen, wer dieser Jemand sein mußte.

Ihre Verfolger hatten ihre Spur wiederaufgenommen.

»O mein Gott!« flüsterte Rory mit zitternder Stimme. »Sie sind direkt hinter uns!«

»Los, weiter!« befahl Jess. »Bewegung!«

Lynn brauchte keine weitere Ermahnung. Sie steckte das Feuerzeug in ihre Tasche und sprang auf die Füße. Mit einer Hand tastete sie sich an der klammen Felswand entlang und lief so schnell, wie sie es irgend wagte. Wohin? Das war die Frage. Sie wußte nur, daß sie weitergehen mußten.

»Mom, sie kriegen uns!« Rory klang fast hysterisch.

»Psst!« flüsterte Lynn wütend. »Sie kriegen uns nicht! Sie wissen nicht mal sicher, daß wir hier sind.«

Irgendwo weit vor ihnen fing das Baby wieder an zu weinen. Armes Baby, dachte Lynn, aber sicherlich würde dem Kleinen nichts geschehen, selbst wenn Theresa erwischt würde.

Welche Ungeheuer würden wohl einen hilflosen Säugling ermorden?

Die Männer hinter ihnen?

Lynn erschauerte.

»Sie wissen, daß Theresa hier ist«, sagte Rory. »Vielleicht folgen sie jetzt ihr, nicht uns. Aber sie werden auch uns kriegen. Sie werden uns umbringen, Mom!«

»Lauft weiter!« sagte Jess. »Und hört auf zu sprechen. Sie könnten uns hören.«

Ohne das Feuerzeug war es so dunkel, daß Lynn keinen Zentimeter weit sehen konnte. Sie ertastete mit Händen und Zehen den Gang vor sich und wurde von den schwachen Tönen des unglücklichen Babys geleitet. Der Gang machte eine Rechtskurve, und der Boden wurde tückischer, da immer mehr Wasser darüber lief.

Lynn blickte über ihre Schulter und sah, daß hinter ihnen immer noch das Licht leuchtete. Es war schwach, fern, aber unmißverständlich da.

Es gab keine Möglichkeit, sich zu verstecken oder abzubiegen und so ihren Verfolgern zu entkommen. Die Wände waren aus hartem Fels. Es gab keine Kreuzwege oder Nebengänge. Sie konnten nur vor oder zurück.

Lynn atmete tief und gleichmäßig, um die aufsteigende Panik niederzukämpfen, die sie zu verschlingen drohte. Sie mußten nur vor den Verbrechern den Ausgang finden und dann laufen, als sei der Teufel hinter ihnen her.

»Beeilung!« hauchte Jess. Er war jetzt näher, direkt hinter Rory. Die beiden waren ihr im wörtlichen Sinn auf den Fersen.

»Wollen Sie vorangehen? Es ist schwierig«, sagte sie. »Ich kann nichts sehen. Ich könnte am Rand des Grand Canyon stehen und wüßte es nicht.«

»Es ist günstiger für uns, wenn ich hinten bin«, erwiderte Jess.

»Ja? Warum?«

»Was, glauben Sie, werden sie tun, wenn sie merken, daß wir direkt vor ihnen sind?«

»Sie fangen an zu schießen!« keuchte Rory. »O Mom, renn!«

»Ich kann nicht rennen, und ihr auch nicht. Wir müssen einfach möglichst zügig hier herauslaufen.« Lynn beschleunigte nun ihre Schritte, soweit sie es wagte. Trotz ihres vor Angst trockenen Halses und ihres Herzklopfens spürte sie ein warmes Flattern in der Herzgegend, als ihr die Bedeutung von Jess' Worten klar wurde: Er blieb hinten, um ihnen als menschliches Schutzschild zu dienen.

Es geschah nicht häufig, daß eine Frau einen Mann fand, der bereit war, sich für sie von einer Kugel treffen zu lassen.

Wenn sie heil hier herauskämen, verdiente dieser Aspekt seiner Nächstenliebe genauer erforscht zu werden.

Aber zuerst mußten sie überleben.

Lynn schlurfte jetzt fast im Laufschritt voran, obwohl sie wirklich Angst hatte, in eines der bodenlosen Löcher zu stürzen, die zu den vielen Monsterhöhlen in Romanen und Fernsehfilmen gehörten (sie waren zwar in einer Mine, aber das Prinzip war das gleiche). Andererseits würde sie jederzeit lieber in eine bodenlose Grube fallen, als den Monstern hinter ihnen näher zu begegnen.

Unerwartet war vor ihr plötzlich der Boden weg. Lynn stolperte und fiel, und ihr Herz rutschte ihr in die Knie. Zu spät nahm sie ihre im Geist formulierte Behauptung zurück, eine Vorliebe für bodenlose Gruben zu hegen.

Sie landete auf allen Vieren, und der Stoß jagte ihr Schmerzen durch Hände und Knie. Sie war nur eine einzige Stufe heruntergefallen; nun war sie erschüttert, aber nicht verletzt.

Mit einem kleinen Schrei stürzte Rory hinter ihr. Es war ihr Glück, daß sie auf Lynn fiel.

Gewarnt durch Rorys Ausruf fiel Jess nicht.

»Lynn? Rory?«

»Da ist eine Stufe. Seien Sie vorsichtig«, warnte Lynn ihn in zischendem Flüsterton. Das Wasser, das ihr über die Hände lief und die Jeans an den Knien durchnäßte, war eiskalt.

»Mom, bist du verletzt?« fragte Rory und rollte sich zur Seite, um sich neben ihr hinzuknien.

»Nein«, sagte Lynn. Eine Hand berührte ihre Schulter und glitt an ihrem Arm herab: Jess' Hand. Seine warmen, trockenen Finger umschlossen ihre, als er sie auf die Füße zog. Neben ihr stand Rory auf.

Der widerhallende Schrei des Babys lockte sie weiter. Zurückblickend sah Lynn erleichtert, daß der Gang, aus dem sie herausgestolpert waren, dunkel blieb.

Ein paar Rechtskurven verbargen wohl das Licht ihrer Verfolger. Was bedeutete, daß die Verbrecher immer noch ein gutes Stück hinter ihnen waren.

»Wir müssen es riskieren, Licht zu machen«, sagte Jess.

Lynns Hals zog sich vor Angst zusammen. Aber wenn sie das Leuchten von deren Licht nicht sah, würden sie ihres vielleicht auch nicht sehen können – außer, wenn sie ihr Licht ausgeschaltet hatten, im Dunkeln liefen und viel näher waren, als sie vermuteten.

Unwahrscheinlich, entschied Lynn. Sie zog das Feuerzeug aus ihrer Tasche und schnippte es an. Eine Flamme leuchtete auf.

Sie waren in einer weiteren Kammer, die etwas größer als die erste war. Die Decke war ungefähr sieben Meter hoch. Ein einziger Holzbalken an der Rückseite stützte sie. Zwei andere waren an einem Ende herabgerutscht, so daß sie sich von der Decke zum Boden neigten. Hohe Stapel Felsbrocken und anderer Schutt reichten an manchen Stellen fast bis zur Decke hinauf. Vielleicht war es Geröll, das sich nach jahrelangem Verfall angesammelt hatte? Oder Schutt, der vor langer Zeit von den Gräbern zurückgelassen worden war?

Wasser rauschte über den abschüssigen Boden und verschwand unter einem Steinhügel, der fast eine ganze Ecke ausfüllte. Auch vom Dach tropfte Wasser.

Diese Kammer hatte keinen Ausgang.

Lynns Augen weiteten sich, und sie hielt den Atem an, als ihr diese lebenswichtige Tatsache bewußt wurde. Mit einem Blick auf Jess und Rory sah sie, daß sie zu der gleichen Schlußfolgerung gelangt waren.

»Wir sitzen in der Falle!« hauchte Rory. Ihre Augen waren dunkel vor Angst. Lynns Herz zog sich bei diesem Anblick zusammen.

»Es muß einen Ausweg geben. Hört doch, könnt ihr nicht das Baby weinen hören? Theresa ist hier herausgekommen. Dann schaffen wir es auch«, sagte Lynn entschlossen.

»Deine Mom hat recht.« Jess nahm Lynn das Feuerzeug ab und hielt es hoch, wobei er die Steinwände, den mit Geröll übersäten Boden und die tropfende Decke überprüfte.

Lynn legte ihre Arme um Rory. Das Mädchen klammerte sich an sie und ließ den Kopf auf die Schulter ihrer

Mutter sinken. Mein Kleines, dachte Lynn wild. Sie schwor sich, daß Rory überleben würde – koste es, was es wolle.

»Da ist es«, sagte Jess befriedigt. Lynn sah, wohin er deutete, und erkannte in einer Wand unter der Decke ein Loch mit dem ungefähren Umfang eines Autoreifens. Eine Pyramide aus losen Felsplatten diente als eine Art natürlicher Treppe, die zu dem Loch hinaufführte.

Ein Blick durch die Kammer bestätigte, daß es der einzige Ausweg war.

Falls es je einen anderen Eingang gegeben hatte – und es mußte einmal einer da gewesen sein –, war er nun von Geröll blockiert.

»Hinauf mit euch. Schnell.«

Jess ließ noch einen Moment die Flamme an, während sie hinüber zu dem Steinstoß gingen, auf dem sie bis zu dem Loch hinaufsteigen mußten. Dann löschte er das Licht. Lynn kletterte vor Rory hinauf.

Außer dem fernen Wasserrauschen und ihrem eigenen angestrengten Atmen war nur das Rollen vereinzelter Steine zu hören, deren Aufprall von den Wänden widerhallte. Hinter ihnen blieb der Gang, aus dem sie herausgekommen waren, glücklicherweise dunkel. Von dem Baby vor ihnen war nichts zu hören.

Lynn kam ein schrecklicher Gedanke: War es möglich, daß nur ein oder zwei Killer hinter ihnen waren? Konnten die anderen vor ihnen sein, auf sie warten und Theresa als Gefangene festhalten?

Nachdem das Baby von dem Moment an, als sie die Mine betreten hatten, die ganze Zeit geweint hatte, war es nun still. Warum?

Lynn bekam einen trockenen Hals, als sie die unzähligen Möglichkeiten erwog.

Sie behielt sie für sich, um Rory nicht zu erschrecken. Sie hatte keine andere Wahl als weiterzugehen. Was sie in dieser Richtung erwartete, konnten sie allenfalls vermuten; was hinter ihnen war, stand dagegen außer Zweifel.

Lynn griff nach etwas, das sich wie eine feste Felsplatte anfühlte, und zog sich hinauf. Sie konnte Rorys kratzende Bewegungen hören, dann spüren, wie sie sich neben ihr hinaufzog. Hinter ihnen kletterte Jess ebenfalls auf die Platte.

Rasch entzündete Lynn die Flamme des Feuerzeugs und sah, daß sie sich ungefähr einen Meter unter der Decke auf einem natürlichen Felsvorsprung befanden. Diese Plattform in der hinteren Ecke des Raumes war ungefähr zweieinhalb mal eineinhalb Meter groß. Sie führte zu dem Loch, das linkerhand einen Durchgang eröffnete.

»Weiter«, sagte Jess und machte das Licht aus. Sein Drängen war unnötig. In wenigen Minuten, das wußte Lynn, würden ihre Verfolger hier erscheinen.

Rory, die dem Loch am nächsten war, zwängte sich als erste hindurch.

»Es ist wirklich eng«, wisperte Rory, kam zurück und zog sich die Jacke aus. Lynn nahm sie und legte sie zur Seite, während Rory sich wieder durch das Loch kämpfte.

»Ich muß auf dem Bauch weiterkriechen«, berichtete Rory von der anderen Seite.

»Sei vorsichtig, Kleines.«

Während ihre Tochter weiterglitt, schloß Lynn die Augen und sprach schnell ein inbrünstiges Gebet, das erste, zu dem sie Zeit fand, nachdem sie aus dem Jeep gerollt war.

»Bitte laß es den Weg ins Freie sein«, betete sie. »Bitte hilf uns. Bitte rette uns – Rory, mich und Jess.«

Seltsam, wie natürlich es nun schien, Jess einzubeziehen.

Plötzlich fing das Baby wieder an zu weinen. Obwohl der Klang kaum hörbar war, wurde deutlich, daß er von irgendwo hinter dem Loch herkam. Vor Erleichterung fühlte sich Lynn ganz schwach.

Das Baby weinte. Lynn sah sein zorniges Geheul als Antwort auf ihr Gebet an, und es machte ihr Mut zu wissen, daß der Große Kerl da oben seine Arbeit tat, wenn auch vielleicht ein bißchen spät.

Göttliches Eingreifen war vielleicht das einzige, was sie am Leben erhalten konnte.

Lynn hielt Rory mit einer Hand zuerst am Bein und dann am Fuß, um ihr Vorankommen zu überwachen. Als Rory sich ihrer Berührung entzog, wurde ein schwaches, aber unmißverständliches Licht in der Öffnung des Ganges sichtbar, den sie vor erst so kurzer Zeit verlassen hatten.

»Sie kommen«, flüsterte Jess. »Wir haben keine Zeit mehr. Hinein mit Ihnen.«

Wie elektrisiert von diesem gelblichen Leuchten, duckte Lynn sich hinunter und glitt hinter Rory in den Gang. Seinem Umfang nach war es eher ein großer Fuchsbautunnel als ein für menschlichen Gebrauch gedachter Gang, und er war zu eng. Wie vor ihr Rory mußte auch Lynn die Daunenjacke ausziehen.

Rory trug unter ihrer Jacke ein Hemd. Da der nasse Pullover nicht getrocknet und beim Kajak geblieben war, hatte Lynn jedoch außer ihrem BH nichts darunter an.

»Was machen Sie?« flüsterte Jess, als sie sich auf den Vorsprung zurückschlängelte. Mit einem Blick sah sie, daß das gelbliche Leuchten im Gang immer noch sichtbar war.

»Ich zieh' mich aus«, flüsterte Lynn ohne weitere Erklärung zurück. Sie drückte ihm die Jacke in die Arme und machte sich wieder am Loch zu schaffen.

Um vorwärts zu kommen, mußte sie sich auf den Bauch legen und mit den Ellbogen voranziehen. Der Fels war kalt und schürfte ihr überall die nackte Haut auf. Sie hatte kaum Platz, um den Kopf zu heben. Der Tunnel war tatsächlich so klein, daß er ihre Schultern und den Rücken ebenso zerkratzte wie den Bauch, während sie sich wie ein Wurm schlängelte.

Nach kaum einer Minute mußte Lynn gegen einen fast überwältigenden klaustrophobischen Anfall ankämpfen.

Nur der Klang des schreienden Babys gab ihr den Mut, sich weiter voranzuwinden.

Der Gang schien immer enger zu werden. Lynn war ungefähr zwei Meter weit gekommen und kämpfte um jeden Zentimeter, wobei sie sich zugleich ermahnte, zu atmen und nicht in Panik zu geraten.

Sie hatte enge Räume noch nie gemocht.

Um an einer Felsausbuchtung vorbeizukommen, mußte sie ihre Schultern so eng wie irgend möglich zusammenziehen. Mit ihren armen, wunden Zehen drückte sie, mit ihren einst gepflegten Nägeln zog sie sich und schaffte noch einen weiteren Zentimeter.

Bis sie mit den Hüften steckenblieb.

Lynn drehte sich, wand sich, drückte und zog. Sie rutschte hin und her. Sie kämpfte.

Nichts half. Sie paßte nicht durch!

Sie steckte fest.

30

»Machen Sie schon!« Jess' Stimme klang gedämpft, als er das Feuerzeug kurz entflammte, um ihr Vorankommen zu überprüfen, aber die Dringlichkeit der Botschaft war klar. Lynn wußte, daß er immer noch auf dem Felsvorsprung hockte und darauf wartete, daß sie den Weg für ihn freigab. Aber sie konnte sich nicht bewegen, jedenfalls nicht vorwärts. So sehr sie sich auch anstrengte, ihre Hüften kamen an dieser Ausbuchtung nicht vorbei.

Jedenfalls nicht ohne größere Fettabsaugung, was im Moment keine verfügbare Option war.

Rory war an den Hüften zwei Nummern kleiner. Theresa auch, dem Aussehen nach zu urteilen.

Tod durch Birnenform!

»Ich kann nicht!« flüsterte Lynn verzweifelt zurück.

»Was? Warum nicht?« wollte Jess wissen. Dem Klang seiner Stimme nach zu urteilen, hatte er seinen Kopf durch das Loch geschoben.

»Mom! Mom, komm schon! Es gibt einen Weg hinaus – einen Weg ins Freie! Theresa ist hier; sie zeigt ihn uns! Aber sie fürchtet sich. Sie hat Angst zu warten! Beeil dich!« Rorys Stimme hallte vom anderen Tunnelende zu Lynn herüber und erfüllte sie sogleich mit Erleichterung – draußen warteten also keine Verbrecher darauf, sie zu packen, wenn sie herauskämen – und bohrte sich wie ein Keil durch ihr Herz.

Sie würde es nicht schaffen hinauszukommen. Rory mußte allein gehen.

Wenigstens, dachte Lynn, war der wichtigste Teil ihres Gebets erhört worden.

Wenn nur eine von ihnen überleben sollte, wollte sie sehr viel lieber, daß Rory es wäre. Wenn sie selbst überlebte, aber Rory nicht, hätte der Schmerz nie ein Ende. Lynn glaubte nicht, das ertragen zu können.

Die Liebe einer Mutter.

»Rory, Kleine, hör zu!« Lynns Stimme klang äußerst intensiv, weil sie wußte, daß sie nicht mehr viel Zeit hatte. »Ich kann hier nicht durch – Jess und ich sind zu groß. Wir werden einen anderen Ausweg finden. Aber du gehst weiter! Hörst du mich? Du gehst weiter!«

»Komm doch, Mom!« Entweder hörte Rory nicht, was sie sagte, oder sie begriff es nicht.

»Du mußt ohne mich weitergehen, Rory! Ich passe nicht durch diesen Tunnel! Er ist zu eng! Geh du weiter!«

»Mom ...« Die plötzliche Angst in Rorys Stimme zeigte Lynn, daß ihre Worte diesmal verstanden worden waren. »Mom, was meinst du damit, du paßt nicht durch? Du mußt!«

»Liebes, ich kann nicht!«

»Verdammt noch mal, Lynn! Machen Sie schon!« Jess' Aufforderung klang wütend. Lynn achtete kaum darauf. Wenn sie und Jess sterben mußten, dann sollte es also sein. Rory mußte sich selbst retten.

»Mom, Theresa geht jetzt! Beeil dich! Bitte, beeil dich!«

»Rory Elizabeth, du gehst mit Theresa. Hörst du mich? *Du gehst mit Theresa!*«

»Ich gehe nicht ohne dich!«

»Du *gehst!*« Lynn atmete tief und gleichmäßig durch und log, wie sie noch nie in ihrem Leben gelogen hatte. Es wäre zu schlimm für Rory, ihre Mutter dem fast sicheren Tod zu überlassen. Sie mußte Rory wenigstens eine Hoffnung geben, an die sie sich klammern konnte. »Jess und ich werden einen anderen Weg hinaus finden. Es wird klappen. Du gehst mit Theresa! Hol Hilfe!«

»Mommy, sie ist schon unterwegs!«

»Geh, Rory! Geh mit! Das beste, was du für mich tun kannst, ist, Hilfe zu holen!«

»Ich will dich nicht verlassen!«

»Geh schon! Ich meine es ernst! Geh jetzt!« Lynn ließ ihre Stimme so streng und autoritär klingen, wie sie konnte. Mit ihrer Tochter in diesem Ton zu sprechen, wenn sie möglicherweise nie wieder die Gelegenheit hatte, mit ihr zu reden, war mit das Schlimmste, was sie je getan hatte. Tief innen brach ihr das Herz. »Rory ...«

»Mommy ...« Rory weinte. Lynn hörte es an ihrer Stimme. Sie spürte, wie ihr heiße Tränen in die Augen stiegen. Ihr Hals tat weh vor Anstrengung, die Tränen zurückzuhalten. Rory ...

Bilder von ihrer Tochter als lächelnder Säugling, als Kleinkind, das gerade laufen lernte, als Sechsjährige mit hüpfendem Pferdeschwanz blitzten ihr gegen ihren Willen durch den Kopf. O Rory ...

»Geh mit Theresa!«

»Ich geh' schon. Ich hole Hilfe, wenn ich kann.« Rory stieß einen heftigen trockenen Schluchzer aus, und Lynn kämpfte gegen den Drang an, mit einem Schluchzer zu antworten. »Ich liebe dich, Mommy!«

»Ich liebe dich auch, Rory Elizabeth«, sagte Lynn wild. »Nun lauf! Hörst du mich? Geh!«

»Ich gehe. Ich liebe dich!« Rorys Schluchzen wurde leiser, während sie gehorsam fortging. Dann noch schwächer: »Theresa, warte!«

»O Rory«, flüsterte Lynn laut und schloß die Augen. Das Herz schwoll ihr vor Schmerzen.

Würde sie ihre Tochter je wiedersehen?

Bitte, lieber Gott. Bitte.

»Was zum Teufel machen Sie denn? Die sind fast hier!« Jess klang ebenso wütend wie verzweifelt. Sie spürte, wie seine Hand gegen ihren Knöchel drückte, als wolle er sie antreiben. Da er sie mit der Hand erreichen konnte, mußte er mit Kopf und Schultern im Gang sein.

Lynn wischte sich mit beiden Händen die Tränen aus den Augen. Geh mit Gott, sagte sie innerlich zu ihrer Tochter, dann zwang sie sich, sich auf die zweitdringlichste Sache zu konzentrieren, die anstand: ihr eigenes Leben zu retten.

»Zurück, aus dem Weg!« Sie trat gegen Jess, als bräuchte ihr Befehl eine Übersetzung.

»Was?«

»Zurück!« Sie trat wieder. Sekunden darauf merkte sie an der veränderten Luft an ihren Füßen, daß Jess sich folgsam zurückgezogen hatte.

Nun mußte nur noch sie hinauskriechen.

Mit den Händen drückend und den Knien ziehend, merkte Lynn, daß sie sich rückwärts bewegen konnte, und zwar viel schneller, als sie vorwärts gekrochen war.

»Was zum Teufel bilden Sie sich eigentlich ein, hier zu tun?« knurrte Jess sie an, als sie mit den Füßen zuerst herauskam. »Wir müssen da durch!«

»Ich konnte nicht durch«, sagte sie und bewegte sich vorsichtig, um nicht von dem Felsvorsprung herunterzufallen. Auf Händen und Knien blickte sie zu ihm auf und atmete tief und gleichmäßig. Was auch immer geschah, Rory war nun in Gottes Hand, und sie mußte all ihre Energien auf sich selbst konzentrieren. »Ich passe nicht durch.«

»Sie *passen* nicht durch?« Der Ausruf klang wie eine Explosion. Mit einem Blick erkannte Lynn, daß das Licht aus dem Gang jetzt viel heller war. Ihre Verfolger hatten die Kammer fast erreicht.

Im Lichtschein konnte sie Jess sehen – und Jess sie. Er blickte sie völlig ungläubig von oben bis unten an.

»Sie passen auch nicht durch«, sagte sie und maß seinen Körper ihrerseits mit einem schnellen Blick. Seine Hüften waren für einen Mann seiner Größe schlank, aber sie waren breiter als die ihren. Und was seine Schultern betraf – das konnte man vergessen. »Der Gang ist zu eng. Wir müssen uns verstecken.«

»Es gibt keinen einzigen verdammten Ort, an dem wir uns verstecken können«, sagte Jess. »Was ist mit Rory?«

»Sie ist durchgekommen. Sie sagte, es gebe einen Weg nach draußen. Theresa war bei ihr und wollte ihn ihr zeigen.« Lynn zwang sich, mit gleichmäßiger Stimme zu sprechen. Falls ihre Augen Schmerz ausdrückten, war Jess klug genug, es nicht zur Kenntnis zu nehmen.

»Dann müßte sie es schaffen.« Er machte ihr Mut, ohne Mitgefühl zu zeigen, wofür Lynn dankbar war. »Ein Gutes hat die Sache: Wenn Sie nicht durch den Tunnel passen, können Sie Ihr hübsches Leben darauf verwetten, daß auch keiner dieser Kerle es schafft. Sie können nicht hinter ihr her.«

Wenn wir tot sind, meinte er. Der Gedanke blieb unausgesprochen, aber Lynn hörte ihn laut und deutlich. Ihre Blicke trafen sich.

So sei es denn, dachte sie. Ihr Leben gegen Rorys. Sie war bereit für diesen Handel.

Der Umriß eines Mannes verdunkelte den Eingang zur

Kammer. Lynn blickte hinab und erkannte, daß er eine brennende Fackel hielt.

Trotz all ihrer Bekundungen bekam sie vor Entsetzen einen trockenen Mund. Das war's dann wohl.

Eine Frage schlich sich in ihre Gedanken: Tat es weh zu sterben?

Drei Männer folgten dem Fackelträger. Einer von ihnen war der Nikolaus.

Alle vier – Lynn zählte sie – waren mit Gewehren bewaffnet. Wenigstens waren sie alle hier. Das bedeutete, daß Rory eine echte Chance hatte zu entkommen.

Wenn sie aber erst einmal aus dem Gang heraus wären, würde das Licht der Fackel die ganze Kammer erleuchten. Es gab keine Hoffnung, daß sie und Jess unentdeckt blieben.

Sie waren in einer schrecklichen, grauenhaft exponierten Stellung. Die Männer brauchten nur nach oben zu blicken. Was sie früher oder später sicherlich tun würden.

Einen kurzen verzweifelten Augenblick lang dachte Lynn daran, sich wieder in den Gang zu quetschen. Wenigstens könnte sie dort nicht gesehen werden.

Aber sie würden sie finden. Es gab gar keine andere Möglichkeit. Außer dem Tunnel gab es keinen einzigen weiteren Ausgang.

Der Gedanke, in diesem sargähnlichen Raum gefangen zu sein und dann erschossen zu werden, jagte Lynn einen kalten Schauer über den Rücken. Sie würde lieber im Freien sterben, wo sie wenigstens kämpfen konnte.

»Runter!« Jess legte sich flach hin. Lynn ließ sich schnell neben ihm nieder. Sein fester, warmer Körper drückte sich eng gegen sie. Angesichts der Umstände fühlte sie sich dadurch absurderweise getröstet.

Der Fackelträger betrat die Kammer. Die Flamme schien zu wachsen. Warme orangefarbene Strahlen fielen in jeden Winkel und in jede Spalte.

»Es gibt keinen Ausgang«, sagte einer der Männer überrascht, als die anderen drei hereinkamen.

»Es muß einen Ausgang geben«, erwiderte der Nikolaus stirnrunzelnd und warf prüfende Blicke in die Ecken. »Ihr habt die Fußspuren gesehen. Sie sind hier entlang gegangen. Sie können sich nicht einfach in Luft aufgelöst haben. Also muß es einen Weg hinaus geben.«

»Was für einen Unterschied macht es schon, wenn wir sie verlieren? Welchen Schaden können sie anrichten? Es ist nur noch so wenig Zeit übrig! Können wir sie nicht auf andere Weise verbringen?« Der Sprecher war ein dünner Mann mit Glatze, gebeugten Schultern und einer randlosen Brille. Wenn der dicke Mann wie ein böser Nikolaus aussah, so ähnelte dieser Dürre einem verwirrten Knecht Ruprecht.

»Du klingst, als hättest du Zweifel, Louis«, sagte der Nikolaus. Plötzlich waren aller Augen – einschließlich der von Lynn und Jess – auf Louis gerichtet. »Stellst du etwa die Worte des Lamms in Frage?«

»Nein! Nein!« Louis klang ängstlich. »Natürlich nicht! Nur … Es war nie die Rede davon, daß ich Leute umbringen sollte.«

»Alles, was wir tun, geschieht auf Anweisung von Jahwe! Auch dies! Es dient einem höheren Zweck. Wir führen nur die Mission aus, derentwegen wir hier auf Erden sind. Wir handeln nicht aus Haß, sondern aus Liebe.«

»Die Liebe heilt!« Die anderen zwei sprachen gleichzeitig und nickten sich einverständlich zu.

»Wir wissen nicht, was der Judas ihnen vielleicht erzählt hat«, sagte der Fackelträger nüchtern. »Wie die anderen könnten auch sie seine Agenten sein. Sie könnten versuchen, sich einzumischen.«

»Ich weiß, ich weiß, aber selbst wenn Michael ihnen alles erzählt hat, können sie jetzt nichts mehr tun, um uns aufzuhalten. Es ist zu spät. Ich …«

»Du bist ein altes Waschweib, Louis, bist du immer

schon gewesen«, sagte der Fackelträger ungeduldig. »Können wir hier jetzt zur Sache kommen, bitte? Wenn möglich, möchte ich beim Lamm im Lager sein, wenn die Zeit gekommen ist.«

»Das möchten wir alle«, sagte der Nikolaus, und damit waren Louis' Zweifel offenbar beiseite gewischt.

Für einen Augenblick hatte Lynn fast schon angefangen, wieder Hoffnung zu schöpfen. Obwohl es natürlich keine echte Chance gab, daß sie sich einfach umdrehen und fortgehen würden.

»Sucht nach einem Ausgang. Es muß einen geben«, sagte der Nikolaus.

Die Fackel wurde emporgereckt. Die vier Männer untersuchten mit den Blicken jede Spalte und jeden Winkel, indem sie bei der Eingangsöffnung begannen und sich langsam der hinteren Wand näherten.

Es war jetzt nur noch eine Sache von Sekunden, wußte Lynn. Sie klammerte sich an die Oberfläche des Vorsprungs und machte sich so klein und flach wie möglich, während sie weiterhin jede Bewegung der vier Männer unten beobachtete. In dieser Zeit erlebte Lynn eine ganze Palette an Emotionen, von hilflosem Entsetzen über Wut bis zur Verzweiflung.

Rory! Ihre Gedanken flogen zu ihrer Tochter. *Bitte, lieber Gott, beschütze sie.*

Neben ihr schien Jess zu vibrieren, wie eine stark gespannte, soeben gezupfte Gitarrensaite.

Ich will nicht sterben! schrie Lynn innerlich. Dann: *Laß es nicht weh tun.*

»Da sind sie!« Der Fackelträger erblickte sie und wies zu ihnen hinauf. Die anderen drei wirbelten herum.

Einen Augenblick lang, während Lynn flach neben Jess auf diesem Felsvorsprung lag, den Kopf wie ein Baby in der Wiege zur Seite haltend, starrte sie dem Tod ins Gesicht, und sie wußte es. Ihr Blut erstarrte.

Der Nikolaus lachte ein unheimlich fröhliches Lachen,

bei dem sich Lynns Nackenhaare sträubten. Er hob sein Gewehr an die Schulter und blickte durch das Visier.

Er würde sie ohne ein Wort töten.

Ihr Kampf-oder-Flucht-Instinkt arbeitete auf Hochtouren. Aber sie konnte nirgendwo hin fliehen und hatte auch keine Möglichkeit zu kämpfen.

Jess' Muskeln verkrampften sich. Lynn spürte, daß er sich bereit machte zum … zu was? Was konnte er schon tun? Sie würde nicht abwarten, um das herauszufinden.

Instinktiv ergriff sie die einzige Waffe, die es in Reichweite gab. Sie packte einen großen Stein, holte aus und warf ihn mit aller Kraft gegen Nikolaus' Kopf.

Sie traf ihn mit einem befriedigenden Knall!

Der Nikolaus schrie auf und stolperte rückwärts. Das Gewehr drehte sich nach oben. Sein Finger drückte im Reflex den Abzug. Ein Kugelhagel entlud sich krachend aus der Waffe, mit weißen Lichtstreifen wie Dutzende von kleinen Blitzen, die durch die Kammer jagten. Kugeln prallten von Decke, Boden und Wänden ab. Ein Mann schrie auf vor Schmerz. Alle vier ließen sich auf den Boden fallen, während Lynn sich zusammengekauert ihren Kopf umklammert hielt. Die Fackel fiel, und ihre Flamme flackerte heftig, während sie über den nassen, schrägen Boden nach unten rollte.

Jess warf sich mit seinem ganzen Gewicht auf Lynn und quetschte sie so, daß sie keine Luft mehr bekam.

Die Decke kam herab.

Fiel einfach mit einem ohrenbetäubenden Krachen nach unten, begrub die Verbrecher unter sich, löschte die Fackel und erzeugte eine riesige, erstickende Staubwolke.

Nur den Bruchteil einer Sekunde später erschallte ein weiteres Tosen, schrecklicher als das erste, und ihm folgte ein enormes Platschen.

Die Kammer wurde bis in die Grundfesten erschüttert, als ob unter ihnen das schlimmste aller Erdbeben tobte. Lynn hatte alle viere von sich gestreckt und lag flach auf dem unversöhnlichen Felsvorsprung, Jess mit seinem keineswegs unbeträchtlichen Gewicht auf ihr. Sie klammerte sich mit jedem Muskel ihres Körpers an den Fels.

Das Beben hörte schnell wieder auf. Die Echos hallten länger nach. Als schließlich alles still war, war es in der Kammer pechschwarz. Die Luft war dick vom Staub. Lynn vernahm nicht weit entfernt etwas, das sie für Wasserrauschen hielt.

Außer ihrem und Jess' Atem hörte man keine menschlichen Geräusche mehr.

Nur ein unheilvolles gurgelndes Tosen.

31

»Sind Sie in Ordnung?« fragte Jess an ihrem Ohr.

Lynn bekam nicht genug Luft, um zu antworten.

»Lynn?« Es klang ängstlich. Sanft schob er ihr das Haar aus dem Gesicht. Mit der Hand suchte er den Puls an ihrem Hals und fand ihn. Seine Finger blieben dort, warm und schwielig. Über sie ausgebreitet ergab er einen wirkungsvollen Schutzschild, überlegte Lynn. Natürlich könnte sie jetzt an Erstickung sterben, während sie beschützt wurde.

»Könnten Sie ... von mir runtergehen?« brachte sie hervor.

»Oh, Entschuldigung.« Er bewegte die Hand und rollte sich zur Seite. Lynn blieb einen Augenblick lang einfach nur liegen, wo sie lag, und genoß den Luxus, Luft in ihre fast platten Lungen einzuatmen.

Auch wenn diese Luft voller Staub war.

»Lynn? Sind Sie in Ordnung? Sie sind doch nicht getroffen worden?« Er lag auf der Seite, mit dem Rücken zur Wand. Lynn wandte sich ihm zu. Nach der Gefahr und den Gefühlsaufwallungen fühlte sie sich schlaff. Für den Moment wollte sie einfach nur da liegen bleiben und bewußt genießen, daß sie dem Tod ins Gesicht gesehen und überlebt hatte.

Sein gesunder Arm, der im Ellbogen gebeugt war – sie nahm an, daß er die Hand unter den Kopf gelegt hatte –, bildete ein bequemes Kissen. Sie senkte ihre Wange, um darauf zu ruhen, und erfreute sich an der festen Kraft seines Körpers, die sie der ganzen Länge nach an ihrem Körper spüren konnte. Es fühlte sich wunderbar an, zu leben, unverletzt und – zumindest vorübergehend – in Sicherheit zu sein.

»Nein. Mir geht's gut.« Tatsächlich war ihr kalt, sie zitterte, und er strömte Hitze aus. Sie drückte sich enger an ihn. Der Fels, auf dem sie lag, war hart und uneben. Die Brust, an die sie sich kuschelte, war auch hart, aber anders: biegsam-hart. Und warm. So warm. »Und Ihnen?«

»Auch.«

Er bewegte den Arm, legte ihn um ihre Schulter und zog sie noch fester an sich. Als er sprach, strich sein Atem an ihrer Wange vorbei. Er umschloß mit seiner großen Hand ihren nackten Oberarm. Sie hatte den Eindruck, daß sein Mund aufreizend nah war, und ihr Puls beschleunigte sich.

»Ich hätte nicht geglaubt, daß wir aus dieser Falle entkommen würden«, sagte sie und achtete nicht auf das Rasen ihres Pulses.

»Ich hatte selbst meine Zweifel.«

Ihr Kopf ruhte noch auf seinem Bizeps. Als er den Arm beugte, bekam sie eine erstklassige Demonstration der Härte seiner dortigen Muskeln. Da sie direkt neben ihm lag, hielt sie die Hände flach gegen den weichen Flanell gedrückt, der seine Brust bedeckte. Ihre Schenkel preßten sich gegen seine, und Lynn merkte, wie stark und muskulös sein Körper wirklich war. Sie erkannte zudem noch etwas: daß sie nirgendwo sonst sein wollte als in Jess' Umarmung.

Vielleicht in einer anderen Situation, aber unbedingt in seinen Armen.

Vernunft bewog sie, sich von der Kante wegzubegeben. Reiß dich zusammen, schalt sie sich. Dies war weder die richtige Zeit noch der richtige Ort für ein romantisches Zwischenspiel.

Auch wenn er vielleicht genau der richtige Mann dafür war.

Lynn löste sich von ihm und rollte sich seitlich in eine sitzende Haltung, nicht ohne Bedauern zu empfinden.

»Vorsicht.« Seine Hand lag auf ihrer Hüfte. Es bereitete ihr zugleich Vergnügen und Ärger, daß ihr das gefiel. Es war irgendwie beiläufig besitzergreifend, dachte sie.

Sie mochte den Gedanken, daß Jess ihr gegenüber beiläufig besitzergreifend war.

»Der Staub legt sich«, sagte sie.

»Das ist gut.«

Er setzte sich neben sie, und seine Bewegungen wirkten überlegter als sonst. Lynn fragte sich, ob seine Schulter wieder blutete. Das konnte kaum anders sein angesichts der schrecklichen Anstrengungen, die er hinter sich hatte. Er mußte auch ziemliche Schmerzen haben.

Ihr kam der Gedanke, daß er körperlich überraschend zäh war.

»Blutet Ihre Schulter?« fragte sie.

Einen Augenblick lang war er still, als ob er seine Wunden prüfte.

»Nein. Sie schmerzt nur höllisch.«

»Dann ist es ja gut.«

»Ich bin froh, daß Sie es so sehen.«

Lynn lächelte über seinen trockenen Tonfall. »Besser, als zu verbluten.«

»Wahrscheinlich.«

»Ich höre nichts, und Sie? Da unten?« Lauschend legte sie den Kopf zur Seite.

»Nichts Beunruhigendes.«

»Glauben Sie, daß sie tot sind?« fragte sie.

Da er nun nicht mehr hinter ihr war, lehnte sie sich entspannt zurück, bis ihre Schulterblätter die Wand berührten. Der Fels fühlte sich an ihrer nackten Haut klamm an. Wieder zitterte sie, vor Kälte oder Angst oder einer Mischung aus beidem. Sie zog die Knie zu ihrer Brust heran und schlang ihre Arme darum.

Sich wieder an Jess zu kuscheln, und sei es nur aus einem so grundlegenden Bedürfnis wie Wärme, wäre ein Fehler. Jetzt mußten sie sich auf ihr Überleben konzentrieren.

»Wenn nicht, so sind sie doch entschieden aus dem Verkehr gezogen.« Eine Spur Humor schwang in Jess' Worten mit. »Haben Sie auf den Burschen *gezielt?*«

»Natürlich hab' ich auf ihn gezielt«, erwiderte Lynn und warf ihm einen ärgerlichen Blick zu, der allerdings verschwendet war, da er ihn in der Dunkelheit nicht sehen konnte. »Sie müssen wissen, daß ich die Starwerferin in meinem Softballteam an der High-School war. Ich habe jedesmal getroffen.«

»Klein, aber oho, mit blauen Augen und so, Gott, wie bin ich froh ...« sang Jess, während seine Schulter freundschaftlich ihre streifte, als er sich neben ihr gegen die Felswand lehnte. »Ich glaube, Sie haben schlicht unser Leben gerettet.«

»Das war keine Absicht, muß ich gestehen. Ich habe den Stein nur geworfen, weil er da war. Ich hatte nicht damit gerechnet, daß es wirklich helfen würde. Bestenfalls dachte ich wohl, daß ich unserem Killer Kopfschmerzen verpassen könnte, die ihn noch lange an uns erinnert hätten.«

»Süße, ich bezweifle, daß er irgendwelche Mühe hätte, sich an Sie zu erinnern.« Jess' Stimme klang warm, zärtlich und amüsiert.

»Wenn er noch lebte«, erläuterte Lynn und überging das »Süße«, das eigentlich irgendwie lieb klang, so wie es von Jess kam. Plötzlich wurde sie ängstlich. So pechschwarz, wie es um sie herum war, fiel es ihr nicht schwer, sich vorzustellen, daß der Nikolaus und seine Gesellen wie Terminator aus dieser Zerstörung auftauchen würden. »Glauben Sie, Sie könnten gerade mal das Feuerzeug anmachen? Ich krieg' allmählich Schiß, hier im Dunkeln zu sitzen. Was ist das nur für ein Geräusch?«

Es war das gleiche unheimliche rauschende Gurgeln, das seit dem Deckeneinsturz zu hören war, nur schien es lauter zu werden.

Einen Moment später, nachdem er ein wenig herumgewühlt hatte, was Lynn mehr hören und spüren als sehen konnte, machte Jess freundlicherweise das Feuerzeug an.

Bei dem Anblick, der sich Lynn unter ihr bot, riß sie vor Schock die Augen auf.

Die gute Nachricht lautete: Die Verbrecher waren verschwunden. Die schlechte Nachricht war: Der Boden war verschwunden. Alles außer dem Felsvorsprung, auf dem sie saßen, war verschwunden.

Die gesamte Kammer war in einen wirbelnden schwarzen Fluß gestürzt.

Der nun an den Wänden nach oben stieg.

Zu ihnen.

Schnell.

»O mein Gott!« hauchte Lynn. »Was ist passiert?«

»Auf den ersten Blick würde ich sagen, daß ein unterirdischer Fluß unter der Mine verläuft. Wie alle anderen Flüsse in dieser Region ist er nach den Regenfällen und der Frühjahrsschmelze gestiegen. Ich kann jetzt nur raten, aber ich glaube, daß das unter dem Boden fließende Wasser diesen zerrüttet haben muß. Als Sie den Typ mit dem Stein auf der Stirn trafen und er alles in Sichtweite mit seinem automatischen Gewehr bombardierte – außer uns, wunderbarerweise –, konnte die Decke, die ebenfalls durch das Wasser angegriffen war, das Gewicht nicht mehr halten. Ein riesiger Felsbrocken fiel auf den

Boden und auf die Verbrecher. Der Boden brach unter dem zusätzlichen Gewicht zusammen und fiel in den Fluß. Voilà.«

»Und warum klettert der Fluß an den Wänden herauf?« fragte Lynn und blickte entsetzt auf den schlammigen Gegenstand ihres Gesprächs. Das Wasser glänzte schwarz wie Öl und reflektierte die winzige Lichtquelle, die das Feuerzeug abgab.

»Ich glaube, das Wort heißt ›steigen‹«, sagte Jess, der das Feuerzeug hochhielt, um die Decke abzusuchen. Obwohl sie einen großen Teil ihrer Substanz verloren hatte, wirkte sie noch stabil. »Ich würde mal vermuten, daß ungefähr zwei Tonnen Fels heruntergekommen sind und das Wasser aufgestaut haben.«

»O mein Gott! Wenn es weiter steigt, können wir ertrinken!«

»Nie im Leben«, sagte Jess und wandte sich lächelnd zu ihr. Einen Augenblick richteten sich diese strahlend blauen Augen hell und intensiv auf sie. »Gibt es nicht irgendwo in unserem Prospekt eine entsprechende Passage?«

»Wenn nicht«, erwiderte Lynn mit tief empfundener Ernsthaftigkeit, »dann sollte es sie geben.«

Sein Lächeln wurde breiter. »Denken Sie immer noch daran, Adventure Inc. anzuzeigen?«

»Die Entscheidung treffe ich, wenn wir überlebt haben.«

Widerwillig spürte sie, daß sein Lächeln ansteckend war. Er war nah, erkannte sie, so nah, daß sie die Reflexion des Feuerzeugs wie zwei tanzende Flammen in seinen Augen sehen konnte. So nah, daß sie den eindeutigen Geruch von männlichem Schweiß wahrnahm. So nah, daß sie jede Bartstoppel, jeden Kratzer und jede Schmutzspur auf seinem Gesicht sehen konnte.

So nah, daß sie nur ein paar Zentimeter zur Seite rükken, ihr Gesicht heben und ihn küssen mußte.

Sie war versucht. *So* versucht.

»Süße, ich habe Neuigkeiten für Sie. Ich glaube, wir *haben* überlebt.«

»Was?«

»Die Verbrecher sind anscheinend tot.«

»Ja, nicht wahr?« Als Lynn dieser Aspekt des steigenden Flußspiegels völlig bewußt wurde, überschwemmte sie eine gewaltige Welle der Erleichterung. Die Bösen waren tot, und sie brauchte keine Angst mehr zu haben, umgebracht zu werden. Weder sie selbst noch Rory oder Jess waren länger in Lebensgefahr.

Der Gedanke, Jess könnte ermordet werden, war fast genauso schmerzhaft wie die Vorstellung, sie selbst oder Rory wären die Opfer.

»Ich glaube, ich weiß jetzt, wer sie waren. Erinnern Sie sich noch, wie sie miteinander sprachen und sagten, *die Liebe heilt?* Es sind Heiler.«

»Was sind Heiler?« Sie runzelte die Stirn.

»Eine religiöse Sekte. Offiziell die Weltvereinigung der Wahren Jünger unseres Herrn. Unter diesem Namen haben sie sich zusammengeschlossen. Inoffiziell bekannt als Heiler, weil sie ihre Predigten, bei denen sie ihre unausgegorene Philosophie zum besten geben, immer mit *Die Liebe heilt* beenden.«

»Sie haben sich zusammengeschlossen?«

Jess zuckte mit den Schultern. »Der Ehrenwerte Reverend Robert Talmadge, den Heilern bekannt als das Lamm – wie bei ›Lamm Gottes‹, wissen Sie –, war in seinem früheren Leben Unternehmensanwalt. Dann traf ihn ein Blitz am Kopf oder so, er fand auf seine eigene sonderbare Art zur Religion und rief die Sekte ins Leben. Als ich ihn überprüfte – ich hab' Ihnen ja erzählt, daß wir viele Vorbereitungen für Waco trafen, und dazu gehörte auch, andere Sektenführer unter die Lupe zu nehmen, die Koresh vielleicht zur Aufgabe hätten überreden können –, kontrollierte er ungefähr eine Milliarde Dollar, anderer

Leute Vermögen, und fünfzigtausend Wahre Jünger, die über die ganze Welt verstreut waren und sich auf seinen Befehl hin die Hände abgehackt hätten. Sie überschreiben ihm alles: Häuser, Autos, Aktien, ihre Altersversorgung. Aber es gibt kein Gesetz, das Leuten verbietet, so was aus freiem Willen zu tun, genauso wie es kein Gesetz gibt, das den Beitritt zu einer Sekte verbietet. Alles, was Reverend Bob tut, ist legal und geschieht in Übereinstimmung mit den Gesetzen. Die Behörden behalten ihn im Blick, kriegen ihn aber nicht zu fassen.«

»Meines Wissens ist Mord nicht legal.«

»Ja, schon.« Er grinste sie an. »Sie haben den Nagel auf den Kopf getroffen. Er ist zu weit gegangen. Jetzt können sie ihn kriegen. Ich nehme an, was letzte Nacht passiert ist, muß das Ergebnis irgendeines inneren Sektenstreites sein, und wir sind dazwischen geraten. Wie auch immer, die Polizei wird hinter Reverend Bob her sein wie eine Entenschar hinter einem Getreidekorn, wenn wir zu Protokoll geben, daß seiner Gruppe zu verdanken ist, daß über ein Dutzend Leichen da draußen auf dem Berg liegen.«

»Wie können Menschen im Namen der Religion so schreckliche Dinge tun?«

Jess schüttelte den Kopf. »Die Welt ist ein verrückter Ort.«

»Ich muß immer an Tim denken«, sagte Lynn leise. »Er hatte nichts damit zu tun. Er wurde umgebracht, weil sie hinter uns her waren.«

»Ja, Tim.« Jess' Augen bewölkten sich, und sein Kiefer spannte sich an. Lynn erkannte, während sie ihn ansah, daß er gegen den Schmerz und das Schuldgefühl wegen Tims Tod ankämpfte, indem er den Mord aus seinem Kopf verdrängte und so weitermachte, als wäre er nicht geschehen. Eine solche Verdrängung, beschloß sie, war vielleicht die beste Art, mit einer Tragödie fertig zu werden, an der man nichts ändern konnte.

Lynn erkannte an seinem Gesichtsausdruck, daß er nicht mehr über Tim sprechen wollte, und sie respektierte das. Sie verstand sehr gut, wie er sich fühlte. Sie wollte auch nicht über Tim sprechen oder nachdenken, sowenig wie über die anderen Opfer. Im Augenblick mußten sie sich auf ihre eigene Rettung konzentrieren.

»Wir haben es noch nicht überstanden«, erinnerte sie ihn und blickte zum weiter steigenden Wasser hinab.

»Meinen Sie das Wasser?« Er sah über die Kante. »Es ist noch mehr als drei Meter unter uns. Ich wette, es steigt nicht so hoch.«

»Ach, wirklich? Wieso glauben Sie das?« Daß er keine Panik zeigte, so grundlos sie auch sein mochte, war ermutigend.

»Es steigt nicht mehr so schnell wie vorher. Sehen Sie selbst. Und der Großteil des Schutts bestand aus lockerem Stein. Große Stücke von Boden und Decke sind wahrscheinlich abgebrochen, als er getroffen wurde. Mehr lockerer Fels. Das bedeutet, früher oder später wird das Wasser, da ihm nichts Festes im Wege ist, die Blockierung verrücken oder hindurchsickern, so daß es in sein natürliches Bett zurück kann.«

»Na großartig. Ich hoffe, wir leben noch, wenn das passiert.«

»Das werden wir. Das Wasser müßte schon in ein paar Stunden sinken.«

»Vorausgesetzt, wir sind bis dahin nicht ertrunken.«

»Wir werden nicht ertrinken«, sagte er bestimmt.

»Haben Sie übernatürliche Wahrnehmungen?«

Er lachte. »Okay. Hören Sie zu. Wir werden nicht ertrinken, denn wenn das Wasser bis hierher steigen sollte – was es nicht tun wird, weil es schon jetzt fast nicht mehr steigt –, wird es den Tunnel hinter uns hinabfließen. Stellen Sie es sich so vor, als wäre dieser Raum eine riesige Badewanne und der Tunnel das Überlaufventil. Das Wasser steigt bis hierher, dann läuft es ab. Wenn das geschehen sollte, haben wir immer noch ungefähr einen Meter Luft über uns. Im schlimmsten Fall werden wir etwas naß.«

»Was gibt's sonst Neues?« sagte Lynn, während sie seine Worte in sich aufnahm und für vernünftig erachtete. »Ich bin seit zwei Tagen nicht mehr trocken gewesen. Und ich friere. Was haben Sie mit den Jacken gemacht?«

Jess verzog das Gesicht. »Ich fürchte, die sind in der Aufregung verloren gegangen.«

»Da unten?« Sie zeigte hinunter.

Er nickte bestätigend.

»Großartig.«

Sein Blick streifte sie. Lynn begegnete ihm, wußte, woran er dachte, und mahnte ihn mit einem herausfordernden Blick zu, bloß nichts über ihren Wonderbra zu sagen.

»Sie sind ganz verkratzt«, sagte Jess statt dessen.

»Der Tunnel war ganz schön eng.« Lynn merkte, daß ihr kein bißchen mehr kalt war. Unter seinem Blick wurde ihr allmählich warm. Überall.

»Diese Schramme blutet.« Vorsichtig nahm er das Feuerzeug in die rechte Hand und berührte mit einem Finger einen Kratzer auf ihrer Schulter. Die Stelle war ungefähr so groß wie ein Dollarschein und eher eine Schürfwunde als eine Schramme. Winzige Bluttropfen perlten an der Oberfläche, aber das störte sie überhaupt nicht.

»Es tut nicht weh«, erwiderte Lynn und sah von seinem Finger zu seinem Gesicht.

»Und die auch.« Sein Finger strich über ihr Schlüsselbein und ließ eine Spur der Hitze zurück.

»Ich werde leben.«

»Sie haben Schmutz auf der Nase.« Dort berührte er sie als nächstes und wischte mit der rauhen Haut seines Daumens über den schlanken Nasenrücken, wie um den Schmutz zu entfernen.

»Sie auch.« Lynn gelang ein Lachen, obwohl ihr Herz angesichts dessen, was sie in seinen Augen erblickte, rasend schlug.

»Du bist schön«, sagte er. »Sogar wenn du schmutzig bist.«

»Du auch«, antwortete sie und biß sich fast die Zunge ab, weil ihr dieses Geständnis und das vertrauliche Du entschlüpft waren. Ihm zu sagen, daß sie ihn körperlich anziehend fand, war wahrscheinlich ein großer Fehler.

»Findest du?« Seine strahlenden Augen schweiften über ihren Körper. Das Feuerzeug ging aus. Sein gesunder Arm bewegte sich und glitt um ihre Schultern. Sie spürte, wie er sich wieder hinlegte, wobei er sie gleichzeitig mit sich zog.

Genau wie sie gedacht hatte – ein *großer* Fehler.

Sie folgte ihm, ohne Widerstand zu leisten.

»Wir müssen uns einen Plan ausdenken, um hier rauszukommen«, sagte sie streng, während sie gegen den Drang ankämpfte, aufzugeben und die Arme um seinen Hals zu legen.

»Zwangscharakter«, schalt er sie.

»Ich bin kein Zwangscharakter.« Lynn drückte ihre flachen Hände gegen seine Brust. Sie wollte ihn von sich fernhalten. Oder, dachte sie, als ihre Hände die männliche Form der Brust ertasteten, vielleicht auch nicht.

»Mach nur, lüg dich an.« Er zog sie näher zu sich, und sie ließ es ohne den geringsten Protest geschehen. Sie lag vor ihm, ihr Kopf wieder auf seinem Bizeps, sein Arm um ihre Schultern. Sein Gesicht war so nah, daß sie ihr Kinn nur ein kleines bißchen heben mußte, und ihre Münder würden sich begegnen. Sie wußte das, weil ihre Nase bei der Berührung mit seiner kratzigen Kinnunterseite gekitzelt hatte, als sie vorher den Kopf gehoben hatte.

»Na gut, ich leg' eben Listen an«, sagte Lynn. »Dadurch bin ich noch kein Zwangscharakter.«

»Wenn du es sagst«, murmelte er, offensichtlich nicht überzeugt. Er neigte den Kopf so, daß seine Stirn die ihre berührte. »Weißt du was?«

»Was?«

»Plan oder kein Plan, bis das Wasser abläuft, sitzen wir hier fest.« Sein warmer Atem strich über ihre Lippen.

»Ja?« Sie wollte den Bruchteil eines Zentimeters überbrücken, der ihre Münder trennte, mehr, als sie je etwas in ihrem Leben gewollt hatte.

»Außer, du hättest gescherzt, als du sagtest, wir paßten nicht durch diesen Tunnel.« Seine Stimme klang belegt. Der Arm unter ihrem Kopf war so fest wie ein bis zum Anschlag gespanntes Bungeeseil.

»Nein.«

»Das dachte ich mir.« Seine Nase berührte die ihre. Es war eigentlich fast keine Berührung, schnell und flüchtig und wahrscheinlich nur zufällig. Doch sie jagte Feuer durch Lynn bis hinab in ihre Zehenspitzen.

»Jess«, sagte sie und sprach nicht weiter, da sie vergessen hatte, was sie sagen wollte. Ein Gedanke erfüllte ihren Kopf so sehr, daß er alle anderen verdrängte: Sie wollte ihn küssen. Sie wollte ihn lieben. Dringend.

»Lynn.« Halb humorvoll und halb zärtlich äffte er sie nach. Sie konnte seinen warmen Atem auf ihrem Mund spüren. »Lynn.«

Als er ihren Namen zum zweiten Mal aussprach, klang er ernst.

»Was?« Ihr Herz schlug noch schneller. Ihre Hände krallten sich in sein Hemd.

»Erinnerst du dich an den ersten Tag am Flughafen, an deinen ärgerlichen Blick, weil du mich dabei erwischtest, wie ich deine Beine ansah?«

»Ja.« Lynn fiel es nicht schwer, das Bild des großen, schönen Fremden mit der goldbraunen Mähne, hautengen Jeans, Stiefeln und Cowboyhut heraufzubeschwören, den sie dabei ertappte, wie er ihre Beine in den Blick nahm, noch bevor er auch nur guten Tag gesagt hatte. Sie hatte ihn damals mit ihrem Blick durchbohrt, und zwar verdientermaßen.

Nun wurde ihr bei der Erinnerung heiß.

»Weißt du, was ich da gedacht habe?«

»Ich habe Angst, danach zu fragen.«

»Wenn man mich fragt, hat diese Dame einen höllischen Urlaubsflirt vor sich.«

»So?«

»Ja, Madam.«

Lynn war sich nicht sicher, aber dem Klang seiner Stimme nach lächelte er wohl.

»Ich habe geplant, mich selbst als Teil deines gebuchten Urlaubsprogramms zur Verfügung zu stellen«, fügte er hinzu.

»Zum Alles-inklusive-Preis?« Als Lynn das sagte, merkte sie, daß auch sie lächelte. Das war der Wortlaut der Broschüre gewesen, im Anschluß an die Liste der Leistungen des Reiseunternehmens. In dem genannten Preis waren Übernachtung, alle Mahlzeiten und Annehmlichkeiten wie beispielsweise Duschen inbegriffen. Nicht inbegriffen war Jess.

»Herrje, du hättest mich sogar zu einem Rabatt überreden können.«

»Wie kamst du darauf, daß ich an einem falschen Cowboy interessiert wäre?«

»Bist du es nicht?«

»Damals nicht.«

»Und jetzt?«

»Vielleicht.«

»Vielleicht?«

»Vielleicht.«

Ob sie ihr Kinn genau den erforderlichen Bruchteil eines Zentimeters neigte oder er den Kopf bewegte, hätte Lynn nicht sagen können. Sie wußte nur, daß nach diesem letzten *vielleicht* sein Mund auf ihrem war.

Er war fest, warm und fast unerträglich zart.

Unwiderstehlich sogar.

Mit einem halb klagenden, halb seufzenden Laut schlang sie ihre Arme um seinen Nacken und überließ sich Jess.

32

Lynn erkannte erst, wie hungrig sie nach ihm war, als sie spürte, daß seine Zunge in ihren Mund glitt. Es war lange her, daß sie echte sexuelle Lust gespürt hatte, tatsächlich schon viele Monate, sogar Jahre her. Nach ihrer Scheidung hatte sie nur wenige Freunde gehabt und mit großen Abständen dazwischen, und keiner von ihnen – nicht ein einziger – hatte sie so tief berührt wie Jess.

Er brauchte sie nur mit seinem Mund zu berühren, und die Hitze explodierte in ihr wie eine Bombe, die mit einer feurigen Sprengladung gefüllt war.

Wild erwiderte sie seinen Kuß, sie brannte nach ihm und fühlte sich, als ob ihre Nervenenden mit Napalm getränkt und in Flammen gesetzt worden wären. Ihre Arme umschlangen seinen Hals. Sie klammerte sich an ihn, und ihre Finger verfingen sich in seinem Nackenhaar. Sie drückte ihren Busen gegen seine Brust und genoß es, wie die Muskeln dort ihrer Weichheit nicht nachgeben wollten. Ein rhythmisches Klopfen wurde in ihr wach, und sie rieb dessen Quelle gegen die Wölbung vorn in seiner Jeans.

Die betäubende Hitze seines Mundes und die harte Männlichkeit seines Körpers – danach hatte sie sich anscheinend ihr Leben lang gesehnt.

Er legte sich auf den Rücken und zog sie mit sich, ohne den Kuß zu unterbrechen. Ihr Oberkörper lag über seiner Brust. Er legte seine Hand auf ihre Brust und streichelte sie durch den dünnen Stoff und die Spitze hindurch. Seine Hand war groß genug, um die Brust völlig zu bedecken, und warm genug, um sich an ihrem kühlen Fleisch erschreckend anzufühlen. Ihre schon harten Brustwarzen schmerzten, als er die Finger ausbreitete und die Hand flach auf ihre Brust legte. Keuchend schmiegte Lynn sich enger an ihn, um ihn zu ermutigen. Er unterbrach den Kuß und drückte seinen geöffneten Mund auf ihren Hals.

»O Gott.« Sie schloß die Augen und überließ sich ihren Gefühlen. Er bewegte sich so, daß er wieder neben ihr lag. Die feuchte Hitze seines Mundes tauchte an ihrem Hals abwärts bis zum Schlüsselbein und zum oberen Rand ihrer Brust, wo ihn der spitzenbesetzte Rand ihres BHs aufhielt.

Sein Mund brannte dort auf ihrer weichen Haut.

Lynn konnte kaum atmen.

»Weißt du, wie oft ich mir das vorgestellt habe?« Seine Stimme war ein rauhes Wispern, als seine Hand unter den BH glitt und ihre nackte Brust berührte. Seine Haut war leicht rauh, seine Fingerspitzen schwielig. Seine Hand legte sich streichelnd über ihre Brust, nahm sie in Besitz. Mit dem Daumen fand er ihre Brustspitze.

Das Klopfen in ihr wurde heißer und dringender, drohte außer Kontrolle zu geraten.

Er schob ihren BH nach oben aus dem Weg, und plötzlich waren ihre Brüste frei. Er senkte den Kopf.

Lynn wußte, was nun käme, und spannte sich in fast unerträglicher Erwartung an. Ihre Nägel gruben sich in seinen Nacken.

»Jede Stunde, seit du mir diesen ersten Fahr-zur-Hölle-Blick zugeworfen hast.«

Sein Mund fand ihre Brustwarze. Er berührte sie mit der Zungenspitze, zog sie zurück, berührte sie wieder. Unfähig, dieses Necken zu ertragen, ergriff Lynn seinen Kopf und zog seine Lippen herab auf ihre Brust.

Als die verbrennende Hitze seines Mundes sie umschloß, stöhnte Lynn auf. Mit den Händen streichelte sie seinen Hinterkopf. Er saugte an ihr, nippte an ihr und neckte die empfindlichen Spitzen mit seiner Zunge.

Lynn konnte nur noch kleine wimmernde Töne der Lust von sich geben. Sie hörte sie, wußte, daß sie aus ihrem Mund kamen, aber es war ihr egal. Sie hatte den Kopf zurückgeworfen und die Finger in seine Haare gegraben, während sie sich an ihn preßte, gleichzeitig fordernd und flehend.

»Ah, Lynn, ich wußte, daß du scharf sein würdest.« Seine Stimme war belegt. Sein Schenkel glitt zwischen ihre. Lynn spürte die Härte seines Beines, das sich gegen den Teil von ihr preßte, der vor Begehren brannte und klopfte, und sie glaubte zu explodieren.

»Jess. Jess.« Sie brachte keine zusammenhängenden Worte mehr hervor, nur noch seinen Namen. Sie konnte nicht warten, nicht mal mehr eine einzige Sekunde. Sie griff nach ihm, blind in der pechschwarzen Dunkelheit, und glitt mit einer Hand unter das Flanellhemd, um seinen flachen, waschbrettharten Bauch zu streicheln. Es war die schiere Sinnlichkeit, ihn zu berühren, wie sie wollte, während sie den Knopf seiner Jeans suchte. Sie wollte ihn befreien, merkte aber zu ihrer Überraschung, daß sie die Hose nicht aufbekam. Vor Leidenschaft waren ihre Finger zu unbeholfen. Statt dessen glitt ihre Hand in seine Hose. Da war er, beinahe bis zum Hosenknopf geschwollen, und wartete auf sie. Sie berührte ihn, ihre Finger krochen über ihn und schlossen sich um ihn. Er war riesig, heiß und feucht und fühlte sich in ihrer Hand wie ein Steinmonolith an.

Als sie ihn drückte, stöhnte er, dann stöhnte er wieder und rollte sich über sie, bis ihr Rücken gegen den Fels gedrückt wurde und er auf ihr lag. Er zerrte an ihrer und an seiner Jeans. Sie half ihm, brannte nach ihm, wollte ihn *genau in dieser Sekunde* so sehr in sich haben, wie sie in ihrem ganzen Leben noch nie etwas gewollt hatte.

»O Gott, Lynn.«

Sein Atem ging in harten, schnellen Stößen. Er war schwer, als er sie bedeckte, drängend nun, während er sich aus seiner Jeans befreite. Als er ihren Slip heruntergezogen hatte, stieß er seine Hand zwischen ihre Beine. Lynn umklammerte sie mit den Schenkeln, hielt ihn bebend fest. Sie spürte, daß sie an Ort und Stelle kommen würde, und wollten ihn doch in sich haben.

Sie stieß seine Hand weg, kickte ihre Jeans fort und zog

ihn zwischen ihre Beine. Ihre Hände zitterten, als sie ihn zu der Stelle führte, wo sie ihn brauchte. Sie löste ihre Hüften von dem steinigen Bett und hob sie ihm entgegen, als er sie berührte. Sein Körper stand in Flammen und verbrannte sie.

Sie wimmerte.

Langsam und kontrolliert stieß er in sie, zwang ihre Hüften zurück gegen den Fels und füllte sie mit einem heißen, feuchten, mit Samt überzogenen Stahlwerkzeug, das sich für sie besser anfühlte als alles zuvor. Stöhnend vor Lust bäumte Lynn ihren Rücken, wand sich unter ihm und fühlte sich, als würde sie aus schierem Glück über ihre beiden miteinander verschmolzenen Körper sterben.

Er zog sich zurück und stieß dann wieder zu, tief und langsam. Sie schrie auf.

Er auch.

Sie küßten einander mit gieriger Leidenschaft. Lynns Lippen öffneten sich ihm wie ihr Körper, ohne Ende. Ihre Zungen vereinten sich in demselben benebelnden Rhythmus wie ihre Körper, heiß und wild und unverhohlen hungrig.

Mit langsamen und kontrollierten, wenn auch nicht nachlassenden Bewegungen drückte er sie in den kalten, unnachgiebigen Stein und machte sie verrückt vor Verlangen. Mit den Beinen umschlang sie seine Hüfte und krallte ihm die Finger ins Haar. Sie keuchte, wand sich, hob ihm ihre Brüste und Hüften entgegen und rief seinen Namen aus.

Seine Hand glitt zwischen sie und suchte die Stelle, an der ihre Körper vereinigt waren. Er fand den bebenden Punkt, der bereits über das Erträgliche hinaus stimuliert war.

Als er sie berührte, wurde sie einen Augenblick lang vollkommen still. Dann wölbten sich ihre Hüften vom Stein weg und baten ihn, noch tiefer in sie einzutauchen. Als Antwort stieß er so hart zu, daß Lynn in rationalem

Zustand vielleicht gefürchtet hätte, verletzt zu werden. Aber sie war nicht rational. Sie war kopflos, gedankenlos vor Leidenschaft, erfüllt mit Lust, mit Begehren. Er stieß wieder, und sie konnte es nicht mehr aushalten. Empfindungen, die sie jahrelang geleugnet hatte, brachen sich verzehrend in ihr Bahn.

Lynn schrie auf, klammerte sich fest, bebte und zitterte.

Als sie kam, kam auch er.

Wie lange es dauerte, bis Lynn wieder an die Oberfläche tauchte, hätte sie nicht sagen können. Sie war nackt, abgesehen von ihren Strümpfen und ihrem BH, der von der einen Achselhöhle zur anderen verdreht war. Sie lag auf Jess, der sich ihr zuliebe so gedreht hatte, daß er mit dem Rücken auf dem Stein lag. Ihre Arme lagen lose um seinen Nacken, und ihr Kopf ruhte auf seiner Brust.

Er hatte seine Strümpfe und sein Hemd an, das, so wie es sich unter ihr anfühlte, wild verdreht war.

Von der Brust zu den Fußgelenken war er nackt. Wunderbar nackt. Großartig nackt. Verführerisch nackt.

Lynn schlängelte versuchsweise ein wenig hin und her. Sie spürte, wie sein wichtigster Teil mit einem Zucken reagierte.

»Hi«, sagte er in der Dunkelheit über ihrem Kopf.

Lynn lächelte, dann fiel ihr ein, daß er sie nicht sehen konnte, und sie schlängelte ihren Körper die paar Zentimeter hoch, die nötig waren, um seinen Mund zu küssen.

»Selber hi« sagte sie. Der BH schnitt ihr in die Haut. Sie griff nach hinten, löste ihn und zog ihn aus, wobei sie ihre Position möglichst wenig veränderte.

»Ich weiß nicht, wie du das siehst, aber ich könnte noch ein zweites Mal«, sagte er mit unmißverständlich lüsterner Stimme.

»Gierig«, schalt sie und küßte ihn wieder, wobei sie diesmal über ihm kauerte. Sie spürte, wie er unter ihr steif wurde.

Seine Hand fand ihre Brust.

»Wir sollten zuerst den Wasserspiegel überprüfen«, sagte sie in seinen Mund hinein, während sie gleichzeitig das Spiel seiner Hand genoß.

»Zur Hölle mit dem Wasserspiegel.«

Er legte eine Hand, diejenige auf seiner verletzten Seite, um ihren Nacken und zog sie enger an sich, während er sie küßte. Die Hand, die ihre Brust streichelte, glitt hinab, umschloß eine nackte Pobacke und drückte sie vertraulich.

»Wir sollten wirklich prüfen ...« Lynn vergaß, was sie sagen wollte, als seine Hand an ihrem Po noch weiter hinabfuhr, sich zwischen ihre Beine drängte und sie zärtlich berührte.

»Jess ...« flüsterte sie gegen seine Lippen, als er zwei Finger in sie steckte, sie hinauszog und dann wieder hineinstieß. »O Jess!«

Ihr Mund trennte sich von seinem, um an seinem Körper hinabzugleiten, wobei sie seinen Hals, seine Brust und den Bauchnabel küßte, während seine Finger eintauchten und spielten. Sie wollte auch andere Stellen küssen, ihn in ihren Mund nehmen und so zum Wahnsinn treiben, wie er das mit ihr tat, aber sie wollte ihn zu dringend in sich spüren, um noch länger zu warten. Statt dessen setzte sie sich quer über ihn, mit über seinen Hüften gespreizten Beinen, zurückgeworfenem Kopf und seinen Händen auf ihrer Brust, während diesmal sie den Rhythmus vorgab.

Sie kam so stark, so wunderbar, so unglaublich wie zuvor und rief seinen Namen aus.

»Jess! Jess! Jess, *o Jess!*«

»Au! Paß auf die Schulter auf«, warnte er sie Sekunden später, als sie befriedigt auf seiner Brust zusammenbrach und ihm dadurch Schmerz zufügte.

»Tut mir leid. Hab' ich dir weh getan?« Sie lächelte und kuschelte sich enger an ihn, während sie sprach. Sein Arm glitt um ihre Taille.

»Nur meiner Schulter. Der Rest von mir fühlt sich … ganz schön gut an.«

»So?« Sie küßte ihn auf den stoppeligen Hals.

»Ja, Madam. Lust auf ein drittes Mal?«

»Wir sollten wirklich den Wasserspiegel überprüfen. Und deine Schulter.«

Widerstrebend, aber entschlossen rollte Lynn von ihm herunter. Sie achtete darauf, nicht zu nah an die Kante zu kommen, und hielt sich mit einer Hand an der Wand fest, um sich zu orientieren.

»Jess, wo ist das Feuerzeug?«

»Sag die Wahrheit: Du hast überhaupt kein Interesse, den Wasserspiegel zu kontrollieren. Das ist nur ein Trick, um mich nackt zu sehen.« Er setzte sich, und sie spürte, wie er im Dunkeln auf dem Felsvorsprung herumtastete, genau wie sie. »Das Feuerzeug ist in der Vordertasche meiner Jeans. Sie müßte irgendwo hier unten sein – ich hab' sie.«

»Gott sei Dank.« Lynn war von der Vision verfolgt worden, daß bei ihren kürzlichen Anstrengungen Jeans, Feuerzeug und alles andere über den Rand gestoßen worden wären. Sie hockte, an die Wand gelehnt, auf ihren Beinen.

Das Feuerzeug ging an. Lynn fand sich Auge in Auge mit dem Mann, mit dem sie gerade in den Fängen ungezügelter Leidenschaft gefangen gewesen war.

Er sah wie ein Wilder aus, war ihr erster Gedanke. Seine Haare hingen ihm braun und zottig über die Schultern, sein Gesicht war schmutzig und stellenweise zerkratzt, und die normalerweise sauberen Linien seiner Wangen und des Kinns waren durch starken Bartwuchs verdunkelt.

Nackt, abgesehen von seinem Flanellhemd und den zerrissenen Socken, war er auf den Knien und hielt das Feuerzeug in einer Hand. Seine strahlend blauen Augen glänzten, als sein Blick den ihren traf.

Lynns zweiter Gedanke war, daß Sex-Appeal ganz bestimmt nicht von makelloser Körperhygiene abhing. Oder von würdigem Auftreten.

Denn sogar halbnackt, verschmiert und in einer lächerlichen Haltung war Jess sexyer als alles, was sie in ihrem Leben je gesehen hatte.

»Hi«, sagte er leise und lehnte sich vor, um einen Kuß auf ihren Mund zu drücken.

»Hi«, erwiderte sie, als er den Kopf hob. Jeder Nerv in ihrem Körper strahlte Wärme aus. Ihr Mund kribbelte. Sie wußte, daß ihre Augen glühen mußten. Sie lächelte ihn an und fühlte sich innen ganz weich.

»Ich habe nicht gemeint, daß du diesen Wonderbra *brauchst*«, sagte er und schätzte offen ihren Körper ab.

Lynn bedeckte sofort ihre Brüste mit den Händen und sah ihn düster an.

»He«, sagte er und ließ das Feuerzeug ausgehen, während er eine ihrer Hände fortzog und die weiche Spitze ihrer Brust küßte. »Ich finde, sie haben die perfekte Größe. Du hast dir doch nicht vorgestellt, ich wäre eine Art Neandertaler, der hinter Frauen mit richtig dicken Brüsten her ist, oder?«

»Doch, habe ich in der Tat.«

Er küßte ihre andere Brust, legte das Feuerzeug irgendwohin – Lynn hörte das schwache Klappern von Plastik auf Stein – und beugte sich über sie. Sein Atem auf ihrem Gesicht war warm.

»Okay, ich gebe zu, ich hätte mal einer sein können – früher«, sagte er, und eine Hand kam heran, um die besprochenen Körperteile zu umfassen und zu streicheln. Lynns Puls beschleunigte sich, als er mit dem Daumen über einer Brustwarze hin und her wedelte. »Aber jetzt nicht mehr. Ich stehe jetzt auf Verstand.«

»Verstand?« Ihre Stimme klang skeptisch.

»Ja.« Lynn nahm an, daß er lächelte. »Und auf Hintern und Titten und ...«

Sie schlug ihn auf den gesunden Arm. Er hätte auch so aufgejault. Dann küßte er sie wieder.

Es dauerte noch eine ganze Zeit, bis sie so weit waren, den Wasserspiegel zu prüfen.

Als sie es taten, trug Lynn sein Flanellhemd über ihren Jeans. Ihr BH neigte sich nach links; ein Steg war unter Jess' zärtlicher Behandlung zerbrochen. Jess trug nur noch seine Jeans, Socken und den Mullverband um seine Schulter, sonst nichts.

»Mehr Kleider dürfen wir nicht verlieren. Sonst werden wir nackt sein«, bemerkte Lynn, als sie ihn in dem wieder aufflackernden Feuerzeuglicht in Augenschein nahm.

»Das geht schon in Ordnung für mich.« Er grinste sie an. Lynn merkte, daß sie ihn noch nie richtig ohne Hemd gesehen hatte, obwohl es mittlerweile kaum noch einen Millimeter seines Körpers gab, den sie nicht tastend erforscht hatte. Hübsch, dachte sie und bewunderte seine breiten Schultern und das dunkle Haarbüschel mitten auf seiner Brust, das sich nach unten zog und unter dem Gurt seiner Jeans verschwand. Sehr hübsch.

Sie hätte ein ganzes Dutzend von ihm genommen und mit einer dicken Schleife verpacken lassen.

»Schau an, da ist meine Jacke.« Jess spähte jetzt über die Kante, und Lynn ebenfalls. Seine Daunenjacke trieb direkt unter ihnen auf dem Wasser. Ihr Anblick löste in Lynn ein wildes Verlangen nach Nikotin aus, das sie mehr oder weniger erfolgreich niederkämpfte, seit sie sich von Jess gelöst hatte.

Eine Zigarette nach dem Sex hatte was für sich …

»In der Tasche waren zwei Zigaretten«, sagte sie bedauernd.

»Du mußt ohnehin aufhören.« Sein Blick und Tonfall waren ohne Mitgefühl.

»Glaubst du, mit Rory ist alles in Ordnung?« Jess hatte vorübergehend alles andere aus ihrem Kopf gewischt, aber nun, da ihre Gedanken wieder richtig arbeiteten, kam ihr als erstes Rory in den Sinn.

»Müßte. Wir wissen, wo die Verbrecher sind, und sie jagen sie nicht mehr. Du hast gesagt, sie würde Theresa auf dem Weg aus der Mine heraus folgen. Wenn sie das getan hat, läuft sie da draußen in der Sonne herum, und es geht ihr sehr viel besser als uns.«

»Ich wette, sie hat Angst.«

»Angst zu haben tut ihr nicht weh.«

»Jess.«

»Hm?« Er kniete bei der Kante und hielt das Feuerzeug hoch, während er die gegenüberliegende Wand untersuchte.

»Hat Rory dir je gesagt, daß sie ein Baby von dir wollte?«

Er drehte sich zu ihr um. »Hat sie wohl zu dir gesagt, was?«

»Stimmt das wirklich?«

»Leider.«

»O mein Gott. Was hast du gesagt?«

»Daß ich lieber eins von ihrer Mama hätte.«

Lynns Kinnlade fiel herunter. »Das hast du nicht gesagt!«

Er grinste sie an. »Nein. Aber ich hab's gedacht.«

»Was hast du also gesagt?«

»Ich habe nur gelacht. Bei Kindern darf man nicht alles, was sie sagen, ernst nehmen.«

»Danke, Doktor.«

»Bitte schön.« Er wandte sich wieder seiner Untersuchung der gegenüberliegenden Wand zu.

»Jess?«

»Hm?«

»Es tut mir leid, daß ich dich verdächtigt habe, ein Perverser zu sein, der scharf auf meine Tochter ist.«

Er sah sie mit einem launischen Lächeln an.

»Sollte dir auch leid tun.«

»Ich habe mich geirrt.«

»Ja. So sehr geirrt, wie es überhaupt möglich ist. Aber ich verzeihe dir.«

»Danke.«

»Jeder andere hätte die Wahrheit sofort erkannt.«

»Welche Wahrheit?«

»Daß ich einzig an dir interessiert war, seit du aus dem Flugzeug gestiegen bist. Zuerst war ich nur nett zu deinem Kind, um mich bei dir beliebt zu machen.« Er schüttelte vorwurfsvoll den Kopf. »Dann, um dich zu ärgern. Du bist süß, wenn du sauer bist.«

»Und du«, sagte sie, und ihre Augen wurden schmal, »leidest wohl unter Todessehnsucht.«

Er lachte. »Siehst du, richtig süß.«

»Hat man dich jemals mit einem Stein richtig durchgeprügelt?«

»Nicht, wenn man dabei war, sich gerade heftig zu entschuldigen.«

»Ich habe mich schon entschuldigt.«

»Nicht genug. Du mußt bei mir was gutmachen.«

»Mit Vergnügen.« Langsam erschien ein Lächeln auf Lynns Lippen, während sie die Mittel und Wege in Betracht zog.

»Ja?«

»Ja.« Ihr Lächeln wurde breiter, und sie beugte sich vor, um ihn zu küssen. Als Lynn nach unten sah, blieb ihr fast das Herz stehen. Knapp drei Meter unter ihnen starrte ein blasses ovales Gesicht aus dem leuchtend schwarzen Wasser herauf.

33

In der Erwartung, Lynns Lippen an seinem Mund zu spüren, schloß Jess soeben die Augen, als sie einen gellenden Schrei ausstieß, direkt in sein Gesicht hinein. Erschrocken prallte er zurück und riß die Augen auf. Er war so bestürzt, daß er beinahe von der Kante ins Wasser gefallen wäre.

»Was ist? Was ist los? Sag schon!«

Er fand sein Gleichgewicht wieder, sah in die Richtung, in die sie wortlos zeigte, erblickte das weiße, triefende Gesicht, das zu ihnen hinaufstarrte, und spürte, wie sich sein Magen zusammenzog. Vielleicht war es nicht männlich, sich zu fürchten. Wenn dem so war, dann war er ungefähr so männlich wie eine Obermemme, denn nachdem er das Gesicht im Wasser gesehen hatte, fühlte er sich einen Augenblick lang zu Tode erschrocken.

Und es war nicht das erste Mal in den letzten 24 Stunden, daß ihm der Schreck in die Glieder fuhr.

Was er jetzt am allerwenigsten brauchte, war eine Begegnung mit einem weiteren Sektenverrückten, der von Gott predigte und den Tod brachte. Ein Waco war mehr als genug für ein ganzes Leben. Seitdem sie über die Leichen gestolpert waren, hatte er neben dem physischen Kampf mit den echten Killern die ganze Zeit über einen gedanklichen Kampf mit den Phantomkillern ausgefochten. Ein- oder zweimal hatte er sich sogar gefragt, ob er sich die ganze Sache einfach nur einbildete, so als ob er es irgendwie verpaßt hätte, aus seinen Alpträumen aufzuwachen.

In dieser Richtung, fürchtete er, lag der Wahnsinn.

Die Vernunft setzte sich mit tröstlicher Entschlossenheit wieder durch. Das Gesicht im Wasser gehörte natürlich zu einer Leiche. Und die Leiche war einer der Männer, die versucht hatten, sie zu töten, und statt dessen selbst umgekommen waren, als der Fels zusammenbrach. Unheimlich, ja. Beängstigend, nein. Nicht mehr.

Die Augen der unheimlichen, nicht beängstigenden Leiche waren weit geöffnet und schienen in seine Augen zu starren. Jess konnte nichts dagegen tun, er starrte zurück.

»Hi-hilfe!« sagten die blauen Lippen.

Neben ihm schnappte Lynn nach Luft. Jess war ebenfalls danach zumute.

Dann sah er, daß sich die Arme des Mannes bewegten, und merkte, daß er die Beine bewegte, um nicht unterzugehen; er war tatsächlich am Leben, nicht tot.

Jess wußte nicht, was beängstigender war: ein lebender Verbrecher oder ein toter.

»Hilfe!« sagte der Mann wieder.

Jess beugte sich vor und ließ das dürftige Feuerzeuglicht über den Mann im Wasser scheinen.

Es war der zweifelnde Thomas – äh, Louis.

»O mein Gott«, sagte Lynn. »Er lebt!«

Wild blickte sie auf dem Felsvorsprung umher, als suchte sie nach einer Waffe. Zum Glück für den Kerl in dem Pool hatten sie nichts mehr außer den Kleidern an ihren Körpern.

»Bitte«, sagte Louis. Er klang, als würde er rasch seine letzten Kräfte verlieren. Jess erinnerte sich an die Wassertemperatur. Sie brauchten nichts weiter zu tun; das Problem würde sich in weniger als 15 Minuten von allein lösen. Der Kerl konnte sich nicht selbst retten. Es gab keinen trockenen Fleck außer dem Felsvorsprung, und zwischen ihrem Sitzplatz und der Wasseroberfläche ragten knapp drei Meter glitschigen, unüberwindlichen Felsens senkrecht nach oben.

»Soll ich versuchen, ihn zu versenken?« Lynn stieß Jess an. Jess warf ihr einen Blick zu und mußte lächeln. Sie war mit einer Handvoll Steinen bewaffnet, von denen der größte wie ein Golfball aussah, womit sie offensichtlich den Kerl bewerfen wollte.

Es war unheimlich, diese blonde, blauäugige, entfesselte sexy Frau zu sehen – die nicht viel größer als ein Winzling war und deren Äußeres nicht einmal eine Fledermaus erschreckt hätte – und zu denken: Das ist wirklich eine furchterregende Frau.

»Ich glaube nicht, daß wir ihn zu steinigen brauchen. Wenn wir ihn seinem Schicksal überlassen, geht er in zehn bis 15 Minuten von allein unter. So wie er aussieht, setzt allmählich die Unterkühlung wegen der Wassertemperatur ein.«

»Bitte, helft mir!« Louis klang mitleiderregend und sah auch so aus. Jess beobachtete, wie er auf und ab hüpfte und seine Armbewegungen immer unkoordinierter wurden. Dann prüfte er wachsam die Wasseroberfläche und die Kammerwände. Ihm war gerade die Frage in den Sinn gekommen: Wo war dieser Kerl in der letzten Stunde gewesen?

Jedenfalls nicht unter Wasser, falls er nicht zufällig eine Taucherausrüstung besaß.

Jess kam ein häßlicher Gedanke: Wenn Louis überleben konnte, dann seine Spießgesellen ebenso. Die Frage war: *Hatten* sie auch überlebt?

»Wo waren Sie?« rief Jess zu ihm hinunter. »Sie waren doch nicht die ganze Zeit unter Wasser.«

»Als alles herunterkam, wurde ich in einen unterirdischen Tunnel gesaugt. Da war eine Luftglocke. Ich bin hinausgekrochen, aber mir ist die Luft ausgegangen. Also habe ich hinauszuschwimmen versucht. So bin ich hier heraufgekommen.«

»Was ist mit den anderen?«

»Können Sie mir bitte helfen?«

»Was ist mit den anderen?« fragte Jess beharrlich.

»Tot. Alle tot.«

»Sicher?«

»Wie hätten sie überleben können?«

»*Sie* haben doch überlebt.«

»Durch ein Wunder«, sagte Louis, dessen Stimme immer matter klang. »Ein Wunder. Bitte, wollen Sie mir helfen?«

»Ich glaube nicht, daß Gott ein Wunder an Sie verschwenden würde.« Jess sank auf seine Fersen zurück und sah Lynn an. »Was meinst du?«

»O Gott …« Lynn seufzte kaum hörbar. »Ich glaube nicht, daß ich einfach hier sitzen und zusehen kann, wie er ertrinkt.«

»Er hätte zugesehen, wie wir erschossen worden wären«, gab Jess zu bedenken. »Oder hätte uns selbst erschossen. Er war möglicherweise sogar derjenige, der auf mich oder Tim geschossen hat. Sie haben heute da draußen allesamt ziemlich wild herumgeballert. Und gestern abend …«

»Trotzdem …« Lynn wurde still, als sie über die Kante sah. Louis' weißes, erschöpftes Gesicht trieb nur Zentimeter über dem Wasser.

Es war ein trauriger Anblick. Jess selbst spürte Mitleid.

Aber nur wenig.

»Bitte, Lady. Bitte«, bettelte Louis, der offensichtlich Lynn als die weiche Stelle des Paars ausgemacht hatte. »Helfen Sie mir!«

Lynn sah Jess an.

»Wenn wir ihn sterben lassen müssen, sollten wir das Feuerzeug ausmachen. Dann brauchen wir ihm wenigstens nicht dabei zuzusehen.«

»Keinesfalls«, antwortete Jess fest, wenngleich er nicht hinzufügte, daß ihn die Vorstellung beängstigte, im Dunkeln zu warten, während ein Bösewicht starb und die anderen vielleicht doch noch lebten und zu ihnen hinaufzukommen versuchten.

Richtige Männer hatten keine Angst. Oder wenigstens gaben sie das nicht zu.

»Willst du denn zusehen?« Lynn klang entsetzt.

»Ich will sicher sein, daß er diesmal wirklich tot ist.« Jess drückte seinen Daumen fest auf das kleine Rad, das die Flamme am Leben erhielt.

»Ihr müßt mir helfen! Ich habe eine Mission. Ich muß erzählen …« Der Rest von Louis' Klage ging in einem unverständlichen Gemurmel unter, als er etwas tiefer sank und Wasser schluckte.

Jess blickte zu Lynn, die sowohl verängstigt als auch gepeinigt wirkte, dann sah er wieder über die Kante.

»Das Ende der Welt«, keuchte Louis, als er wieder hochkam.

»Was für ein Haufen Unsinn«, murmelte Jess.

»Es naht … das Ende der Welt!« Louis war nun erregter, so als ob er spürte, daß ihm nicht mehr viel Zeit blieb.

»Ich will nichts mehr von diesem religiösen Mist hören, verstehen Sie? Oder ich lasse Sie ganz sicher ertrinken.«

Allein der Gedanke, welcher Gehirnwäsche der Kerl unterzogen worden war, machte Jess wütend. Er wußte, daß es lächerlich war und nichts damit zu tun hatte, wie viele dumme Schafe sich von einem schlau getarnten Wolf hereinlegen ließen, aber er konnte nicht anders: Die ungemilderte Idiotie dieser Sache brachte ihn völlig aus der Fassung.

Vermutlich hatte es etwas mit seiner Erinnerung an die Kinder von Waco zu tun.

Die er sofort aus seinen Gedanken verbannte.

»Es ist die Wahrheit!« rief Louis. »Das Ende der Welt ist da! Es naht! Montag morgen um neun! Ich schwöre!«

Plötzlich erinnerte sich Jess an das Schild, das die Heiler an dem Tag am Flughafen hochgehalten hatten, als er und Owen Lynn und ihre Gruppe abgeholt hatten. Auch sie hatten das Weltende prophezeit, um neun Uhr an einem festgelegten Datum, an das er sich nicht mehr erinnern konnte.

Was für Irre.

Jess runzelte die Stirn, verzog die Lippen und kämpfte gegen seinen Zorn an, indem er wieder zu Lynn sah. Sie sah ihn mit weit aufgerissenen Augen an. Sie kniete, ihre Finger umschlossen eine Handvoll schmutziger Steine, ihr entzückender Körper war durch sein rotes Lieblingshemd verhüllt, ihr Gesicht war schmutzig und verkratzt, und ihre Haare umgaben ihren Kopf wie ein Heiligenschein – nun sah sie nicht mehr furchterregend aus, sondern unheimlich sexy. Jess stellte sich vor, mit ihr zu schlafen, spürte, wie seine angespannten Muskeln bei den gerade heraufbeschworenen Bildern locker wurden, und lächelte sie leicht an.

»Er glaubt es wirklich«, flüsterte sie.

»Das tun sie alle«, erwiderte Jess und schüttelte den Kopf in Richtung des Mannes im Wasser.

»Falsche Antwort, Kerl«, sagte er zu ihm. »Sie haben eine Gehirnwäsche hinter sich. Ich weiß alles über Ihren Reverend Bob – ein erstrangiger Wahnsinniger und ein erstrangiger Schwindler. Ich wette, Sie haben ihm Ihre ganzen Ersparnisse überschrieben, nicht wahr? Ich wette, Sie haben Ihr Haus verkauft und ihm das Geld gegeben. Er sagt, spring, und Sie fragen, wie tief, stimmt das nicht? Mann, Sie sind reingelegt worden. Die Welt endet nicht am Montag um neun. Glauben Sie mir. Er irrt sich.«

»Nein, Sie irren sich!« gab Louis zurück. »Es stimmt! Beim Grab meiner Mutter, es stimmt! Das Lamm läßt es nun geschehen!«

Läßt es nun geschehen? Jess' Aufmerksamkeit war geweckt.

»Was?« fragte er langsam.

»Das Lamm läßt es nun geschehen! Vor zwei Jahren erschien nach einer Gebets- und Fastensitzung Jahwe – Gott – dem Lamm und nannte ihm das heilige Datum: 23. Juni 1996, neun Uhr morgens. Und Er sagte ihm auch: Das Lamm ist das gesegnete Werkzeug, welches das Ende der Welt herbeiführt!«

»Der hat sie doch nicht alle«, flüsterte Lynn.

Jess nickte, aber etwas an Louis' Ton störte ihn. Er klang sowohl verzweifelt als auch ehrlich. Natürlich hatte er, wie Lynn sagte, nicht alle Tassen im Schrank. Aber vielleicht wirkte er auf Jess nicht nur deshalb so sonderbar glaubwürdig, weil er selbst an das glaubte, was er da erzählte.

»Und wie genau beabsichtigt Reverend Bob, als Gottes Werkzeug das Weltende herbeizuführen?«

»Ziehen Sie mich heraus, dann sag ich's Ihnen«, forderte Louis mit verzweifelter Schläue.

Während Jess noch innerlich debattierte, ging Louis erneut unter und tauchte keuchend wieder auf. Sein Gesicht wurde um den Mund und die Schläfen purpurfarben. Die restliche Haut war so weiß, daß sie wächsern wirkte. Jess kam zu dem Schluß, daß ihm noch fünf Minuten blieben, bis er durch Unterkühlung bewußtlos werden und untergehen würde.

Fünf Minuten, um zu entscheiden, ob Reverend Bob wirklich irgendeinen unausgegorenen Plan hatte, die Welt zu zerstören. Noch während Jess diesen Gedanken formulierte, kam er ihm lachhaft vor.

Es mußte eine Grenze geben, bis zu der ein Wahnsinniger etwas erreichen konnte.

»Bitte«, sagte Louis wieder.

Plötzlich entschied sich Jess. Er reichte Lynn das Feuerzeug und zog seine Jeans aus.

»Wir können ihn immer noch wieder hineinwerfen«, sagte er zu Lynn, während er die Hose von seinen Beinen streifte. Nur mit seinem Slip bekleidet, lag er flach auf dem Felsvorsprung und hielt ein Bein seiner Jeans auf Armeslänge von sich, so daß es von dem Fels herabbaumelte.

»Halten Sie sich daran fest«, sagte er zu Louis. »Wenn Sie klettern können, sind Sie im Geschäft. Wenn nicht, haben Sie kein Glück, weil ich Sie nicht heraufziehen kann. Ihre Schuld: Sie und Ihre Kumpels haben mich angeschossen.«

»Danke! O danke!« Louis schüttelte den Kopf, so als wollte er die Lethargie überwinden, in welche die Kälte ihn gestürzt hatte. Dann paddelte er zu dem baumwollenen Rettungsanker hinüber und zog sich hoch.

Der erste Versuch scheiterte. Mit einem Platschen fiel

Louis in das Becken zurück, noch ehe sein Körper bis zur Hüfte aus dem Wasser heraus war.

Beim zweiten Mal wirkte der Bann. Louis heftete sich an die Jeans, wie ein Pitbull einen Pudel krallt, und ließ nicht mehr los. Er zog sich Handbreite um Handbreite nach oben, während seine Füße über den Fels rutschten. Mit jedem Zentimeter, den sich der Mann aus dem Wasser zog, spürte Jess stärker seinen ungewohnten Mangel an Kraft, aber einhändig oder nicht, es gelang ihm durchzuhalten, bis Louis in Reichweite war. Dann packte er ihn an einem Arm, Lynn nahm den anderen, und sie zogen Louis auf den Felsvorsprung hinauf.

Zum Glück war Louis ein schmächtiger Mann.

»Nun«, sagte Jess und hielt ihn nach unten gedrückt, während der Mann keuchend auf dem Fels lag, »erzählen Sie mir Ihr Märchen. Wie will Reverend Bob das Weltende herbeiführen?«

»Mit Atombomben.«

Kein Zweifel, Louis war nicht betrunken. Jess ließ sich auf seine Fersen zurückfallen und betrachtete ihn eingehend. Er war mit einem weißen Hemd, das schon bessere Tage gesehen hatte, und einer dunklen Polyesterhose bekleidet, so daß Jess bereits dachte, das müsse die verrückte Sektenuniform sein. Mit geschlossenen Augen lag Louis zitternd in der Pfütze, die sich unter ihm gebildet hatte. Seine Zähne klapperten so heftig, daß Jess nicht sicher war, ob er den Mann richtig verstanden hatte.

»Mit Atombomben?« wiederholte er ungläubig und zog seine Jeans an. »Wo zum Teufel kriegt Reverend Bob Atombomben her?«

»Wir haben sie gemacht.« Louis öffnete ein Auge und klang stolz. »Auf Jahwes Wunsch hat das Lamm unser gesamtes Vermögen liquidiert und von der Russenmafia angereichertes Uran gekauft. Wir haben es ins Land geschmuggelt. Hundert Pfund in einem Koffer und ein

Sprengsatz reichen, um ein Gebiet von drei Quadratmeilen in Staub zu verwandeln, wissen Sie.«

Jess spürte unten an seinem Rücken ein Zucken, das ihm riet, das Gehörte ernst zu nehmen. Und dennoch: »Drei Quadratmeilen sind nicht gerade die ganze Welt.«

Jess' Blick blieb an Louis haften, während er den Reißverschluß seiner Hose zuzog und die Schnalle schloß. Louis' Lippen zuckten und deuteten ein selbstgefälliges Lächeln an, das ihm jedoch wegen seiner Unterkühlung mißriet. Zum Glück für ihn, dachte Jess. Falls Louis gelächelt hätte, wäre es ihm schwergefallen, dem Mann nicht das Gesicht einzuschlagen.

»Wir haben sechs – sechs Bomben in Koffern, die sich bereits in den Händen unserer Wahren Jünger befinden. Früh am Montagmorgen werden sie wie Touristen mitten in den, wie Jahwe sagt, strategisch wichtigsten Städten unseres Landes spazierengehen: Washington, New York, Chicago, Los Angeles, Denver und Seattle. Um neun Uhr wird das Lamm sie mittels Computer vom Hauptquartier aus zünden. *Wusch!* Die Zentren dieser Städte mit einem Augenschlag verschwunden; Hunderttausende tot.«

Es entstand eine Pause, in der Jess nachdachte.

»Das bewirkt nicht das Ende der Welt.« Jess' Stimme war rauh. Er hoffte immer noch, daß dies nur die Ausgeburt einer kranken Phantasie war, aber allmählich bekam er ein ungutes Gefühl im Bauch. »Es gäbe viele Überlebende.«

»Zeitgleich ist eine zweite Zerstörungswelle geplant. Wußten Sie, daß es mitten im Land sechs Standorte gibt, wo riesige Mengen an chemischen und biologischen Waffen lagern? Sarin – Sie haben vielleicht durch das U-Bahn-Attentat in Tokio davon gehört? Ricin, das so mächtig ist, daß ein kleiner Beutel davon dreitausend Menschen töten kann. Viel mehr. All diese von Menschen geschaffenen Todeswerkzeuge stehen auf der Liste der Waffen, die vernichtet werden sollen, aber der US-

Regierung scheint keine Möglichkeit einzufallen, wie sie das bewerkstelligen könnte, ohne alle Menschen im Umkreis von Meilen zu verseuchen. Doch das Lamm hat gesagt, es gebe einen göttlichen Grund für die Verzögerung seitens der Regierung: Die Waffen sollten Jahwes Plan dienen. Das Lamm hat einfachere Bomben, die für die Waffenstandorte vorgesehen sind, aber sie reichen für diese Aufgabe aus. Einige der Agenten werden bei der Explosion zweifellos mit draufgehen, aber genug von ihnen müßten entkommen, um jeden zu eliminieren, der die Atomschläge überlebt.«

Jess war erschüttert von dem, was er da hörte. Die Heiler folgten Reverend Bob mit fanatischem Eifer, das wußte er. Sie hätten ihre Kinder geopfert, wenn er es ihnen befahl – oder sich selbst und irgendwelche anvisierten Ziele lächelnd in die Luft gesprengt.

Waren das wirklich nur die Phantastereien eines religiösen Eiferers – oder war es Teil eines Plans, der gerade umgesetzt wurde, während sie darüber sprachen?

»Selbst wenn Reverend Bob in der Lage wäre, dies alles durchzuziehen, würde das immer noch nicht das Ende der Welt bedeuten. Es würde vielleicht dieses Land zerstören, aber nicht die ganze Erde.« Wie wahrscheinlich war es, daß an dieser Geschichte wirklich etwas dran war?

»Offensichtlich haben Sie nicht die Heilige Bibel studiert.« Louis legte sich auf die Seite und schob sich eine nasse Haarsträhne aus dem Gesicht, während er Jess aus schmalen Augen ansah. »Sonst wüßten Sie, daß die roten Horden aus dem Osten hereinströmen und die Weltmacht übernehmen werden, wenn erst einmal die Supermacht Amerika zerstört ist. Und das führt das Armageddon herbei, das seinerseits zur Zweiten Erscheinung und der frohen Vereinigung der Getreuen Jahwes führt, der auf ewig über eine Erde des Friedens und der Harmonie herrschen wird.«

»Mit Reverend Bob zu seiner Rechten«, sagte Jess trocken.

»Genau«, antwortete Louis und schloß die Augen.

34

Lynn sah Louis an, der wie ein gestrandeter Fisch in seiner Pfütze lag. Dann blickte sie zu Jess, der sich zwischen sie und Louis geschoben hatte, als wolle er sie vor dem Mann beschützen.

Ob das nun ein archaischer Impuls war oder nicht, ging es ihr flüchtig durch den Kopf, sie fand, daß sie den Beschützerinstinkt bei einem Mann eigentlich mochte. Zumindest bei diesem Mann.

Jess starrte auf Louis hinab. Seine Miene war schwer zu entziffern. Er sah, beschloß sie, sowohl alarmiert als auch zunehmend zornig aus.

Was das bedeutete, konnte einem Angst einjagen.

»Du glaubst doch nicht, daß an dem Unsinn, den er da von sich gibt, etwas dran ist, oder?« fragte sie entsetzt.

Jess sah sie an. »Vielleicht doch.«

»Natürlich sage ich die Wahrheit.« Louis öffnete die Augen und setzte sich zitternd auf, wobei Wasser in Strömen an ihm herunterfloß. »Aber während ich unter Wasser war und glaubte, ich müsse ertrinken, betete ich zu Jahwe um Hilfe, und Er führte mich in die Luftblase. Dann sprach Er zu mir: ›Louis, du mußt das anhalten. Das Lamm hat einen Fehler gemacht. Du muß zum Lamm gehen und ihm sagen, daß es sich irrt, daß die Zeit noch nicht gekommen ist.‹«

»Das hat Jahwe gesagt?« fragte Jess vorsichtig. Während Lynn von Louis zu Jess sah, rührte sich in ihr die Angst. Jess glaubte ihm. Das spürte Lynn.

»Ich muß einen Weg finden, um das Lamm zu erreichen und ihm zu sagen, was Jahwe mir enthüllt hat.«

»Wie spät ist es?« fragte Lynn, als ihr allmählich klar wurde, was das alles bedeutete.

Louis sah auf seine Armbanduhr. »Zwei Uhr 47.«

Falls Louis die Wahrheit sagte und wirklich grauenhafte Bomben über das Land verteilt am Montag, dem 23. Juni, um neun Uhr morgens in die Luft gehen sollten, wurde die Zeit allmählich knapp. Jetzt war Sonntag, der 22. Juni. Sie hatten nur noch etwas über 18 Stunden Zeit, bis das halbe Land in die Stratosphäre geblasen und die andere Hälfte von einer Plage todbringender Gifte vernichtet werden würde.

18 Stunden, bis die Bevölkerung der Vereinigten Staaten nahezu von der Landkarte ausgelöscht wäre.

Und die Roten Horden kämen.

Der Gedanke war so lächerlich, daß Lynn Mühe hatte, ihn ernst zu nehmen.

Bis sie Louis ansah. Und Jess. *Sie* nahmen ihn ernst. Alle beide.

Falls Jess Louis Glauben schenkte, war die Wahrscheinlichkeit sehr groß, daß Louis die Wahrheit sagte.

So unglaublich es schien, daß eine fanatische religiöse Sekte tatsächlich über die Mittel verfügte, das Ende der Welt herbeizuführen.

Zumindest der Welt, die sie kannten.

Ich muß zu Rory! Das war Lynns erster Panikgedanke, als die schreckliche Bedeutung in sie eingesickert war.

Aber wie? Sie und Jess waren gefangen – gefangen in einer überfluteten verlassenen Mine mit diesem apokalyptischen Wissen, von dem kein anderer vernünftiger Mensch etwas ahnte – und sie konnten nichts tun, um irgend jemanden vor der schrecklichen Gefahr zu warnen, ganz zu schweigen von den Behörden.

Sie waren so hilflos wie Bienen in einem Marmeladenglas.

In 18 Stunden würden sie und Jess sterben. Rory würde sterben. Ihre Mutter würde sterben, und Jess' Töchter und all die Mädchen auf dem Campingausflug auch. Owen würde sterben. Pat Greer würde sterben. Ihr Haus würde zu kosmischem Staub zerfallen. Chicago würde zu kosmischem Staub zerfallen. Die halben verdammten Vereinigten Staaten würden zu kosmischem Staub zerfallen.

Und Lynn fiel absolut nichts ein, was sie dagegen unternehmen könnte.

Außer beten. Sie versuchte es, fieberhaft.

»Wo ist das Lamm jetzt?« fragte Jess. Lynn konzentrierte sich auf ihn, um ihre aufsteigende Panik niederzuringen, und war von seiner Ruhe beeindruckt. Er war grimmig, aber kontrolliert. An dem Mann gab es keine Spur von Panik.

»Im Lager. In der Nähe von Castle Rock, Süd-Dakota, in unserem Hauptquartier. Das Lamm hat diese Lage im geographischen Zentrum des Landes extra ausgewählt. Die Wahren Jünger sollten sich dort mit ihm versammeln und auf das Ende warten.«

»Sehr loyal von ihnen.« Jess' Stimme klang trocken. Lynn wunderte sich, wie cool er war. Sie fühlte sich nicht cool. Ihr war schlecht. Und sie hatte sehr, sehr große Angst.

»Sie wollten mit dem Lamm zur Rechten Jahwes sitzen. Sie werden voller Freude zu Jahwe gehen und Lobeshymnen singen. Aber die Zeit ist noch nicht reif. Jahwe will uns noch nicht. Er hat es mir gesagt, und ich muß es dem Lamm sagen. Aber wie?« Besorgt blickte sich Louis um. Er schien ebenso überzeugt zu sein wie Lynn, daß sie in diesem Raum gefangen waren.

»Gute Frage.« Jess wandte sich an Lynn. Über seine Schulter hinweg behielt sie Louis wachsam im Auge. Wer wußte schon, was der Wahnsinnige vielleicht noch versuchen würde? Die ganze hanebüchene Geschichte war womöglich nichts anderes als ein Trick, um sie abzulenken.

Lynn wünschte sich, sie könnte das glauben. Aber anstatt Jess anzugreifen, sobald er ihm den Rücken zuwandte, schloß Louis wieder die Augen und faltete die Hände wie zum Gebet.

Wie konnte ein Mann beten, der fähig war, bei einem Massenmord an Hunderttausenden von Unschuldigen zu helfen?

»Lynn, hör zu.«

Jess' Murmeln lenkte Lynns Aufmerksamkeit auf ihn. Zumindest überwiegend. Aus dem Augenwinkel beobachtete sie immer noch Louis. Sie traute ihm ungefähr so sehr wie einer zusammengerollten Klapperschlange.

»Falls Louis die Wahrheit sagt – und ich habe das sehr ungute Gefühl, daß seine Worte zutreffen könnten –, können wir nicht einfach hier abwarten und es geschehen lassen. Wir müssen versuchen, die Sache zu stoppen.«

»Ganz deiner Meinung.« Lynn war sehr dafür, Massenmord zu stoppen, wann immer möglich. Besonders wenn sie, Jess und ihre Tochter drei der vorgesehenen Opfer waren. Aber das Ausmaß des Unternehmens, das erforderlich war, um diese Geschichte auch nur im Ansatz anzuhalten, vernebelte ihr den Verstand. »Leider haben wir, glaube ich, ein kleines Problem: Bis das Wasser sinkt, sind wir hier drinnen gefangen.«

»Ich versuche, nach draußen zu schwimmen. Siehst du, daß das Wasser ungefähr drei Meter unter uns stehengeblieben ist? Ich wette, daß es überall in der Mine ungefähr auf dieser Höhe ist. Wenn ich den Gang finden kann, durch den wir hergekommen sind, müßte ich darin entlangschwimmen können, bis ich zur Wasseroberfläche gelange, und dann laufe ich hinaus.«

Lynn überlegte einen Moment. »Was, wenn der Gang versperrt ist?«

Sie dachte wieder an den Steinhagel, als Decke und Boden zusammengebrochen waren. Der Gang konnte bei dem heftigen Beben, das darauf folgte, gleichfalls zusammengebrochen sein. Das war sogar sehr wahrscheinlich.

»Dann schwimme ich zurück, und wir denken uns etwas anderes aus. Zum Beispiel, den Tunnel hier hinter uns zu verbreitern.«

»Das ist solider Fels«, wandte Lynn ein. Man brauchte zumindest einen Preßlufthammer, um den Gang zu verbreitern.

»Deshalb will ich zuerst versuchen, nach draußen zu schwimmen.«

»Das ist gefährlich.« Während Lynn auf den funkelnd schwarzen See unter ihnen hinunterschaute, erkannte sie erst so richtig, wie sehr ihre Worte zutrafen. Die von Menschen gehauenen Wände erhoben sich an allen Seiten sehr glatt, vor Feuchtigkeit glitschig und senkrecht bis hinauf zur Decke der Höhle. Sobald er von dem Felsvorsprung hinunter wäre, würde es für Jess nahezu unmöglich werden, wieder hinaufzugelangen. Weder sie noch Louis, und selbst nicht sie beide zusammen, hätten die Kraft, ihn hinaufzuziehen oder irgendein Rettungsseil zu halten, an dem Jess hinaufsteigen könnte. Außerdem bezweifelte sie, daß Jess mit seiner Verletzung überhaupt an irgend etwas hinaufsteigen konnte. Sicher wäre er nicht imstande, die glatte Felswand emporzuklettern.

Wäre er erst einmal im Wasser, wären die Würfel gefallen. Es gäbe kein Zurück. Entweder er schaffte es, oder er würde ertrinken.

Sie wies ihn darauf hin.

»Lynn, Schatz, wir haben keine Wahl. Ich kann hier nicht einfach sitzen und Däumchen drehen, während Reverend Bob alles tut, um uns und das ganze Land in das zukünftige Königreich zu pusten.«

Schatz. Jess gebrauchte dieses Kosewort, als wäre es für ihn die natürlichste Sache der Welt, sie so zu nennen. Bei jedem anderen Mann hätte Lynn sich daran gestört. Aber bei Jess ... sie war überrascht, wie sehr es ihr gefiel, daß er sie so nannte.

Sie wollte sein Schatz sein.

Als sie seinem Blick begegnete, spürte Lynn, wie ein warmes Glühen reinen Glücks mitten in ihrer Brust aufstrahlte und sich bebend bis in ihre Nervenenden verteilte. Da traf sie die Erkenntnis: Wenn er das Festmahl des Lebens war, dann wollte sie jeden Tag davon kosten.

Plötzlich lockte die Zukunft mit wunderbaren, aufregenden Möglichkeiten, die es zu erforschen galt.

Und das alles nur, dachte sie mit verträumtem Blick, weil sie Jess gefunden hatte.

Gerade rechtzeitig, um mit ihm im morgigen nuklearen Holocaust als subatomare Partikel in die Luft zu fliegen.

»Kommt *nicht* in Frage«, sagte Lynn laut.

»Was?« Jess runzelte die Stirn angesichts ihrer unerwarteten Heftigkeit.

»Wir müssen hier raus«, sagte sie entschlossen und blickte zum Wasser hinunter. Vielleicht konnten sie hinausschwimmen. Vorher – nach dem Tod der Verbrecher – hatten sie keinen unmittelbaren Ansporn mehr gehabt, ihre Flucht zu erzwingen. Tatsächlich war sie insgeheim froh gewesen über die Zeit, die sie mit Jess allein verbringen konnte.

Aber nun stand alles, was ihr lieb war, auf dem Spiel. Und das Leben war ihr plötzlich zu wertvoll, um es zu verlieren.

»Wir?« Er sah sie mit hochgezogenen Brauen an.

»Du glaubst doch nicht, daß du mich zurücklassen kannst, oder? Wenn du hinausschwimmst, komme ich mit.«

»Es ist gefährlich«, wiederholte er ihren Einwand.

»Ich komme mit«, sagte Lynn und hielt seinem Blick stand.

Einen Augenblick lang maßen sie ihre Willenskraft.

Dann schüttelte Jess den Kopf.

»Du hast also gesagt, daß du schwimmen kannst, ja?« Er kapitulierte, und sie wußten es beide.

»Spring nur ins Wasser, Romeo. Ich komme direkt hinterher.«

»Romeo, ja?« Jess grinste, beugte sich vor und küßte sie schnell und heftig. Bei dieser Berührung zog Lynn die Zehen hoch. »Ich werte das als Kompliment.«

»Ganz wie du willst. Aber jetzt ab ins Wasser.«

Jess blickte zu Louis, und sein Gesicht wurde hart. »Okay, springen wir also rein.«

»Ich auch?« Louis sah schaudernd über den Seitenrand. »Ich kann nicht mehr in dieses Wasser zurück. Ich kann einfach nicht!«

»Ich dachte, Sie wollten dem Lamm eine Botschaft bringen.« Auf den Knien bewegte sich Jess unerbittlich auf Louis zu.

»Es muß einen anderen Weg geben ...« Louis' Einwand endete mit einem gellenden Schrei, als Jess ihn über die Kante schob. Mit wedelnden Armen schlug er laut platschend auf. Jess blickte zu Lynn.

»Erspart uns das Argumentieren«, sagte er mit schiefem Grinsen.

»Wir hätten ihn hier einfach zurücklassen können.«

»Vielleicht brauchen wir ihn. Er weiß möglicherweise etwas, das wir wissen müssen. Und ich möchte dich nicht allein mit ihm auf dem Felsvorsprung zurücklassen.« Er ließ sich auf die Unterschenkel nieder und blickte auf den zappelnden Louis hinab. Dann wandte er, plötzlich ernst, seinen Blick zu Lynn. »Dieses Wasser ist *kalt*. Und der Gang vielleicht versperrt. Es wäre klug, wenn du hier abwarten würdest, ob ich es schaffe. Wenn ja, komme ich zurück und hole dich.«

Lynn schüttelte den Kopf. »Ich würde vor Sorgen verrückt werden, wenn ich mich fragen müßte, ob du durchgekommen bist oder da unten feststeckst und ertrunken bist. Wenn du nicht in einer angemessenen Zeit zurückgekommen wärst, würde ich schließlich doch hinter dir herkommen. Außerdem überleg doch mal, wieviel Zeit wir verschwenden würden, wenn du es schafftest und dann zu mir zurückkommen müßtest. Der Faktor Zeit ist durchaus eine Überlegung wert, erinnerst du dich?«

Jess' Lippen wurden schmal. Er sah sie mit einem Stirnrunzeln an. »Ich glaube, du solltest hier bleiben.«

»Hatten wir das nicht schon erledigt?«

»Lynn, hör zu. Ich ...«

Bevor er seinen Einwand beenden konnte, löschte sie das Feuerzeug und steckte es zur Sicherheit tief in ihren BH. Mit zugehaltener Nase schwang sie die Beine über die Seite und stieß sich ab.

»Lynn!« Jess' Stimme hallte in ihren Ohren wider, während sie mit den Füßen voran ins Wasser fiel.

Es war, als ob man in eine mit Eiswasser gefüllte Kammer stürzte, die einem die Sinne raubte. Die intensive Kälte war ein Schock. Die Schwärze war undurchdringlich. Lynn konnte weder sehen noch hören, noch atmen. Es war so dunkel, daß sie einen Augenblick lang nicht sicher war, in welche Richtung es nach oben ging. Mit den Füßen tretend und die Arme um sich schlagend, kämpfte sie sich an die Oberfläche.

Keuchend tauchte sie auf. Nie in ihrem Leben hatte sie Wasser gefühlt, das so kalt war. Plötzlich verwandelte »Unterkühlung« sich von einem theoretischen Begriff in eine sehr reale Möglichkeit.

Wenigstens, dachte sie mit schwarzem Humor, würden sie schnell sterben, wenn der Gang versperrt sein sollte.

Nur eine weitere der tausendundeinen Möglichkeiten, wie sie ihrem Schöpfer auf diesem glücklichen Campingausflug vielleicht entgegentreten konnte!

Vergnügte sie sich schon? Lynn schnaufte im Geiste angesichts der Frage. Beim nächsten Mal – wenn es je ein nächstes Mal gäbe –, würde sie sich für die Kreuzfahrt entscheiden.

»Lynn, schwimm zur Seite. Ich komme«, rief Jess. Lynn folgte der Anweisung und fragte sich ohne wirkliche Sorge, ob Louis wohl auch zur Seite ging. Klatschende Geräusche zeigten ihr, daß er dabei war, die Anweisung zu befolgen. Ein viel lauteres Platschen kündigte an, daß Jess ins Wasser gesprungen war.

Sie wartete und paddelte mit den Füßen, wobei sie sich wie ein Korken vorkam, der auf der Oberfläche eines dunklen, tiefen, arktischen Meeres hüpfte. Aufgrund der Kälte und des Gewichts ihrer durchgeweichten Kleider waren ihre Bewegungen unbeholfen. Die Kleider abzustreifen wäre eine Möglichkeit, das wußte sie – sicher würde es das Schwimmen erleichtern –, aber falls und wenn sie je wieder ans Tageslicht kämen, wäre sie bis auf die Unterwäsche nackt.

Die Welt in einem Wonderbra und in passendem Slip zu retten, kam für sie nicht in Frage.

Jess tauchte spritzend auf und rief nach ihr.

»Okay«, sagte er, als sie bei ihm war und ihm dies mit einer Berührung kundtat. »Wir schwimmen zur anderen Wand. Bleib dicht bei mir.«

Es war in der Schwärze nicht leicht zu entscheiden, wo die andere Wand war, aber da Jess gerade von dem Felsvorsprung gesprungen war, wandten sie dieser Richtung den Rücken zu und schwammen los. Als Lynn mit den Fingern gegen festen Stein stieß, hörte sie auf zu schwimmen und paddelte nur noch, um sich über Wasser zu halten. Jess kam neben sie.

»Louis?« rief er.

»Hier bin ich«, antwortete Louis mit schwacher Stimme. Er klang, als wäre er nur wenige Schritte neben ihnen an der Wand. »Sie hätten mich nicht hineinschubsen sollen. Jahwe hätte einen Weg gewiesen.«

»Dies hier ist der Weg, also halten Sie den Mund und

rühren sich nicht vom Fleck, bis ich Ihnen was anderes sage«, wies Jess ihn an. Dann sprach er in viel sanfterem Ton mit Lynn. »Ich möchte, daß du dich an dem einen Ende hiervon festhältst« – er drückte ihr etwas in die Hand, das sich nach einem nassen, eiskalten Band anfühlte –, »während ich das andere Ende halte. So können wir uns im Dunkeln nicht verlieren und wissen immer, wo die Wasseroberfläche ist. Ich schwimme hinab, suche den Eingang zum Tunnel und komme zu dir zurück.«

»Woher hast du das Band?« fragte Lynn verblüfft. Alles, was sie noch besaßen, waren die Kleider, die sie am Körper trugen, und das waren nicht viele. Sie hatte nirgendwo ein Band entdeckt.

»Es ist der Mullverband, den du mir um die Schulter gewickelt hast«, antwortete er. »Du mußt ungefähr fünf Meter davon verbraucht haben. Halt dein Ende fest.«

Bevor sie noch etwas sagen konnte, war er untergetaucht und verschwunden. Lynn starrte in die Dunkelheit und paddelte mit den Füßen, während sie das Ende des Mullbandes festhielt, als ginge es um ihr Leben.

Nicht weit entfernt konnte sie Louis atmen hören, aber sie hatte kaum einen Gedanken für ihn übrig.

Ihr ganzes Sein konzentrierte sich auf Jess. Bitte, lieber Gott, betete sie, bitte hilf ihm. Hilf uns allen.

Obwohl ihre Hände ebenso wie ihr ganzer Körper vor Kälte taub geworden waren, konnte sie Jess durch die Spannung des Bandes am anderen Ende der Leine spüren. Wenn etwas schiefginge, würde sie es wissen.

Das Mullband hing plötzlich schlaff durch. Bevor sie in Panik geraten konnte, tauchte Jess neben ihr auf und sog laut japsend Luft ein.

»Alles in Ordnung?« Lynn griff nach ihm, traf eine nackte Schulter und bewegte sich näher heran, bis sie die Bewegungen seiner Füße und Hände mit ihren Händen spürte. Weiterhin paddelnd, befand sie sich ihm gegenüber und achtete sorgsam darauf, so nah an der Wand zu bleiben, daß sie sich mehrmals den Rücken daran aufschürfte. Ohne die Wand und ohne Jess, fürchtete sie, würde sie die Orientierung verlieren und in Panik geraten, ausrasten – und ertrinken.

»Ja«, sagte er. »Ein Gutes hat das eiskalte Wasser: Es betäubt den Schmerz. Wenn ich meinen Arm bewege, spüre ich nichts.«

»Toll«, sagte Lynn.

»Unter den gegebenen Umständen schon.«

»Hast du den Eingang gefunden?« Einfach ihn so nahe bei sich zu haben, entdeckte Lynn, führte dazu, daß ihr schon wärmer wurde, obwohl die Wirkung rein psychologischer Natur sein mußte, da er ihr keine Körperwärme abgeben konnte.

»Ja. Bist du bereit?«

»Ja.«

»Ich brauche meine beiden Arme, deshalb binde ich den Mull an die Gürtelschnalle meiner Jeans. Dann befestige ich ihn an dir. So können wir uns im Dunkeln nicht verlieren.«

»Okay.«

Lynn hatte den Eindruck, daß er unter der Oberfläche verschwand, und vermutete, daß er seine Worte in die Tat umsetzte. Sie spürte, wie er an ihr zog und den Mull auch an ihrer Jeansschnalle festmachte.

»So.«

Er tauchte wieder neben ihr auf und mußte wie ein triefender Hund seinen nassen Kopf geschüttelt haben, da sie einen plötzlichen Tropfenregen abbekam. Sie berührte seinen Arm mit dem ihren, als sich ihre Glieder unter Wasser vor und zurück bewegten. Es machte ihr Mut zu wissen, daß er so nah bei ihr war.

Die völlige Schwärze und das eiskalte Wasser, das um ihre Schultern schwappte, wurden allmählich unerträglich. Es war so, als befände man sich in einem kalten, nassen Grab.

»Louis, kommen Sie herüber.«

Klatschende Geräusche und dann das Atmen ganz in der Nähe kündigten an, daß Louis Jess' Befehl nachgekommen war.

»Sie halten sich am Ende dieses Mullbandes fest. Dadurch bleiben Sie bei uns. Wenn Sie loslassen, müssen Sie es allein schaffen. Verstanden?«

»Wir werden ertrinken«, jammerte Louis.

»Das werden Sie sicher, wenn Sie sich nicht an diesem Mull festhalten«, sagte Jess. »Wir müssen nacheinander durch den Gang schwimmen. Ich zuerst. Lynn, du hinter mir. Louis, Sie kommen zuletzt. Und, Louis« – Jess Stimme wurde hart –, »wenn Sie uns reinlegen oder überhaupt irgendein Problem machen, werde ich Sie persönlich ertränken. Und das ist ein Versprechen.«

Lynn ließ diese Worte noch in sich nachwirken, als sie Jess' Mund an ihrer Wange spürte und ihren Kopf drehte, um ihn zu finden. Er küßte sie schnell und hart. Seine Lippen waren so naß und kalt wie die einer Leiche. Aber innen war sein Mund warm.

»Ich seh' dich auf der anderen Seite wieder«, flüsterte er ihr ins Ohr. Dann, lauter: »Fertig?«

»Fertig«, antwortete Lynn.

»Fertig, Louis?« Wieder hatte sich sein Tonfall völlig verändert.

»Ich glaube, es war ein Fehler, hier herausschwimmen zu wollen. Wir sollten unsere Anstrengungen darauf konzentrieren, wieder auf den Felsvorsprung zu gelangen, solange wir noch die Kraft dazu haben. Ich werde schon schwach, und ...«

»Sie können gern zurückbleiben und versuchen, wieder auf den Vorsprung zu kommen, wenn Sie möchten.« Jess klang so, als ob er mit den Schultern zuckte. »Sie werden es nicht schaffen, aber nichts hindert Sie daran, es zu versuchen. Wir verschwinden jetzt hier.«

»Wenn wir warten und beten, wird Jahwe uns einen

besseren Weg weisen. Er hat bereits deutlich gemacht, daß Er nicht wünscht, daß ich ertrinke. Was wir hier tun, ist nicht Sein Wille.«

»Ja, nun gut, wenn Sie sich dadurch besser fühlen, sehen Sie es doch einmal von dieser Seite: Gott – oder in diesem Fall Jahwe – hilft denen, die sich selbst helfen«, sagte Jess. »Wie meine Großmutter immer sagte.«

»Sogar der Teufel kann die Heilige Schrift zitieren«, erwiderte Louis bitter.

»Wahrere Worte wurden nie gesprochen«, antwortete Jess. »Lynn, wenn ich *drei* sage, geht's los. Verstanden?«

»Verstanden«, sagte Lynn.

»Kommen Sie, Louis?«

»Sie müssen mit mir gemeinsam Jahwe befragen …«

»Ich würde Ihren Jahwe nicht mal nach dem Weg zum Einkaufszentrum fragen. Eins … zwei … drei!«

Ein Platschen und ein Ruck an ihrer Taille zeigten Lynn, daß Jess fort war. Sie atmete tief ein, sandte ihr eigenes Gebet gen Himmel und tauchte gleichfalls unter, wobei sie tief in das eiskalte Wasser hinabschwamm und mit einer Hand das Mullband festhielt, das sie mit Jess verknüpfte.

35

Theresa lief die Schotterstraße entlang, die wirklich nur aus zwei parallelen Spuren bestand. Elijah weinte wieder, und sie versuchte ihn zu beruhigen, indem sie ihm ihren kleinen Finger in den Mund steckte, so daß er daran saugen konnte. Er schnappte gierig danach, spuckte ihn aber fast sofort wieder aus und weinte weiter. Sie hatte diesen Trick in den vergangenen Tagen so oft probiert, daß er längst nicht mehr darauf hereinfiel.

Sein Kreischen zerrte an ihren Nerven. Theresa ballte

die Fäuste, dann entspannte sie sich, während sie auf das goldhaarige Baby in der provisorischen Schlinge hinabblickte. Der Krach, den er machte, würde jedem in Hörweite ihr Kommen verraten, das wußte sie, aber sie konnte nichts daran ändern. Nicht einmal, um sich selbst zu retten, würde sie ihm nochmals Schaden zufügen. Er war ihre einzige wertvolle Verbindung zu allem und allen, die sie liebte.

Aber seine abgehackten Schreie waren entnervend. Da sie ihm nichts zur Erleichterung anbieten konnte, schüttelte sie ihn einfach etwas, was ihm jedoch überhaupt nicht gefiel. Sein Schreien wurde schriller, fordernder. Er wand sich, trat mit den Füßen, seine winzigen Fäuste schlugen in die Luft, und sein Gesicht war röter als ein Feuerwehrwagen.

Er *klang* wie ein Feuerwehrwagen.

»Was hat das Baby denn?« fragte das Mädchen hinter ihr.

»Hunger.« Theresa lief weiter und gab sich nicht mal die Mühe zurückzusehen. Sie hatte ihren Teil erledigt, um dem Mädchen zu helfen, indem sie es aus der Mine herausgeführt hatte. Das Mädchen hatte immer wieder geweint, seit sie diesen Kriechgang hinter sich gelassen hatten.

Sie brauchte niemanden mehr, der sich auf sie verließ, dachte Theresa. Sie mußte ihre Anstrengungen auf Elijah richten – und auf sich selbst. Da ihre ganze Familie jetzt ausgelöscht war, wie sie ziemlich sicher wußte, waren nur noch sie beide übrig.

Was immer die Zukunft bringen würde, sie mußte sich um Elijah kümmern. Als er in der Mine aufgewacht war, nachdem sie so sicher angenommen hatte, daß er tot wäre, hatte sie die Stimme ihrer Mutter gehört, so deutlich, als ob Sally neben ihr gestanden hätte.

Sorge für deinen Bruder, hatte sie gesagt.

Das waren die Bedingungen für das Wunder, wußte

Theresa. Du darfst ihn nur behalten, wenn du für ihn sorgst.

Für ihre Mutter, ihren Bruder und sich selbst wollte Theresa alles geben.

»Warum bleibst du nicht stehen und fütterst ihn?« fragte das Mädchen.

»Sehe ich so aus, als hätte ich etwas, womit ich ihn füttern kann?«

Diesmal blickte Theresa doch zurück. Mit ihrem blonden Pferdeschwanz, dem gelben Pullover und der weiten Jeans sah das Mädchen nicht sehr viel anders aus als sie. Doch ihr Verhalten war anders. Sie war eindeutig weltlich. Sie war in die Schule gegangen, ins Kino, in Einkaufszentren und Restaurants. Sie hatte Freunde, vielleicht sogar einen festen Freund.

Eine Spur Neid, den sie fast sofort als unfromm zurückwies, verengte Theresas Augen.

»Kannst du … ich meine … ihn nicht stillen oder so?«

»Er ist nicht mein Sohn, er ist mein Bruder.«

»Oh.« Das Mädchen war eine Minute still. Dann: »Würde er das hier essen?«

Theresa blickte wieder über ihre Schulter, dann blieb sie stehen und drehte sich zu dem Mädchen um, das ihr ein flaches, linealförmiges, in gelbes und weißes Zellophan gewickeltes Rechteck entgegenhielt.

»Was ist das?« fragte sie, ohne auf das Knurren ihres eigenen Magens zu achten. Wie lange hatte sie nichts mehr gegessen? fragte sie sich, dann beschloß sie, daß es ihr besser ginge, wenn sie die Antwort nicht wüßte.

»Dünne Rindfleischscheiben. Ich hatte noch welche in meiner Tasche.«

»Danke.« Theresa nahm die Packung und schob sie zwischen die Lippen. Mit den Zähnen riß sie das Zellophan auf, und der würzige, lockende Geruch ließ ihr das Wasser im Mund zusammenlaufen. Mit einem Blick auf den heulenden Elijah, dessen Gesicht röter denn je und vor Kummer naß und faltig war, nahm sie die geöffnete Packung aus dem Mund und zog den Streifen braunes Fleisch hervor.

Es dem Baby in den Mund zu stecken, war kein Problem. Es schrie mit solcher Inbrunst, daß sie bis zu seinen Mandelzäpfchen sehen konnte. Sie berührte seine Wange mit einem Finger, sprach murmelnd mit ihm, legte ihm ein Ende des Streifens auf die Zunge und hielt das andere Ende fest, damit es nicht zuviel davon nehmen und sich verschlucken würde.

Er spuckte, schluckte und schloß den Mund um den Streifen wie ein Fisch, der anbeißt. Seine Gesicht war immer noch rot, seine blauen Augen noch voller Tränen, aber er lutschte an dem Fleisch. Und runzelte die Stirn. Theresa nahm an, daß er den Geschmack nicht mochte, aber er spuckte es nicht aus, sonder saugte und kaute um sein Leben.

Theresa sah, wie er den neuen Zahn benutzte, auf den ihre Mutter so stolz gewesen war. Sie spürte einen scharfen Schmerz des Verlustes.

»Es schmeckt ihm«, sagte das Mädchen.

Theresa sah zu ihr auf. »Wie heißt du?«

»Rory.«

»Ich bin Theresa.«

»Ich weiß.«

Theresa nickte, dann sah sie wieder das Baby an. »Das ist Elijah«, sagte sie.

»Hallo, Elijah.« Das Mädchen begegnete Theresas Blick. »Warum seid ihr zwei ganz allein? Wo sind die anderen aus deiner Familie?«

Theresa spürte eine Welle der Emotion, die sie sofort niederkämpfte. Wie Daddy mehr als einmal gesagt hatte: Man tut, was man zu tun hat. Sie würde später trauern.

»Sie sind alle tot. Diese Männer, die uns in eurem Auto angegriffen haben – sie haben sie umgebracht. Ich sah meinen Cousin – seine Kehle war durchschnitten. Die anderen – meine Mom und meine Geschwister – lagen auch da im Gras. Sie waren so still ...« Während sie weiterhin das Ende des Fleischstreifens hielt, an dem Elijah hungrig kaute, drehte sie sich wieder um und lief weiter.

»War das deine Familie, da unten bei dem Gräberlager?« fragte Rory. Sie klang bei dieser Vorstellung sowohl eingeschüchtert als auch mitfühlend, während sie neben Theresa lief. »Wir – meine Mom und Jess, das ist sozusagen unser Führer, und ich – fanden die Leichen, aber die Killer haben uns gesehen. Sie haben auf uns geschossen – nur sahen sie aus wie Gespenster, ganz weiß und fließend, als wir sie das erste Mal sahen. Aber es müssen dieselben Männer sein. Nicht wahr?«

»Das sind die Ältesten; sie tragen weiße Roben, wenn sie ihr Werk verrichten. Sie hatten sie da bei eurem Auto nicht an«, sagte Theresa. »Bitte, laß uns nicht darüber sprechen.«

Sie ertrug es nicht mehr, an ihre Familie und ihr Schicksal zu denken. Wenn sie es täte, würde sie sicher vor Kummer sterben.

»Okay.«

Sie schleppten sich weitere Minuten voran, ohne zu sprechen. Dann sagte Rory: »Sieh mal, meine Mom ist hinter uns.«

Theresa hatte bereits mitbekommen, daß Rory fast hysterisch geworden war, als sie ihre Mutter zurückgelassen hatte.

»Meine auch«, sagte Theresa ruhig.

»Aber meine lebt«, beharrte Rory. »Ich muß Hilfe holen. Führte diese Straße irgendwo hin?«

Es gab keine Hilfe mehr für ihre eigene Mutter, wußte Theresa. Aber vielleicht – der Gedanke tauchte widerstrebend in ihr auf – konnte sie Rory helfen, deren Mutter zu retten.

Rory hatte Elijah etwas zu essen gegeben.

»In die Stadt, irgendwann«, sagte Theresa. »Aber der Weg dorthin ist weit.«

»Wie weit?« fragte Rory.

»Normalerweise dauert es zwei Stunden.«

»Zu Fuß? Das ist nicht so weit.«

»Mit dem Auto.«

»Oh.« Rory nahm die Antwort in sich auf, dann sah sie Theresa verzweifelt an. Theresa merkte, daß Rory wieder mit den Tränen kämpfte. »Kennst du irgend etwas in der Nähe, wo ich Hilfe holen könnte?«

Theresa dachte nach, dann schüttelte sie den Kopf.

»Dann muß ich zurück und meiner Mom helfen.« Rory blieb stehen.

»Warte«, sagte Theresa, als Rory sich schon auf den Rückweg zur Mine machen wollte. »Kannst du Auto fahren?«

36

Ohne das straffe Mullband, das sie leitete, wäre Lynn verloren gewesen. Ohne Sicht, Gehör und die Möglichkeit zu sprechen sowie mit vor Kälte fast tauber Haut folgte sie Jess erst hinab und dann voran. Sie schwamm mit gleichsam eingerosteten, aber kräftigen Zügen, und als ihre Finger an zwei Seiten Felswände berührten, wußte sie, daß sie in den Gang gelangt war.

Ihre Lunge begann zu schmerzen. Wie lange waren sie schon unter Wasser? Dreißig Sekunden? Eine Minute? Länger? Es kam ihr vor wie eine Stunde. Es kam ihr wie eine Ewigkeit vor.

Das Mullband hing auf einmal locker durch. Lynn gelangte zu Jess, berührte sein Bein, seinen Rücken. Er hatte angehalten und schien in Schwierigkeiten. Seine Bewegungen waren nicht mehr die rhythmischen Züge eines

Schwimmers, sondern die kämpfenden eines Mannes, der … was tat? Eines Mannes in den verzweifelten letzten Zuckungen, während er ertrank? Eines Mannes, der einen anderen im Kampf ums Überleben abwehrte? Zum Beispiel Louis?

Lynns Lungen fühlten sich an, als würden sie gleich platzen. Sie schob sich neben Jess und wollte in dem verzweifelten Drang, an die Luft zu kommen, notfalls an ihm vorbei. Ihre ausgestreckten Hände stießen gegen Stein. Sie merkte, daß der Gang, wie sie befürchtet hatte, versperrt war.

Sie mußten zurück.

Aber Jess arbeitete daran, die Sperre zu beseitigen. Daher seine wilden Bewegungen, die sie eben gespürt hatte. Lynn kämpfte gegen Panik an und blieb ruhig, wobei sie an der Barriere zerrte und Steine unterschiedlicher Größe verschob. Sie spürte, wie sie sich unter ihren Händen bewegten, spürte strudelndes Wasser um sich herum, als die Brocken fielen. Wie viele waren es? Wie lange würde es dauern, einen Eingang freizulegen – falls das überhaupt zu schaffen war?

Wenn sie nicht bald zurückschwimmen würden, wäre es zu spät. Die Zeit würde nicht reichen, um zum Sauerstoff zu gelangen, der sich hinter ihnen in der gerade verlassenen Kammer befand. Die Zeit würde für gar nichts mehr reichen.

Sie würden sterben, ihre Körper leblos in dem Gang treiben, in dem sie ertrunken wären. Wenn das Wasser wieder sank, würden die aufgedunsenen Leichen irgendwann geborgen werden.

Rory und ihre Mutter würden bei der Beerdigung weinen … Aber natürlich gäbe es keine Beerdigung. In 18 Stunden gäbe es überhaupt nichts mehr.

Während Lynn wie wahnsinnig an der Barriere zerrte, kämpfte sie den Schrecken nieder. Der Drang zu atmen war überwältigend, aus- und dann wieder einzuatmen, obwohl sie wußte, daß sie von Wasser und nicht von Sauerstoff umgeben war. Sie brauchte ihre ganze geistige Kraft, um dagegen anzukämpfen.

Wenn sie den dummen Forderungen ihres Körpers nachgab, würde sie nicht überleben.

Wenn sie sich den Luxus leistete, den verbrauchten Sauerstoff aus sich herauszulassen, was ihre brennenden Lungen dringend forderten, fürchtete sie, sich nicht davon abhalten zu können, wieder einzuatmen.

Sie hatte immer gehört, daß Ertrinken eine einfache Art zu sterben war. Wer immer dieser Meinung war, hatte nie den verzehrenden Druck in den Lungen kennengelernt, das Gefühl der Erstickung, der Panik, die aufstieg, weil man nicht atmen konnte. Weil man nicht einmal versuchen konnte zu atmen.

Ihr Körper wurde einer grauenhaften Folter unterzogen. *Sie mußte atmen.*

Eine Hand packte die ihre und zog sie nach vorn. Benommen und orientierungslos merkte sie, daß sie durch eine winzige Öffnung in den Steinen nach vorn gezogen wurde, aber ihr gesamtes Bewußtsein richtete sich darauf, den Drang zu bekämpfen, ihre Lungen mit welcher verfügbaren Substanz auch immer zu füllen.

Sie mußte atmen.

Ihre um sich tretenden Zehen knallten hart gegen Stein. Der Boden! Sie konnte den Boden des Ganges spüren! War sie gesunken oder … Lynn stieß sich mit den Füßen ab und raste aufwärts.

Krach! Ihr Kopf stieß gegen die Decke. Der Schmerz war plötzlich und scharf. Doch sie achtete überhaupt nicht auf ihn, denn ihr Mund und ihre Nase befanden sich über der Wasserlinie. Sie öffnete den Mund, leerte ihre Lungen und füllte sie wieder mit Luft.

Süßer Luft.

Während sie leicht paddelte, atmete sie ein und aus, ein und aus, ein und aus. Mit neu einsetzender Atmung schärften sich auch ihre Sinne wieder, und sie merkte, daß die zischenden Geräusche neben ihr von Jess und Louis stammten, die das gleiche taten wie sie.

Atmen. Wie kostbar war die Fähigkeit zu atmen!

»Wir haben es geschafft«, sagte Jess mit rauher, rasselnder Stimme. »Wir sind im Gang, oberhalb der Wasserlinie.«

Er bewegte sich. Seine Hand auf ihrem Arm, zog er sie voran. Lynns Zehen stießen wieder gegen Fels, dann ihre Knie. Schwach, erschüttert, bis auf die Haut durchnäßt und fast erfroren, gelangte sie halb schwimmend, halb kriechend aus dem Wasser. Dann fiel sie vornüber und lag mit geschlossenen Augen flach auf dem harten Steinboden.

Jess lag ausgestreckt neben ihr und atmete so gierig wie sie. Louis kam hinter ihnen herbeigekrochen und keuchte und gurgelte, während er sich ebenfalls ins Trockene schleppte.

Dort lagen sie eine Zeitlang, die ihnen wie eine Ewigkeit erschien, auch wenn Lynn immer noch am liebsten liegengeblieben wäre, als Jess irgendwann auf die Füße kam und zum Aufbruch mahnte.

Körperlich und geistig war sie erschöpft. Ihr Körper fühlte sich an, als wäre sie von einem Laster überfahren worden. Ihre Gedanken entglitten ihr immer wieder, wenn sie Zusammenhänge zu erfassen versuchte. Sie konnte einfach nicht weiter. Sie mußte sich ausruhen.

»Stehen Sie auf, Louis«, sagte Jess. Louis murmelte protestierend. Die darauffolgenden Geräusche vermittelten Lynn den Eindruck, als würde er auf die Füße gezerrt.

Dann kniete Jess neben ihr und berührte sie mit einer sanften Hand am Arm.

»Lynn, hör zu. Wir müssen weiter. Es bleibt nur noch wenig Zeit.«

Jess' Worte durchdrangen ihre Benommenheit. Die Erinnerung an das, was sie vorhatten, brach heftig durch.

»Ich komme«, preßte sie zwischen den Zähnen hervor. Sie nahm alle Willenskraft, die sie noch besaß, zusammen und kam schwankend auf die Füße. Einen Augenblick lang mußte sie sich mit der Hand an der Wand abstützen.

»Hast du das Feuerzeug noch?« kam Jess' Frage aus der Dunkelheit.

»Warte.« Lynn griff in ihren BH. Das Feuerzeug war da. Sie zog es heraus und versuchte es anzuschnipsen. Kein Glück. »Es geht nicht an. Es ist zu naß.«

»Okay. Ich glaube, ich weiß sowieso, wo wir sind. Bleib nah bei mir.«

Das Mullband, das immer noch an ihrer Gürtelschnalle befestigt war, ließ ihr kaum eine Wahl. Während sie sich mit einer Hand an der feuchten Felswand entlang tastete, folgte sie zitternd Jess, die stolpernde letzte der kleinen Gruppe. Vermutlich trieb Jess Louis vor sich her, damit er den Mann im Auge behalten konnte, falls der irgend etwas im Schilde führte.

Was Lynn durchaus recht war. Die totale Dunkelheit verstärkte all ihre anderen Sinneswahrnehmungen ebenso wie ihr Angstgefühl. Ob er vorübergehend auf ihrer Seite war oder nicht, Lynn fürchtete sich vor Louis. Er war vollkommen wahnsinnig und zudem ein Mörder.

Was, wenn Louis plötzlich seine Meinung im Hinblick auf den Irrtum des Lamms änderte und beschloß, sie anzugreifen, gleich hier im Dunkeln? Sie hatte keine Lust, einen Stein auf den Kopf geschlagen zu bekommen.

Sie befanden sich in dem gewundenen Gang, der in die Kammer führte, die sie zuerst betreten hatten, und stiegen in die Höhe, wo sie zuvor in die Tiefe gegangen waren. Lynn nahm an, daß sie ungefähr ein Drittel des Weges hinter sich gebracht hatten, denn im Weitergehen ertastete sie mit den Händen verschiedene Orientierungspunkte, an die sie sich erinnerte: hier einen gesplitterten Holzbalken, dort einen Felsvorsprung und ebenso verschiedene glitschige Stellen, die durch jahrelange Abnutzung den Steinboden ausgehöhlt hatten.

»Vorsicht«, warnte Jess. Dem Klang nach zu urteilen – er schien nicht mehr in einem schmalen Gang widerzuhallen – hatte er offenbar die Kammer erreicht. Lynn fiel der Höhenunterschied von einem Stockwerk zum nächsten ein, sie bewegte sich vorsichtig und tastete mit den Zehen aufmerksam nach der Stufe. Ihre Vorsicht wurde belohnt, als sie die Kante fand und hinunterstieg.

»Lynn?«

Jess wartete auf sie. Seine starke Hand umschloß ihren schlimm unterkühlten Arm und gab ihr Halt, während sie die ungefähr zwanzig Zentimeter hinabstieg, die den Höhlenboden von dem des Ganges trennten. Nachdem sie wieder auf ebenem Boden stand, gönnte sie sich einen Moment lang den Luxus, sich gegen Jess zu lehnen.

Er legte seinen Arm um ihre Taille. Sie war so müde, dachte sie, während sie sich an ihm ausruhte. Allenfalls ein Notfall, bei dem es um Leben oder Tod ging, konnte sie zwingen, noch einen weiteren Schritt zu tun.

Leider war dies hier ein Notfall auf Leben oder Tod.

Jess mußte ebenfalls müde sein und war wahrscheinlich durch den Blutverlust zusätzlich geschwächt, aber er ließ sich nichts anmerken.

»Weiter«, sagte er, ungefähr fünf Jahrhunderte, bevor sie bereit war. Er löste seinen Arm von ihrer Taille, machte sich quer durch die Kammer auf den Weg und zog sie mit sich, wobei seine Hände die ihren festhielten.

»Weiter, Louis«, knurrte er, und Lynn merkte, daß Louis direkt vor ihnen durch die Dunkelheit stolperte.

»Ich bin müde. Und ich kann nichts sehen«, klagte Louis.

»Der Eingang müßte links sein. Wir mußten hindurchkriechen, erinnerst du dich, er muß also richtig tief liegen«, sagte Lynn, vor allem an Jess gerichtet, während ihre ausgestreckte Hand die gegenüberliegende Wand abtastete. Durch reine Willensanstrengung kam sie wieder zu Kräften. Sie mußte weitergehen, und sie würde weitergehen.

Ohne Licht konnten sie die Öffnung nur dadurch finden, daß sie sich am senkrechten Fels entlang tasteten. Das kostete sie wertvolle Minuten, doch schließlich stieß Jess einen triumphierenden Schrei aus.

»Ich hab's!« sagte er. »Louis, Sie gehen zuerst. Vergessen Sie nicht, sich zu ducken.«

»Au!« Sekunden später unterstrichen ein dumpfer Stoß und Louis' Schrei, wie weise Jess' Rat gewesen war.

»Ich geh' als nächster. Du kommst nach mir«, sagte Jess, der offenbar keinerlei Sympathie für Louis übrig hatte. Dem Klang seiner Stimme nach zu urteilen, befand sich sein Kopf in Hüfthöhe.

»Okay«, antwortete Lynn und bückte sich. Ein Ruck an dem Mullband, das sie immer noch verknüpfte, signalisierte ihr, daß Jess sich weiterbewegte.

»Paß auf deinen Kopf auf.«

Lynn folgte ihm auf Händen und Knien in den Gang, wobei sie ihren Kopf vorsichtig gesenkt hielt. Louis' Beispiel hatte sie beeindruckt.

Der Boden war noch immer so naß und glitschig wie in ihrer Erinnerung. Aufwärts zu kriechen war jedoch weniger tückisch als abwärts, wenn auch anstrengender. Minuten später erblickte Lynn den ersten Schimmer des Tageslichts. Sie verzog die Lippen, als ihr bewußt wurde, daß sie auf das sprichwörtliche Licht am Ende des Tunnels blickte.

»Wir haben es geschafft!« rief Jess jubelnd aus, während Louis die Öffnung erreichte. Einen Augenblick überlegte Lynn, ob es klug war, Louis als ersten eine Welt voller Steine und Stöcke und wer weiß welch sonstiger Waffen betreten zu lassen. Jess hatte offenbar den gleichen Gedanken, denn er packte Louis am Fußgelenk, als der Mann dabei war hinauszukriechen.

»Warten Sie einen Moment, mein Hübscher«, sagte er, und die beiden verließen im Tandem den Gang, wobei sie die belaubten Forsythienzweige, die den Eingang verdeckten, zur Seite schoben. Lynn kam als letzte zum Vorschein.

Sogar unter dem dichten Dach der Waldbäume war die Helligkeit des Tageslichts so intensiv, daß sie Lynn an den Augen weh tat. Eine sanfte Brise streichelte ihr Gesicht. Der Geruch von Kiefer und frischen Sommerpflanzen war nach der schimmeligen Feuchtigkeit der Mine doppelt willkommen. Trotz der warmen Nachmittagssonne fror sie. Durchweicht und bis auf die Knochen durchgefroren, bebte sie unkontrolliert unter der Berührung des sanften Windes.

Jess zog sie auf die Füße. Sie lehnte sich wieder gegen ihn, und er legte seinen Arm in einer so natürlichen Geste um ihre Taille, daß es ihr das Herz wärmte. Ihr Körper aber blieb hundemüde. Und ihr war immer noch furchtbar kalt.

Jess mußte ebenso frieren wie sie. Sie trug sein Hemd, so daß er von der Hüfte aufwärts nackt war. Obwohl er doch gerade erst aus kaltem Wasser aufgetaucht war, fühlte seine Haut sich an ihrer Hand und Wange warm an.

»Ich erkenne nun, es war Jahwes Wille, daß ich mit euch gemeinsame Sache mache«, sagte Louis. Lynns Augen paßten sich allmählich dem Licht an, und sie fand ihn nicht weit entfernt auf dem Boden sitzend, wo er, die Knie angezogen, den Rücken gegen ein Holzstück gelehnt hatte. Bei Tageslicht und in einer so prosaischen Haltung sah er nicht wie ein wahnsinniger Killer aus. Er sah ... gewöhnlich aus. Und ziemlich jämmerlich. Sein dünnes schwarzes Haar klebte ihm am Schädel; ohne Brille wirkten seine Augen so wäßrig und wimpernlos wie die eines Kaninchens. Seine Haut war teigig weiß, seine zerrissenen Kleider enthüllten noch bleicheres Fleisch, und auch er hatte seine Schuhe verloren. Er war dünn wie ein Skelett. »Ihr wurdet mir von Jahwe als Sein Werkzeug geschickt, um mich zu dem Lamm zu bringen.«

Sein Blick war auf Jess gerichtet, der ebenfalls durchnäßt, blaß und zerzaust war, aber einen ganz anderen Anblick bot als Louis. Ohne Hemd, die nasse, zerrissene Jeans an den Beinen klebend, zerkratzt, zerschunden und schmutzig, war Jess doch immer noch schön. Mit seinen breiten Schultern, der muskulösen Brust, den starken Armen und der schlanken, kräftigen Statur hätte er als Model für virile Gesundheit posieren können. Abgesehen natürlich von seiner Wunde an der Schulter. Die zwei pfenniggroßen Löcher vorn und hinten waren nun von zwei Beulen geschwollenen purpurroten und schwarzen Fleisches umgeben. Allein schon ihr Anblick ließ Lynn zusammenzucken.

Er brauchte einen Arzt. Er mußte Schmerzen haben, und was wäre, wenn sich die Wunde entzündete?

»Na ja«, sagte Jess trocken. »Jahwe wirkt auf rätselhaften Wegen.«

»Das tut Er, nicht wahr?« entgegnete Louis vollkommen ernsthaft. Jess verdrehte die Augen in Lynns Richtung. Lynn hätte gelächelt, wenn sie nicht so müde gewesen wäre – und so verängstigt.

»Wie spät ist es?« fragte sie und löste sich von Jess, um sich aufzurichten. Sie stellte fest, daß ihr Kopf schmerzte, und ihr war leicht übel, aber ansonsten konnte – mußte – sie weiter.

»Drei Uhr dreißig – *31*, um genau zu sein«, antwortete Louis mit einem Blick auf sein Handgelenk.

Sie – und fast alle anderen in diesem Land – hatten noch ungefähr siebzehneinhalb Stunden zu leben.

Lynn und Jess tauschten wortlose Blicke aus. Sie beide dachten das gleiche.

»Auf geht's« sagte Jess. Sein Arm rutschte von ihrer Taille, als er ruhelos ein paar Schritte nach vorn ging.

»Ich muß zuerst Rory finden«, wandte Lynn ein. »Bevor wir irgend etwas unternehmen, brauchen wir ohnehin einen Plan.«

Als ihr bewußt wurde, was sie da gesagt hatte, blickte Lynn auf und merkte, daß Jess sie ansah.

»Sag's nicht«, warnte Lynn ihn, während ihre Blicke aufeinander trafen.

Als er nicht wie erwartet reagierte, erkannte sie, daß die Situation wirklich ernst war.

»Einen Plan, ja?« sagte er statt dessen und klang ungeduldig. »Okay, hier ist ein Plan: Wir gehen, so schnell wir können, zum nächsten Telefon und rufen Polizei und ATF und FBI und, wenn nötig, das verdammte Weiße Haus an, und sagen ihnen, daß ein Wahnsinniger einen Plan ausgebrütet hat, um das Land morgen früh um neun in die Luft zu sprengen. Dann sollen sie sich überlegen, wie sie das verhindern können.«

Lynn dachte eine Sekunde nach. »Wie weit sind wir wohl von einem Ort entfernt, wo wir ein Telefon finden könnten?«

Jess verzog das Gesicht. »Schätzungsweise fünfzig Meilen.«

»So weit können wir in der uns bleibenden Zeit doch nicht laufen. Wäre es nicht besser zu versuchen, deinen Bruder und die anderen irgendwo zu erwischen? Die haben wenigstens Pferde!«

»Früher oder später kommt Owen ohnehin und sucht uns, aber es kann durchaus später werden, und ganz sicher findet er uns nicht vor morgen. Denn wenn wir nicht auftauchen, wird er denken, daß Tim uns direkt in die Stadt zu einem Arzt oder zurück zur Ranch oder sonst irgendwo hingebracht hat. Wir könnten versuchen, sie ausfindig zu machen, aber ich nehme an, daß sie ungefähr zwanzig Meilen entfernt und mittlerweile schon halb auf dem nächsten Berg sind. Wir würden wahrscheinlich die ganzen 17 Stunden oder länger brauchen, um zu Fuß dorthin zu gelangen. Und auf dem Berg könnten wir sie verpassen.«

»Ich nehme an, im Jeep gibt es kein Handy oder CB-Funk oder irgendwas dieser Art?« Allein der Gedanke an das, was sonst noch in dem Jeep war, jagte Lynn einen Schauder ein.

»Nein.«

»Was sollen wir dann also tun?« Zorn über das absolut unentschuldbare Versäumnis von Adventure Inc., für eine Notsituation irgendwelche Möglichkeiten der Kommunikation mit der Außenwelt bereitzuhalten, verlieh ihrer Stimme Schärfe. Sie blitzte Jess an.

»Wir laufen«, stieß Jess zwischen zusammengepreßten Lippen hervor. »Das ist der Plan. Der ganze Plan. Der vollständige Plan. Der einzig durchführbare Plan. Du kannst hierbleiben und noch länger darüber nachdenken, wenn du willst, aber ich laufe jetzt los. Vielleicht haben wir Glück und jemand nimmt uns mit, wenn wir uns dem Ort nähern.«

»Ich muß Rory finden«, sagte Lynn. »Ich kann nicht ohne Rory von hier fort.«

»Rory wird pulverisiert werden wie wir alle, wenn wir diese Sache nicht aufhalten können«, sagte Jess. »Wie auch immer, du hast sie losgeschickt, um Hilfe zu holen. Wenn sie auch nur eine Spur von Verstand hat, wird sie die Straße entlanglaufen. Wir holen sie ein. Laßt uns also gehen. Louis, stehen Sie auf.«

»Regt euch nicht auf. Jahwe wird uns helfen«, sagte Louis heiter und stand auf. Jess stürmte los, entdeckte, daß er immer noch an Lynn festgebunden war, blieb stehen und versuchte das Mullband zu zerreißen.

»Halt still«, sagte Lynn, als deutlich wurde, daß man nassen, verdrehten Mull kaum zerreißen konnte. Sie kam nah an Jess heran und zupfte mit ihren ruinierten Fingernägeln sorgfältig an dem Knoten, der um Jess' Gürtelschnalle geknüpft war.

»Zum Teufel damit«, schnaubte Jess, hakte die Finger in die Schnalle und riß sie ab. Er reichte Lynn die abgerissene Gürtelschnalle, an der das Mullseil hing.

»So geht's auch«, sagte Lynn und nahm es entgegen. Sie legte die herabhängenden Enden zusammen und machte sich nicht die Mühe, sich selbst davon zu befreien – sie hatte keine Zeit –, sondern schlang statt dessen den Verband mehrmals um ihre Taille und knotete ihn fest.

»Laßt uns gehen«, sagte Jess. »Louis, was machen Sie da?«

Louis hielt den Kopf gebeugt, die Augen geschlossen und die Hände unter dem Kinn gefaltet. Lynn erschien es ziemlich offensichtlich, was er tat, aber sie sagte nichts.

»Zu Jahwe beten, damit Er uns hilft, wenn es Sein Wille ist«, sagte Louis und öffnete die Augen. »Insbesondere habe ich Ihn um ein Transportmittel gebeten.«

»Kommt jetzt, alle beide«, sagte Jess ungeduldig. »Jahwe kann sein Wunder unterwegs wirken.«

Sie brachen auf, gelangten zur Straße und waren eine ganze Zeitlang bergab gelaufen, als ein Geräusch – ein *merkwürdiges* Geräusch – sie alle drei auf der Stelle zum Stehen brachte.

37

»Was ist das?« fragte Lynn mit einem Blick zu Jess. Seiner Miene nach zu urteilen, war das niesende Bellen zumindest nicht der Brunstruf eines Grizzlys, den er, wie sie annahm, erkennen würde.

»Eiskalt erwischt.« Wie Lynn und Louis starrte Jess auf die Waldwand aus Schlingpflanzen, hinter der das Bellen zu hören war. Der Schrei erklang wieder, lang und klagend und ohrenbetäubend laut.

Was immer es war, es wartete ungefähr sieben Meter vor ihnen hinter einem Vorhang aus Schlingpflanzen.

»Ein Elch?« fragte Lynn laut.

»Wir haben keine Zeit für so was«, warnte Jess. Er stieß Louis in den Rücken, und sie alle drei liefen wieder los. Louis war ein wenig vor ihnen, so daß sie ihn im Auge behalten konnten. Jess und Lynn liefen mehr oder weniger nebeneinander. Sie bewegten sich vorsichtig, mit wachsam offenen Augen. Wäre Lynn in der Stimmung gewesen, es zu bemerken, hätte es sie amüsiert, wie sie sich alle plötzlich an der Seite des Schotterweges entlangdrückten, die von dem Geräusch am weitesten entfernt war.

»Was immer es ist, es reagiert auf *dich*«, sagte Jess. »Ich habe ja gesagt, daß deine Schreie laut genug waren, um bis nach Salt Lake City zu dringen.«

»Ich will Rory finden«, sagte Lynn. »Und ich werde so laut schreien, daß sie mich hören kann. Ich kann nicht ohne sie von hier fortgehen.«

»Wir werden ihr über den Weg laufen ...« fing Jess an, jedoch nur, um nochmals von dem wiehernden Bellen unterbrochen zu werden.

Das Laub, hinter dem sich das Wesen verbarg, rauschte. Lynn erkannte entsetzt, daß sich die Kreatur durch die Barriere auf die Straße drängte, ungefähr zwei Meter vor ihnen.

Sie packte Jess am Arm und blieb stehen. Er ebenfalls. Louis blieb auch stehen und hielt den Atem an.

Ein Kopf – groß, fellig und braun – brach durch die Blätter. Große braune Augen zwinkerten sie an. Kaninchenohren zuckten. Ein riesiges Maul öffnete sich und enthüllte eckige gelbe Zähne und eine dicke rosafarbene Zunge.

»Ii-aa! Ii-aa! Ii-aa!«

»Das ist ein Esel!« rief Lynn erleichtert aus. Erst dann bemerkte sie das Zaumzeug, das er umhatte. »Ein *zahmer* Esel.«

»Gott sei Dank kein wilder«, sagte Jess trocken.

Lynn brachte ihn mit einem Blick zum Schweigen. »Was macht wohl ein Esel hier draußen?« Da sie an die Möglichkeit dachte, daß er zu einem Camper mit Handy gehören konnte, rief sie: »Ist da jemand? *Hallo, ist dort irgend jemand?*«

»Würdest du bitte aufhören, mir ins Ohr zu schreien?« Jess befreite sich aus Lynns Klammergriff und überquerte die Straße, um das Tier zu untersuchen. Lynn folgte ihm. Es war nicht einmal ein großer Esel, und sie hatte gewiß keine Angst vor ihm.

»Er ist an einen Karren gebunden.« Jess schob die Blätter zur Seite und sah sich den Esel genau an. »Er steckt fest. Und ich würde sagen, er ist allein.«

»Armes Ding.« Lynn gab dem Tier einen Klaps, als Jess sich durch das Laub zu dem Esel zwängte. Er wieherte sie an. Sie prallte zurück und zuckte zusammen.

»Jemand muß ihn benutzt haben, um Vorräte zu holen, bevor er freikam«, sagte Jess von jenseits der Schranke aus Pflanzengeflecht. »In dem Karren sind Lebensmittel. Möchte jemand einen Apfel?«

Eine Hand, die einen Apfel hielt, schob sich durch das Laub. Lynn lief das Wasser im Mund zusammen. Bevor sie ihn nehmen konnte, kam ihr der Esel zuvor. Die großen gelben Zähne schnappten mit einem hungrigen Biß nach dem Apfel.

»Nein!« rief Lynn verzweifelt aus. Der halbe Apfel fiel dem gierigen Vieh aus dem Maul und in den Dreck. Lynns Augen folgten ihm dorthin.

»Au!« rief Jess gleichzeitig aus und zog seine Hand durch das Laub zurück. Hinter der Blätterwand ließ er eine Reihe von Flüchen vom Stapel. Lynn merkte, daß der Esel nicht nur in die Frucht, sondern auch in Fleisch gebissen hatte.

»Dummes Tier«, murmelte sie und bückte sich nach dem, was von dem Apfel noch übrig war. Unter fast allen denkbaren Umständen hätte sie nicht einmal in Erwägung gezogen, sich aus den Resten, die ein Esel übrigließ, eine Mahlzeit zusammenzusuchen. Jedoch ähnelten diese Umstände nichts, was sie je zuvor erlebt hatte. Im Schmutz kniend sammelte sie die halb aufgegessenen Reste zusammen.

Als sie den Apfelduft einatmete, schloß sie die Augen. Sie merkte, daß sie nicht nur erschöpft, durchgefroren, verängstigt war und eine Tochter verloren hatte, sie war auch noch dabei zu verhungern.

»Iß das nicht.« Stirnrunzelnd sah Jess durch eine Öffnung in dem Blätterschirm. Er griff durch das Gestrüpp, nahm ihr den Apfel weg und hielt ihn mit flacher Hand dem Esel hin, der entzückt danach schnappte.

»Und ich?« fragte Lynn empört, während sie sich aufrichtete.

»Hier ist ein ganzer Sack voll.«

Jess reichte ihr einen anderen Apfel, rot und schimmernd, in den Lynn mit Genuß hineinbiß. Die knackige Schale, der süße Geschmack des Fruchtfleischs und der üppig spritzende Saft vermittelten ihr Empfindungen, die sie genußvoll erforschen wollte – jedenfalls, wenn sie nicht verhungerte, beschloß sie, während sie den Apfel verschlang.

»Wasserflaschen auch«, fuhr Jess fort und reichte eine grüne Plastikflasche durch das Laub. »Kartoffeln. Milchpulver. Mehl und Speck. Zucker und Kakao.«

»Ich habe auch Hunger«, sagte Louis mit kläglicher Stimme.

Jess gab ihm einen Apfel und eine Flasche Wasser. Der Esel wieherte nahe an Lynns Ohr, so daß sie wieder zusammenfuhr.

»Halt den Mund, du«, sagte sie und blickte das Tier böse an. Es wieherte wieder. Lynn hatte keinen Zweifel, daß es noch einen Apfel wollte.

»Hier, Guter, laß mich mal hier heraus.« Jess sprach

mit dem Esel. Seine Hand erschien zwischen den Blättern, und mit einem Griff ins Zaumzeug zog er den Eselskopf durch die Blätter zurück. Augenblicke später führte er das Tier auf die Straße.

Der Eselsrücken reichte nicht viel höher als Lynns Ellbogen. Eine Leine, die an dem braunen Lederhalfter befestigt war, hatte sich Jess um die Hand gewickelt. Ein dreirädriger Karren, offensichtlich selbstgemacht, war mit der Deichsel an ein improvisiertes Geschirr gebunden. Der Karren war wie die Deichsel aus Holz gefertigt, abgenutzt und mit einem Deckel versehen. Dieser stand offen und gab das Innere preis, das voller Lebensmittelvorräte war.

»Ich sagte doch, daß Jahwe uns helfen würde«, gab Louis befriedigt zum besten.

Lynn und Jess sahen ihn an und merkten, daß er den Esel betrachtete.

»Ein Transportmittel«, erklärte Louis selbstgefällig, als er ihre Blicke bemerkte.

»Sie machen wohl Witze.« Jess trank Wasser, polierte seinen Apfel und verfütterte das Kerngehäuse an das dankbare Tier. »Wir können wahrscheinlich schneller vorankommen als er. Und uns alle drei kann er sowieso nicht tragen.«

»Vielleicht können wir uns abwechseln«, schlug Lynn vor, der das ganze Ausmaß ihrer Erschöpfung erst jetzt bewußt wurde, da es eine Aussicht gab, voranzukommen und gleichzeitig zu sitzen. »So brauchen wir wenigstens nicht anzuhalten, um uns auszuruhen.«

»Warum nicht?« Jess zuckte mit den Schultern und wirkte resigniert. Er öffnete den Deckel des Karrens und fischte sich einen weiteren Apfel heraus. »Lynn?«

»Danke.«

Er reichte ihn ihr. Seinem Beispiel folgend, bot Lynn ihr Kerngehäuse dem Esel an. Er nahm es mit überraschender Anmut.

»Also gut, weiter geht's. Lynn, willst du zuerst sitzen?«

Sie betrachtete den Esel. Auf einem Pferd zu reiten, war eine unangenehme Erfahrung gewesen, aber dieses kleine Tier sah nett und harmlos aus. Sie würde ohnehin oben auf dem Karren sitzen, nicht auf dem Tier, und Jess würde die Leine halten. Und doch …

Ihre Erschöpfung kämpfte mit der Furcht, und die Erschöpfung siegte.

»Weißt du eigentlich, daß ich gerade jetzt auf einer Kreuzfahrt sein könnte? Ich hatte die Wahl.« Lynn unterdrückte jegliche unterschwellige Nervosität, warf ihre leere Wasserflasche in den Karren (sogar angesichts drohender Massenmorde schien es nicht richtig zu sein, die Umwelt zu verschmutzen), und hockte sich oben drauf. Die Aussicht, eine Weile zu sitzen, war einfach zu verführerisch, um ihr zu widerstehen. Natürlich war es sexistisch, daß sie saß, während Jess – ebenso wie Louis – lief.

Im Augenblick, entdeckte Lynn, war ihr das aber nicht besonders wichtig. Sie war zu müde.

Es tat gut zu sitzen. Sogar mit gekreuzten Beinen auf einem harten und wackligen Platz.

Jess schenkte ihr plötzlich ein vernichtendes Grinsen. »Stell dir nur mal vor, was du verpaßt hättest.«

Dich, schoß es Lynn durch den Kopf, als sie in diese tanzenden, strahlend blauen Augen blickte. Und sie erkannte, daß sie diesen Urlaub um nichts in der Welt hätte verpassen mögen, was auch immer noch geschehen mochte.

Wenn es ihr jetzt nur gelänge zu überleben.

»Übrigens«, sagte Jess und lief los, »das ist ein Packesel.«

Lynn klammerte sich an den Seiten des Karren fest, als er sich in Bewegung setzte. Kies knirschte unter den Rädern. Der Karren schaukelte vor und zurück. Wegen seiner dreieckigen Form hatte er nur ein kleines Rad vorne und je ein Rad an den Seiten. Sie sahen so aus, als stammten sie von einem Kinderrad. Der Karren war gerade groß genug, daß Lynn darauf sitzen konnte. Mit gekreuzten Beinen hockte sie oben auf dem Holzdeckel und klammerte sich daran fest, als ginge es um ihr Leben.

Bequem, dachte Lynn, war das nicht mal ansatzweise.

Da ihre Hände beschäftigt waren, erschien aus dem Nichts ein kleiner Mückenschwarm und summte um ihren Kopf herum. Sie riskierte ihr Leben, um nach ihnen zu schlagen, traf daneben, konnte nur mit Mühe auf ihrem Platz sitzen bleiben und gab auf. Als das Surren schließlich nachließ, nahm Lynn an, die kleinen Teufel hätten sich endlich sattgetrunken und davongemacht.

Sie vermerkte im Geiste, daß sie ihrer Elendsliste noch das Stichwort »Juckreiz« hinzufügen mußte.

»Rory!« brüllte sie für den Fall, daß ihre Tochter in Hörweite war.

Der Esel – oder Packesel – fuhr nervös auf. Nur Jess' Griff an der Leine hielt ihn in Schach. Er tätschelte den Nacken des Tieres und warf ihr einen Killerblick zu.

»Fängst du schon wieder an zu schreien? Du hast Glück, daß er nicht mit dir durchgegangen ist. Man macht nicht plötzlich solchen Lärm hinter einem Tier. Wie Pferde sind das sehr empfindliche Wesen.«

»Jess, ich habe dir gesagt, daß ich Rory finden muß.«

»Und ich habe dir gesagt, daß sie wahrscheinlich vor uns ist. Sie hat gut zwei Stunden Vorsprung, erinnerst du dich? Wir werden sie einholen. Und ob wir sie nun antreffen oder nicht, wir müssen weitergehen. Unsere allererste Priorität muß es sein, ein Telefon zu finden. Ansonsten kommt Reverend Bob mit seinem Plan durch, und Rory zu finden ist dann nicht mehr wichtig.«

»Ich weiß.«

Natürlich wußte sie es. Aber sie konnte den Gedanken nicht ertragen, ihre Tochter in der Wildnis zurückzulassen.

Jess verzog das Gesicht. »Hör mal, ich weiß, wie du dich fühlst. Wenn wir sie verpassen sollten, senden wir einen Suchtrupp hierher zurück. Unter den gegebenen Umständen ist es das beste, was wir tun können.«

»Ich weiß.« Lynn wußte, daß er recht hatte. Sie wußte, daß die Verbrecher, abgesehen von Louis, mit 99-prozentiger Wahrscheinlichkeit tot waren, so daß die einzige direkte Gefahr für Rory in einer Begegnung mit einem Grizzly bestand. Sie wußte, daß es ganz sicher sinnlos wäre, von dem Karren zu steigen und auf eigene Faust den Wald zu durchsuchen. Das in Frage kommende Gebiet war einfach zu groß.

Und wie Jess gesagt hatte, war Rory aller Wahrscheinlichkeit nach vor ihnen auf der Straße.

Und doch, mit einem Instinkt, der stärker war als jede Logik, wollte sie ihre Tochter finden, und zwar sofort.

Obwohl sie, wenn sie ganz ehrlich war, nichts für Rory tun konnte, wenn morgen früh um neun Uhr die Katastrophe begänne. Wenn die Bomben explodierten, wäre Rory hier in der Wildnis der Uintas besser aufgehoben als an fast jedem anderen Ort, den Lynn sich vorstellen konnte.

Andererseits wäre es am Ende vielleicht ein schlimmeres Schicksal, Überlebender zu sein, als sofort draufzugehen.

»Wie spät ist es?« erkundigte sie sich. Sie kamen schrecklich langsam voran. Lynn bezweifelte, daß sie auch nur drei Meilen zurückgelegt hatten, seit sie den Packesel gefunden hatten.

»Vier Uhr 45«, antwortete Louis.

Noch etwas mehr als 16 Stunden. Und sie hatten noch ungefähr 45 Meilen vor sich.

»Wir werden es nicht schaffen«, sagte Lynn.

»Doch, wenn es Jahwes Wille ist«, sagte Louis. »Sie müssen Vertrauen haben.«

Jess warf Lynn einen Blick zu.

»Halt dich fest«, sagte er und begann zu joggen.

Der Karren sprang nach vorn. Der Packesel, der in einen Trab gezogen wurde, protestierte, indem er mit den Ohren vor und zurück wedelte und mit dem Schwanz schlug. Er traf Lynn einmal, zweimal, dreimal im Gesicht. Sie wurde furchtbar durchgeschüttelt, hatte Angst, sich loszulassen, um sich vor diesen rhythmischen Schlägen zu schützen, und hielt so lange durch, wie sie konnte; dann rief sie Jess zu, er solle stehenbleiben.

»Was ist jetzt?« Er tat, wie gebeten, sah aber nicht sehr glücklich darüber aus.

»Du bist dran«, sagte sie und kletterte von dem Karren herunter. »Ich führe ihn.«

»Du kannst ihn nicht führen«, protestierte Jess. »Du hast keine Ahnung von Packeseln. Außerdem, falls du es noch nicht bemerkt haben solltest, rennen wir jetzt.«

»Hör zu, du alter Sexist«, sagte Lynn. »Ich kann genauso gut rennen wie du. Ich habe mich da hinten nett erholt, und *ich* habe keine Schußwunde. Was das Führen eines dummen Packesels betrifft, wie schwer kann das schon sein? Wenn wir überhaupt eine Hoffnung haben, rechtzeitig aus diesem Gebirge herauszukommen, müssen wir uns mit Rennen und Reiten abwechseln. Und jetzt bist du dran mit dem Karren.«

»*Ich* kann ja auf den Wagen«, bot Louis hoffnungsvoll an.

»Halt also die verdammte Leine ganz fest. Und um Gottes willen, schrei nicht.« Nachdem er sie einen Moment lang angestarrt hatte, reichte Jess ihr den Lederriemen und setzte sich breitbeinig auf den Karren. Sowohl er als auch Lynn ignorierten Louis. Wenn jemand zurückbleiben mußte, dann er. Das stand für sie beide fest, ohne daß sie darüber sprechen mußten.

Da er weiter nichts sagte, wohl auch für Louis.

Lynn umschloß die Leine mit den Fingern.

»Halt dich fest«, gab sie Jess' Warnung zurück, während sie ihn ansah. Trotz der harten Umstände mußte sie lächeln. Jess sah lächerlich aus, wie er mit nacktem Oberkörper, schulterlangen braunen Haaren, die gesunde Hand um die Vorderseite des Wagens gekrallt, auf dem kleinen Karren saß und die Beine kreuzte. Seine andere Hand, sah sie, lag auf seinem Schoß.

Ihr Lächeln verschwand.

Wenn Jess seine verwundete Seite nicht beanspruchte, mußte er Schmerzen haben. Die Wirkung des kalten Wassers, das ihm mehr Bewegungen ermöglicht hatte, als gut für ihn war, war eindeutig verschwunden. Sie hatten Glück, daß die Wunde nicht wieder angefangen hatte zu bluten.

»Auf geht's!« Lynn war entschlossen, so vorsichtig wie möglich zu sein, um Jess keine unnötige Unbequemlichkeit zu bereiten; fest zog sie an der Leine und rannte los.

Sie war es durchaus gewohnt zu rennen, aber nicht in zerrissenen Socken über eine unfreundliche Schotterstraße. Sie blieb bei dem dünnen Grasstreifen am Straßenrand, hielt mit Adleraugen nach scharfen Gegenständen Ausschau und versuchte dabei, einen gleichmäßigen Schritt anzuschlagen.

Daß sie einen störrischen Esel hinter sich herziehen mußte, machte die Sache nicht einfacher. Lynn kam es so vor, als ob sie einen kleinen Lastkahn hinter sich herzog. Nach wenigen Minuten war sie außer Atem. Louis, der offensichtlich kein Jogger war, schnaufte und keuchte neben ihr. Ein Blick auf Jess zeigte ihr, daß er sich hartnäckig an dem hüpfenden Karren festhielt.

Mit jedem Schatten, der über die Straße fiel, spürte Lynn das Gewicht der verstreichenden Zeit.

»Komm schon, du!«

Mittlerweile keuchend, zog sie fester und versuchte, den Esel von seiner unmißverständlichen Absicht abzuhalten, langsamer zu laufen. Sie rannten eigentlich gar nicht richtig, beschloß sie. Es war mehr so, als schafften sie die Schwerstarbeit, die für Zuchthäusler angemessen war.

»Taatuuuut!« Hinter ihnen ertönte mit betäubendem

Lärm eine Hupe. Lynn fuhr auf, dann weiteten sich ihre Augen vor Entzücken, als sie hinter sich einen alten Kleinlaster erblickte, der auf dem Schotter rutschend zum Stehen kam.

Ein *motorisiertes* Transportmittel, dachte sie.

Der Esel aber war von dem näherkommenden Gefährt nicht so begeistert. Erschrocken sprang er vorwärts und warf Lynn zu Boden, als sie gerade zu dem Pick-up zurücksah. Die Leine wurde ihr aus der Hand gerissen, während das Tier davonjagte.

Auf dem Bauch liegend und alle viere von sich gestreckt, konnte Lynn nur voller Schrecken zusehen, wie Esel, Karren und Jess an ihr vorbeistoben und in wildem Galopp die Straße hinunterstürmten.

»Ho!« schrie Jess und klammerte sich an den bockenden Karren wie ein Rodeoreiter an ein wildes, noch nicht zugerittenes Pferd, während es über Stock und Stein ging. »Ho!«

»Jahwe möge ihn beschützen«, murmelte Louis fromm.

»Jess!« Lynn sprang auf die Füße und nahm die Verfolgung auf. Im Rennen sah sie mit offenem Mund zu, wie der Karren mit Jess, der sich grimmig immer noch daran festhielt, gegen einen Stein stieß und plötzlich durch die Luft flog, vorwärts flog, wie in einem wahnsinnigen Versuch, über den Packesel zu springen!

38

Als Lynn Jess eingeholt hatte, lag er oben auf einem zermalmten Busch flach auf dem Rücken und fluchte wild. Das zerbrochene Geschirr war noch mit dem umgestürzten Karren verbunden, der in der Nähe auf der Straße lag und dessen Räder sich noch schwerfällig drehten. Von dem Packesel fehlte jede Spur.

Eine Kanonade deutlich vernehmbarer Beschimpfungen war an ihr Ohr gedrungen, bevor sie ihn tatsächlich sehen konnte, und hatte ihr beruhigend bewiesen, daß er nicht tot war.

»Bist du verletzt?« fragte sie, als sie sich ihm näherte, sehr bemüht, ein launisches Zucken ihrer Lippen unter Kontrolle zu halten.

»Es ist ein verdammtes Wunder, daß ich mir nicht jeden Knochen im Leib gebrochen habe«, sagte er, woraus sie schloß, daß dies nicht der Fall war. »Ich habe dir doch *gesagt*, daß du dich gut festhalten solltest.«

»Los, Cowboy, reite sie zu«, sagte sie. Sie konnte sich nicht mehr halten und kicherte.

Er warf ihr einen vernichtenden Blick zu. Stöhnend kam er auf die Füße, entfernte eine Tüte mit zerdrückten Kartoffeln von seiner Brust und ließ sie auf den Boden fallen. Lynn bemerkte, daß Lebensmittel um den Busch herum verstreut lagen, und kicherte wieder.

»War das ein Lastwagen?« Er tastete mit verzerrtem Gesicht nach seiner Schulter.

In der ganzen Aufregung hatte Lynn den Pick-up beinahe vergessen.

»Ja!« Sie drehte sich zur Straße um. Eine Kurve verbarg das Fahrzeug. Aber sie konnte sehen, wie just in diesem Moment Louis in Sichtweite gelaufen kam. Seine Arme und Beine flogen, als er auf sie zujagte. Er schrie etwas, das Lynn nicht verstehen konnte.

Direkt hinter ihm rannte eine schlanke junge Frau in cremefarbenem Nachthemd, mit fliegenden Haaren und einem dicken Stock, den sie über ihrem Kopf hielt.

»Theresa!« rief Lynn aus, als Theresa ausholte. Der Stockhieb verfehlte Louis nur um Zentimeter, und der Mann sprintete davon. Lynn war erstaunt, wie schnell Louis rennen konnte, wenn er mußte.

»Was ist denn jetzt los?« stöhnte Jess und trat auf die Straße, um Louis einzufangen. »Stehenbleiben!«

»Halten Sie mich nicht auf!« kreischte Louis, als Jess ihn packte.

»Mörder! Mörder!« Theresa war Sekunden später bei ihnen und schlug Louis mit dem Stock auf Kopf und Schultern, während Jess sie anbrüllte, sie solle aufhören. Louis hatte den Kopf eingezogen und versuchte mit einem erhobenen Arm, sie abzuwehren.

»Hilfe! Hilfe!« rief Louis und flüchtete sich hinter Jess, der mit seiner Schulterverletzung nicht in der Lage war, zugleich Louis festzuhalten und nach der Waffe zu greifen. Louis entkam seinem Griff.

»Au! Verdammt!« Jess entwand Theresa mit einer schnellen Drehung des Handgelenks den Stock, wobei er einen Schlag abbekam, der offensichtlich Louis gegolten hatte.

»Er hat meine Familie umgebracht! Mörder!« Ihrer Waffe beraubt, schlug Theresa mit den Fäusten auf Louis ein, trat ihn, zog ihn an den Haaren, während Louis und Jess gemeinsam versuchten, sie abzuwehren. Sie sah aus wie ein Racheengel, die ganze Zeit über liefen ihr die Tränen über das Gesicht. »Er hat meine Familie umgebracht!«

»Theresa, nicht!« Lynn brach es das Herz, das Mädchen so zu sehen. Sie hielt ihren Arm fest und versuchte Theresas Aufmerksamkeit auf sich zu ziehen, um sie von dem Angriff abzulenken. Mit wildem Blick ging Theresa nun auf sie los, wobei sie drohend eine Faust reckte. Lynn bereitete sich auf den Schlag vor. Das Mädchen war, wenn auch schlank, einen Kopf größer als sie und vor Wut und Kummer außer sich. Aber die gehobene Faust traf sie nicht.

»Er ist einer von den Männern, die meine Mutter getötet haben«, sagte Theresa in mitleiderregendem Ton und sah Lynn in die Augen. Der Kampf hatte ihr alle Kraft geraubt, sie fiel auf die Knie, der Kopf sank ihr auf die Hände, und sie brach in heftiges Schluchzen aus.

»Es ist ja gut«, murmelte Lynn, über Theresa gebeugt, und legte einen Arm um die heftig bebenden Schultern des Mädchens. Theresas Kummer trieb ihr die Tränen in die Augen. Das arme Mädchen, was hatte es nur durchgemacht? »Ruhig, ganz ruhig. Es ist ja gut.«

»Warum?« Theresa blickte auf und zischte Louis an, ohne sich um Lynns Tröstungsversuche zu kümmern. »Warum habt ihr das getan? Meine Mutter hat nie jemandem ein Leid zugefügt, euch nicht und sonst keinem! Und auch meine kleinen Schwestern oder meine Brüder oder sonst wer von meiner Familie! Wir wollten einfach nur in Frieden gelassen werden! Warum habt ihr uns gejagt und sie umgebracht?«

Louis wurde von Jess am Arm festgehalten. Unter Theresas leidenschaftlichem Blick schien er zu schrumpfen.

»Michael Stewart saß immer auf dem ehrwürdigsten Platz rechts neben dem Lamm, und doch wurde er ein Verräter. Mitten in der Nacht ist er fortgelaufen und hat seine Familie und Anhänger mitgenommen! Er wollte uns verraten! Das Lamm hat uns auf eine heilige Mission geschickt, um die Michaeliten zu suchen und zu vernichten, bevor sie Jahwes göttlichen Plan verraten konnten.« Louis' Stimme klang fast flehentlich.

»Das Lamm! Das Lamm!« Theresa spuckte die Worte beinahe aus. »Robert Talmadge ist sowenig das Lamm wie Sie! Wissen Sie, was er getan hat? Er hat versucht, mich zu vergewaltigen! Ich war erst 15! Und das hat meinem Vater die Augen geöffnet; das war der Grund, weshalb er uns fortgebracht hat! Mein Vater wollte niemandem ein Leid antun! Warum konntet ihr uns nicht einfach in Ruhe lassen? Mehr wollte er nicht, als in Ruhe gelassen zu werden! Mörder!«

Das Feuer kehrte in Theresas Augen zurück, und sie sprang mit geballten Fäusten und knirschenden Zähnen auf die Füße.

Das Weinen eines Babys hinter ihnen bewirkte, daß sie sich wie alle anderen umdrehte.

»Er hat angefangen zu schreien«, sagte Rory, die mit dem heulenden, sich aufbäumenden Kind, das sie unsicher in den Armen hielt, näherkam. »Ich wußte nicht, was ich tun sollte.«

»Rory!« Lynn sah ihre Tochter an, während Theresa ihr den kreischenden Säugling abnahm. Sie spürte, wie ihr ein großer Stein vom Herzen fiel. »Rory!«

»Hi, Mom«, sagte Rory. Sie ließ sich von Lynn umarmen und drückte sie auch ihrerseits. »Alles in Ordnung mit dir?«

»O Rory«, war alles, was Lynn sagen konnte, als sie ihr Gesicht an der Schulter ihrer Tochter verbarg und sie fest an sich gedrückt hielt. »Es geht mir gut. Und dir?«

»Ich hatte wirklich Angst«, gab Rory zu, »aber jetzt bin ich okay. Ich hatte Angst, daß du den Männern nicht entkommen würdest. Ist der wirklich einer von ihnen?«

Ihre Tochter mußte Louis meinen.

»Ja«, sagte sie.

»Sie haben Theresas ganze Familie umgebracht. Außer Elijah. So heißt das Baby.«

»Ich weiß. Es tut mir so leid.«

»Leute, wir können das alles im Lastwagen klären. Wir müssen jetzt schnell in die Stadt.« Jess hielt eine Hand auf Louis' Arm und ein wachsames Auge auf Theresa, die das zappelnde Baby hin und her wiegte, und trieb sie alle längs der Straße zurück.

Rory, die Arm in Arm mit Lynn gelaufen war, stürzte davon und bückte sich nach einem Gegenstand am Straßenrand.

»Sieh mal, Theresa, Milchpulver!« sagte sie und hielt die rot-weiße Schachtel hoch, so daß das andere Mädchen sie sehen konnte. Ein weiterer Blick, und sie jagte wieder davon. »Und Wasser in der Flasche zum Zubereiten! Elijah kann Milch bekommen!«

»Wo kommt das her?« fragte Theresa und sah die Gegenstände an, die Rory hielt. Ihre Stimme klang dumpf. Ihre Augen waren immer noch naß, aber die Tränen liefen ihr nicht mehr das Gesicht hinunter. Es war, dachte Lynn, als ob sie absichtlich ihre Gefühle dämpfte.

»Wir haben die Sachen in einem Karren gefunden, der an einem verirrten Packesel hing«, sagte Lynn. »Jemand muß damit die Lebensmittel transportiert haben, aber der Esel ist dann wohl davongelaufen.«

»War der Esel braun oder grau?« fragte Theresa, als gäbe es nur die beiden Möglichkeiten.

»Braun.«

»Esther.« Theresa flüsterte fast den Namen. »Der graue ist Ruth. Mein Vater hatte Lebensmittel besorgt. Die Packesel müssen weggerannt sein, als ...« Ihre Lippen zitterten, und sie brach ab; ihre Brust hob und senkte sich, während sie offensichtlich um ihre Selbstbeherrschung rang.

»Jahwe vergebe mir, ich habe nie an den Schmerz gedacht, den wir vielleicht zufügen könnten«, flüsterte Louis, der Theresa anstarrte.

Heftig drehte sie den Kopf, und ihre langen Haare peitschten durch die Luft. Mit wildem Blick fixierte sie ihn. »Gott – nicht Jahwe, Gott – wird Ihnen nie vergeben, und ich auch nicht! Sie werden für das, was Sie getan haben, in der Hölle braten, Sie Mörder!«

»Hier ist der Wagen«, unterbrach Jess.

Aufblickend merkte Lynn, daß sie tatsächlich beim Lastwagen angekommen waren. Es war ein blauer Ford Pick-up, auf dessen linkem Kotflügel *Supercab* zu lesen war. Darunter stand in abbröckelndem Chrom *F-250*.

Jess öffnete die Beifahrertür, klappte den Vordersitz vor und sagte zu Louis: »Sie sitzen hinten.«

Louis kletterte, ohne aufzubegehren, auf die dürftige Rückbank und rutschte so weit wie möglich in eine Ecke. Er war immer noch derselbe mickrige, gebeugte, jämmerlich aussehende kleine Mann, der er 15 Minuten zuvor gewesen war, aber in Lynns Augen war er für immer verwandelt. Theresas rasender Kummer hatte den Opfern des Gemetzels in dem Gräberlager eine allzu starke Wirklichkeit verliehen. Von einem Spinner, der versucht – es aber letztlich nicht geschafft – hatte, ihr, Rory und Jess echten Schaden zuzufügen, verwandelte Louis sich in ein Ungeheuer, das an der Ermordung von Theresas Familie beteiligt gewesen war.

»Ich habe für Elijah Milch gemacht«, sagte Rory und reichte Theresa eine grüne Wasserflasche aus Plastik. »Ich weiß aber nicht, was wir als Sauger nehmen können.«

»Danke.« Theresa nahm die Flasche, setzte das Baby aufrecht und drückte ihm den offenen Flaschenhals an die Wange. Die Schluchzer des Kindes ließen nach, während es sich auf der Suche nach der versprochenen Nahrung gierig umdrehte. Theresa legte ihm die Flasche an den Mund und neigte sie behutsam. »Meine Mutter hatte ihm schon beigebracht, aus einer Tasse zu trinken.«

Ihr Gesicht spiegelte sowohl Stolz wider als auch ihr gebrochenes Herz, während sie dem Baby beim Trinken zusah.

»Also, alle einsteigen.« Jess lief zur Fahrerseite. »Louis, geben Sie mir Ihre Uhr. Ich bin es leid, Sie ständig zu fragen, wie spät es ist.«

»Fast sechs«, sagte Louis gepreßt, öffnete das Armband und reichte die Uhr nach vorn. Als Rory zu Louis auf den Hintersitz steigen wollte, legte Lynn ihr die Hand auf den Arm, um sie zurückzuhalten.

»Warte einen Moment«, sagte sie zu Rory. Dann folgte sie Jess: »Ich fahre. Du bist verwundet, erinnerst du dich? Setz dich zu Louis nach hinten.«

»*Du* fährst?« Seine linke Hand lag auf der geöffneten Fahrertür, als er sich zu ihr umsah. Sowohl sein Tonfall als auch sein Gesichtsausdruck ließen keinen Zweifel an seinen Gedanken. Lynns Augen wurden schmal.

»Du hast nur einen einsatzfähigen Arm, und du mußt

bei Louis bleiben, zur Sicherheit. Glaub mir, ich kann genauso gut fahren wie du.«

»Dies ist ein *Lastwagen*«, wandte Jess ein. Auch wenn er es nicht sagte, war völlig klar, was er meinte: Männer fuhren Lastwagen.

»Steig hinten ein«, stieß Lynn zwischen den Zähnen hervor. Jess zögerte, zuckte mit den Schultern und ging dann um den Wagen herum, um sich nach hinten zu Louis zu setzen. Die drei Frauen und Elijah, der hungrig seine Milch schluckte, saßen vorn eng beisammen.

Als Lynn den Wagen anließ, fiel ihr ein, daß Louis gesagt hatte, es sei sechs Uhr. Ihnen blieben noch 15 Stunden.

Sie trat heftig auf das Gaspedal. Die Hinterräder drehten durch, der Pick-up sprang nach vorn, und los ging's.

»Lieber Himmel«, murmelte Jess und meinte offensichtlich ihren Fahrstil, als der Laster in halsbrecherischer Geschwindigkeit über die mit Schlaglöchern übersäte Straße schoß. Er umklammerte die Rückenlehne zwischen Lynn und Rory. Ein Blick in den Rückspiegel zeigte Lynn, daß seine Augen starr auf die Straße gerichtet waren.

»Wo habt ihr den Wagen gefunden?« fragte Lynn die Mädchen und achtete nicht weiter auf Jess.

»Er gehört meinem Vater. Ich wußte, wo er war, aber ich kann nicht fahren.« Während sie sprach, wischte Theresa Milch von Elijahs bebendem Kinn.

»Du kannst nicht fahren?« Lynn sah sie überrascht an. Theresa schüttelte den Kopf. »Wer dann …«

Ihr Blick traf auf ihre Tochter, die neben ihr saß. Rory grinste sie dümmlich an.

»Ich habe schon Go-Carts gefahren«, sagte sie.

»O mein *Gott*.« Lynn schloß den Mund und schüttelte den Kopf, während sie sich wieder auf die Straße konzentrierte. Rory hatte ganz offensichtlich enorme Quellen an Erfindungsgeist und Mut, von denen ihre Mutter nie etwas geahnt hatte. In Lynn stieg eine Welle des Stolzes auf ihre Tochter auf.

Und auch eine Welle der Angst.

Würde Rory lang genug leben, um zu der Frau zu werden, von der Lynn gerade einen so verlockenden kurzen Eindruck erhalten hatte?

39

Fast eine Stunde später schlitterte der Wagen von der Schotterstraße auf die Landstraße 150 und fuhr, Jess' Anweisung folgend, in westlicher Richtung.

Auch wenn sie immer noch weit oben im Nationalpark waren, umgeben von hoch aufragenden Bäumen und fernab von jeder Menschenseele, war die zweispurige Straße zumindest geteert. Lynn trat aufs Gaspedal und beobachtete, wie die Tachonadel innerhalb von zwei Minuten von 35 über 50 und 70 bis auf 90 Meilen pro Stunde stieg.

»Fährst du nicht etwas zu schnell, Mom?« fragte Rory und klammerte sich mit beiden Händen an die Kante der Sitzbank, während der Laster um eine Kurve fuhr, was ihnen so vorkam, als führe er auf zwei Rädern. Lynn wußte, daß ihre Tochter nicht viel von ihrem Fahrstil hielt, das hatte sie oft genug geäußert.

»Wir müssen uns etwas beeilen«, sagte Jess vorgebeugt. Lynn blickte in den Rückspiegel und sah, daß er angestrengt auf die Straße starrte.

In stillschweigender Übereinkunft hatten weder Lynn noch Jess die Deadline – neun Uhr am kommenden Morgen – erwähnt, seitdem sie zusammengepreßt in dem Wagen saßen. Rorys Verhalten machte deutlich, daß ihrer Meinung nach die Gefahr überstanden war.

Lynn verabscheute es, ihre Tochter neuerlich zu erschrecken, aber sie konnte es nicht ändern. Kurz berichtete sie ihr und Theresa von dem neuesten Faltenwurf dieser unendlichen Geschichte.

»Können sie das denn?« fragte Rory mit fahlem Gesicht, nachdem sie einen Moment entsetzt geschwiegen hatte.

»Ich wußte nicht, daß das Datum feststand«, sagte Theresa und verzerrte auf merkwürdige Art ihren Mund, bevor Lynn etwas entgegnen konnte. In ihren Armen wiegte Theresa das Baby, das nun mit dem Gesicht auf ihrer Brust schlief.

»Wußtest du von den Bomben?« fragte Jess sie.

»Ja.«

»Michael Stewart hat sie ja entworfen«, brach es bitter aus Louis heraus. »Niemand außerhalb des Inneren Zirkels sollte etwas davon wissen. Er legte einen heiligen Schwur ab, daß nicht einmal seine Familie davon erfahren sollte. Und trotzdem weiß *sie* es! Da seht ihr, daß er *doch* ein Verräter war! Er hat das Vertrauen des Lamms verraten!«

»Er hat uns erst davon erzählt, nachdem wir die Gemeinde verlassen hatten. Er war kein Verräter! Er ist erwacht und hat die Wahrheit erkannt!« Theresa drehte sich um und blitzte Louis böse an. »Alles, was Robert Talmadge sagt, ist reine Lüge! Robert Talmadge ist das *Böse!*«

»Hüte deinen Mund, Mädchen, bevor Jahwe dich für deine Blasphemie straft!« Louis' Stimme bebte vor Zorn.

»Schluß jetzt, haltet den Mund, alle beide!« fuhr Jess dazwischen. »Dein Vater hat die Bomben entworfen, Theresa? Weißt du etwas über sie? Hat er euch je etwas darüber gesagt, wie sie funktionieren oder ähnliches?«

»Nein.« Theresa atmete tief ein, dann brach es leidenschaftlich aus ihr heraus. »Mein Vater tat unrecht, aber er wurde getäuscht! Wurden wir alle! Wir haben ehrlich geglaubt, Robert Talmadge sei das Lamm Gottes, daß Gott ihm erscheine und zu ihm spreche und ihm sage, Sein Name sei Jahwe, und daß Er ihm göttliche Offenbarungen mache! Als Robert Talmadge meinem Vater sagte, daß Jahwe ihn auserwählt habe, um die Prophezeiungen der Heiligen Bibel über das Ende der Welt zu erfüllen, *glaubte* mein Vater, daß Jahwe durch ihn sprach! Mein Vater hat sich getäuscht, aber er war nicht böse!«

»Jeder kann einen Fehler machen«, sagte Jess besänftigend, während Louis etwas Unverständliches murmelte und Rory mit unbeholfenem Mitleid Theresas Arm tätschelte. Lynns Blick begegnete Jess' im Rückspiegel, und ihr wurde klar, daß sie beide das gleiche dachten: Im Führerhaus eines Pick-up mit sich bekämpfenden Sektenanhängern gefangen zu sein war ungefähr so, als würde man in einen Sack voll wilder Katzen gesperrt.

»Wenn dein Dad wußte, daß sie uns alle in die Luft jagen wollten, warum ging er dann nicht zur Polizei?« fragte Rory.

Das war eine so vernünftige Frage, daß Lynn wieder stolz auf ihre Tochter war.

»Er hatte Angst, daß die Wahren Jünger dann ewig hinter uns her sein würden. Er hat gesagt, sie würden einen öffentlichen Verrat niemals vergeben und uns jagen, bis sie uns fänden.« Theresa schnappte nach Luft. »Er hat gedacht, wenn wir einfach nur still fortgingen, würden sie uns in Ruhe lassen. Er wußte nicht, daß sie uns verfolgen würden, auch wenn er sie nicht verriet.«

»Aber er *hat* uns verraten! Das hat er doch getan! Jahwe selbst hat Michael zum Judas erklärt, als er fortging!« Louis beugte sich nach vorn und schrie Lynn praktisch ins Ohr.

»Lügner!« fuhr Theresa ihn an. Mit einem Arm drückte sie das Baby an ihre Brust, mit der anderen Hand packte sie nach Louis' Gesicht. Ihre Züge waren verzerrt, ihre Finger zu Klauen gekrümmt.

»Schluß!« brüllte Jess und hielt Theresa am Handgelenk fest. Dadurch schreckte Lynn zusammen und Elijah wurde wach und fing sofort an zu schreien.

Jess ließ die Hand des Mädchens los und fügte milder hinzu: »Du wirst für deine Familie Gerechtigkeit erhalten, Theresa, glaub nicht, daß dies nicht geschieht. Aber jetzt ist Louis auf der Seite der Guten. Er hatte eine Vision von Jahwe, der ihm gesagt hat, daß sich Talmadge bei der Festlegung des Weltendes verrechnet hat. Und Louis will uns helfen, ihn zu finden, damit er es ihm sagen kann. Stimmt das nicht, Louis?«

»Das Lamm hat sich nur im Datum geirrt«, murmelte Louis.

»Das Lamm *ist* ein Irrtum«, sagte Theresa und wiegte Elijah in ihren Armen, um ihn zu beruhigen.

»Du …« fing Louis hitzig an, wurde aber von Jess' erhobener Hand zum Schweigen gebracht.

»Kein Wort mehr«, sagte Jess. »Die neue Regel in diesem Wagen lautet, daß wir einfach nicht sprechen. Ruhe, alle miteinander.«

Danach wurde eine Zeitlang nichts mehr gesagt.

Die Straße wand sich den Berg hinab. Lynn merkte, daß sie allmählich aus dem Gebirge herauskamen. Die Schatten wurden länger, und der Himmel war nicht mehr so hell wie zuvor. Einmal stand ein kleines pelziges Tier auf den Hinterbeinen am Straßenrand und schnupperte in die Luft, als begrüßte es die hereinbrechende Nacht. Der Tag näherte sich langsam seinem Ende.

Der letzte Tag ihres Lebens?

Lynn schauderte bei diesem Gedanken. Ein heimlicher Blick auf Jess' Handgelenk zeigte ihr, wie spät es war: 19 Uhr 32.

Etwas weniger als dreizehneinhalb Stunden noch.

Lynn merkte, wie sie anfing zu schwitzen.

Ein kleines grünes Schild leuchtete am Straßenrand auf. Der Wagen flog schon daran vorbei, bevor Lynn erkannte, was darauf stand: KAMAS, 12 MEILEN.

Acht Minuten später waren sie im Zentrum der Kleinstadt. Dort gab es nicht viel zu bewundern: eine Kirche, einen Gebrauchtwagenhändler, eine Tankstelle, ein kleines Lebensmittelgeschäft an der Straße. Eine Menge grüner Höfe und sauberer Häuschen im Ranchstil. Alles sah verlassen aus, sogar die Häuser. Natürlich. Es war Sonntag abend. Im ländlichen Utah. Jeder Bewohner dieser ruhigen Kleinstadt war wohl in der Kirche, erkannte Lynn.

Sie sah auf die kleine weiße, mit Schindeln bedeckte Kirche mit ihrem klassischen Kirchturm und dem vollen Parkplatz, und sie zögerte.

Sogar unter diesen extremen Umständen mißfiel ihr die Vorstellung, in die vollbesetzte Kirche zu stürmen, ihre schlechten Nachrichten herauszuschreien und so den Gottesdienst zu stören.

»Wir brauchen ein Telefon«, sagte Jess.

Ein Telefon. Natürlich. Lynn sah sich um und fuhr zu dem Lebensmittelladen. Ein Münztelefon an der Ziegelwand verhieß Rettung.

»Hat jemand einen Vierteldollar?« fragte Jess.

»Man braucht keine Münze, um den Notruf zu wählen.« Lynn sprang aus dem Laster. Alle, auch Louis, kamen hinter ihr herausgestürzt.

»Lynn, Süße, du solltest das allmählich mal in deinen Kopf bekommen: Du bist nicht mehr in Chicago.« Jess kam um die Vorderseite des Pick-up zu ihr herum. »Auf dem flachen Land hier draußen kann man nicht einfach den Hörer eines alten Münztelefons nehmen, 9-1-1 wählen und Hilfe bekommen. Man braucht einen Vierteldollar, und man muß tatsächlich eine Nummer wählen, um die Polizei zu erreichen.«

Lynn war nicht bereit, ihm das einfach zu glauben. Sie marschierte zu dem Telefon, nahmen den Hörer ab und versuchte es. Jess hatte recht. Ohne Münze funktionierte das Telefon nicht.

»Hab' ich dir doch gesagt.« Jess stürzte bereits in den Laden. Lynn folgte ihm.

Erst als sie merkte, wie die dicke, grauhaarige Frau hinter der Kasse Jess mit wachsender Beunruhigung beäugte, wurde Lynn klar, wie abgerissen er aussah. In mittlerweile beinahe zerfetzten Jeans und löchrigen, schmutzigen Socken, aus denen die Zehen hervorsahen, mit seinem nackten Oberkörper, den langen Haaren, vor Schmutz starrend und mit einer schrecklich aussehenden Wunde an der Schulter, bot er keinen vertrauenerweckenden Anblick.

Wäre sie Kassiererin und er hätte sich ihr genähert, dann hätte sie auch Angst vor ihm gehabt.

»Madam, darf ich Sie belästigen, indem ich Ihr Telefon benutze?« fragte er mit seinem besten einschmeichelnden Lächeln.

»Draußen ist ein Münztelefon«, antwortete sie schroff, sein Lächeln mit einem strengen Stirnrunzeln erwidernd.

»Wir hatten einen Unfall«, schaltete Lynn sich ein und trat zu Jess an den Tresen, um die Frau durch ihre Anwesenheit zu beruhigen. »Und wir müssen die Polizei anrufen. Bitte, dürfen wir Ihr Telefon benutzen?«

»Was für einen Unfall?« erkundigte sich die Frau mißtrauisch. Sie sah Lynn von oben bis unten an, ohne besänftigt zu wirken. Ihre Miene wurde betonhart, als ihr Blick über Lynn hinaus zu der restlichen Gruppe hinüberschweifte.

Sie erblickte Rory mit ihrer verfärbten Stirn, Theresa im zerrissenen Nachthemd, die ein weinendes Baby in den Armen hielt, und den leichenartigen Louis.

Alles zusammengenommen, erkannte Lynn, waren sie die heruntergekommenste Gruppe, die sie je gesehen hatte.

»Mord«, sagte Jess und griff nach dem Telefon hinter dem Tresen, während er die Verkäuferin mit einem feindseligen Blick fixierte. Die Frau trat einen Schritt zurück, ihr Gesicht spannte sich, dann griff sie nach unten und fummelte unter dem Tresen herum.

Sie brachte eine häßlich aussehende Pistole zum Vorschein und richtete sie direkt auf Jess.

»Jetzt bleiben Sie einfach dort stehen«, sagte sie und griff mit einer Hand wieder unter den Tresen. Weder die Pistole noch ihre Augen wandte sie auch nur eine Sekunde von ihm ab, während sie selbst den Hörer ergriff.

Eine Viertelstunde später war der Laden voller Polizisten.

Jess und Louis hatten die Hände auf dem Rücken, waren mit Handschellen gefesselt und saßen hinten in einem Polizeiwagen, während Lynn, Rory und Theresa mit Elijah auf die Rückbank eines anderen Polizeiautos verbannt waren. Auch Lynn und Rory waren in Handschellen, wenngleich man ihre Hände nicht auf dem Rücken gefesselt hatte. Nur Theresa durfte ohne Handschellen bleiben, damit sie Elijah halten konnte, der nun kräftig schrie und mit dem die Wachtmeister eindeutig nichts zu tun haben wollten.

Die Polizisten waren die perfekten Gentlemen gewesen, als sie die Frauen festsetzten. Mit Louis gingen sie etwas gröber um, und ganz besonders rauh behandelten sie Jess. An einem Punkt dachte Lynn schon, ein stämmiger Polizist würde Jess seinen Knüppel auf den Kopf schlagen. Sie mußte allerdings zugeben, daß Jess es sich selbst eingebrockt hatte: Er kämpfte, als sie ihn in Handschellen legten, und fluchte immer wieder mit wütender Heftigkeit zwischen seinen Versuchen, erst diesen, dann jenen Polizisten vom bevorstehenden Ende der Welt in Kenntnis zu setzen. Es war auch keine Hilfe, daß Louis sich einmischte, um seine Forderungen zu unterstützen.

Hätte sie es nicht besser gewußt, dachte Lynn, so hätte auch sie die beiden als zwei möglicherweise gefährliche Irre abgetan.

Leider waren in diesem Fall die eindringlichen Warnungen, die sie von sich gaben, nur zu wahr.

Man hörte auch nicht auf Lynn. Oder auf Rory. Oder auf Theresa.

Die Polizisten kauften ihnen kein einziges Wort von ihrer wüsten Geschichte ab. Nachdem ihre Gefangenen sicher untergebracht waren, entspannten sie sich für ein paar Minuten. Lynn sah ihnen durch das Fenster zu, wie sie an ihren Kaffeetassen nippten und mit der Verkäuferin scherzten. Als sie sich bereitmachten, zu ihren Wagen zurückzukehren, huschte sie in den Laden und kam mit einer Flasche Milch für Elijah zurück.

Ein Polizist öffnete die Hintertür des Polizeiwagens und reichte Theresa die Flasche. Die gesamte Mannschaft stieg in die Autos. Dann wurden sie alle ins Gefängnis gebracht, ohne daß die Polizisten auch nur ein Wort aus den Mündern ihrer wütenden Gefangenen für bare Münze nahmen.

40

Es war elf Uhr abends. Lynn, Jess und Rory, Theresa, Elijah und Louis saßen zusammen in der einzigen großen Zelle in der Station Nummer 27 der Staatspolizei. Jess hatte es aufgegeben zu fluchen und lief jetzt auf und ab. Von Zeit zu Zeit blieb er stehen, packte die Gitterstäbe an der Vorderwand der Zelle und sah wütend zu dem gleichgültigen wachhabenden Polizisten hinüber, der ihre Geschichte mittlerweile mindestens hundertmal gehört und ebenso oft darüber hinweggehört hatte, wenn Jess sein Recht auf einen Telefonanruf einforderte.

Lynn saß auf einer der beiden matratzenlosen Pritschen, mit dem Rücken an die Betonwand gelehnt. Rorys Kopf lag auf ihrem Schoß, und sie war fast eingeschlafen. Auf der anderen Pritsche hatte sich Theresa mit dem glücklicherweise schlafenden Elijah zusammengerollt. Louis saß in einer Ecke, den Kopf in die Hände gestützt.

In zehn Stunden würde ein Dutzend Bomben explodieren, Millionen Menschen töten und das Land zerstören.

Sie hatten das Unmögliche erreicht, sie und Jess, dachte Lynn müde. Sie waren einem Mördertrupp und einer überfluteten Mine entkommen und über fünfzig Meilen durch die Wildnis gehetzt, um ihre Warnung abzugeben, bevor es zu spät war.

Und niemand glaubte ihnen.

Unter weniger ernsten Umständen wäre es einfach nur lachhaft.

Das Telefon auf dem Tisch des Officers quäkte. Er ließ es viermal läuten – er saß direkt daneben, wartete aber wahrscheinlich, um den Eindruck zu erwecken, daß er beschäftigt sei –, bevor er schließlich den Hörer abnahm.

Während er mit dem Anrufer sprach und dann zuhörte, veränderte sich seine Miene. Er sah zu Jess hinüber, der mit neuem Interesse wieder die Gitterstäbe an der vorderen Zellenwand umfaßte.

»Was? Was ist los?« fragte Jess.

Ohne zu antworten, legte der Officer den Hörer auf, erhob sich und eilte zu der Tür, die den Gefängnisbereich von der restlichen Polizeistation trennte.

Ein knappes Klopfen erklang an der Tür, bevor er sie erreichte. Der Officer öffnete die Tür, und ein anderer Mann in Polizeiuniform – ein höherrangiger Officer, dem unterwürfigen Verhalten des ersten nach zu urteilen – kam herein.

Hinter ihm schloß sich die Tür.

»Hören Sie, es geht um Leben oder Tod ...« fing Jess verzweifelt an.

»Wir haben die Leichen gefunden«, unterbrach ihn der Mann. Er sah Jess von oben bis unten an. Dann glitt sein Blick über die anderen Zellenbewohner, wie um sie einzuschätzen. Als Lynn ihn auf sich spürte, mußte sie gegen den Impuls ankämpfen, ihn mit einer obszönen Geste zu begrüßen.

Und da hieß es immer: die Polizei, dein Freund und Helfer. Es geschähe ihnen fast recht, wenn sie in die Luft gejagt würden.

»Dann wissen Sie also jetzt, daß es ernst ist und daß die Geschichte, die ich Ihnen erzähle, stimmt«, sagte Jess. Er ergriff die Gitterstäbe mit neuer Eindringlichkeit, seine nackten Füße (er hatte die traurigen Reste seiner Socken bei der Körperdurchsuchung verloren, der sie sich alle unterziehen mußten) standen leicht auseinander. Jeder Muskel seines Körpers wirkte angespannt.

»Bevor Sie irgend etwas sagen, muß ich Sie warnen.« Der Mann hielt eine Hand hoch, um Jess zum Schweigen zu bringen. Er war ungefähr fünfzig, schätzte Lynn, noch einigermaßen schlank, wenn auch mit einem leichten Bauchansatz, der ihm über den Gürtel hing. Sein Gesicht war zerfurcht, sein ergrauendes Haar militärisch kurz geschnitten. Der Art nach zu urteilen, wie er Jess ansah, hielt er nicht viel von barfüßigen langhaarigen Männern mit nackten Oberkörpern und zerrissenen Jeans.

»Sie haben das Recht zu schweigen. Alles, was Sie sagen, kann vor Gericht gegen Sie verwendet werden. Sie ...«

»Was?« explodierte Jess, ihm ins Wort fallend. »*Ich* habe diese Leute nicht umgebracht! Habt ihr Idioten denn nicht ein einziges Mal zugehört, was ich gesagt habe?«

Mit sich verfinsterndem Gesicht fuhr der Officer unerbittlich fort, während Jess frustriert mit der flachen Hand gegen die Gitterstäbe schlug. Theresa und Elijah schliefen; doch auch die anderen Zellenbewohner folgten diesem Schlagabtausch nur mit mäßigem Interesse. Falls Rory und Louis sich so fühlten wie sie, dachte Lynn, dann waren sie im Moment zu erschöpft, um sich wegen anderer Probleme als ihres Schlafs zu sorgen. Gegen die Stadtverwaltung anzukämpfen, war zu anstrengend.

Wenn es der Welt bestimmt war, am nächsten Morgen

in die Luft gesprengt zu werden, dann sollte es eben so sein.

»Sehen Sie, ich habe Ihnen von den Leichen dort berichtet, ich habe Ihnen erklärt, unter welchen Umständen diese Menschen umgekommen sind, und es hat alles gestimmt, oder nicht? Alles andere, was ich Ihnen erzählt habe, ist ebenso wahr. Sie brauchen mir nicht zu glauben. Lassen Sie mich nur einen Anruf machen. Nur einen, okay?«

Die beiden Polizisten blickten ihn mit identischem Stirnrunzeln an. Der jüngere Officer stand einen Schritt hinter dem älteren und sah, bis hin zu den auf dem Rükken gefalteten Händen, wie dessen Spiegelbild aus.

Unter anderen Umständen hätte Lynn auch das komisch gefunden.

»Ich lasse Sie nicht aus dieser Zelle heraus, bis wir Ihre Identität überprüft haben, und so weit reicht das Telefonkabel nicht.«

»Könnten dann nicht Sie für mich anrufen? Ich werde hier stehen, Ihnen die Nummer nennen und alles, was Sie sagen sollen. Bitte. Verdammt, Mann, wenn Sie uns noch länger hier festhalten, werden wir alle sterben. Haben Sie eine Familie? Sie wird sterben. Verstehen Sie, was ich sage? Das verdammte halbe Land wird morgen früh um neun Uhr in die Luft gejagt!«

Der ältere Officer sah ihn aus schmalen Augen an. »Ist das eine Drohung?«

»*Nein!*« Jess lehnte in offensichtlicher Verzweiflung die Stirn gegen die Gitterstäbe. Er blickte auf. »Nein, das ist keine Drohung. Ich sagte Ihnen bereits, daß ich ein ehemaliger ATF-Agent bin. Der Mann, den ich anrufen will, war mein vorgesetzter Officer. Welchen Schaden kann es anrichten, wenn ich mit ihm spreche? Wenn er Ihnen sagt, daß ich ein durchgeknallter Verrückter bin, dann bin ich's wahrscheinlich.«

»Jess«, sagte Lynn, von Jess zu dem älteren Mann blikkend. Sein Gesicht wirkte mit jedem Schimpfwort angespannter. »Ich glaube, du hättest mehr Erfolg, wenn du nicht fluchen würdest.«

»Ich werde auch verdammt hübsch ›bitte‹ sagen, damit er mich das verdammte Telefon benutzen läßt«, knurrte Jess und warf Lynn über die Schulter einen wütenden Blick zu.

Er war zu zornig, um sich zusammenzureißen, erkannte Lynn. Sie konnte es ihm nicht vorwerfen. Sie hatte ihnen ihren Namen genannt und so lange gesagt, sie sei die Hauptmoderatorin bei WMAQ in Chicago, bis sie schon ganz blau im Gesicht war. Sie hatten ihr einfach nicht geglaubt und nur gesagt, sie würden ihre Angaben überprüfen.

Am nächsten Morgen.

Gegen diese Sturheit war nicht anzukommen.

»Ist das ein Ferngespräch?« Der Officer griff nach dem Telefon, sah aber immer noch unentschlossen aus.

»Ja. Ja, das ist es. Aber ich bezahle den Anruf. Sie können es meiner Kreditkarte belasten – verdammt, ich habe sie nicht bei mir, und ich weiß die Nummer nicht. Sie können es meinem privaten Telefonanschluß belasten.«

»Es gibt keine Möglichkeit, den Tarif zu überprüfen«, sagte der Officer und zog die Hand zurück, die beinahe schon den Hörer berührt hatte. »Wir haben schon versucht, jemanden bei Ihnen zu erreichen, der Ihre Identität bestätigen kann.«

Jess stöhnte. »Owen ist noch mit den verdammten Touristen unterwegs! Ich hab's – ein R-Gespräch. Ben wird ein R-Gespräch von mir annehmen. Versuchen Sie es nur. Bitte.«

»Wie ist die Nummer?« Der Officer nahm den Hörer ab.

Jess sagte sie ihm, wobei er die Gitterstangen so stark umklammerte, daß seine Knöchel weiß hervortraten.

Der Officer tippte die Nummer ein, lauschte einen Augenblick, dann sprach er in den Hörer, vermutlich mit der Telefonistin.

»Ich möchte ein R-Gespräch anmelden.« Er lauschte wieder, dann sah er zu Jess. »Welchen Namen wollen Sie angeben?«

»Meinen Namen, Jess Feldman.«

Auch diese Information wurde durchgegeben.

Eine Minute verstrich, dann noch eine. Am anderen Ende der Leitung ging offensichtlich niemand dran.

Obwohl sie es mittlerweile besser hätte wissen sollen, spürte Lynn, wie sie sich wieder anspannte.

Der Gesichtsausdruck des Officers änderte sich. Lynn erkannte, daß jemand abgenommen hatte.

»Nein, hier ist Commander Avery Wheeler von der Staatspolizei in Utah. Ein Mann hier, der behauptet, Jess Feldman zu sein, sitzt bei uns im Gefängnis und bat mich, bei Ihnen anzurufen. Mit wem spreche ich, bitte?«

Er lauschte einen Augenblick. »Ben Terrell.« Er blickte zu Jess hinüber. »Und wo arbeiten Sie, bitte?«

Eine Pause. Dann fuhr Wheeler in vollkommen verändertem Tonfall fort: »ATF-Bereichsleiter. Verstehe. Ja, Sir, tut mir leid, daß ich Sie so befragen mußte, aber dieser Bursche hier ist in einen Massenmord verwickelt und …«

»Ben«, schrie Jess. »Ben, sagen Sie ihm, er soll Sie mit mir sprechen lassen. Es ist dringend! Ben!«

Wheeler warf Jess einen bösen Blick zu, dann schien er zu lauschen. Mit säuerlichem Gesicht legte er den Hörer auf den Schreibtisch und ergriff einen Schlüsselbund.

»Ich lasse Sie da raus und mit dem Mann sprechen. Aber wir behalten Sie genau im Auge«, warnte er ihn.

Jess war so wild darauf, zum Telefon zu kommen, daß er nicht einmal antwortete, als Wheeler zur Zelle kam und die Tür aufschloß.

Jess riß den Hörer hoch und erzählte die ganze verworrene Geschichte ins Telefon. Sogar mit den gelegentlichen Unterbrechungen und Erklärungen, mit denen er wahrscheinlich Fragen beantwortete, war er in weniger als zehn Minuten fertig.

»Louis, kommen Sie her«, befahl Jess dann und machte Louis ein Zeichen. Der sah erschrocken aus, stand aber auf und schlurfte zum Telefon hinüber. Er bewegte sich wie ein alter Mann. Lynn merkte, daß er, wie sie alle, einige harte Tage hinter sich hatte.

»Erzählen Sie ihm von den Bomben«, wies Jess ihn an. »Wie viele es gibt und wo sie sind. Und wie sie gezündet werden sollen.«

Er reichte Louis den Hörer.

Lynn hörte zu, während Louis die Geschichte noch einmal erzählte. Sechs Atombomben in sechs zentralen Städten. Sechs kleinere, aber immer noch tödliche Bomben in sechs Aufbewahrungslagern für chemische und biologische Waffen im ganzen Land, eines in Utah, ein weiteres in Kentucky …

Lynn sah zur Uhr, während Louis die Liste der Orte abspulte, die von der Landkarte radiert würden, wenn das Lamm zum entsprechenden Zeitpunkt Anweisungen in einen Computer tippte.

Es war jetzt 23 Uhr 32.

Nur noch etwas weniger als neuneinhalb Stunden. Bei diesem Gedanken beschleunigte sich Lynns Pulsschlag. Bewußt beruhigte sie sich und sang kaum hörbar vor sich hin, bis ihr Puls wieder normal war.

Om …

Es brachte nichts, sich aufzuregen. Was von jetzt an passierte, lag nicht mehr in ihrer Hand.

Louis reichte den Hörer wieder Jess, der nochmals betonte, daß er Louis in allem Glauben schenke.

»Er will wieder mit Ihnen sprechen.« Jess hielt Wheeler den Hörer hin und sah selbstzufrieden aus.

Jess hatte allen Anlaß dazu, dachte Lynn. Die Polizisten hatten ihn, seitdem sie ihn zum ersten Mal sahen, behandelt wie einen verrückten Verbrecher.

Da versuchte er die Welt zu retten, und niemand interessierte sich dafür.

»Sie meinen, Sie halten diese ganze verdrehte Geschichte für *wahr?*« rief Wheeler in den Hörer, während Jess mit breitem Grinsen Lynn seinen aufgerichteten Daumen zeigte.

Sie lächelte ihn an. Rory, die nun neben Lynn saß, sah stirnrunzelnd von Jess zu ihrer Mutter und wieder zurück. Lynn lächelte auch sie an.

»Also gut«, sagte Wheeler, als er den Hörer auflegte. »Das verändert die Sache vermutlich etwas. ATF-Bereichsleiter Terrell sagt, daß Sie einer der besten Agenten waren, die je für ihn gearbeitet haben. Er sagt, er bürgt für Sie alle. Deshalb werde ich Sie zu einer bequemeren Unterkunft bringen. Daß Sie mich aber nicht falsch verstehen: Ich lasse Sie nicht gehen, bis ich weitere Informationen habe sowie einige Überprüfungen abgeschlossen sind, aber ich bin bereit, Sie für heute nacht ins Landesgefängnis zu bringen. Dort gibt es Matratzen auf den Pritschen, und Sie bekommen eine Mahlzeit. Wir werden morgen früh alles weitere klären.«

»Was?« explodierte Jess und starrte Wheeler fassungslos an.

»Wenn diese Sache heute nacht nicht geregelt wird, gibt es kein Morgen mehr«, sagte Lynn müde. Sie hatte es schon tausendmal zuvor gesagt, und nie schien es durchzudringen. Sie erwartete eigentlich nicht, daß sie jetzt damit durchdrang.

Wheeler lächelte sie an, dann Jess. Seit er mit Ben Terrell gesprochen hatte, wirkte er viel freundlicher, wenngleich immer noch so eigensinnig wie zuvor.

»Nun, verstehen Sie, oben auf dem Berg gibt es eine Menge Leichen. Ich kann Sie nicht einfach gehen lassen. Selbst wenn Sie diese Leute nicht getötet haben, könnten Sie als Hauptzeugen benötigt werden.«

»Okay.« Jess atmete tief durch und sah zu Lynn. »Es

macht ohnehin nichts. Ben kümmert sich um die Angelegenheit. Ich garantiere euch, daß er gerade im Moment den ganz großen Alarm schlägt und jeden bis hin zu den US-Marines in Castle Rock zusammenzieht, um in diesem Hauptquartier eine Razzia durchzuführen. Sie werden Reverend Bob da herausreißen, bevor der kapiert, was ihm zugestoßen ist.«

»Katastrophe abgewendet«, sagte Lynn und fühlte sich plötzlich ganz schlaff. Erst als die Anspannung nachließ, merkte sie, wie verkrampft sie gewesen war.

»Katastrophe abgewendet«, sagte Jess und lächelte sie an.

Lynn atmete tief ein. Falls sie nicht in ein paar Stunden sterben würden, gab es einige praktische Erwägungen, denen man sich zuwenden sollte.

»Da dies so ist, denke ich, könnten wir hier medizinische Hilfe gebrauchen.« Lynn hatte sich an Wheeler gewandt und erhob sich von der Pritsche. Sie bewegte sich steif, als ob alle ihre Muskeln einstimmig protestieren wollten. »Meine Tochter muß zu einem Arzt; sie hat wahrscheinlich eine Quetschung. Jess hat, wie Sie sehen können, eine Schußwunde. Theresa« – Lynn deutete auf das schlafende Mädchen – »hat ein schreckliches Trauma erlitten. Das Baby leidet wahrscheinlich unter Austrocknung und weiß der Himmel was noch. Und was Louis betrifft, bin ich sicher, daß auch er eine Untersuchung braucht. Anstatt uns ins Gefängnis zu bringen, sollten Sie uns ins nächste Krankenhaus fahren.«

»Na ja ...« Wheeler zögerte.

»Denken Sie an eine Klage«, sagte Lynn süßlich und lächelte ihn an. Die Aussicht auf Haftverschonung war belebend, fand sie.

»Wir könnten einen Mann mit ihnen zum Krankenhaus schicken, damit sie nicht weglaufen«, flüsterte der jüngere Officer, für die anderen dennoch hörbar, Wheeler zu.

»Wir haben dafür keinen Mann übrig.«

»Ich werde mitgehen. Wenn sie nicht hier sind, brauche ich sie hier auch nicht zu bewachen.«

»Das stimmt.«

Wheeler nickte und wandte den Gefangenen seine Aufmerksamkeit zu. »Dann bringen wir Sie also ins Krankenhaus. Marty, sagen Sie doch Katz Bescheid, daß er den Hubschrauber anläßt. Und rufen Sie das Krankenhaus in Salt Lake City an, um mitzuteilen, daß wir kommen.«

»Ja, Sir, Commander«, sagte Marty und verließ den Raum.

»Während wir warten, kann ich etwas für Sie tun? Eine Tasse Kaffee vielleicht? Ein Soda?«

»Könnte ich bitte eine Cola haben?« fragte Rory.

»Sicher, junge Dame.«

Wheeler wurde entschieden leutselig, fand Lynn, während Jess eine Tasse Kaffee bestellte. Lynn wollte gerade ebenfalls Kaffee bestellen, als ihr plötzlich die Idee kam, daß sie sich endlich ihren Herzenswunsch erfüllen könnte.

»Könnte ich vielleicht eine Zigarette bekommen?« fragte sie. Ihre Stimme war kaum mehr als ein Krächzen. Ihre Nervenenden zitterten bei dem Gedanken. Ihre Geschmacksnerven vibrierten. Sie zog die Zehen in köstlicher Vorfreude nach oben.

Jess und Rory sahen mit fast identischem ärgerlichem Gesichtsausdruck zu ihr hinüber.

»Tut mir leid, Rauchen ist hier nicht erlaubt«, sagte Wheeler fröhlich. »Ich bezweifle ohnehin, daß wir irgendwo Zigaretten haben. Keiner meiner Officer raucht, jedenfalls nicht bei der Arbeit. Das ist gegen die Politik der Abteilung. Aber Cola ist kein Problem. Und Kaffee auch nicht.«

Er griff nach dem Hörer.

Nachdem sie so lange ohne Zigaretten ausgekommen war, sagte sich Lynn, könnte sie auch noch ein wenig länger überleben. *Vielleicht.*

»Du solltest wirklich aufhören zu rauchen«, sagte Jess.

Rory nickte zustimmend.

»Dann bestellen Sie mir einfach eine Tasse Kaffee«, sagte Lynn zu Wheeler und warf ihrer Tochter und Jess einen verärgerten Blick zu.

41

23. Juni 1996
1 Uhr 45

»Also, Mom, was läuft da zwischen dir und Jess?«

Das Krankenhauszimmer, in dem Rory untergebracht war, war so nett, wie Krankenhauszimmer eben zu sein pflegten, dachte Lynn. Die Wände bestanden natürlich aus dem unvermeidlichen Beton, aber sie waren in einem freundlichen Gelbton gestrichen, während in solchen Einrichtungen sonst üblicherweise Grün vorherrschte. Großformatige Fotografien – von Landschaften in Utah, wie Lynn vermutete – machten die Wände lebendig.

Sie achtete auf diese Dinge, um sich einen Moment Zeit zu lassen, bevor sie ihrer Tochter antwortete, deren Auffassungsgabe sie überraschte.

»Was meinst du damit?« erkundigte sie sich vorsichtig. Soweit ihr bewußt war, hatten sie und Jess nichts getan, was eine solche Frage provoziert hätte. Sie hatten sich in Rorys Gegenwart nicht berührt und auch kaum miteinander gesprochen.

»*Mutter*. Ich bin doch nicht blind. Es ist offensichtlich, daß zwischen euch was abgeht.«

Nachdem Rory geröntgt, gebadet, mit Desinfektionsmitteln behandelt und gefüttert worden war, hätte sie erschöpft sein müssen. Statt dessen richtete sie sich in ihren

Kopfkissen auf und fixierte ihre Mutter mit vorwurfsvollem Blick.

»Also gut. Vielleicht habe ich im Verlauf unseres – ähm – Abenteuers seine Qualitäten schätzen gelernt«, gab Lynn zu. Sie goß sich aus der Karaffe ihrer Tochter ein Glas Wasser ein und nippte daran.

»Gehst du jetzt mit ihm?«

»Rory!« Sie traf aber auch immer den Nagel auf den Kopf.

»Mom, ich bin kein kleines Kind mehr. Du willst immer, daß ich dir alles erzähle. Das ist keine Einbahnstraße, verstehst du? Und außerdem geht mich das auch was an.«

Was ihre Tochter sagte, war berechtigt. Lynn zögerte und trank noch einen Schluck.

»Ich weiß nicht, ob ich ihn als meinen Freund in diesem Sinne bezeichnen sollte. Aber .. na ja, ich mag ihn. Sehr.«

»Und mag er dich auch?«

»Ich glaub' schon.« Lynn verzog das Gesicht. »Stört es dich?« fragte sie leise.

Rory schüttelte den Kopf. »Nein. Er ist wirklich etwas zu alt für mich, nicht wahr? Aber er ist immer noch süß. Ich bin froh, daß er in der Familie bleibt.«

Lynn starrte ihre Tochter an und mußte dann lachen. »Ich bin froh, daß du froh bist. Meinst du, du könntest nun schlafen? Ich will nur noch schnell unter die Dusche.«

Rory legte sich freundlicherweise wieder zurück, zog sich die Decke bis zum Kinn hoch und drückte den Kopf behaglich ins Kissen. Lynn lächelte sie an, fuhr ihr zärtlich mit der Hand durchs Haar, küßte sie auf die Wange und ging dann zum Bad, dankbar, daß sie diese Sache so leicht hinter sich gebracht hatte. Sie hatte erwartet, daß Rory einen Anfall bekäme oder wenigstens einige Tage lang beleidigt wäre. Vielleicht wurde Rory allmählich erwachsen. Oder vielleicht hatte Rory aus ihrer extremen Prüfung das gleiche gelernt wie sie: Wenn es hart auf hart kam, waren die kleinen Streitigkeiten nicht mehr von Bedeutung. Das Band zwischen ihnen war unzerreißbar, mit Liebe gewebt.

»Mom?«

Lynns Hand lag auf der Klinke zur Badezimmertür, als Rory noch einmal das Wort ergriff.

»Was ist, Liebes?«

»Du hättest mir die Wahrheit über meinen Vater sagen sollen. Ich wäre nicht so gemein zu dir gewesen, wenn ich Bescheid gewußt hätte.«

»Wovon redest du da?« Lynns Hand rutschte von der Türklinke, als hätte sie plötzlich keine Nerven mehr. Sie drehte sich zu ihrer Tochter um.

Ohne mit der Wimper zu zucken, sah Rory sie aus blauen Augen an. »Laß nur, Mom. Ich habe dich und Jess letzte Nacht in der Höhle gehört. Ich habe nicht geschlafen.«

»Du hast dich verstellt!« sagte Lynn, die an das rhythmische Atmen dachte, das sie so sorgfältig überprüft hatte. Schnell lief sie zum Bett ihrer Tochter. »O Rory, ich wollte nicht, daß du das hörst!«

»Ich bin froh darüber. Ich mußte das wissen. Wie gesagt, ich bin kein kleines Kind mehr.« Sie berührte Lynns Arm. »Ich liebe dich, Mom.«

»Ich liebe dich auch, Rory Elizabeth«, sagte Lynn heftig. Sie beugte sich zu ihrer Tochter hinab und drückte sie fest an sich.

Es dauerte eine ganze Weile, bis sie endlich duschte. Als sie aus dem Bad herauskam, war sie mit denselben schmutzigen Sachen bekleidet, die sie seit Tagen schon anhatte, fühlte sich aber trotzdem viel frischer. Rory war eingeschlafen.

Lynn trat zu ihr ans Bett und blieb einen Augenblick lang stehen, um ihre schlafende Tochter zu betrachten.

Die Wunde an ihrem Kopf sah schrecklich aus. Wie Lynn vermutet hatte, war es eine Quetschung, aber der Arzt hatte versichert, daß es keine ernsthafte Verletzung war. Ein oder zwei Nächte im Krankenhaus und ein wenig Ruhe zu Hause, und sie müßte innerhalb von zwei Wochen wieder fit sein.

Lynn zog die weiße Decke etwas höher um Rorys Schultern, berührte ihre Wange und verließ das Zimmer. Ihr war so leicht zumute wie seit vielen Monaten nicht mehr. Ihre Welt funkelte plötzlich, weil zwischen ihr und Rory wieder alles in Ordnung war und weil sie Jess gefunden hatte.

Nachdem für Rory gesorgt war, dachte sie, war es an der Zeit, sich um Jess zu kümmern. Zuletzt hatte sie ihn gesehen, wie er von einer burschikosen Krankenschwester, die sich um seinen Protest nicht scherte, auf einer Bahre fortgeschoben wurde. Der Polizist Marty war ihnen gefolgt.

Es war drei Uhr morgens, sah Lynn, als sie aus dem dunklen Zimmer ihrer Tochter auf den hell erleuchteten Krankenhauskorridor trat. Sechs Stunden noch, bis die Bomben explodieren sollten. Nur war jetzt alles vorbei. Sie brauchte die Stunden nicht mehr zu zählen und sich zu fürchten.

Sie brauchte sich jetzt nur noch um Jess zu kümmern, dann könnte sie auf das Klappbett fallen, das man für sie am Fußende von Rorys Bett aufgestellt hatte, und endlich schlafen.

Morgen würde ein heller, schöner Tag sein – und sie hatte fast noch eine ganze Ferienwoche vor sich.

Lynn war erstaunt, als ihr das bewußt wurde. Es kam ihr so vor, als wäre sie schon seit ewigen Zeiten von dem Gebirge verschlungen gewesen. In Wirklichkeit hatte sie Chicago erst vor vier Tagen verlassen.

Vier Tage, seit sie Jess zum ersten Mal gesehen hatte.

Eine Nachtschwester im Schwesternraum am Ende des

Ganges blickte auf, als sie vorbeiging. Lynn erkundigte sich nach Jess' Zimmer, das die Frau freundlicherweise auf dem Computer ermittelte. Er lag im fünften Stock. Rory war auf dem dritten. Die Aufzüge befanden sich den Gang hinunter auf der linken Seite.

Eine Reihe von Münztelefonen war neben den Aufzügen in die Wand eingelassen. Lynn zögerte. Sie war im Urlaub, um Himmels willen. Und es war mitten in der Nacht. Aber sie könnte ihren Vorgesetzten beim Sender erreichen, und dann hätte WMAQ eine Exklusivgeschichte.

Sollte man sie doch arbeitssüchtig nennen. 15 Minuten später war sie frei, um Jess zu besuchen.

Der einzige Unterschied zwischen Jess' und Rorys Zimmer, erkannte sie, als sie seine Tür einen Spalt öffnete und hineinspähte, bestand darin, daß hier die Wände hellblau gestrichen waren.

Jess lag in dem Krankenhausbett und hatte den Kopf von der Tür abgewandt. Seine Schultern bedeckten die Matratze fast in ganzer Breite, und seine Haut sah braun und gesund aus zwischen den weißen Laken, die er sich nur bis über die Hüfte gezogen hatte. Ein professionell aussehender Verband schmückte seine Schulter.

Zuerst glaubte Lynn, er schlafe. Dann sah er zu ihr herüber und lächelte. Dieses Lächeln hatte eine seltsame Wirkung auf Lynn.

»Hi.« Lynn betrat das Zimmer. »Wo ist dein Bodyguard?«

»Da ich ans Bett gefesselt bin, hielt er Louis für das größere Fluchtrisiko. Wie geht es Rory?« fragte er. Er war immer noch unrasiert, aber Lynn gefiel er so. Die dichten schwarzen Stoppeln verliehen ihm ein piratenhaftes Aussehen, das gut zu den schulterlangen Haaren paßte.

»Sie hat eine Quetschung, und sie wollen sie mindestens für eine Nacht hier behalten, aber der Arzt sagt, es wird ihr bald wieder gutgehen«, antwortete Lynn, schloß hinter sich leise die Tür und trat zu ihm ans Bett. Da sie selbst keine Behandlung brauchte, außer einer Steroidsalbe wegen der Insektenstiche und einem Antibiotikum für die Kratzer, fühlte sie sich eine Spur schuldig, als sie die Infusionsnadel sah, die an Jess' Arm klebte. Es erschien ihr irgendwie nicht richtig, daß von ihnen dreien allein sie keine größere Verletzung abbekommen hatte.

»Was haben sie über deine Schulter gesagt?«

»Daß es sehr viel schlimmer hätte sein können.« Er griff nach ihrer Hand. Ihre Finger klammerten sich um seine.

»Wofür ist das?« Sie deutete auf die Infusion.

»Sie pumpen mich mit Antibiotika voll. Sie fanden die Wunde zwar nicht so schlimm, aber die Krankenschwestern, die sie gereinigt haben, konnten sich gar nicht mehr einkriegen wegen des ganzen Schmutzes, der in das Loch geraten ist. Ich mußte mich duschen, bevor sie mich verarzten wollten.«

»So?« Lynn sah ihn von oben bis unten an. »Du warst aber auch ganz schön schmutzig. Wahrscheinlich hat man deine Jeans verbrannt. Was hast du übrigens unter diesem Laken an?«

»Darfst du gern selbst herausfinden.« Er bewegte ihre verschränkten Hände einladend zum Rand des Lakens.

Sie entzog ihm ihre Hände und schüttelte den Kopf. »Nee. Du brauchst Ruhe. Wo ist überhaupt dein Krankenhausnachthemd?«

»Ich hasse die verdammten Dinger. Sie sind am Rükken offen. Ich habe den Krankenschwestern gesagt, sie sollten sich deswegen keine Mühe machen.«

»Hat man dir gesagt, wie lange du hier bleiben sollst?«

»Warum? Du hast doch wohl nicht vor, heimlich nach Chicago zurückzufahren, während ich hier noch festsitze, oder?« Er bekam ihre Hand wieder zu fassen und führte sie an seinen Mund. Die Berührung seines Mundes auf ihrer Haut jagte ihr einen Schauer den Arm hinauf.

»Irgendwann muß ich nach Hause fahren«, sagte sie

leichthin, überrascht darüber, wie sehr ihr der Gedanke, ihn zu verlassen, weh tat.

Das war das Problem mit Urlaubsbeziehungen, sagte sie sich. War der Urlaub vorbei, war auch die Beziehung zu Ende.

Wieder küßte er ihre Hand, dann drehte er sie um und drückte die Lippen auf ihre Handfläche. Die Schauer jagten ihr den Rücken hinab.

»Was gibt es in Chicago, das Utah nicht hat?« fragte er und küßte nacheinander ihre Fingerspitzen, während er sie über ihre verschränkten Hände ansah. Ihre Zehen bogen sich vor Wonne nach oben, während sie in seine strahlend blauen Augen sah. Er blickte sie fest an, und etwas in seinen Augen erinnerte sie daran, wie unglaublich sie den Sex mit Jess genoß.

»Meine Arbeit«, sagte Lynn. »Und meine Mutter. Und mein Haus.«

»Kein Mann?«

Lynn verzog das Gesicht. »Ich dachte, Rory hätte dich darüber aufgeklärt.«

»Sie hätte sich ja irren können.«

»Nein. Es gibt keinen Mann, der in meinem Leben eine ernste Rolle spielen würde.«

»Gut.« Er zog an ihrer Hand. »Komm hierher.«

»Warte mal.« Sie widersetzte sich. »Was ist mit dir? Ich kann mir nicht vorstellen, daß du nicht irgendwo eine Freundin versteckt hältst.«

»Keine, die eine ernste Rolle spielen würde. Küßt du mich jetzt oder nicht?«

»Nicht«, sagte Lynn und entzog sich. Diesmal hielt er ihre Hand fest.

»Warum nicht?«

»Weil du Schlaf brauchst und ich ebenfalls und weil morgen ein ganz neuer Tag ist. Es gibt keinen Grund, etwas zu überstürzen, weil ich nämlich noch sechs ganze Urlaubstage vor mir habe.«

Jess strahlte sie an. »Oh, das ist ja eine kleine Ewigkeit«, sagte er.

»Fast.« Lynn gab seinem Druck nach und setzte sich auf die Bettkante, wobei sie darauf achtete, nicht gegen den Schlauch zu stoßen. »Jedenfalls, wenn du dich ein bißchen beeilst und schnell hier herauskommst.«

»Wir müssen nicht warten.«

»O doch!« Sie beugte sich vor und drückte ihm schnell einen Kuß auf die Lippen. Er legte seinen Arm um ihre Taille, mit Infusion und allem, als sie sich zu ihm herabgebeugt hatte. »Du kannst mich ruhig abartig nennen, aber ich treibe es nicht mit verwundeten Männern in Krankenhauszimmern.«

»Ich würde dich sehr gerne abartig nennen. Gib mir nur eine Chance.«

Lynn lachte. Sein Mund war nur Zentimeter von ihrem entfernt. Mit dem Arm hielt er sie fest an sich gepreßt. Seine Brust war warm, nackt, muskulös und gerade behaart genug, um interessant zu sein.

Falsche Zeit, falscher Ort, richtiger Mann.

»Schluß jetzt, also. Laß mich los. Wir müssen beide schlafen.«

»Schlaf bei mir.«

»Hier? Keinesfalls.«

»Dann sprich mit mir. Ich weiß nicht, wie es bei dir ist. Aber ich habe meinen toten Punkt überwunden. Habe wohl gerade einen Adrenalinschub oder etwas ähnliches.«

»Worüber möchtest du denn sprechen?« Lynn war schläfrig, aber nicht schläfrig genug, um sich wirklich von Jess freizumachen und fortzugehen. Was zwischen ihnen war, war zu neu, zu zauberhaft, als daß eine Kleinigkeit wie Erschöpfung sich dazwischenstellen konnte.

»Erzähl mir von dir. Fang bei deiner Kindheit an. Ich möchte alles wissen.«

Lynn erzählte. Als sie fertig war, lag ihr Kopf auf den

festen Muskeln direkt über seinem Schlüsselbein, und eine Hand spielte mit einer Locke seines dunkelbraunen Brusthaars. Er hatte seinen Arm um sie gelegt. Aber sie lag nicht ganz bei ihm im Bett. Mit einem Fuß berührte sie noch den Boden.

»Du bist dran«, sagte sie schließlich. »Seid du und Owen wirklich auf dieser Ranch aufgewachsen?«

»Würde ich deswegen lügen?« Er grinste und streichelte ihr über das Haar. »Meine Güte, bist du mißtrauisch. Ja, wir sind wirklich dort aufgewachsen.«

»Erzähl mir alles«, befahl sie verzaubert.

Er tat es. Irgendwann während seines Berichtes mußte sie eingeschlafen sein, weil sie erschrocken aus dem Schlaf auffuhr, als das Telefon neben dem Bett klingelte.

Er mußte auch eingeschlafen sein, beschloß sie und lächelte ihn an, als sie sich augenreibend aufrichtete.

Als er beim vierten oder fünften Klingeln ausmachte, wo das Telefon stand, brachte er es zum Schweigen, indem er einfach den Hörer abnahm, ohne auch nur den Kopf zu heben.

»Hallo«, sagte er und lauschte eine Minute.

Lynn strich sich die Haare aus dem Gesicht und überprüfte die Knöpfe ihres Flanellhemdes.

»Was?« stieß Jess hervor und setzte sich blitzartig auf, wobei die letzte Spur von Schläfrigkeit im Nu aus seinem Gesicht gewichen war.

Alarmiert verkrampfte sich Lynns Körper.

»Wie spät ist es?« fragte er als nächstes. Dann: »Herrje, wir haben noch *drei Stunden!*«

Nein, dachte Lynn, o nein.

»Wo kann ich Sie erreichen?« Jess suchte auf dem Nachttisch nach einem Stift. Lynn wollte ihm ein Stück Papier reichen, aber er schüttelte den Kopf und schrieb sich die Nummer, die man ihm gab, auf den Handrücken.

»So kann ich sie nicht verlieren«, sagte er zu ihr, während er das Mundstück mit der Hand bedeckte.

»Ich bleibe in Kontakt«, sagte Jess wieder in den Hörer und legte ihn zurück in die Schale.

Nachdem er aufgelegt hatte, blickte er einen Augenblick lang ins Leere. Dann sah er Lynn an.

An seinem Gesichtsausdruck erkannte sie, noch bevor er den Mund aufmachte, daß etwas Schlimmes passiert war.

»Sie waren bei dem Hauptquartier, und alle Heiler waren erwartungsgemäß dort versammelt, sangen Hymnen, beteten und erwarteten ihr ehrenhaftes Ende. Es wurde eine Razzia durchgeführt, jeder herausgeholt und alles von Kopf bis Fuß durchsucht. Reverend Bob war nicht da.«

»Wie spät ist es jetzt?« fragte Lynn, der das Ausmaß dieser Schreckensnachricht bewußt wurde.

»Sechs Uhr«, sagte Jess.

42

Jess griff nach unten und zog sich mit verzerrtem Gesicht vorsichtig die Infusionsnadel aus dem Arm.

»Was machst du denn da?« fragte Lynn entsetzt.

»Wonach sieht das wohl aus? Ich stehe aus diesem verdammten Bett auf.«

»Du solltest eine Krankenschwester rufen!«

»Süße, wir haben keine Zeit mehr. Hast du nicht gehört, was ich gesagt habe? Reverend Bob war nicht bei den anderen im Lager. Er könnte sich irgendwo in diesem Land, ja sogar irgendwo auf der Erde aufhalten. Er braucht lediglich einen Computer und ein Modem, um die Bomben zu aktivieren.«

»O mein Gott!« Erst als Jess die schreckliche Wahrheit in Worte faßte, wurde sie real.

»Genau«, sagte Jess und ließ die Nadel fallen, so daß

sie am Ende des Schlauches herabbaumelte. Er drückte das Pflaster auf die blutende Stelle an seinem Arm und schwang sich aus dem Bett. Das Laken hielt er sich vor den Unterkörper, während er irritiert um sich sah.

»Kannst du dir das vorstellen? Ich habe keine Kleider«, sagte er.

»Wo willst du denn hin? Du kannst doch Reverend Bob nicht suchen.« Lynn erholte sich allmählich von dem Schock. »Was ist mit dem FBI? Was ist mit deinem Freund Ben und dem ATF? Wie steht's mit der Nationalgarde oder der Polizei oder der CIA oder wem auch immer? Haben sie nicht irgendwelche Möglichkeiten, Leute aufzuspüren?«

Jess stand auf, wickelte sich das Laken um die Hüften und lief zur Tür. »Glaub mir, irgend jemand aus der Liste, die du da aufzählst, wird ihn sicher finden. Wenn genügend Zeit da ist.«

Zeit aber hatten sie keine, mußte Lynn zugeben, als sie hinter Jess herlief.

»Ich werde nicht versuchen, Reverend Bob zu finden«, sagte Jess über die Schulter, als er mit großen Schritten an einer überraschten Krankenschwester vorbeilief. Gerade als die Frau erkannte, daß der halbnackte Mann ein flüchtender Patient war, und auf den Fersen kehrtmachte, entschwand er ihrem Blick, indem er den Gang zu den Fahrstühlen hinunterging. Dort drückte er auf den AUFWÄRTS-Knopf.

Lynn, die sich der sie verfolgenden Krankenschwester nur zu bewußt war, schoß hinter ihm in die Kabine.

»Wenn du Reverend Bob nicht suchen willst, was wirst du also dann tun?« fragte sie atemlos.

»Wenn die Bomben per Computer gezündet werden können, muß man sie logischerweise auch per Computer entschärfen können. Wir müssen nur herausbekommen, wie. Ich will sehen, ob Louis oder Theresa uns irgend etwas Hilfreiches sagen können.«

»Du weißt ja nicht mal, in welchem Zimmer sie sind«, jammerte Lynn. Während die Fahrstuhltür zuging, erhaschte sie noch einen Blick auf die herbeieilende Krankenschwester.

»Ich weiß, wo Louis ist. Und Theresa werde ich auch finden, glaub mir.«

Der Fahrstuhl fuhr zwei Stockwerke nach oben. Der Klingelton zeigte an, daß sie angekommen waren. Ehe sich der Lift vollständig geöffnet hatte, war Jess schon draußen und den halben Gang hinunter. Lynn lief direkt hinter ihm.

Lynn sah den Polizisten Marty im Aufenthaltsraum der Krankenschwestern, wo er Kaffee trank und sich mit der wachhabenden Schwester unterhielt, als Jess vorbeiraste. Martys Augen weiteten sich, aber Lynn war klar, daß er erst ganz begriff, was vor sich ging, als er auch sie vorbeilaufen sah.

»Was zum Teufel ...?« stieß er hervor. Er stellte seine Tasse so schnell ab, daß der Kaffee über den Rand schwappte. Lynn blickte über die Schulter zurück und sah, daß er die Hand an den Mund hielt, während er hinter ihnen herlief. Der Kaffee mußte heiß gewesen sein.

Er tastete an seinen Gurt, um die Pistole herauszuziehen.

Ohne sich um den drohenden Ärger zu kümmern, stürzte Jess in Raum 709, wo Louis zusammengerollt in einem Krankenhausbett schlief.

»Aufstehen, Louis!« Jess griff nach dem grünen Krankenhaushemd und zog Louis aus dem Bett.

»W-was? Was?« Aus dem Schlaf gerissen, schlug Louis hilflos gegen die Hand, die sich in sein Hemd gekrallt hatte. Es war das einzige, was er anhatte. Lynn versuchte, nicht auf des spindeldürre abgemagerte Bein zu sehen, das durch Jess' Griff enthüllt wurde.

»Einem Moment mal!« Marty kam mit gezogener Pistole in das Zimmer gestürzt. Bevor die Tür hinter ihm zuschlug, erkannte Lynn zwei Sicherheitsmänner des Krankenhauses, die den Gang entlang auf sie zugerannt kamen.

Die Krankenschwester hatte offensichtlich Verstärkung für Marty angefordert.

»Sie! Lassen Sie den Mann los!« Marty blieb breitbeinig direkt hinter der Tür stehen, in Brusthöhe seine Pistole beidhändig umklammernd, während er auf Jess zielte.

»So ist es richtig, schlagen Sie mich nieder«, blökte Louis und schlug immer noch nach Jess' Hand. Jess ließ ihn nicht los, aber wenigstens drehte er sich mit ihm um und ließ ihn dann hinunter, so daß seine Füße den Boden berührten. Durch dieses Manöver, merkte Lynn, schob er Louis zwischen sich und Martys Waffe.

Gut gemacht, dachte Lynn.

»Hören Sie, Sie Dummkopf, dies ist eine Angelegenheit der nationalen Sicherheit. Ich bin Bundesagent«, bellte Jess über Louis' Kopf hinweg Marty an. »Und ich habe keine Zeit für Spielereien! Stecken Sie die Pistole weg!«

»Sie sind kein ... ich meine, ja?« Marty sah unsicher aus.

»Gerade über Telefon wieder eingesetzt«, sagte Jess. »Sie können es überprüfen, wenn Sie wollen, aber wir haben nur noch drei Stunden, bis wir die Opfer eines terroristischen Anschlags sein werden, der so gewaltig sein wird, daß er Ihnen die Strümpfe auszieht. Buchstäblich.«

Bei dem letzten Wort mußte Lynn lächeln.

»Ist etwas schiefgegangen?« Louis blickte Jess fassungslos an. Jess lockerte seinen Griff um Louis' Krankenhaushemd.

»Würde ich so sagen. Wir müssen uns zusammensetzen und gemeinsam überlegen, Sie, Theresa und ich. Ziehen Sie sich Ihre Hose an, Louis. Marty, Sie wissen nicht zufällig, wo Theresa ist, oder? Das Mädchen mit dem Baby?«

»Sie ist, ähm, sie ist ...« Marty schwankte deutlich zwischen den Alternativen, Jess zu erschießen oder mit ihm zusammenzuarbeiten. Louis trat zur Seite und zog sich seine Hose an.

Die Tür wurde aufgerissen, und die Sicherheitsmänner kamen ins Zimmer gestürmt.

Drei Waffen waren auf Jess gerichtet.

Jetzt ist alles vorbei, dachte Lynn und wich zurück. Vorsichtig trat sie aus der Schußbahn.

»Ist schon in Ordnung, schon gut, er ist ein Bundesagent«, sagte Marty und steckte seine Pistole ein. Dann zu Jess: »Das Mädchen ist mit dem Baby auf der Kinderstation. Zweiter Stock.«

»Gut gemacht, Marty. Ihr Land wird stolz auf Sie sein.« Nach diesen lobenden Worten hatte Jess einen Anhänger gewonnen, erkannte Lynn. Martys Brust schwoll sichtlich an.

»Louis, sind Sie fertig? Gehen wir zu Theresa.« Jess zog sein Laken hoch, hielt es mit dem verletzten Arm fest, packte dann Louis am Ellbogen und zerrte ihn zur Tür. Die Sicherheitsleute und Marty gingen zur Seite, um sie vorbeizulassen. Sie alle, einschließlich Lynn, jagten zum zweiten Stock hinab.

Theresa war wach. Sie saß neben Elijahs Bettchen und betrachtete das schlafende Baby. Elijah lag auf dem Rükken, einen Arm über dem Kopf und noch im Schlaf heftig mit den Lippen saugend. Obwohl er an einem Infusionsschlauch hing, machte er einen zufriedenen Eindruck.

Um das Baby nicht zu stören, winkte Jess Theresa nach draußen.

»Wir müssen miteinander sprechen«, sagte er zu ihr. Theresa nahm mit erstauntem Blick Jess' beträchtlichen Begleiterstab zur Kenntnis. Lynn lächelte ihr beruhigend zu.

»Das Wartezimmer ist leer«, sagte einer der Wachleute, nachdem er hineingesehen hatte, und hielt die Tür auf.

»Kommt mit.« Jess schob Louis und Theresa hinein,

wobei sich die beiden feindselige Blicke zuwarfen. Die anderen drückten sich hinter ihnen ebenfalls in den Raum.

Theresa wandte sich Jess zu. »Was ist los?« Ihre Augen verrieten Besorgnis.

»Setz dich nur eine Minute, ich bin gleich bei dir. Louis, kommen Sie mit hierüber.«

Theresa ließ sich folgsam auf einem der grünen gepolsterten Vinylsessel des Wartezimmers nieder. Jess zog Louis in eine Ecke und stellte sich drohend vor ihn, wobei er ihm den Weg versperrte. Lynn, die hinter Jess stand, erkannte, daß Louis verschüchtert die Schultern einzog, während er zu Jess aufsah.

»Eines stört mich, Louis, und ich will, daß Sie mir eine Frage beantworten«, sagte Jess so leise, daß Theresa ihn nicht hören konnte. »*Warum* war das Lamm so entschlossen, die Michaeliten zu vernichten? Warum ließ er sie nicht einfach ziehen?«

»Ich ... ich habe nur Anordnungen ausgeführt. Ich weiß nicht. Vermutlich, weil Michael ein Verräter war.« Louis verschränkte die Arme vor der Brust, als sei ihm kalt. In dem am Rücken offenen Krankenhaushemd über seiner schlecht zugeknöpften schwarzen Hose sah Louis unbehaglich aus. Unruhig blickte er zur Seite.

»Warum habt ihr ihn dann gefoltert?« Jess sprach scharf, aber immer noch leise. Während Lynn darauf achtgab, daß Theresa Louis nicht sehen konnte, wurde ihr klar, worum es bei der Befragung ging. Sie mußte sich anstrengen, um etwas zu verstehen.

»Wir ... wir ...« Louis sah schuldbewußt und verängstigt aus. »Ich weiß nicht, wovon Sie sprechen.«

»Die anderen Opfer waren alle ordentlich nebeneinander gelegt. Abgesehen von ihren durchschnittenen Kehlen gab es an ihren Körpern keine sichtbaren Verletzungen. Sie waren vollständig bekleidet, bis hin zu den Schuhen. Michael hingegen war nackt. Er war zusammengeschlagen worden, nicht wahr? Ihr habt ihn nicht einfach zum Vergnügen an das Kreuz gehängt, oder? Sie und Ihre Kumpel hatten einen Grund. Welchen, Louis? Was wußte Michael, oder was hatte er, was das Lamm wollte?«

»Nichts! Ich … ich weiß nicht.«

»Louis, jetzt hören Sie genau zu: Bundesagenten haben im Lager in Süd-Dakota eine Razzia durchgeführt. Das Lamm war nicht da. Er ist irgendwo da draußen, Louis, und bereitet sich darauf vor, auf den Knopf zu drücken, der uns alle in das kommende Reich jagt. Frauen und Kinder, Louis. Kleine Babys. Sie sagten, Jahwe sei Ihnen in der Luftblase in der Mine erschienen und habe Ihnen gesagt, daß das Lamm sich geirrt habe. Wir können ihn nicht finden, um ihm das mitzuteilen, Louis. Wir können jetzt nur noch dafür sorgen, daß die Bomben nicht gezündet werden. *Es ist Jahwes Wille, daß Sie uns helfen, Louis, verstehen Sie das nicht?«*

Louis atmete jetzt schnell, gehetzt sah er hin und her. Er scharrte mit den Füßen, und sein Gesicht zuckte mehrmals.

»Was wolltet ihr von Michael, Louis?« fragte Jess.

»Die Pläne«, sagte Louis, der in sich zusammenzusinken schien. »Als er fortlief, nahm Michael alle Pläne mit. Darin stand, wie man die Bomben baut und wie alles ablaufen sollte.«

»Schriftliche Pläne?«

»Protokolle, wurde uns gesagt. Irgendeine Art von Protokollen. Der Judas war ein studierter Wissenschaftler, wissen Sie. Er war gewissenhaft. Er hatte alles sorgfältig festgehalten.«

»Danke, Louis«, sagte Jess sehr leise.

Als er sich abwandte, sah Lynn sein Gesicht. Es war grimmig und angespannt. In all den gemeinsam erlebten Krisen hatte sie Jess noch nie so gesehen.

Ein Blick auf die Uhr an der gegenüberliegenden Wand

verriet ihr den Grund: Es war sechs Uhr 25. Noch zwei Stunden und 35 Minuten.

Während sich Louis in einen Stuhl fallen ließ, ging Jess zu Theresa hinüber und setzte sich neben sie. Sie sah ihn wortlos an.

»Louis hat mir gerade gesagt, daß dein Vater Aufzeichnungen gemacht hatte, die er mitnahm, als er die Heiler verließ«, sagte Jess in ganz anderem Ton als dem, den er zuvor bei Louis angeschlagen hatte. »Weißt du irgend etwas darüber? Hatte dein Vater irgendwo Papiere aufbewahrt, vielleicht eine Art Tage- oder Notizbuch? Oder einen Aktenordner?«

Theresa schüttelte den Kopf. »Soweit ich weiß, nein. Ich habe ihn nie mit etwas Derartigem gesehen. Wenn er so etwas besaß, dann nicht in der Hütte. Sie war so klein, daß ich es gewußt hätte. Als älteste Tochter mußte ich die meiste Hausarbeit erledigen.«

Das war eine so typische Teenagerbeschwerde, daß Lynn fast gelächelt hätte.

»Aha.« Jess schien nicht in Eile zu sein. Lynn hingegen wollte beim Zusehen schon aus der Haut fahren. Die Zeit ging ihnen aus und schien mit jeder Sekunde, die verstrich, schneller zu verrinnen. Wenn sie die Fragen gestellt hätte, dachte Lynn, wäre sie nicht imstande gewesen, so gefaßt zu bleiben.

»Wo bewahrte er wichtige Papiere auf, Theresa? Zum Beispiel die Geburtsurkunden seiner Kinder, seine Heiratsurkunde und solche Dinge? Waren sie in der Hütte?«

Theresa schüttelte den Kopf. »Er hat immer gefürchtet, daß wir Hals über Kopf weggehen und vieles dann zurücklassen müßten. Diese ganzen Sachen waren in einem Bankschließfach.«

»Ein Bankschließfach.« Jess atmete tief durch. Lynns Puls raste. Die Spannung in der Luft war so stark, daß es sie überraschte, überhaupt noch atmen zu können.

»Weißt du zufällig, in welcher Bank?«

Theresa nickte. »Daddy hat mich das letzte Mal dorthin mitgenommen. Die Zweigstelle der Second National Bank in der State Street in Provo.«

»Da wollen wir also zuerst suchen.« Jess lächelte Theresa an und stand auf. Während er durch den Raum lief, hielt er das Laken fest. Sein Blick streifte Lynn, dann ging er an ihr vorbei zu Marty.

»Wo ist dieser Hubschrauber? Und kann mir bitte jemand eine Hose besorgen?«

43

Aus der Luft betrachtet blinkten die Straßen, Häuser und Geschäfte von Salt Lake City in der Dunkelheit wie Tausende winziger weißer Weihnachtsbaumkerzen. Als sie schließlich in Provo ankamen, konnte man jedoch keine Stadtlichter mehr sehen. Die Morgendämmerung des anbrechenden neuen Tages hatte sie ausgewischt.

Der Hubschrauber landete auf der Straße direkt vor der Bank. Auf dem Parkplatz warteten zwei Wagen der Staatspolizei auf sie. Weitere Polizeiautos versperrten die Straße in beiden Richtungen. Ein stämmiger weißhaariger Mann in tadellosem dunklem Anzug stand zwischen zwei Polizisten an der Treppe, die zum Haupteingang hinaufführte. Lynn nahm an, daß er ein Vertreter der Bank war, der herbeigerufen worden war, um die Bank und den Raum mit den Schließfächern zu öffnen. Jess hatte die Nummer auf seiner Hand gewählt, bevor er das Krankenhaus verlassen hatte. Am anderen Ende antwortete Ben Terrell aus der Luft irgendwo zwischen Süd-Dakota und Utah. Offensichtlich war er mächtig genug, schnelle Ergebnisse zu erzielen. Und das von Jess geforderte Ergebnis war, daß ein Bankvertreter ihn erwarten und ihnen Zugang zu den Schließfächern sowie eine Liste der Halter verschaffen sollte.

Als der Helikopter landete, sprang Jess – nun mit einem grünen OP-Kittel bekleidet, den man in einer entsprechenden Ausstattungskammer gefunden hatte – auf den Boden und lief mit eingezogenem Kopf unter den sich noch drehenden Rotorblättern dahin. Lynn, Theresa und Louis folgten. Marty kam als letzter heraus. Sie alle waren auf Jess' Geheiß mitgenommen worden für den Fall, daß man sie brauchen würde.

Am Straßenrand traf Jess mit den Polizisten und dem Bankangestellten zusammen, schüttelte letzterem die Hand, und dann eilten sie gemeinsam über den Gehweg und die Treppe hinauf. Ein Schlüssel wurde hervorgezogen, die Banktür geöffnet, und sie gingen hinein. Für Lynn roch die Halle wie die meisten Bankhallen: nach dem Geld anderer Leute. Die Klimaanlage war über Nacht angeblieben. Die Kälte wurde durch die Marmorböden noch verstärkt, und ohne Kunden kam ihr die verlassene Bank so frostig vor wie das Innere eines Kühlschranks. Sogar in Jess' Flanellhemd fror Lynn.

Als sie das Krankenhaus verlassen hatten, hatte jemand ihr und Theresa ein Paar Frotteeslipper gegeben. Lynn war dankbar, nicht barfüßig auf dem kalten Marmor stehen zu müssen.

»Haben Sie die Liste?« fragte Jess, sobald sie drinnen waren.

»Die Namen sind in alphabetischer Reihenfolge aufgeführt.« Der Bankangestellte – Lynn hatte seinen Namen nicht mitgekommen, als er sich Jess vorstellte – übergab einen locker gefalteten Computerausdruck und warf dem in seiner Nähe stehenden Polizisten einen Blick zu, als wollte er sagen: Ich hoffe, ich tue das Richtige. Verbittert hatte er zuvor schon Jess' Verkleidung zur Kenntnis genommen.

Im Stehen blätterte Jess die Seiten durch und prüfte die Namensliste. Ein Stirnrunzeln verdüsterte sein Gesicht, als er aufblickte.

»Theresa, bist du *sicher*, daß dies die Zweigstelle ist, bei der du mit deinem Vater warst?«

Theresa nickte. Sie trug immer noch ihr zerrissenes Nachthemd, doch ihr Gesicht und die Hände waren sauber, und sie hatte auch irgendwann die Zeit gefunden, sich die Haare zu bürsten und zu einem Zopf im Nacken zu flechten.

»Ich erinnere mich an die Rosen.« Sie lächelte Jess halb traurig an. »Nur dachte ich beim letzten Mal, sie wären echt. Sind sie wahrscheinlich nicht, sonst wären sie nicht immer noch hier.«

Lynn entdeckte eine Kristallschale mit Rosen auf einer Anrichte gegenüber dem Eingang. Die Rosen waren gelb und rot. Einige Köpfe waren üppig und zu voller Schönheit erblüht, während andere an den Rändern leicht braun und überreif aussahen, als ob sie dabei wären, ihre Blütenblätter zu verlieren. Theresa hatte recht, dachte Lynn. Es war ein eindrucksvolles Arrangement, das in der Erinnerung haften blieb.

»Auf dieser Liste steht kein Michael Stewart.« Jess sprach in scharfem Ton mit Theresa, was nur bedeuten konnte, daß er unter enormem Streß stand, dachte Lynn. Sie beobachtete ihn, während er nochmals den Computerausdruck von vorn bis hinten durchlas und sein Gesicht immer angespannter aussah.

»Es gibt keinen Michael Stewart auf der Liste«, sagte er wieder. Noch einmal sah er Theresa an. »Die drei Stewarts hier heißen William T., Bruce H. und Virginia R.. Kommen dir diese Namen irgendwie bekannt vor?«

Theresa schüttelte den Kopf.

»Vielleicht müssen wir ohnehin in die Schließfächer sehen«, sagte Jess zu dem Bankangestellten, der vor Schreck die Augen aufriß. »Verdammt, wir müssen vielleicht in alle sehen.«

Der Bankangestellte trat einen Schritt zurück und schüttelte den Kopf. »Das verstößt gegen die Geschäftsordnung. Mir wurde gesagt, ich sollte nur ein Fach öffnen. Ich ...«

»Es ist sieben Uhr 28, Mr. Thompkins«, sagte Jess nach einem Blick auf sein Handgelenk, an dem er immer noch Louis' Uhr trug. »Sie wissen, was um neun Uhr passiert?«

Jess stöhnte und blickte Theresa wieder an. »Hat er je ein Pseudonym verwendet, Theresa? Einen anderen Namen?« Diesmal klang seine Stimme geduldig. Lynn erkannte, mit welcher Anstrengung er sich unter Kontrolle hielt.

Theresa schüttelte den Kopf. »Ich habe ihn nie einen anderen Namen benutzen hören.«

»Okay.« Jess rieb sich mit der Hand das Gesicht. »Theresa, du setzt dich an einen dieser Tische dort drüben und siehst die Liste nach Namen durch, die dein Vater möglicherweise benutzt hat. Vielleicht fällt dir einer auf. Lynn, hilf ihr irgendwie, dabei zu bleiben, ja? Die Zeit wird jetzt knapp. Mr. Thompkins, wir sollten nun besser die Fächer öffnen.«

Lynn nahm den Papierausdruck von Jess, brachte Theresa zu einem Tisch und setzte sich neben sie. Jess und Mr. Thompkins verschwanden, begleitet von einem Polizisten, in der Bank. Marty blieb hinter Theresa und Lynn. Louis, der wie Jess in einem geborgten OP-Kittel steckte, fand eine bequem aussehende Couch und ließ sich dort hineinfallen.

Eine Liste mit achthundert Namen, entdeckte Lynn schon nach wenigen Minuten, war eine langweilige Lektüre. Obwohl sie keine Ahnung hatte, wonach sie suchte, folgte sie dennoch Seite für Seite Theresas Finger, der von einem Namen zum nächsten glitt.

Theresa las langsam. Lynn war froh, daß nirgendwo eine Uhr in Sicht war. Hätte sie die Minuten verrinnen sehen können, während sie diese unendliche Arbeit erledigten, wäre sie früher oder später mit einem Schreikrampf aufgesprungen.

Marty gab seinen Wachposten auf und setzte sich zu Louis auf die Couch. Im Gegensatz zu Louis, der reglos wie eine Stoffpuppe war, kaute Marty jedoch an einem Daumennagel, wackelte mit dem Bein und schlug mit dem Zeh gegen den Boden.

Mehr als einmal war Lynn nahe daran, ihn anzuschreien, er solle still sitzen bleiben.

Sie waren beinahe am Ende der letzten Seite angekommen, als Theresas Finger anhielt.

»Hier«, sagte sie mit einem Blick zu Lynn. »Das hätte er benutzen können.«

Lynn las den Namen über Theresas Finger. »Wermut, Stern. Stern Wermut?«

»Es ist aus den Offenbarungen des Johannes, glaube ich. Wermut ist der Name des Sterns, der auf die Erde stürzen und große Zerstörung anrichten wird, wenn die Welt untergeht.«

Für den Bruchteil einer Sekunde starrte Lynn Theresa an. Dann griff sie nach Stift und Zettel, die auf dem Tisch lagen, kritzelte die zu dem Namen gehörige Nummer darauf, sprang auf und schrie gellend: »Jess!«

Als keine Antwort kam, rannte sie zu der Tür des Schließfachraums. Jess, Mr. Thompkins und der Polizist hatten vielleicht ein Zehntel der hinter einer Bronzewand verborgenen Schließfächer durchsucht. Sie durchwühlten gerade den Inhalt eines Metallkastens, der wie eine Schublade herausgezogen war, als Lynn auftauchte.

»Sie hat einen gefunden! ›Stern Wermut‹ kommt ihr richtig vor, sagt sie.« Lynn jagte die Treppe hinunter und reichte Jess den Zettel.

»673«, las Mr. Thompkins die Zahl laut vor. Dann lief er kopfschüttelnd an der Wand entlang. »Das hätte lange gedauert.«

Das Fach war weit entfernt, in der dritten Reihe von unten. Alle kamen herbeigestürzt, als der Kasten herausgezogen wurde.

Lynn hielt den Atem an.

Mr. Thompkins schob einen Schlüssel in das kleine Schloß und öffnete den Deckel. Jess holte den obersten Gegenstand hervor, einen dicken Papierstapel, der aus einem Spiralblock herausgerissen war. Die Seiten wurden der Länge nach von einer Büroklammer zusammengehalten. Jess sah die Papiere durch, dann blickte er auf. Sein Blick traf Lynns, während alle anderen um sie herumstanden.

»Wir haben es«, sagte er.

Lynn atmete wieder.

»Ist es das? Ist das Michael Stewarts Fach?« fragte sie, während Mr. Thompkins den Kasten aus der Wand zog. Jess lief direkt hinter ihm her, während er die Papiere durchblätterte. Lynn blieb neben Jess. Die anderen folgten. Lynn nahm die Kommentare, Ausrufe und Erklärungen kaum wahr, die um sie herum ausgetauscht wurden. Ihre Aufmerksamkeit richtige sich ganz auf Jess – und die Papiere in seinen Händen.

»Das sind die Pläne«, sagte Jess zu Lynn, während Mr. Thompkins den Kasten auf einen Tisch stellte. Er lehnte sich gegen die Tischkante und kehrte zur ersten Seite zurück. Langsamer entzifferte er nun die schwer leserliche Handschrift und die winzigen Zeichnungen, mit denen die Unterlagen bekritzelt waren.

»O mein Gott.« Lynn hielt sich die Hand vor den Mund. »Danke, lieber Gott.«

Sie ließ sich auf einen Stuhl fallen. Jess las immer noch und runzelte die Stirn.

Daraufhin zog sich Lynns Magen zusammen.

»Was ist los?« fragte sie.

»Da fehlt was«, sagte er. Er legte den Papierstapel auf den Tisch und durchsuchte den Kasten. Nachdem er das Durcheinander aus zusammengelegten Papieren durchwühlt und ein Paar diamantene Ohrringe sowie eine kleine Tennistrophäe zur Seite geschoben hatte, brachte Jess schließlich eine Computerdiskette in einem grauen Papierumschlag zum Vorschein, der zuunterst in dem Kasten lag.

Auf der Vorderseite des Umschlags stand *Wermut.*

»Das ist es«, sagte Jess und fügte mit einem Blick zu Mr. Thompkins hinzu: »Ich brauche einen Computer.«

»Alle unsere Darlehensleute haben einen«, sagte Mr. Thompkins stolz und führte sie zurück in den Hauptbereich der Bank. »Ich hoffe, die Diskette ist IBM-kompatibel.«

Jess musterte die Diskette. »Ja, ist sie.«

Er ging um den ersten Schreibtisch herum, zu dem sie kamen – computerbestückt, wie Mr. Thompkins gesagt hatte – und schaltete das Gerät ein. Er drückte auf ein paar Tasten, wartete einen Moment und schob dann die Diskette ins Laufwerk.

Sofort blinkte auf dem Bildschirm eine Ikone auf und fragte nach dem Benutzerpaßwort.

Während sich alle mit weit aufgerissenen Augen über seine Schultern beugten, zögerte Jess eine Sekunde, bevor er *Wermut* eingab.

Der Bildschirm leuchtete auf und wurde dann schwarz. In der Mitte der Dunkelheit erschien ein wirbelnder Kreis, aus dem sich das Bild eines Globus entwickelte. Der Globus verschwand und wurde durch einen hellen Punkt in der Mitte des dunklen Bildschirms ersetzt. Dieser vergrößerte sich, bis er den Monitor mit Licht erfüllte. Man hörte ein Geräusch, als ob eine Telefonnummer gewählt würde: Das Programm suchte den Zugang zum Internet. Der Monitor blinkte einmal, zweimal auf.

Willkommen, Michael, stand nun auf dem Bildschirm.

Neben sich hörte Lynn, wie Theresa um Atem rang. Sie ergriff die Hand des Mädchens. Theresas Finger fühlten sich eiskalt an.

Während sie Jess zusah, wie er die Informationen ans

Licht brachte, die ihr Vater zurückgelassen hatte, mußte es ihr fast so vorkommen, als begegnete sie Michaels Geist, dachte Lynn.

Neben dem Schreibtisch, den Jess benutzte, stand ein zweiter. Er ging hinüber, griff nach dem Telefonhörer, blickte auf seine Hand und wählte die Nummer.

»Ben?« sagte er Sekunden später in den Hörer, mit dem er wieder vor den Computer trat. »Wir haben gefunden, wonach wir suchten. Die Zünder für die Atomsprengköpfe – und auch die anderen Bomben – sind an alphanumerische Pagers angeschlossen. Ja, Sie haben richtig verstanden, alphanumerische Pagers. Sie wissen doch, die Dinger, die Drogenhändler bei sich haben, damit sie Botschaften wie ›Wo bleibt mein Heroin?‹ empfangen können.«

Jess hörte einen Moment zu, dann nickte er. »Ja, und Telefonnummern. Solche Sachen. Ich habe eine Liste mit zwölf Nummern auf meinem Bildschirm – ich bin hier an einem Computer in der Bank –, von denen ich glaube, daß sie mit den Nummern der Pagers übereinstimmen. Nach dem, was ich hier sehe, kann über das Internet gleichzeitig zu allen Pagers ein Code geschickt werden, wodurch die Bomben gezündet werden. Reverend Bob braucht nur einen Computer, ein Modem und den Code, und er kann uns alle von jedem beliebigen Ort aus in die Luft jagen.«

Jess schwieg einen Augenblick, ein schwaches Grinsen zuckte um seinen Mund und verschwand ebenso plötzlich wieder.

»So würde ich ihn auch nennen. Stewart hat das System offenbar mit einer Sicherung versehen, damit er – oder jemand anderer – den Start-Code entschärfen und so verhindern kann, daß die Bomben hochgehen. Ja, irgend etwas in der Art eines Stop-Codes. Man gibt diesen Code ein, drückt auf die Übertragungstaste, und die Zünder sind deaktiviert.«

Jess hörte eine Minute lang zu. »Na ja, das ist unser Problem. Der Start-Code liegt uns ganz eindeutig vor: *Die Liebe heilt*. Nein, ich mach' keine Witze. Reverend Bob gibt ein *Die Liebe heilt*, und das ganze Land ist futsch. Aber es gibt nur eine Reihe von Sternchen an der Stelle, wo der Stop-Code sein sollte. Ja, eine Serie von Sternchen. Nein, ich glaube nicht, daß das der Code sein kann. Allerdings bin ich kein Computerexperte, und wir brauchen hier einen, *pronto*, der vielleicht mehr damit anfangen kann als ich. Wie schnell können Sie mir einen besorgen?«

Jess schwieg, sein Gesicht wurde angespannt. »Es muß doch einen geben, der näher bei uns ist. Herrgott, dadurch wird es echt eng.« Er pfiff durch die Zähne. »Okay, sagen Sie ihm, er soll sich beeilen. Ich bleib' von hier aus dran. Ja, ich sag' Ihnen Bescheid.«

Jess legte den Hörer auf und fuhr sich mit der Zungenspitze über die Lippen. Lynn hatte diese Geste an ihm noch nicht gesehen, und sie wußte, daß sie nichts Gutes verhieß.

Aber als er die anderen ansah, schien er sich wieder im Griff zu haben.

»Hört zu, Leute, wir haben alles, was wir zur Entschärfung der Bomben brauchen – außer dem richtigen Code. In das System ist ein Stop-Code eingebaut, aber das Wort oder der Satz, den Stewart dafür ausgewählt hat, ist nicht auf dieser Diskette. Da sind nur Sternchen. Wir sollten gemeinsam überlegen. Theresa, kannst du dir vorstellen, was dein Vater als Code benutzt haben könnte, um die Bombenexplosion zu verhindern? Hat er irgendwelche Sätze häufig gebraucht?«

Theresa dachte eine Minute lang nach. »Morgenstund' hat Gold im Mund'?« schlug sie vor. »Das hat er fast jeden Morgen zu uns Kindern gesagt.«

Jess' Gesicht nach zu urteilen, hielt er das für einen unwahrscheinlichen Code.

»Warum nicht?« sagte er, mit den Schultern zuckend. »Versuchen wir es.«

Er tippte den Satz an der vorgesehenen Stelle ein und drückte auf die Eingabetaste. Sekunden darauf leuchtete eine Botschaft auf: *Code nicht gestattet.*

»Irgendwelche anderen Sätze?« fragte Jess Theresa.

Sie schüttelte den Kopf. »Mir fallen keine ein.«

»Wie steht's mit Familiennamen? Wie lautet der Name deiner Mutter?«

»Sally.« Theresas Stimme brach, aber sie weinte nicht.

Jess gab *Sally* ein. Der Computer antwortete wieder: *Code nicht gestattet.*

Weit geduldiger, als Lynn unter diesen Umständen gewesen wäre, arbeitete Jess sich durch die Namen der Stewart-Familie.

Irgendwo schlug eine Uhr achtmal.

Lynn stockte der Atem.

Sie hatten nur noch eine Stunde zu leben.

44

»Also gut, Louis, unternehmen wir einen Versuch. Gibt es irgendwelche Worte oder Sätze, die Stewart Ihrer Meinung nach benutzt haben könnte? Sagen Heiler außer *Die Liebe heilt* noch irgend etwas anderes Eingängiges?«

»Wir halten den Namen ›Heiler‹ für beleidigend«, entgegnete Louis. Er stand vor dem Schreibtisch mit dem Computer, Theresa saß auf einem Stuhl davor. Jess stand immer noch hinter dem Schreibtisch.

»Kommen Sie schon, Louis, denken Sie nach«, sagte Jess ungeduldig. »Vielleicht etwas Biblisches wie ›Wermut‹.«

Wermut. Irgend etwas regte sich dabei in Lynns Kopf. Plötzlich erkannte sie, was sie störte.

Sie stand auf, ging zu der Liste der Schließfachbesitzer, die noch auf einem Tisch in der Nähe der Eingangstür lag, und wandte sich der letzten Seite zu.

Ihr Puls beschleunigte sich, als sie fand, wonach sie suchte.

Der Name ›Stern Wermut‹ tauchte nicht einmal, sondern zweimal auf. Natürlich konnte es einfach ein Computerfehler sein, aber …

Sie fuhr mit den Fingern auf der Zeile zu der entsprechenden Fachnummer und hielt den Atem an: 289.

»Jess!« schrie sie. »Jess, ich weiß, wo der Stop-Code sein könnte: in Schließfach 289!«

»Was?« Er blickte von der Tastatur auf und zu ihr hin. Ihre Blicke trafen sich quer durch die Schalterhalle.

»Es gibt zwei Schließfächer, die auf den Namen ›Stern Wermut‹ gemietet sind!« sagte Lynn eindringlich. »Nummer 673. Und Nummer 289!«

»Überprüfen wir das.« Jess ließ den Computer und stürmte mit Mr. Thompkins im Schlepptau wieder zum Schließfachraum. Alle anderen folgten.

Das Fach Nr. 289 wurde geöffnet und enthielt nur ein einziges Blatt aus einem Spiralblock, ordentlich zusammengerollt und mit einem Gummiring versehen.

Lynns Herz schlug wild, als Jess das Gummi abzog und das Blatt glattstrich.

Michael Stewarts ungelenke Handschrift war unverkennbar. Aber von der Stelle aus, wo sie stand, konnte sie die mit schwarzer Tinte gekritzelten Worte nicht erkennen.

Jess las sie laut vor: »›Kein Mensch kennt Tag noch Stunde.‹« Er sah auf. »Das ist es«, sagte er. »Das muß es sein.«

»Wie spät ist es?« fragte Marty.

»Acht Uhr 27«, antwortete Mr. Thompkins. Jess war schon wieder auf dem Weg zum Computer, Lynn direkt hinter ihm.

Noch eine halbe Stunde.

Als Lynn neben ihm stand und alle sich um Jess drängten, um etwas zu sehen, tippte Jess die Worte ein.

Kein Mensch kennt Tag noch Stunde.

Der Computerbildschirm blinkte einmal, zweimal. Eine Meldung tauchte auf.

Code angenommen. Sekunden später sahen alle zu, wie zwölf geflügelte E-Mail-Postkarten über das Internet verschickt wurden, eine nach der anderen.

Der Bildschirm blinkte wieder und vermeldete erneut eine Botschaft:

Pager-Kontakt abgeschlossen. Bomben deaktiviert.

Einen Augenblick lang war das Schweigen so intensiv, daß es fühlbar über dem Raum hing. Sie alle, von Jess bis zu den Polizisten, starrten auf den Bildschirm.

»Ja!« sagte Jess dann. Er riß die Faust nach oben und zog Lynn mit einem Arm in die Höhe. Überall wurde Jubel laut. Marty sprang wie ein aufgeregter Chihuahua auf und ab, während die Polizisten johlten und einander in die Hände klatschten.

»Es ist vorbei, oder? Einfach so!« Lynn umarmte Jess, wobei sie gleichzeitig lachte und weinte.

»Es ist vorbei«, bestätigte er, küßte sie auf den Mund und stellte sie wieder auf die Füße. »Gib mir eine Minute, ich muß Ben Bescheid sagen.«

Er trat zu dem anderen Schreibtisch, blickte auf seine Hand und rief an.

»Code gefunden«, sagte er lakonisch in den Hörer. »Ein Bibelvers: ›Kein Mensch kennt Tag noch Stunde‹. Krise beendet. Ihr braucht jetzt nur noch aufzuräumen.«

Während er zuhörte, verengten sich seine Augen. »Nein, daran habe ich nicht gedacht. Danke für die Mitteilung.«

Einen Moment war er still. »Er könnte irgendwo auf der Welt sein. Wie stehen die Chancen, daß wir ihn in einer halben Stunde finden?« Pause. »Okay, ich weiß, ich weiß. Ich gebe mir alle Mühe. Ja, ich rufe zurück.«

Jess legte den Hörer zurück und sah Lynn düster an. Die Feier um den Computer ging ungetrübt weiter. Niemand sonst hatte auf das Gespräch geachtet.

»Was ist jetzt?« fragte Lynn leise.

»Ben hat nur die interessante Möglichkeit erwähnt, daß die Heiler vielleicht schlau genug waren, die Bomben neu zu verdrahten, nachdem Stewart sie verlassen hatte. Ich glaube zwar nicht, daß dem so ist, sonst hätten sie keinen Grund gehabt, so hinter ihm herzujagen, aber vielleicht hat Ben trotzdem recht. Theoretisch ist es immer noch möglich, daß die Bomben um neun Uhr hochgehen.«

»O nein!« stöhnte Lynn. Dann wurde sie zornig. Nach allem, was sie durchgemacht hatten, war das nun zuviel! »Und was will man jetzt tun? Außer dir muß doch auch noch jemand an dieser Sache arbeiten, oder? Zum Beispiel das FBI und die CIA und das Pentagon ...«

Jess verzog den Mund zu einem schiefen Lächeln. »Süße, alle arbeiten an dem Fall. Es ist einfach Zufall, daß wir wieder bei Null anfangen. Ben will, daß wir prüfen, ob Louis oder Theresa vielleicht wissen, wo Reverend Bob sich aufhalten könnte.«

»Nur für alle Fälle«, sagte Lynn.

»Nur für alle Fälle«, stimmte Jess mit einem Blick in die Runde zu. »Theresa, würdest du bitte mal eine Minute herkommen?«

Wie Lynn widerstrebte es ihm anscheinend, den anderen schon jetzt die schlechte Nachricht mitzuteilen. Die Atmosphäre im Raum war so überschwenglich, daß zumindest Lynn sich vor dem Moment fürchtete, in dem sich die allgemeine Erleichterung wieder verflüchtigen würde.

Theresa kam zu ihnen und sah fragend zu Jess auf.

»Hast du eine Idee, wohin Robert Talmadge gegangen

sein könnte, um das Ende der Welt zu erwarten? Hat dein Vater je irgendein Versteck erwähnt?«

Theresa schüttelte den Kopf. »Ich nehme an, daß er mit allen andern im Lager ist.«

»Da war er nicht. Die Bundesagenten haben eine Razzia durchgeführt.«

»Vielleicht konnte er von Utah einfach nicht mehr nach Süd-Dakota zurückkehren, als die Beamten kamen.«

Jess runzelte die Stirn. »Was meinst du damit, daß er von Utah vielleicht nicht zurückkehren konnte? Wann war er denn in Utah?«

»Er kam zu unserer Hütte, als sie ... angriffen. Er war da.«

»Hast du ihn gesehen?« Jess starrte sie an.

Theresa schüttelte den Kopf. »Ich habe ihn die ganze Zeit nicht gesehen. Ich hatte mich mit Elijah in dem Erdkeller versteckt, als sie kamen. Aber ich habe seine Stimme gehört.« Sie zitterte. »Seine Stimme würde ich überall erkennen. Nachdem wir die Gemeinde verlassen hatten, nannten wir alle – wir Kinder – ihn nicht mehr ›das Lamm‹, sondern ›der Tod‹. Wissen Sie, wie in der Bibel: *Und der auf ihm saß, des Name ist ›der Tod‹, und die Unterwelt war sein Gefolge.* Weil unser Leben seinetwegen zur Hölle wurde und wir auf so vieles verzichten und die ganze Zeit Angst haben und uns verstecken mußten.«

»Bist du *sicher*, daß es Robert Talmadges Stimme war, die du gehört hast?«

Theresa nickte.

Gedankenverloren verzog Jess die Lippen und sah sich dann um. »Louis?«

Seine Stimme wurde scharf. »Wo ist Louis?«

Louis war verschwunden.

Nach einer schnellen, doch gründlichen Durchsuchung der Bank lief Jess hinaus, die Treppe hinunter und auf die Straße. Der Hubschrauber wartete mit ausgeschaltetem Rotor. Der Pilot sah ungerührt aus dem Cockpit nach draußen. Polizeiwagen blockierten immer noch die Straße an beiden Seiten. Weitere Polizeiwagen warteten auf dem Parkplatz der Bank.

Louis war nirgendwo zu sehen.

Ein Polizist stieg aus einem der Wagen, die auf dem Parkplatz standen, und ging auf sie zu. Jess gab ihm ein Zeichen, daß er schneller zu ihm kommen solle. Der Mann beschleunigte den Schritt.

»Haben Sie einen Mann aus der Bank herauskommen sehen? Einen Schwarzhaarigen in grünem Krankenhauskittel und schwarzer Hose?«

»Klar. Er ist die Straße hinuntergelaufen und in ein Taxi gestiegen.« Der Polizist sah Jess stirnrunzelnd an. »Wir hatten keine Anweisung, Leute daran zu hindern, von hier wegzugehen. Hätten wir ihn festhalten sollen?«

»Zu spät«, sagte Jess grimmig. »Ist sowieso nicht Ihr Fehler. Versuchen Sie zu ermitteln, wohin das Taxi gefahren ist, bitte. Und schnell.«

Der Polizist rannte zu seinem Wagen zurück. Jess sah Lynn an.

»Ich habe das Gefühl, daß Reverend Bob die ganze Zeit vor unserer Nase ist. Ich kann mich allmählich in Michael Stewart hineinversetzen, und ich glaube nicht, daß er Utah zufällig als Versteck ausgewählt hat. Er wollte nah bei irgendwas sein, und ich wette, daß dieses Irgendwas der Ort ist, von dem aus Talmadge die Bomben hochgehen lassen wollte. Stewart hat ihn die ganze Zeit im Auge behalten, ohne sich zu zeigen. Er wartete den passenden Zeitpunkt ab, um den Stop-Code zu benutzen, den er heimlich in das System programmiert hat. Nur hat Talmadge das mit dem Code irgendwie herausgefunden und Stewart verfolgt. Nun, da Stewart weg ist, glaubt Talmadge, er hätte freie Bahn.« Jess lächelte Lynn grimmig an. »Aber da irrt er sich.«

Der Polizist kam zu ihnen zurückgerannt und reichte Jess ein Stück Papier. »Das Taxi ist nach 22079 Orkdale

Road gefahren. Das ist eine Farm draußen in Richtung Springville«, sagte er.

»Okay, ziehen Sie alle Unterstützung zusammen, die Sie bekommen können, und kommen Sie dorthin. Keine Sirene, sagen Sie das allen. Ich werde den Hubschrauber nehmen.« Das grimmige Lächeln in Jess' Gesicht flackerte wieder auf, und sein Blick suchte Lynn. »Ich könnte sogar noch vor Louis dort sein.«

Der Polizist rannte zu seinem Wagen, während Lynn hinter Jess auf den Hubschrauber zustürmte. Der Pilot, der merkte, daß etwas im Gange war, hatte den Rotor schon in Bewegung gesetzt.

Jess blickte zu Lynn zurück und blieb stehen, als er gerade im Begriff war, sich unter den Rotorblättern zu ducken.

Er drehte sich um und hielt sie am Arm fest. »Du bleibst hier«, schrie er gegen den Rotor an.

»Ich komme mit!« schrie Lynn zurück.

»O nein, du bleibst hier! Du bist eine Zivilperson, außerdem eine Frau, und das hier ist ein großer Einsatz!«

»Hör mal, du chauvinistischer Dreckskerl ...« setzte Lynn wütend an, wurde aber zur Seite geschoben, als Jess zur geöffneten Tür und an Bord sprang. Bevor sie es sich versah, hatte der Hubschrauber abgehoben.

Jess winkte ihr vom Passagiersitz aus fröhlich zu, während der Hubschrauber scharf nach links schwenkte und davonflog.

Die Polizisten verließen mit quietschenden Reifen den Parkplatz. Lynn mußte von der Straßenmitte zur Seite springen.

Ein Wagen hielt mit quietschenden Bremsen neben ihr an. Der Polizist, der vorhin mit Jess gesprochen hatte, lehnte sich aus dem Beifahrerfenster.

»Übrigens habe ich eine Nachricht für Sie: Sie sollen diese Nummer anrufen«, schrie er und wedelte mit einem Stück Papier. Lynn hatte es kaum in der Hand, als der Wagen wieder davonschoß.

Sie las die Nachricht und lief in die Bank, an Theresa, Marty und Mr. Thompkins vorbei, die zur Außentreppe gekommen waren, auf die hier draußen herrschende Aufregung aufmerksam geworden.

Lynn riß den Hörer hoch und wählte eine Nummer.

»Lenny, ich bin in Provo, in der Second National Bank in der State Street«, sagte sie, bevor der Mann am anderen Ende überhaupt hallo gesagt hatte. »Wo bist du?«

»Ich bin dir auf den Fersen, Kleine«, antwortete er. »Als ich wie gewünscht im Krankenhaus auftauchte, gab mir eine Krankenschwester einen Tip, wohin du verschwunden warst. Was ist denn los?«

»Du sprichst also über Funktelefon, oder? Dann warte ich und erklär' dir alles, wenn du da bist. Beeil dich, Lenny! Das ist hier echt der große Fall!«

»Bin schon unterwegs, Kleine«, versprach Lenny und hängte ein.

45

Jess war allein in den Hubschrauber eingestiegen, weil er sich vor dem fürchtete, was andernfalls geschehen könnte. Seine Erinnerung an die mißlungene Erstürmung von Waco war noch zu frisch. Und diesmal hatte er keine Bundesagenten zur Verstärkung, sondern nur ein paar Staatspolizisten, die er nicht einmal kannte. Für Jess hieß das, daß es in einem Spiel, das zu verlieren sich niemand leisten konnte, einige Karten von ungewissem Wert gab.

Auf seine Anordnung trafen der Hubschrauber und die Polizeiwagen direkt außer Sichtweite der Ranch zusammen, versteckt hinter einem Zaun, einer Kuhherde und einer dichten Baumgruppe.

Erst nach neun Uhr würde sich zeigen, ob der Stop-Code funktioniert hatte. Um hundertprozentig sicher zu sein, mußte man Talmadge davon abhalten, die Bomben überhaupt zu zünden.

Ein normaler Tag im Leben eines Bundesagenten. Jess wurde wieder vollkommen bewußt, warum er die Behörde verlassen hatte. Sein Leben aufs Spiel zu setzen, machte ihn nervös.

Und doch war er hier und tat es wieder. Nur diesmal ohne Krankenversicherung und Pensionsansprüche.

Jess wartete so lange, wie er es wagte, auf Ben und seine Mannschaft, aber die schienen nicht mehr rechtzeitig einzutreffen. Um acht Uhr 51 hätte er sogar die Erzrivalen des ATF, das FBI, willkommen geheißen. Auch sie waren unterwegs, nachdem man ihnen Jess' Zielort bekanntgegeben hatte.

Aber daß sie lediglich unterwegs waren, half Jess wenig. Um acht Uhr 52 konnte er nicht länger warten. Als er über das lange Feld lief, das die Farm, in der Talmadge sich möglicherweise verschanzt hatte, von der Nachbarranch trennte, legte sich Jess verschiedene plausible Vorwände zurecht, unter denen man dort an die Tür klopfen konnte. Schließlich war sein Verdacht noch nicht bestätigt; Louis könnte auch einer unverheirateten Tante einen Besuch abstatten.

Spitzfindigkeiten würden ihnen hier nicht weiterhelfen, erkannte Jess. Selbst wenn er alle anderen davon überzeugen konnte, daß er Goldlöckchen wäre, würde Louis ihn sofort erkennen.

Schon vorher, als er die brillante Idee geäußert hatte, die Stromversorgung der Ranch zu unterbrechen – kein Strom, kein Zugang zum Internet –, hatte er erfahren, daß sie über einen eigenen Generator verfügte.

Sein Auftrag bestand also darin, den Generator abzustellen, und eine andere Wahl blieb ihm auch nicht.

Wie schwer konnte es sein, diese Mission zu erfüllen?

Dank der Unterstützung der staatlichen Polizei war er mit einer Pistole, einem Funkgerät, einem Paar isolierter Handschuhe und einer starken Kabelschere ausgestattet.

Er brauchte nur den Generator zu finden, das Kabel, das zum Haus führte, durchzuschneiden, und seinen Trupp zu rufen, damit die Ranch gesäubert wurde.

Leichte Sache.

Der Generator war einfach zu finden. Er hörte ihn vor sich hin brummen, bevor er ihn sah. Als er um eine Ecke des Hauses bog – ein zweistöckiges weißes Schindelhaus mit einer hübschen Veranda davor –, erblickte er sofort sein Ziel. Es stand draußen im Freien, der schmucklose Metallrahmen glänzte in der Morgensonne.

Niemand war zu sehen. Jess atmete tief ein, zog die Handschuhe an, ergriff die Kabelschere und machte sich an die Arbeit.

Ein Blick auf Louis' Uhr zeigte ihm, daß es acht Uhr 57 war.

Sekunden später schlug ihm mit atemberaubender Kraft etwas auf den Hinterkopf.

46

Als Jess die Augen öffnete, sah er fern – CNN, um genau zu sein. Das war so unwirklich, daß er einen Augenblick lang zu dem Bildschirm zwinkerte, als ob der dadurch verschwinden würde.

Als er sich bewegen wollte, stellte Jess fest, daß er an einen Küchenstuhl mit Rückenlehne gefesselt war. Seine Hände waren hinter seinem Rücken verknüpft, und um die Hüften war er mit einem Seil mehrfach festgeschnürt. Einen Stoffstreifen hatten sie ihm als Knebel um den unteren Teil seines Gesichts gebunden.

Seinen Auftrag hatte er offensichtlich nicht erfüllt. Vielleicht hätte er doch besser Goldlöckchen spielen sollen.

Jess blickte sich um. Allem Anschein nach war er in einem Schlafzimmer des Farmhauses. Die Vorhänge vor einem nahegelegenen Fenster waren zugezogen, aber die schmuddeligen Stoffbahnen schlossen in der Mitte nicht ganz. Er konnte nach draußen sehen und schloß, daß er sich im zweiten Stock befand. Die Wände waren weiß, der Boden war mit einem malvenfarbenen Läufer bedeckt; weitere Einrichtungsgegenstände gab es nicht. Außer dem Fernseher und seinem Küchenstuhl, der sehr wahrscheinlich erst kürzlich dem Dekor hinzugefügt worden war.

Und außer einem langen, zweckmäßigen Tisch im Konferenzstil.

Mitten auf dem Tisch stand ein Computer mit leuchtendem Monitor.

Als Jess ihn erspähte, dachte er: *Aha.*

Eine Gruppe von Männern in wehenden weißen Roben betrat den Raum. Ihr Anführer war 52 Jahre alt, 1,82 groß und hundert Kilo schwer; er hatte gleichmäßige Gesichtszüge und einen löwenhaften Kopf mit silbernem Haar.

Robert Talmadge. Obwohl er nur ein Bild von ihm gesehen hatte, als er im Zusammenhang mit Waco seinerzeit die Statistiken überprüfte, hätte Jess ihn überall wiedererkannt.

Ohne Jess auch nur eines Blickes zu würdigen, trat Talmadge zum Computer.

Irgendwo im Haus fing eine Uhr an zu schlagen. Im Geiste zählte Jess mit: sechs, sieben, acht, *neun.*

»Es ist Zeit, meine Kinder«, sagte Talmadge.

»Aber Jahwe hat gesagt …« warf eine unglückliche Stimme ein, und Jess erkannte in einer der weißen Roben Louis. Talmadge brachte ihn mit strengem Blick und erhobener Hand zum Schweigen.

»Es ist Zeit«, sagte er wieder und begann zu tippen.

Obwohl Jess wußte, daß es lächerlich war – entweder

würde das Land in die Luft gehen, oder der Stop-Code hatte funktioniert –, spannte er sich an.

»Die Liebe heilt«, sang die Gruppe. Auf dem Bildschirm erkannte Jess E-Mail-Postkarten, die nacheinander im unendlichen Universum des Internet entschwanden.

»Jahwes Namen preisen wir«, sagte Robert Talmadge. Die Gruppe sprach ihm nach und drehte sich dann gleichzeitig zu dem Fernseher um.

Sie wollten zusehen, erkannte Jess. Sie wollten die Wirkungen ihres Werks mitansehen. Hier in Utah würden sie die atomaren Explosionen wahrscheinlich überleben und später durch Giftgas sterben oder durch Chemikalien, Bakterien oder was immer bei der zweiten Welle freigesetzt würde.

Jess hätte sich dieses Schicksal nicht ausgewählt. In einer katastrophalen Endzeitexplosion sofort zu sterben schien ein vergleichsweise freundliches Schicksal zu sein.

Auf CNN war ein unbekannter Reporter vor dem Washington-Denkmal zu sehen, wo er über Whitewater sprach.

Jess spürte eine so starke Erleichterung, daß seine Muskeln ganz schwach wurden. Der Stop-Code hatte funktioniert!

Ungefähr zur gleichen Zeit kam auch Talmadge auf die Idee, daß etwas schiefgelaufen war.

Er wandte sich um und starrte Jess an. Die anderen drehten sich auch um. Sogar Louis, stellte Jess fest, konnte in weißer Robe und mit religiösem Fanatismus in den Augen entschieden diabolisch aussehen.

»Ich hoffe, Sie waren ein lieber Junge, Mr. Feldman«, sagte Talmadge ganz sanft und wandte sich wieder dem Computer zu. Die anderen mit ihm. Sie standen so angespannt da, daß Jess die Ahnung durchfuhr, was hier vor sich ging.

Talmadge begann zu tippen.

Jess' Adrenalinspiegel schoß in die Höhe. Er sprang

auf, nahm Anlauf und warf sich aus dem Fenster des zweiten Stocks, mitsamt Stuhl und allem – im selben Augenblick, da das Farmhaus in die Luft flog.

Er schlug hart auf dem Boden auf und verlor das Bewußtsein.

Als er zu sich kam, immer noch auf der Seite liegend, immer noch an den Stuhl gebunden, hatten Feuerwehr- und Polizeiwagen mit heulenden Sirenen das Haus umstellt. Die Feuerwehrleute zogen einen gigantischen Schlauch nach links. Polizisten rannten herum und schrien in ihre Walkie-Talkies. Ein Krankenwagen kam in den Hof geschossen. Rauch und der beißende Geruch von etwas Brennendem trieben ihm die Tränen in die Augen.

Lynn stand über ihm, ein Mikrofon in der Hand, und sprach in eine Kamera, die ein Mann auf sie gerichtet hielt. Sie zeigte auf Jess, während die Sanitäter sich über ihn beugten, dann auf das brennende Haus hinter ihm.

Erst als die Kamera ausgeschaltet war, kniete sie sich neben ihn. Er wurde gerade auf eine Bahre gelegt.

»Hallo, du Held«, sagte sie und drückte seine Hand.

»Was zum Teufel *tust* du hier?«

»Berichterstattung«, sagte sie. »Das ist mein Beruf. Und glaube mir, das Ende der Welt ergibt eine Wahnsinnsstory.«

47

Später an diesem Tag schaukelte Theresa im Krankenhaus von Salt Lake City Elijah auf ihrem Schoß. Seine Infusion war eine Stunde zuvor entfernt worden. Abgesehen von einer schlimmen Windelwundheit, die jetzt auch zu heilen begann, befand sich Elijah laut ärztlichen Angaben auf dem Weg der Besserung.

Am nächsten Tag sollte er nach Hause entlassen werden.

Bei diesem Gedanken bebten Theresas Lippen. Sie hatten kein Zuhause.

Eine ehemals neunköpfige Familie war auf zwei Mitglieder zusammengeschrumpft: sie selbst und Elijah.

Sie wußte, daß sie ihn niemals irgendwelchen Fremden überlassen würde. Aber sie wußte nicht, wie sie für ihn sorgen sollte.

Babys brauchten einiges. Zum Beispiel Nahrung. Ein Dach über dem Kopf. Und Windeln.

Dinge, die sie nicht besorgen konnte. Alles, was sie ihm geben konnte, war ihre Liebe.

Sie hatte Angst, so schreckliche Angst.

Elijah stieß einen durchdringenden Schrei aus und ergriff mit einer Hand ihre Haare. Theresa lächelte zu ihm hinab, während ihr gleichzeitig Tränen in die Augen traten.

»Theresa Stewart?« Ein uniformierter Polizist stand in der Tür und sah sie an.

Theresa nickte wachsam, sie hielt Elijah fester. Eine schreckliche Angst stieg in ihr auf und nahm Wortgestalt an: Waren sie gekommen, um ihr Elijah wegzunehmen?

Wenn sie nicht für ihn sorgen konnte, würden sie ihn zu jemandem bringen, der dazu in der Lage war? »Könnten Sie bitte mitkommen?«

Ihr ganzes Leben war sie dazu erzogen worden, Autoritäten zu gehorchen; jetzt wollte sie nicht. Aber der Polizist sah sie mit einem Blick an, der ihr keine Wahl zu lassen schien. Sie stand auf, drückte Elijah fest an ihre Brust und folgte dem Polizisten den Gang hinunter.

Die Krankenschwestern in der Kinderstation, die so freundlich zu ihr gewesen waren, sahen sie merkwürdig an, als sie vorbeigingen.

Theresa hatte einen Kloß im Hals und hielt Elijah noch fester. Das Baby trat um sich und schlug seinen Kopf gegen ihren Hals.

Vor den Aufzügen wäre sie beinahe zurückgeschreckt.

»Wohin bringen Sie uns?« fragte sie den Polizisten, bevor sie einstiegen.

»Nur in den zweiten Stock runter«, sagte er lächelnd. Es war ein freundliches Lächeln, das ihr etwas Mut gab. »Es ist alles in Ordnung.«

Theresa stieg ein.

Im zweiten Stock ging er mit ihr einen Gang entlang und blieb vor einem Zimmer stehen. Er öffnete die Tür für sie und machte ihr ein Zeichen einzutreten.

Ein junger Mann in einem langen weißen Kittel beugte sich über eine Patientin, die dort im Bett lag.

Der Mann sah auf, als Theresa eintrat.

»Ich bin Dr. Silva«, sagte er. »Ich glaube, Sie kennen diese Frau.«

Da erst blickte Theresa auf die Patientin.

»Mutter!« stieß sie hervor und ließ Elijah beinahe fallen. Das Zimmer schien sich um sie zu drehen. Ihr Herz raste. Ihre Knie zitterten.

»Mutter?« flüsterte sie wieder und trat mit unsicheren Schritten ans Bett. Mit geschlossenen Augen und abgewandtem Gesicht lag Sally Stewart da, ohne zu antworten. Aber es gab keinen Zweifel: Sie war es.

»Lebt sie?« Theresa konnte die Hoffnung kaum ertragen, auch jetzt nicht. Es schien unmöglich. Es war unmöglich.

»O ja.« Der Arzt, der etwas auf eine Dateikarte schrieb, lächelte sie an. »Sie hat eine große Menge eines sehr starken Beruhigungsmittels geschluckt. Und sie hat eine leichte Unterkühlung erlitten. Aber sie wird wieder gesund.«

»Aber ich dachte, sie wäre tot!« brach es aus Theresa hervor. Sie sah von dem Arzt zum Polizisten, der hinter ihr den Raum betreten hatte. Sie hatte ihre Mutter tatsächlich nie tot *gesehen.* Sie hatte nur angenommen … »Ich dachte … ich dachte, sie hätten sie umgebracht!«

Der Polizist sah erst den Arzt an, dann räusperte er sich. Voller Mitleid blickte er sie an. »Als wir zum Gräberlager kamen, fanden wir zahlreiche Menschen, die auf dem Boden lagen. Die meisten Opfer waren um ein einziges Opfer in der Mitte angeordnet, das, wie ich glaube, wohl ihr Vater war, und er – nun ja – befand sich in einer anderen Position. Alle Opfer auf dem Boden waren mit starken Betäubungsmitteln vollgepumpt. Fünf von ihnen hatten durchgeschnittene Kehlen und waren tot. Wir vermuten, daß man die anderen auch umbringen wollte, aber etwas hat die Mörder daran gehindert. Wie auch immer es ablief, diese Dame und fünf ihrer Kinder haben überlebt. Zwei weitere galten als vermißt. Ich glaube, Sie und das Baby hier könnten diese zwei sein.«

Theresa starrte ihn eine Zeitlang einfach an. Seine Worte durchdrangen nur langsam den Schock, der sie seit Beginn des Alptraums von ihren Gefühlen abgeschnitten hatte. Als Theresa schließlich die Wahrheit begriff, brach sie zusammen und weinte bitterlich, auf einen Stuhl gesunken, den sie ihr hinschoben.

Sie klammerte sich an Elijah und weinte, und ihre Tränen machten die goldenen Haare des Babys naß.

»Theresa?« Es war ein schwaches Flüstern, so schwach, daß Theresa es kaum hörte. Etwas berührte ihren Kopf.

Theresa blickte auf. Ihre Mutter hatte die Augen geöffnet und sah zu ihr. Was sie auf ihrem Kopf gespürt hatte, war die Hand ihrer Mutter.

»Mutter.« Theresa erstickte beinahe an ihren Tränen. »O Mutter, ich dachte, du wärst tot!«

Ihre Mutter lächelte. »Ich sehe, daß du dich für mich um Elijah gekümmert hast«, sagte sie und streichelte die Wange des Babys.

»Ja, Mutter.«

»Weine nicht. Alles wird wieder gut.« Damit schloß Sally die Augen.

Beunruhigt sah Theresa den Arzt an.

»Sie wird wieder gesund«, sagte er. »Es braucht nur eine kurze Zeit.«

Theresa schloß die Augen und dankte Gott. Jetzt war sie sicher, daß es ihn gab, unter welchem Namen auch immer.

Weil Er ihr ein Wunder geschenkt hatte. Auch wenn Er ihren Vater geholt hatte. Die restliche Familie hatte Er ihr zurückgegeben.

48

1. August 1996

Lynn trug soeben die letzte Meldung des Tages vor, als sie ihn sah. Weiterhin lächelte und sprach sie in die Kamera, obwohl ihr Herz raste.

Sie saß am Schreibtisch des Hauptmoderators bei WMAQ in Chicago. Hinter den Lichtern und der Kamera stand Jess und sah ihr zu.

Als sie nach ihrer Urlaubsbeziehung – jenen fünf Tagen, die sie nach seiner Krankenhausentlassung gemeinsam verlebten – auseinander gegangen waren, hatte sie sich eingeredet, es sei vorüber.

Das war das Dumme an Urlaubsbeziehungen, erinnerte sie sich immer wieder: Sie endeten, wenn der Urlaub zu Ende war.

Nur ihre Sehnsucht nach ihm hatte sich nicht gelegt. Wenn sie sich überhaupt verändert hatte, war sie höchstens noch stärker geworden. Lynn erkannte erst jetzt, wie sehr sie ihn wiedersehen wollte.

Und sie erkannte noch etwas, als sie während des Abspanns weiter lächelte und sich bemühte, nicht zu Jess hinüberzublicken: Irgendwann im Verlauf ihrer Urlaubsbeziehung hatte sie sich in ihren falschen Cowboy verliebt.

Als die Kameras abgeschaltet waren, stand sie auf und hakte sich das Mikrofon aus dem eleganten dunkelblauen Blazer. Ihr Ko-Moderator, Mike Knox, sagte etwas zu ihr, worauf sie mit einem Anflug von Vernunft geantwortet haben mußte, denn er nickte.

Dann ging sie zu Jess hinüber.

Er stand an die Wand gelehnt, trug Jeanshose und -hemd und Cowboystiefel. Sein goldbraunes Haar war ein bißchen kürzer als bei ihrer letzten Begegnung, aber es reichte immer noch bis zu seinen Schultern. Seine Augen strahlten sie an, als sie näherkam, und sahen an ihrem Körper und an den Beinen hinunter und dann wieder hinauf.

Als dieser Blick aus strahlend blauen Augen, für die man sterben könnte, den ihren traf, grinste er. Lynn wußte, daß er an das erste Mal dachte, als er ihre Beine so angestarrt und sie sich angestrengt hatte, ihn mit einem Blick zu vernichten.

Diesmal lächelte sie ihn an.

»Hi, Held«, sagte sie, während er sich von der Wand abstieß.

»Ich hätte darauf verzichten können.« Er verzog das Gesicht zu einem ironischen Lächeln.

Durch Lynns Berichterstattung war Jess wegen seiner Rolle bei der Farmexplosion kurzzeitig berühmt geworden. Ihm hatte diese Erfahrung nicht geschmeckt, das wußte sie.

Da letztlich nur wenige Menschen umgekommen waren und lediglich ein Haus durch eine sehr kleine Bombe in die Luft gesprengt worden war, hatte sich die Geschichte nicht lange in den Schlagzeilen behauptet – allerdings lang genug, um Lynn ein sehr lukratives Angebot von CNN einzubringen. Man hatte sich an sie auch mit dem Angebot gewandt, ein Buch über ihre Erlebnisse zu schreiben, allerdings für ein winziges Honorar.

»Was machst du hier?« erkundigte sie sich, während sie sich bei Jess einhakte und ihn den interessierten Blikken ihrer Kollegen entzog.

»Ich wollte dich zum Essen einladen«, sagte er. »Falls du Zeit hast.«

»Du bist den ganzen Weg aus Utah hergekommen, nur um mich zum Essen einzuladen?« Sie verzog die Nase.

»Unter anderem.«

»Tschüs, Lynn!«

»Bis morgen, Lynn!«

Zwei ihrer Mitarbeiter gingen an ihr vorbei zur Tür. Lynn antwortete geistesabwesend und bekam nicht einmal mit, wer sie waren. Sie hatte nur Augen für Jess.

»Was denn zum Beispiel noch?«

Er zuckte mit den Schultern. »Ach, dies und das. Kommst du nun mit mir essen oder nicht?«

»Na gut. Aber erst will ich mir die Hände waschen.«

Auf Lynns Vorschlag hin machten sie sich auf den Weg zu da Vinci, einem kleinen abgelegenen Italiener, wo es die besten Fettuccine gab, die Lynn je gegessen hatte. Sie kamen dort nie an.

Statt dessen landeten sie in Jess' Hotelzimmer.

Später schaltete Jess die Lampe an und sah zu Lynn hinab. Sie hatte den Kopf auf seine Brust gelegt und fuhr mit den Fingern durch die braunen Löckchen, die dort wuchsen. Die Wunde an seiner Schulter, erkannte sie, heilte gut. Man sah nichts mehr davon außer einer erhabenen roten Narbe.

»Ich habe dich vermißt«, sagte er.

»Ich habe dich auch vermißt.« Sie warf ihm ein flüchtiges Lächeln zu und zupfte ihn an einer Brustlocke. Sie lagen nackt nebeneinander. Sie hatte ihr Bein über seines gelegt. Er hielt sie in den Armen und streichelte genußvoll die Haut an ihrem Hals. Die Bettdecke hatten sie auf den Boden gestoßen, und zumindest Lynn war zu faul, sie wieder aufzuheben.

Außerdem war ihr ganz gewiß nicht kalt, da Jess sie in den Armen hielt.

»Ja? Wie sehr?«

Da war etwas in seiner Stimme, so daß sie ihn wieder ansehen mußte. Sie versuchte seinem Blick auszuweichen, da sie fürchtete, er könne in ihren Augen lesen.

»Mehr, als ich Zigaretten vermisse.« Da es Lynn gelungen war, während ihres Abenteuers nicht zu rauchen, hatte sie sich vorgenommen, ganz damit aufzuhören. Es war mit das schwerste, was sie je durchgemacht hatte. Sollte sie auf das Angebot dieser Verleger zurückkommen, würde sie aus ihren Erlebnissen vielleicht eine Art Selbsthilfebuch machen. Sie konnte sich den Titel gut vorstellen: *Wie man aufhört zu rauchen und die Welt rettet.*

»Heißt das sehr oder ein bißchen?«

Lynn lachte. »Nur ein lebenslanger Nichtraucher kann so etwas fragen.«

»Also sehr?«

»Nun werd' nicht eingebildet.«

»Was hältst du denn in diesem Fall von Wochenendbeziehungen?«

»Manchmal klappen sie, manchmal nicht.«

Jess seufzte. »Du machst es mir nicht leicht, oder? Öffne die Schublade neben dem Bett.«

Er zeigte auf den Nachttisch. Lynn rollte sich auf den Bauch und tat es.

In der Schublade, oben auf der Menükarte des Zimmerservice und verschiedenen Werbeprospekten, befand sich eine kleine quadratische Schachtel, die mit einem dicken weißen Band in Silberpapier eingepackt war.

Lynn sah sie, und ihr Herz klopfte schneller.

»Was ist das?« fragte sie mit einem Blick zu ihm.

»Mach es auf.« Er lächelte jetzt nicht mehr, und sein Blick wirkte sowohl aufmerksam als auch, wie sie glaubte, eifrig.

Lynn holte das Päckchen hervor und entfernte langsam

das Silberpapier. Wie sie halb gehofft, halb gefürchtet hatte, kam eine rote Juwelierschachtel zum Vorschein.

Sie sah sie einen langen Augenblick an, bevor sie den Deckel aufschnappen ließ.

Ein Diamantsolitär funkelte ihr entgegen. Er war nicht groß, aber vollkommen.

»Ich glaub', bei uns könnte es klappen«, sagte er. »Denk nur an den großen Urlaubsflug, den wir bei unseren vielen Flugmeilen frei hätten.«

Lynn sah ihn an, seine strahlend blauen Augen, das hübsche Gesicht, den langen, leicht lächelnden Mund.

»Meinst du, du könntest mal was sagen? Die Spannung bringt mich um.« Er hüpfte höher auf das Kopfkissen und zog sie mit sich.

Lynn beschloß, alles in die Waagschale zu werfen, ihr Herz und den Rest.

»Ich habe mich in dich verliebt«, sagte sie.

»Na ja, das hört man gern.« Ein langsames Lächeln zeigte sich auf seinem Mund und leuchtete in den Augen auf. »Weil ich mich nämlich auch in dich verliebt habe.«

Dann küßte er sie.

Sehr viel später, als sie eng umschlungen nebeneinander lagen und sich so aneinander gesättigt hatten, daß Lynn glaubte, sie würde sich nie wieder bewegen, sprach er aus der Dunkelheit: »Ich gehe also davon aus, daß das Ja bedeutet?«

»Ja«, sagte Lynn.

Epilog

15. Dezember 1996

Jess fuhr aus seinem Alptraum hoch. Er lag im Dunkeln, sein Herz schlug allmählich wieder im normalen Rhythmus. Ohne zu erwachen, bewegte sich Lynn murmelnd in seinen Armen.

Sie waren in einem Hotelzimmer auf Bermuda. Auf ihrer Hochzeitsreise. In den letzten drei Tagen hatte er den schärfsten Sex seines Lebens erlebt. Mit einer Frau, die er bewunderte, begehrte – und liebte.

Das Leben kann nicht mehr besser werden, dachte er.

Abgesehen von dem Alptraum. Er hatte ihn schon seit langem nicht mehr gehabt. Er hatte geglaubt, er habe ihn überwunden.

Während er so im Dunkeln lag und gegen eine unsichtbare Decke blickte, wurde Jess etwas klar: Es war derselbe Alptraum wie immer.

Nur war diesmal etwas anders. Grübelnd erkannte er schließlich, was es war.

In diesem Alptraum ging die Razzia immer noch daneben, die Agenten, seine Freunde, starben immer noch, und der ganze Komplex stand immer noch in Flammen.

Aber er hatte sich nicht schuldig gefühlt.

Weil er in Provo auf eine unheimliche Weise einen Akt der Sühne geleistet hatte.

Das hatte ihm die Möglichkeit verschafft, eine bittere Tatsache zu akzeptieren: Wenn ein Mann im Leben einen Drachen bekämpft, gewinnt manchmal der Drache.

Aber nicht in Provo.

Dieser Drache war besiegt worden.

Ein Punkt für die Guten, dachte Jess. Er schlang die Arme um Lynn, legte sich auf die Seite und schlief wieder ein.